B파일

B파일

최혁곤 장편소설

황금가지

차례

일러두기

이 책에 쓰인 본문 종이 E-light는 국내 기술로 개발된 최신 종이로, 기존에 쓰이던 모조지나 서적지보다 더욱 가볍고 안전하며 눈의 피로를 덜게끔 한 단계 품질을 높인 고급지입니다.

프롤로그

세 대의 차량이 무겁게 침묵을 지키고 섰다. 외교 번호판을 단 은색 그랜저가 가운데 박혀 있고 그 앞뒤를 경찰 순찰차가 막고 있다. 붉고 푸른 경광등 불빛이 쌍으로 발광하고 확성기 소리와 취객의 맞고함, 교통 체증에 항의하는 클랙슨 소음이 영화 세트처럼 주위를 둘러싼다.

영영 새벽이 올 것 같지 않은 시커먼 밤, 주한중국대사관 소속 외교 차량과 음주 단속을 하던 경찰이 신촌 샛길에서 세 시간째 대치중이다.

"반복하겠습니다! 창문을 내려주십시오."

흰 야광 띠를 엑스 자로 가슴에 두른 젊은 경관이 알코올 측정기를 들고 신경질적으로 차창을 두드린다. 짙게 선팅된 그랜저는 아예 시동까지 끄고 묵묵부답, 지루한 실랑이가 계속되고 있었다. 구경꾼은 시간이 지날수록 불어나 어느새 차량을 겹겹이 에워쌌다. 본더치 모자를 눌러 쓴, 만취한 청년 하나가 휘파람을 불며 소리쳤다. *대한민국 경찰 파이팅, 아자! 아자!*

언론사에서 몰려나온 카메라 기자들이 몸싸움을 해가며 선팅 된 차창에 렌즈를 고정시켰다. 긴급 호출된 주한중국대사관 참사 관은 어딘가와 계속 통화를 시도하고, 관할서 외사계장은 초조한 듯 손바닥을 비비고, 외교통상부 사무관은 될 대로 되라는 표정 으로 하품을 쩍쩍 해댄다.

갑자기 그랜저의 운전석 창문이 스르르 내려왔다.

"당신들 지금 뭔 짓이야. 이건 외교 차량이라고! 비엔나 협약 몰라?"

스포츠형 머리를 한 양복 차림의 운전사가 경관에게 삿대질하 며 쏘아붙였다. 어딘가 어색한 한국말이었다. 조수석에는 젊은 여 자가, 뒷좌석에는 건장한 사내가 앉아 있는 모습이 창틈으로 어 렴풋이 보였다. 사방에서 스트로보가 폭죽 터지듯 번쩍였다. 당황 한 운전사가 눈썹을 찡그리며 급히 차창을 올렸다.

"말투를 들어보니 떼놈들이구만. 내 그럴 줄 알았어."

누군가가 소리치자 구경꾼들이 우~, 우~, 야유를 보냈다. 어 디선가 날아든 음료수 깡통이 그랜저 보닛에 맞고 튕겨 나갔다. *어이, 거기! 거기!* 경찰의 날카로운 호루라기 소리, 그리고 후다닥 내빼는 본더치 청년의 발소리.

눈치 빠른 한 방송국 기자가 구경꾼 중 한 명을 섭외해 멘트를 딴다. 고집스런 표정의 단발머리 여대생은 마이크 앞에서 핏대를 높였다.

"아무리 외교 차량이라고 해도 저건 아니죠. 로마에 가면 로마법을 따르라고 했잖습니까? 이건 우리나라를 얕보는 처사가 아닌가 생각합니다. 지금이 고려나 조선시대인 줄 아는가 보죠?"

옳소! 주위에서 박수 소리가 터져 나왔다.

자정이 지나서야 구경꾼들이 하나둘 흩어졌다. 경감 계급장을 단 음주 단속 현장 책임자는 손바닥으로 턱을 문지르며 곤혹스런 표정을 지었다. '어이, 이 정도에서 그만 끝내지?' 한 마디 하고 싶은 표정이 역력하다. 그러나 외교관 신분증 제시를 요구하는 젊은 혈기의 교통순경과 비엔나 협약을 들먹이며 면책 특권을 주장하는 중국인 운전사의 자존심 싸움은 끝날 줄 몰랐다. 벚꽃이 진 자리에 푸른 잎이 돋기 시작하는 4월의 어느 밤이었다.

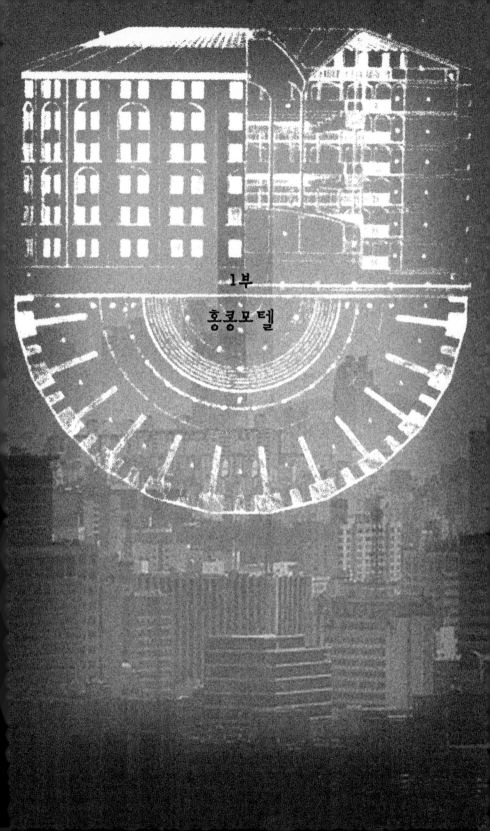

1부

홍콩모텔

B파일 397021 은행원

리영민이 침대 구석에 쪼그려 앉아서 떨고 있다. 눈 뜨자마자
맞닥뜨린 처참한 광경. 지독한 숙취와 갈증이 단숨에 날아갔다.
저도 모르게 앞니가 맞부딪쳐 딱딱거리는 소리를 냈다. 벌어진 입
사이로 침이 줄줄 흘렀다. 넥타이는 풀어 헤쳐지고 와이셔츠도
온통 구겨졌지만, 바지는 지퍼에 벨트 버클까지 꽉 채운 멀쩡한
차림이었다.

바닥에 드러누운 여자는 눈을 치켜뜬 채 허공을 노려보고 있
었다. 오른쪽 팔목을 침대 아래에 밀어 넣고 하반신은 왼쪽으로
돌아누운 기괴한 자세. 길게 풀어헤친 머리카락과 짙은 눈 화장,
흰 블라우스와 검은 치마는 눈을 비비며 몇 번을 확인해도 그녀

였다. 어젯밤 처음 만났지만 틀림없었다.

보기보다 키가 꽤 컸구나······. 영민은 경황없는 와중에 문득 그런 생각을 했다. 충혈된 두 눈을 휘굴리며 주위를 훑어보았다. 지금의 상황을 설명해줄 어떤 흔적도 찾지 못했다.

무슨 짓이든 해야겠는데 석고상처럼 굳은 발이 떨어지지 않는다. 방 가운데 우뚝 서서 머리통을 움켜쥐고 생각했다. 이건 살인이다! 무언가 끔찍한 음모에 말려든 거야! 한국에 와서 공들여 쌓아놓은 것들이 송두리째 날아갈지 모른다는 두려움, 온몸이 꽉 끼는 원통에 갇힌 듯한 답답증에 다리가 후들거렸다. 여기는 어디지? 이 여자가 왜 여기에? 누가 이런 짓을? 설마, 내가?

슬로모션처럼 천천히 두 손을 펼쳐 보았다. 가느다란 손가락이 부들부들 떨린다. 억지로 주먹을 말아 쥐고, 바닥에 꿇어앉았다. 여자를 살펴봐야 하는데 치켜뜬 두 눈을 마주할 엄두가 나지 않는다. 심호흡을 몇 번이나 크게 하고서야 여자 쪽으로 고개를 돌렸다. 입가에 피어난 옅은 거품, 독살이다! 다시 눈을 감았다가 떠봐도 현실의 일이 분명했다.

아아, 어떻게 하지? 영민은 아이처럼 헛울음을 놓았다. 머릿속이 하얗다. 숨도 잘 쉬어지지 않는다. 일단 뜨자! 흔적을 남겨놓는 건 위험해! 마음이 결심하기도 전에, 몸이 먼저 움직이고 있었다.

화장실로 달려갔다. 싸구려 방향제 냄새에 욕지기가 올라왔다. 찬물로 얼굴을 흠뻑 적셨다. 머리카락에 맺힌 물방울이 볼을 타고, 턱 끝에 모였다가, 목 아래로 흘러든다. 양손으로 세면대를 짚고 거울 속 얼굴을 노려보았다. 정신 바짝 차려야 해! 붉은 핏줄이 부풀어 오른 두 눈을 껌벅이며 잠시 그렇게 서 있었다.

목욕 타월로 화장실 도어와 수도꼭지를 닦았다. 기억이 끊긴 와중이라 어떤 행동을 했는지 알 수 없다. 소소한 증거라도 다 지워야 한다. 범죄영화에서 본 것처럼 소형 냉장고 손잡이와 TV 리모컨, 전화 수화기까지 꼼꼼히 문질렀다.

영민은 넥타이 매듭을 다시 조이고 양복 상의를 걸치고 구석에 있던 가방을 챙겨 들었다. 누워 있는 여자를 내려다보며 떨리는 손으로 불을 껐다. 짙은 어둠과 함께 여자도 시야에서 사라졌다. 이제 아무 일도 없었다는 듯 나가면 될 것이다. 객실 문 도어스코프에 눈을 갖다 댔다. 복도에는 흐릿한 불빛만 흐를 뿐 인기척은 없다.

308호. 복도로 나서며 머물렀던 방 번호를 기억했다. 맞은편 316호에서 TV 소리가 희미하게 새어나왔다. 발뒤꿈치를 들고 조심조심 복도를 걸었다. 엘리베이터 앞을 지나는데 주위가 갑자기 환해진다. 영민은 움찔했다. 천장의 센서등. 심장이 철렁 내려앉는 것 같다. 복도 끝 비상구 철문을 열고 어두운 계단을 더듬어 내려오자 건물 뒤편 주차장으로 연결됐다. 번호판을 나무판자로 가린 차량이 여러 대 보였다.

서둘러 새벽 거리로 나섰다. 사위는 아직 한밤. 한기를 품은 바람이 얼굴을 할퀴고 갔다. 길가에 늘어선 벚나무 가지들이 출렁거리자 거뭇한 밤을 배경으로 흰 꽃잎이 후루룩 흩어졌다. 한 잎, 그리고 또 한 잎……. 꽃잎은 바람 빠지는 풍선처럼 제멋대로 낙하다, 솟구쳤다가, 얼마 못 가 다시 떨어졌다.

영민은 참담한 기분으로 황갈색 건물 외벽에 붙은 네온 간판을 올려다봤다. '홍콩모텔'. 중세 유럽의 성 모양을 조잡하게 본뜬

오 층짜리 건물은 허름한 인쇄소와 술집이 밀집한 동네 분위기 탓에 외관이 더 튀어 보였다. 모텔 건너편에는 철제빔으로 조립한 주차장이, 그 앞 전봇대 상단에는 방범등이 불을 밝히고 있었다. 방범등 옆에 붙은 관제 CCTV와 눈이 마주쳤다. 화들짝 놀라 고개를 돌렸다. 두 손을 양복바지 주머니에 찌르고 뛰다시피 걸었다. 신문 배달 오토바이가 스쳐 가는가 싶더니 강한 헤드라이트 빛이 정면에서 날아왔다. 마을버스였다. 사냥꾼 탐조등에 들킨 들짐승마냥 고개를 깊이 숙였다.

200미터쯤 걷자 큰 삼거리가 나왔다. 때마침 좌회전을 받은 택시 하나가 달려왔다. 뒷좌석에 올라 숨을 한번 고른 다음, 억양을 죽이고 말했다.

"용산 갑시다."

행선지를 말해놓고 나니 아차 싶었다. 미묘한 억양 차이를 택시 기사는 눈치 챘을까. 그들은 세상사 닳고 닳은 인간들. 금요일 새벽, 겁에 잔뜩 질린 채 승차한 사내를 흘려 보지 않을 것이다. 집 앞으로 바로 가는 건 곤란하다. 그는 급히 행선지를 바꿨다.

"아니, 서울역이요."

택시가 강변북로를 레이싱 카처럼 내달렸다. 속도계 바늘이 120과 140 사이에서 춤추듯 흔들렸다. 앞서 달리는 차량들의 시뻘건 후미등은 독이 올라 으르렁대는 짐승 눈알 같다. 저들은 이 짙은 밤안개를 뚫고 어디로 가는 걸까. 속도감에서 오는 공포 때문인지, 잔혹한 살해 현장의 압박 때문인지, 가슴은 쉬지 않고 펄떡거렸다.

시체와 그렇게 가까이서 맞닥뜨린 것은 처음이다. 영민은 두 볼을 몇 번이고 두드렸다. 대체 무슨 일에 엮인 걸까. 여기는 이역만리 서울, 10년을 더 살았어도 여전히 익숙하지 않은 유령 같은 도시. 이 함정에서 빠져나갈 수 있을까.

모텔에서 멀어질수록 308호의 광경이 끈끈하게 뇌리에 달라붙었다. 흘러가는 바깥 풍경을 바라보며 애써 호흡을 골랐다. 한강에 피어오르는 연무와 검먹은 사내 얼굴이 차창 위에 오버랩 됐다. 영민은 두 눈동자를 노려보며 한숨을 토해냈다. 그리고 기억을 열 시간 전으로 되돌렸다.

어젯밤, 합정역 먹자골목의 양꼬치구이 집 '백리향'에서 세 사람을 만났다. 6개월 전 휴대전화 부품 업체에 취직해 남한에 들어온 장태평의 뒤늦은 환영식과 소리 소문 없이 입국해 일산의 폐기물 재처리 업체에서 일한다는 민기수의 격려를 겸한 자리였다. 둘은 고향에서 어린 시절을 같이 보낸 후배들이다.

장이 애인이라며 데리고 온 춘화라는 여자는 서른 살 전후로 보였다. 이름에 어울리지 않게 세련된 차림이었다. 꼬질꼬질한 점퍼를 입은 장과는 비교가 안 됐다. 맑고 세련된 얼굴 화장과 블랙과 화이트로 매치한 정장. 대기업 커리어우먼이라고 해도 믿을 정도였다. 고향이 북한 개성이라는 얘기를 듣고 깜짝 놀랐다. 중국과 태국을 거쳐 탈북한 지 불과 6년 만에 완벽한 서울 멋쟁이가 됐다.

확실히 자본주의 사회의 적응은 여자가 빠른가 보다. 말끝에 북쪽 억양이 살짝 남아 있었으나 오히려 그게 애써 외운 드라마 대사처럼 어색하게 들렸다. 강남의 고급 한정식 집에서 일한다는 애길 듣고 영민은 잠시 상상했다. 혹시 퇴폐적인 접대를 하는 술집은 아닐까.

처음에는 다들 신 나게 고향 이야기를 했다. 술이 돌 만큼 돌자 방문 취업 제도의 불합리성에 대해서 떠들고, 그다음에는 임금 차별과 악덕 사장을 성토하고, 결국에는 남한 사회 전체를 씹어댔다. 장이 꼬치에 꿰인 갈빗살 한 점을 빼물더니 광분해 목소리를 높였다.

"밑에 새끼들이 더 나빠여. 아예 벌레 취급 한다니깐여. 영민 형님, 아니 우리 얼굴에 뭐라도 묻었습까? 미국은 재미교포, 일본은 재일교포, 그런데 우린 그냥 조선족이라요. 형님이야 잘나가는 은행원이니깐 남의 일처럼 들리시겠지만 다른 아이들은 무시당하는 게 진짜 장난 아닌 기야요! 그거이 바로 국적 차별이죠. 아니 그렇습까?"

장이 호기롭게 소주잔으로 탁자를 내려쳤다. 여자가 그러게요, 무심하게 맞장구를 치고는 몽롱한 눈빛으로 신형 스마트폰 화면에 Z자만 그어댔다.

영민은 옆 테이블에 앉은 검은 양복 사내들이 자꾸 신경 쓰였다. 단단한 체구에서 웬지 모를 살기가 뿜어져 나왔다. 괜한 싸움이라도 벌어지는 게 아닌가 싶었다. 민은 지금 불법체류자 신세. 걸리면 무조건 강제 송환이다. 브로커에게 건넨 돈의 절반도 못 갚았을 것이고 나머지는 고스란히 빚으로 남을 것이다.

당장이라도 자리를 뜨고 싶었다. 대안 없는 불만을 들어주자니 짜증스럽고, 하나 마나 한 소리가 지겹기도 했다. 이것도 교육의 차이일까. 둘은 옌지(延吉)에서 고중을 중퇴하고 각각 베이징

(北京)과 칭다오(靑島)로 돈 벌러 떠난 장사치들이다. 돈이 도는 바닥에서 구른 인간들은 확실히 감정을 부풀리는 경향이 있다. 격하게 다 드러내야 손해를 보지 않는다고 믿는 까닭이리라. 하지만 여기는 한국이다. 고향처럼 제 욕심대로 움직일 리 만무하다.

괄시받는 타관에서 모처럼 맞은 해방감, 잠깐이라도 현실의 고통을 잊고 싶은 도피의식, 어쩌면 애인 앞에서 부려보는 호기. 그래, 한 번쯤 받아주면 어떠랴. 만취한 장이 우기고 우기는 통에 지하 노래방에 끌려간 건 그래서였다.

탈북 여자가 먼저 춤추며 노래했다. 그 모습이 참 기묘했다. 잘 부른다기보다 정확하게 불렀다. 프로그래밍된 아바타의 판박이 움직임처럼. 제 흥에 겨운 가무가 아니라 동작 하나하나 계산해 가며 움직이고 있구나 하는 느낌을 주었다.

노래방에 와서도 돌처럼 침묵하던 민이 막차 시간이라며 일어섰다. 돌아서는 그의 두 어깨가 축 처졌다. 그는 확실히 변해 있었다. 경계의 눈초리를 풀지 않고 자신의 신변에 관한 이야기는 함구했다. 한국에 어떻게 오게 됐고, 월급은 잘 받고 있는지, 브로커 비용은 다 갚았는지……. 이런저런 질문에도 야릇하게 웃기만 했다. 한 폐기물 재처리 업체에 다니고 있다고 한 게 다였다.

"영민 형님, 저 자식 뭔가 일이 있는 모양입다. 그러니 저래 속이 배배 꼬이지 않았겠습까?"

장이 귀엣말을 건네더니 위로를 한답시고 휘청휘청 따라 나섰다.

밀폐된 공간에 낯선 여자와 둘이 남게 되자 불편했다. 서먹해 하기는 여자도 마찬가지였다. 그녀는 쉬지 않고 노래를 불렀고, 영민은 거푸 맥주를 들이켰다. 장이 빨리 돌아왔으면, 빨리 돌아왔으면…….

기억은 거기에서 멈춘다. 천장에서는 울긋불긋 사이키 조명이 돌고 모니터 화면에 흘러가는 노래 가사가 두 개로 겹쳐 보였다. 쇳소리 섞인 스피커의 잡음. 여자의 찢어지는 고음. 바닥에 일렁거리는 그림자. 갑자기 시야가 희뿌예진다 싶더니 마이크 전원이 꺼지듯 기억이 뚝 끊겼다.

택시는 마포대교 램프를 빠져나와 만리동 고개로 접어들었다. 라디오에서 다섯 시 시보가 울렸다. 흘러간 유행가를 듣던 기사가 채널을 바꾸자 뉴스가 흘러나왔다. 잠이 덜 깼는지 남자 아나운서의 목소리가 잠겨 있다.

"오늘 전국에 강력한 황사가 붑니다. 노인과 어린이는 가급적 외출을 삼가시기 바랍니다. 지난주 자신의 오피스텔에서 숨진 채 발견된 엄복동 청와대 홍보수석의 수사가 난항에 빠졌습니다. 경찰은 외부 침입 흔적이 없는 점으로 미루어 자살로 추정 중입니다만 타살 가능성도 배제하지 않고 있습니다. 구글이 검색을 비롯해 이메일, 동영상, 모바일 운영체제 등 60여 개 서비스의 개인 정보를 통합해 관리하겠다고 밝히면서 빅 브라더 논란이 일고 있습니다. 국내에서 처음으로 동성애 병역 거부자가 캐나다에 망명했습니다. 유사 사례가 잇따를 것으로 보여 병역을 거부하는 사회 소수자에 대한 처벌 문제가 다시 논란이 될 전망입니다. 이상 이 시간 주요 뉴스입……."

"빌어먹을! 어떻게 침울한 소식뿐이네. 누구는 군대 가고 싶어서 가나. 나라를 위해 한 몸 그냥 희생하는 거지. 요즘 애들은 다들 약해빠져서. 안 그렇습니까? 손님."

택시 기사가 말을 붙였으나 영민은 가만히 몸을 움츠렸다. 그러곤 양복 깃에 콧구멍을 갖다 댔다. 어떻게든 간밤의 기억을 재생시켜야 한다. 담배 냄새와 고기 노린내가 뒤섞여 역한 냄새가 풍겼다. 와이셔츠 소매에는 양념장인지 핏자국인지 모를 붉은 얼룩이 졌다. 떠올리려고 애쓸수록 기억은 점점 멀어져간다.

그제야 장에게 연락을 해야겠다는 생각이 났다. 녀석은 뭔가 알고 있겠지. 동도 안 튼 시각이지만 지금 예의 따위를 따질 상황이 아니다. 휴대전화 신호음이 지루하게 반복되다 음성 메시지로 넘어갔다. 어디서 완전히 곯아떨어진 걸까. 몇 번이나 재발신 버튼을 눌러도 마찬가지다.

짜증이 확 끓어오른다. 영민은 아랫입술을 깨물었다.

'대체 무슨 일이 벌어진 거야! 왜 모텔 방에 널브러져 있고 낯선 여자는 곁에서 죽어 있냐고! 장과 민은 노래방을 나가서 어디로 사라진 거야!'

결국 참다못한 욕이 목구멍을 뚫고 나왔다.

"츠오!"(쌍!)

백미러 속에서 기사의 눈썹이 꿈틀거렸다.

택시를 서부역 쪽에 세웠다. 후문을 통해 서울역 대합실에 들어가 화장실에서 참았던 소변을 갈겼다. 옆에서 수염이 덥수룩한 노숙자 하나가 한쪽 발을 들어 세면대에 집어넣고 박박 문질러댔다. 배수구로 빨려나가는 시커먼 구정물을 보자 속이 메스꺼웠다. 저 사람도 처음부터 저렇게 살진 않았겠지. 인생 나락으로 떨어지는 것이 순간이라고 생각하자 오한이 일었다.

"워어쓰러."(배고파 죽겠네.)

놀랍게도 노숙자는 중국인이었다.

영민은 서울역 광장으로 나왔다. 세찬 바람이 바닥의 쓰레기들을 휘휘 쓸어 올렸다. 오렌지색 가로등 불빛이 잦아들고, 먼 하늘 끝에서 푸르스름한 새벽이 밀려오고 있었다.

담배를 빼무는데 어금니가 맞부딪치는 소리를 냈다. 추위 때문이 아니었다. 그의 고향 땅 옌볜(延邊)의 바람은 이보다 몇 배나 사납다. 막막함과 두려움에 온몸이 부르르 떨렸다.

영민이 한국에 들어온 지 12년. 순탄하게 달려왔다. 유학생 신분으로 입국할 때만 해도 이렇게 승승장구할 줄은 몰랐다. 한국인도 들어가기 어렵다는 명문대에 편입하고, 외국인 특채 전형으로 선망의 직장에 취업하고, 인간적인 동료를 만나고, 착실하게 저축하고, 쾌속으로 승진하고……. 그는 조선족이라는 출생의 희소성 때문에 오히려 득을 본 케이스였다. 브로커에게 돈 떼여서 집안이 박살나는, 법무부 단속을 피해 맨발로 도망쳐야 하는, 쓰리디 업종에 종사하는 여느 이주 노동자와는 출발부터 다른 삶이었다.

그래서 누가 뭐래도 한국이 좋았다. 주위에서 악덕 고용주 욕을 해대지만 냉정히 따져보면 그건 시장의 수요, 공급과 관련된 문제다. 어느 체제든 모두를 만족시킬 순 없잖은가. 그건 민족과는 무관한, 전적으로 개인 능력과 결부시켜봐야 한다. 미국 실리콘밸리를 휘어잡는 인도인처럼 말이다.

그런데 하루아침에 살인자 누명을 쓰게 생겼다. 금의환향을 석 달 앞두고서. 「공개수배 24」 같은 TV 프로에서 본 한국 경찰은 거칠고 집요했다. 아주 작은 단서로도 범인을 찾아냈다. 하지만 나는 범인이 아니오, 하고 신고할 수도 없는 처지였다. 이건 분명 누군가가 파놓은 함정. 영민은 직감적으로 알 수 있었다. 그런데 대체 누가?

새벽 열차가 도착했는지 승객들이 몰려나왔다. 낯선 인파 속에 파묻히자 희한하게 안도감이 들었다. 이렇게 많은 사람들 속에서 어떻게 찾아내겠는가. 어쩌면 무사히 빠져나갈 수 있을지 모른다. 그런데 아까부터 가슴 밑바닥을 살살 간질이는 찜찜함은 뭘까. 중요한 뭔가를 잊고 있거나, 빠트리고 왔거나 하는…….

핸드백.

죽은 여자의 소지품을 모텔에 두고 온 것이다. 그 속의 소지품은 남자친구인 장과 연결고리가 되고, 장의 존재는 또 그와의 거리를 급속도로 좁혀줄 것이다.

영민은 성급했던 자신을 질책했다. 지금의 위기에서 벗어나기 위해서는 어쩌면 로또 당첨에 버금가는 행운이 필요하다고 생각하면서 희붐하게 밝아오는 하늘을 보았다. 저 멀리서 밀려오는 누런빛은 어쩌면 고향 땅을 거쳐 오는 모래바람일지 모른다. 영민은 자기도 모르게 중얼거렸다.

"타이웨시안러. 스티뿌넝쩌머팡쩌워."(위험해. 시체를 그렇게 놔둘 순 없어.)

차가 필요했다. 자취방이 있는 용산 쪽을 향해 뛰기 시작했다.

B파일 044316 고참 기자

"편집국장님이 찾으십니다."

윤순철은 에릭 클랩튼의 내한 공연 기사를 다듬다가 호출 전화를 받았다. 둥근 벽시계가 열한 시를 가리키고 있었다. 오전 지면회의가 막 끝났을 시각. 창가 구석자리에서 일어나 정치부와 경제부, 온라인속보 팀을 관통하는 편집국의 긴 통로를 느릿느릿 걸었다. 국장실 앞에 다다랐을 때, 젊은 여자 하나가 거칠게 문을 밀고 나왔다. 그 기세에 놀라 윤이 한 발 물러섰다. 불도저처럼 전진하는 그녀의 볼이 불그죽죽 달아올라 있다. 몇 달 전 수습 딱지를 뗀 사회부 마포 라인의 출입 기자. 이름이 가물가물했다. 지난 가을에 기수별로 회식을 했건만 술에 취해서 흘려들은 모양이다.

"어딜 멀뚱히 보고 섰어? 재깍 들어오지 않고."

가죽 소파에 퍼져 앉은 '철가면' 조성철 국장의 벗겨진 이마가 땀으로 번들거렸다. 아침에 들은 이야기 때문이라면 대충 상황은 짐작됐다. 오늘자 신문에 새로 승진 발령받은 서울 모 경찰서장이 자신의 임명권자인 경찰청장을 맹비난한 기사를 낙종했다. 엘리트 위주의 행정과 검거 실적 강요가 일선 현장을 다 죽인다고, 형사들 사기 다 꺾어놓았으니 책임지고 사퇴하라고 술자리에서 목청을 높였단다.

청장과 서장은 같은 남도 출신이지만 고향이 달랐다. 한 명은 서해의 어촌, 한 명은 동해의 어촌. 청장은 경찰대 출신이고 서장은 말단 형사부터 시작했다. 위계질서가 중요한 법 집행기관에서 일어난 항명이라니, 거기에 지역감정과 출신 성분 따위를 잘 엮어

쓰면 분명히 먹히는 기삿거리였다. 대통령이 공직 기강 확립을 강조한 직후라 본보기로도 안성맞춤이었다. 어젯밤 자정께 상황이니 신문 인쇄 기준으로 치자면 40판. 지방판은 놓치더라도 서울과 수도권 배달판에 충분히 기사를 실을 수 있는 시간이었다. 문제는 출입 기자가 그 회식 자리에 참석해놓고도 흘려버렸다는 점이다.

다혈질 철가면이 아침부터 폭발했다. 발품 파는 현장 기사에 대한 신봉으로 편집국장까지 올라간 그이기에 더 용납할 수 없었을 것이다. 위아래 배려 없는 칼 같은 일 처리가 가끔 경영진과 충돌을 일으키고, 사안에 따라 편집국 내부에 적을 만들기도 했지만 그런 열정만큼 평기자들의 신망은 두터웠다. 베이징 특파원으로 지낸 3년을 빼고는 대부분의 기자 생활을 사회부와 정치부에서 현장통으로 보낸 그였다. 초년병 시절, 공작 기계에 몸통이 절단 난 시신 속에서 지갑을 꺼내 신원을 확인했다는 얘기는 탈수습식 때마다 회자되는 전설이다.

철가면이 그런 사람인 줄 잘 알면서도 이럴 땐 짜증이 난다. 특종이 있다면 낙종도 이 바닥의 필연이다. 엎지른 물 되담을 수 없고 배달된 신문 수거해 새로 찍을 수 없다. 옹색하긴 하지만 인터넷에 늦게라도 낚시 제목 달아서 기사 큼직하게 올리면 면피야 하잖는가. 일과가 끝난 후에 따져도 늦지 않을 일을, 사회부 데스크로 모자라 현장 나가 있어야 할 기자까지 불러들여 족치다니. 사정 뻔히 아는 인간이 저러니 과하다 싶었다.

철가면이 눈짓으로 맞은편 의자를 가리켰다. 화가 안 풀리는지 손수건으로 이마의 땀을 닦으며 연신 숨을 고른다. 윤이 못마땅한 표정으로 쳐다보자 턱을 바짝 치켜든다. 그리곤 책상 서랍에서 투명 플라스틱 CD 케이스를 꺼내 탁자에 올려놓았다.

윤은 질문 대신 철가면과 CD 케이스를 번갈아 쳐다봤다. 철가면은 그답지 않게 목소리를 한 템포 죽이고 조심스럽게 말했다.

"이거 좀 알아봐라."

윤이 무릎 위에 손바닥을 얹고 침묵하자 철가면이 한 옥타브를 높여 반복했다.

"이것 좀 알아보라니깐. 뭔 내용인지는 까보면 알 거고, 이런 쪽에 전문가 하나 물어서 진짠지 조작인지 그것만 확인해."

가부 의사는 듣지 않겠다는 말투였다.

내키지 않았다. 귀찮기도 하거니와 속내를 모르니 당연히 거부감이 앞섰다. 편집국장이 윤의 능력을 신뢰해서 이런 일을 맡길 리는 없다. 그렇다면 한가해 보여서? 그쪽이 맞을 것이다. 저 인간 잣대로 보면 공연 담당 기자는 인터넷에서 긁은 정보와 보도자료 짜깁기하고 월급 축내는 종자로 보일 테니.

윤이 조심스럽게 철가면의 눈치를 살폈다. 목울대가 꿈틀거리는 게 보였다. 애써 흥분을 참고 있다는 표시. 한 번만 더 거절하면 버럭 폭발할 것 같았다.

"국장, 왜 하필 저에게…… 회사 내부에 전문가도 많은데."

윤이 주저하다가 물었다. 경찰팀이나 사진부에 맡겨도 되지 않느냐는 뉘앙스를 슬쩍 담아서.

"다 생각이 있어서 그런 거니까 그렇게 알아. 그리고 이거 위험해. 타이머 달린 시한폭탄 같은 거라고. 입단속이 필요해. 그래서 널 부른 거야."

윤은 움찔했다. 다독이는 철가면의 목소리가 떨리고 있었기 때문이다. 대체 뭔 물건이기에 저 무대포 인간이 겁을 먹는 걸까.

주문 사항이 이어졌다. 복사하지 말 것. 소문내지 말 것. 월요일까지 보고할 것. 목소리가 한 톤 낮아졌으나 말투는 단호했다.

더는 거절할 변명거리를 찾지 못했다. 다혈질의 카리스마에 압도당한 탓인지, 사안의 중대성을 직감한 탓인지, 뇌는 계속 거부 의사를 보내는데도 싫습니다, 말이 안 나왔다. 결국 월급쟁이는 조직의 위계질서를 따라야 한다는 엉뚱한 자위만 했다.

CD를 챙겨 일어서는데 철가면이 흘러가듯 물었다.

"지금도 그 개꿈 꾸냐?"

대답할 가치가 없는 질문. 윤이 고개를 까딱하고 돌아서자 뒤통수에 질문이 꽂힌다.

"철아, 우리가 북경에 있을 때 가끔 들렀던 술집 기억 나냐? 그왜, 왕푸징 거리 뒤편에 있던 거 말이다. 가게 앞에 홍등이 주렁주렁 내걸렸던……. 백화점 시계탑도 제대로 보였고 배갈 맛도 죽여줬는데. 지금도 있는지 모르겠네. 죽기 전에 한 번 더 갈 수 있으려나."

뜬금없는 푸념에 윤은 어이없는 표정으로 뒤를 돌아봤다. 철가면이 어깨를 뒤로 젖히며 천장을 보고 눈을 감았다.

"타임머신이 있으면 딱 그 시절로 돌아가고 싶다. 이깟 국장질 안 해도 좋으니깐. 취하면 노래방 가서 '내 이름은 조성철! 네 이름은 윤순철!' 하면서 철 브라더스 놀이도 다시 해보고 말이야. 어제 성당 예배당에 앉아서 계속 그 생각을 했어."

나약해지면 과거가 그리운 법이라더니, 끔찍한 고생담을 아름

다운 추억으로 곱씹고 있다. 유치찬란했던 '철 브라더스'란 별명까지 다시 끄집어내고.

국장실을 나온 윤은 사회부 쪽을 힐끗 살폈다. 고집불통 차 부장이 단발머리 여기자를 세워놓고 고함을 질러댄다. 윤은 거칠게 고개를 흔들었다. 이 직업, 이 풍경 진절머리가 난다. 키 작고 창백한 피부의 단발머리가 애처롭다. 왜 이딴 험한 조직에 들어와서 욕먹고 다니니. 공무원이나 선생님이 되었더라면 돈 많은 남자 물어 편하게 살고 좋았을 텐데.

다시 긴 통로를 걸어 창가 자리로 돌아와 보니 사진부에서 에릭 클랩튼 사진을 세 장 갖다놓았다. 어제 신라호텔에서 열린 내한 기자회견 장면이다.

윤은 입술을 삐죽 내밀었다. 막내가 찍어서일까. 정면에서 잡은 앵글이 마음에 들지 않았다. 미세한 각도 차이. 전설적 기타리스트의 카리스마는 사라지고, 돋보기 끼고 아랫배 나온 60대 노인네의 푸근함만 있다. '음악은 모든 것을 극복하고 살아남으며 신과 마찬가지로 항상 존재한다.' 그런 명언을 남긴 뮤지션의 얼굴이 아니었다.

하지만 불만도 잠시. 늘 그렇듯이 이내 포기가 된다. 언제부터였을까. 세상사 욕심이 다 부질없이 느껴졌다. 에릭 클랩튼이 웃든 울든, 파마를 지지고 볶든 뭔 상관이람. 어쨌든 사진 속의 남자는 '기타의 신'이 분명하다. 그걸로 된 거다.

완성된 원고를 기사 집배신 프로그램에 올리고 사진을 편집부에 넘기고 나니 점심시간. 윤은 골칫거리가 된 CD 케이스를 손톱 끝으로 깔짝깔짝 긁다가 일단 맨 위 서랍에 던져 넣었다. 짜증이 입 밖까지 흘러나왔다.

"젠장, 주말 작살나게 생겼네."

토요일에는 파주 헤이리에 새로 오픈한 음악 감상실에 다녀올 생각이었다. 유명한 라디오 DJ 출신이 운영하는 그곳에는 60년대 진공관 앰프와 3만 장이 넘는 LP판이 있다. 구석자리 소파에 몸을 묻고 어쿠스틱 연주곡을 듣고 싶었는데…….

옥상에 위치한 구내식당으로 향한다. 취재원과 특별한 약속이 없으면 혼자 대충 끼니를 때운다. 하루하루 매끼 챙겨먹는 일이 소모적으로 느껴졌다. 말 많은 부서원들과 소란스런 식사는 더 질색이다.

복도에서 엘리베이터를 기다리며 벽걸이 TV를 봤다. YTN채널 화면 아래로 자막 뉴스가 흘러간다. 대기업들의 종합편성채널 선정 경쟁 가열. 중국 미인계에 농락당한 영국 외교관이 정보 유출. 그리고 한반도 북쪽 땅 통치자의 이복형이 중국 광저우에서 사라졌다는 소식.

몰라도 사는 데 전혀 지장 없는 소식들. 비좁은 땅덩이에 인간들이 바글대니 잡다한 뉴스가 넘친다. 윤은 혀로 입천장을 차며 북쪽 통치자의 이복형을 잠시 걱정했다. 분명 홍콩이나 동남아 등지에서 은둔하고 있으리라. 이복형제와의 파워 게임에서 밀린 그는 암살 위협에 시달려왔다.

"위대한 영도자를 아버지로 두고서도 동생에게 밀려 이역만리 떠돌이 인생이라니……. 서글프군."

언제 왔는지 국제부의 대머리 만물박사 전 차장이 옆에서 주절거린다. 두꺼운 뿔테 안경 속의 찢어진 눈빛이 냉소적이다.

"어 선생님한테서는 답장 없어요?"

전 차장이 고개를 흔들었다. 그는 폭로 사이트 위키리크스를 만든 줄리안 어샌지에게 일주일에 한 번씩 꼬박꼬박 이메일을 보내고 있다. 미공개 한국 관련 정보를 좀 넘겨주십사 하고. 지난 대선 때 의혹이 불거진 현직 대통령의 불법 땅 거래 문서 같은 게 거기 처박혀 있을지도 모른다는 게 그의 생각이다.

"그 자식, 지금은 망명 신청하랴 방송 진행하랴 정신없을 거다. 하지만 언젠가는 내 정성에 감동할 거야."

"선배야말로 진정한 글로벌 기자로군요."

"그럼, 글로 벌어먹고 살잖아. 후훗."

윤은 전 차장의 농담에 실소를 날리면서도 그런 무모한 집념이 가끔 부러웠다.

문화부 자리가 오늘따라 휑하다. 문학 담당은 소설집을 낸 왕 싸가지 페미니스트 작가를 인터뷰하러 인사동에 갔다. 학술 담당은 황사 발원지 취재차 내몽고 출장 중이고, 영화 담당은 우주그룹이 내달 오픈하는 아시아 최대 규모의 영상복합단지 '원더랜드' 언론사 투어에 갔다. 여행, 종교, 의학 등을 담당하는 옆 동네 대중생활부까지 줄줄이 외근이다.

문화부장은 지난 달 유방암 수술을 받고 병가 중이다. 전이가 심한 왼쪽 가슴을 도려냈다고 들었다. 후임 데스크는 아직 정해지지 않았다. 내키지 않지만 차석인 윤이 공식 인사가 나기 전까진 겸임을 해야 한다.

끝자리에서 문화부 막내인 방송 담당 옥나리가 휴대전화를 볼과 어깨 사이에 끼우고 키득거리고 있다. 그녀는 내달 결혼한다. 남편 될 사람은 두 살 연하의 회계사.

전화기 두 대가 동시가 울렸다. 이럴 땐 안 받는 게 자아에 대한 예의. 윤은 의자를 최대한 뒤로 젖히고 구둣발을 책상 위로 뻗는다. 밥시간인지 뻔히 알면서 전화질해대는 인간들이 혐오스럽다. 뭐랄까, 세상을 이기적으로 사는 사람들 같다. 벨소리가 끊어졌다가 잠시 후 다시 울린다. 윤은 더 악착같이 눈을 질끈 감는다.

"네, 문화부입니다."

막내가 전화를 당겨 받았다. 보나마나 독자 항의 전화. 상대방이 쌍욕이라도 내뱉었는지 막내의 목소리가 점점 올라간다.

"아니, 기독교 관련 기사가 불교 관련 기사보다 적게 실린다고 다짜고짜 욕하시면 어떡합니까. 그렇게 궁금하시면 지난 일 년 치 조사해보시든지요. 그걸 제가 어떻게 압니까. 궁금하신 분이 직접 하셔야지."

잠시 긴장된 침묵. 끝내 폭발한다.

"그럼, 신문 끊으면 될 것 아녜욧! 그 뭐냐, 횡령에 배임에 여자 문제까지 복잡한 하나님의 아들인 분이 발행하는 신문 보세요! 나무아미타불, 관세음보살!"

앙칼지게 쏘아붙이고 수화기를 찍듯이 내려놓는다.

"아이씨, 짜증 지대로네."

윤은 마지막 말이 자신을 향한 것임을 안다. 그러나 가재미눈으로 째려보는 후배의 행동에 화가 나기보다 호기심이 발동한다. 저 째질 듯한 소프라노 목소리를 매일 듣는다면 회계사 남편은 어떤 표정을 지을까. 주례 말씀대로 검은 머리가 파뿌리가 될 때까지 오래오래 사랑할 수 있을까.

"인터넷 때문에 신문 구독률이 자꾸 떨어지는데 그리 말하면 쓰나. 특히 종교 문제는 민감한 만큼 잘 달래야지. 독자가 우리 밥 줄인데……."

윤의 허접한 농담에 막내는 웃지도, 대꾸하지도 않았다.

세 시 반쯤 편집부에서 보낸 A3 교정지를 아르바이트생이 가져 왔다. 신문 원판을 70퍼센트 크기로 축소한 대장이다. 기사가 넘쳐 에릭 클랩튼 기사의 본문 한 단락과 단신 한 꼭지가 날아갔다. 오탈자는 없었다.

톱 제목 '기타의 신은 늙지 않는다'.

윤은 입꼬리를 올리며 냉소를 머금었다. 편집기자들은 왜 과장된 제목을 선호할까. 그들은 제목이 자극적이고 유머러스해야 기사가 술술 읽힌다고 항변한다. 뭐, 상관없다. 에릭 클랩튼 골수팬이라면 텍스트만으로 충분하다. 그의 공연은 북쪽 땅 지도자 형제도 챙겨보는 진정한 뮤지션이니까.

문득 철가면의 지시가 다시 생각났다. CD 케이스를 서랍에서 꺼내 네 모서리를 돌려가며 책상 바닥을 톡, 톡, 톡, 톡 두드렸다. 해결하기 곤란한 내용이 들어 있을까봐 재생하기 두렵다가도, 미뤄두자니 또 불쾌한 조바심이 일었다. 숙제 안 한 학생처럼 초조하게 휴일을 보내기는 싫었다.

윤은 손가락에 침을 발라가며 낡은 수첩을 뒤적였다. 파란 볼펜으로 써놓은 번호를 하나 발견했다. 숫자를 일일이 확인하며 전화기 버튼을 눌렀다.

2호선 홍대입구역.

꼴사납게 입고, 정신 사납게 떠드는 아이들에게 떠밀리다시피 출구를 나와 스마트폰에서 지도를 열었다. 농협을 끼고 돌아 합정역 방향으로 걸어가자 비스듬히 갈라지는 샛길이 나왔다. 거기서 한 블록 올라가면 바이더웨이. 그 뒤쪽 허름한 상가단지 앞에서 발걸음을 멈췄다.

지하로 내려가는 계단은 어둡고 습했다. 층계참에 '미로프로덕션'이라고 적힌 플라스틱 팻말이 붙어 있었다. 돌잔치, 결혼식, 각종 행사 촬영 전문이라는 홍보 문구가 있었지만, 그런 행사를 절대 맡기고 싶지 않은 음침한 분위기였다.

페인트칠이 벗겨진 철문을 밀자 꿉꿉한 시멘트 냄새와 음식 고린내가 뒤섞여 풍겨왔다. 플라스틱 박스가 여기저기 널브러져 있고 천장에 매달린 형광등에는 새까맣게 때가 꼈다.

윤은 사무실에 들어서면서 존칭 문제를 잠시 고민했다. 워낙 오랜만이라 대뜸 말 놓기가 어색했다. 다행히 상대가 먼저 반가운 체를 했다.

"어이! 윤 기자, 왔는가?"

파티션 너머에서 걸걸한 목소리가 넘어왔다. 휑한 사무실에는 그 혼자밖에 없었다. 빈 짜장면 그릇을 앞에 놓고 두루마리 휴지로 입술을 비벼 닦고 있었다. 머리맡 백열등 스탠드와 발 밑 전기난로의 붉은 불빛이 겹쳐 사내의 인상을 더 늙고 흉포하게 만들었다. 벗겨진 앞머리와 곰보처럼 우묵우묵 얽은 볼 때문에 더더욱.

윤이 방송담당 1진을 맡을 때 만났으니 7, 8년은 족히 흘렀다. '황뚱'으로 더 자주 불리던 황규완은 방송국에서 촬영감독으로 오래 일했다. 안면을 튼 건 한 미니시리즈 종방 회식 자리. 우연찮

게 옆자리에서 술잔을 나누다 동갑이라는 이유로 친해졌다. 그때가 황 감독이 가장 잘나가던 시절이었다. 덕분에 장가도 잘 갔는데 그의 부인은 이름은 몰라도 얼굴은 보면 아, 하는 탤런트였다.

그날 윤과의 만남 이후, 황 감독 인생은 수직 낙하했다. 운명의 신이 작정하고 팔을 걷어붙인 것 같았다. 오피스텔 임대 사업에 손댔다가 부동산 침체로 말아먹고, IT벤처 주가 거품이 절정일 때 들어갔다 쪽박을 차고, 빚에 쪼들리자 안정된 직장 때려치우고 신생 외주 프로덕션 막차를 탔는데 코스닥 상장은 헛꿈이었다. 갖은 스트레스로 당뇨병을 얻었고 당연한 절차처럼 이혼 당했다. 전 부인은 지금도 아침 드라마에 불륜 전문 배우로 자주 나온다. 그 왜, 유부남 유혹해 행복한 가정 파탄 내는. 그래서 아줌마 시청자들에게 쌍욕을 얻어먹는.

"오랜만이야. 딸내미 많이 컸지? 이름이 현지 맞나?"

할 말이 없어서 아이 얘기로 인사를 대신했다.

"으응……. 수원에서 지 엄마랑 살아. 엄마가 욕먹어 번 돈으로 캐나다 유학 준비 중이래. 날 딱히 보고 싶어 하지도 않아. 애비노릇도 돈이 있어야 하거든. 요즘 애들이 얼마나 약았는지, 빈티 나는 아빠는 쪽팔려 해."

용건을 미리 말해둔 터라 바로 작업에 들어갔다. 문제의 CD를 컴퓨터에 넣고 구동시키자 동영상 파일이 다섯 개 떴다. 파일마다 알파벳 A와 각기 다른 여섯 개의 숫자가 붙어 있었다. 첫 번째 것을 클릭하자 낯선 중년 사내와 젊은 여자의 술 마시는 장면으로 시작해 침대에서 뒤엉켜 뒹구는 장면으로 끝났다. 황 감독은 뭐이런 걸 가져왔냐는 기름진 눈빛으로 윤을 힐끔거리며 킬킬 웃었다. 오래전 영상이라 화질이 흐리고 음향도 없었다. 장소도 허름한 게 중국이나 동남아처럼 보였다. 비슷한 몇 개의 영상이 반복해 나왔다. 같은 여자에 남자만 계속 바뀌었다.

"어때, 확인돼?"

윤은 속이 바짝바짝 탔다. 간이 플라스틱 의자를 가져와 황 감독 옆에 달라붙었다.

"화질이 흐릿하긴 하지만 장담컨대 조작은 아냐. 경찰 디지털 포렌식 센터에서 분석해 봐도 결론은 똑같을 거야."

황 감독이 시선을 정면에 고정한 채 이쑤시개를 입에 물고 쩝쩝거렸다. 양파 냄새가 강하게 풍겼다.

"확실해?"

일이 빨리 끝날지도 모른다는 안도감에 재차 물었다. 황 감독은 한 부분을 확대해 보여준 다음 빨리감기와 되감기 버튼을 반복해 눌렀다.

"여길 봐, 매끄럽지? 몇 차례 나눠서 촬영한 걸 하나로 이어서 편집한 건 맞는데 인위적인 합성은 아냐. 해상도나 촬영 각도로 봤을 때 소형 카메라로 몰래 찍은 것일 수도 있고. 원격조정 가능한 걸로."

"그 외에 이상한 점은?"

"글쎄다. 아날로그 영상을 디지털 파일로 옮긴 것 같아. 장소야 내가 알 수 없는 노릇이고……. 그런데 이 인간들 다 누구야? 혹시 아는 사람?"

윤은 멈칫하다 바로 얼버무렸다.

"나, 나도 몰라. 이제부터 알아봐야지. 그냥 윗선 심부름이야."

사실이었다. 어디서 본 듯한 얼굴도 있었지만 오래된 영상을 가지고 바로 확인하기란 쉽지 않았다.

"새끼, 못 본 새 졸라 까칠해졌네. 돈 되는 일이면 좀 묻어가자. 으응?"

황 감독이 눈동자를 희뜩이며 큭큭거렸다.

윤은 마지못해 따라 웃었지만 광기 어린 눈빛에서 섬뜩함을 느꼈다. 대충 얼버무리고 가야겠다고 생각하는 순간, 모니터 속에 철가면이 모습을 드러냈다. 10분짜리 동영상의 거의 마지막 부분. 상의를 벗고 의자에 앉아 뭔가에 탐닉한 표정으로 담배를 피우고 있다. 앞 머리숱이 꽤 남아 있는 걸로 봐서 10년은 족히 됐다.

머리가 복잡해진다. 역류한 피가 그대로 정수리에 고여 있는 기분. 국장이 약점이라도 잡힌 걸까. 그래서 조작이기를 기대했던 걸까. 그렇다면 결과에 실망할 것이다.

황 감독이 쩝쩝거리며 화장실에 간 사이, 어떤 식으로 보고를 올려야 할지 고민했다. 굳이 서두를 필요는 없다. 주말 내내 고생한 척 월요일 오후쯤에 던져주면 되리라. 무릇 보고라는 건 빠르지도, 느리지도 않을 때가 최적의 타이밍. 서둘렀다가 몇 군데 더 알아봐, 그 안의 사람들이 누군지, 누가 촬영했는지도. 그런 혹이라도 붙어 되돌아오면 피곤해진다.

다른 의문이 생겼다. 철가면은 왜 이걸 맡긴 걸까. 분명 이 동영상을 봤을 테고 자신이 나오는 화면이 진짜임을 모를 리가 없다. 게다가 본인 입으로 위험한 물건이라고 말하지 않았나. 그렇다면 다른 의도가 숨어 있다는 얘긴데……

"자자, 간만인데 삼겹살에 소주 한잔 빨아야지. 요즘 같은 황사

철에는 돼지비계를 먹어줘야 목구멍에 낀 먼지가 쏴악 씻겨 내려
간다고."

　황 감독이 바지춤을 제대로 추스르지도 않고 화장실에서 나와
채근했다. 물주를 잡아 한껏 신이 난 표정. 머리가 복잡했지만 윤
은 차마 거절할 수 없었다. 엉킨 실타래를 받아든 사람처럼, 황망
한 표정으로 황 감독을 따라나섰다.

B파일 900734 전업 킬러

　준비를 마친 검은 복면은 잠시 눈을 감았다가 떴다. 구름이 달
을 완전히 삼킨 밤, 청와대 인근 산기슭에 위치한 20층짜리 건물
옥상에선 저 멀리 종로 일대 야경이 고스란히 보였다.

　주차장 안으로 세단 한 대가 들어서고 있었다. 헤드라이트가
꺼지고, 운전석에서 내리는 사람은 그 남자 혼자다. 아래를 살피
던 검은 복면은 안도의 한숨을 내쉬었다. 동행이 있다면 결행을
미뤄야 한다. 가끔 젊은 여자를 끌어들인다는 소문이 있지만 오
늘은 아닌 모양이다. 이제 3분이면 엘리베이터를 타고 집 안에 도
착할 것이다. 밤안개가 짙어지고는 있지만, 혹시라도 누가 보면 낭
패다. 빨리 처리해야 한다.

　시간을 낭비하지 않으려면 효율적으로 움직일 필요가 있었다.
검은 복면은 장갑을 끼고 자일과 매듭을 다시 확인했다. 오른쪽
주먹으로 왼쪽 가슴을 툭툭 쳐본다. 안주머니에 가스총이 들어
있지만 목숨이 위태롭지 않은 한 사용할 생각은 없다. 그건, 작전

의 실패를 의미하니까.

호흡을 멈추고, 출발 직전의 배영 선수처럼 외벽 난간에 붙었다가 사뿐히 하강한다. 두 발을 튕기듯 정확히 한 스텝, 두 스텝, 세 스텝. 그리곤 로프를 힘껏 잡아당긴다.

19층 외벽에 붙은 에어컨 실외기에 안착했다. 봄이라지만 밤이라 바람이 차다. 검은 복면은 눈에 힘을 주고 어두운 실내를 살핀다. 주거용 오피스텔 치고는 창틀이 넓었다. 다른 방법을 택할 걸 그랬나. 하지만 완전범죄를 위한 조건은 만만치 않다. 단순히 죽이는 게 아니라 자살이나 사고사로 위장해야 한다면 더더욱. 의뢰인이 원하는 대로 해줘야 하는 게 이 업계의 룰. 게다가 표적은 항상 외부 시선에 노출되는 유명 인사라 기회 잡기가 쉽지 않았다.

1904호 거실에 불이 켜졌다. 땅딸막한 체구의 사내가 현관에 들어선다. 양복 상의를 소파에 벗어던지고 정수기에 다가가서 물부터 마신다. 그의 마누라와 아이들은 강남 도곡동의 최고급 주상복합에 살고 있다. 청와대와 가까운 이 한 동짜리 주거용 오피스텔은 임시로 머무는 숙소다.

땅딸이는 대통령을 지척에서 보좌하는 현 정권의 실세. 하루가 멀다 하고 TV 뉴스나 신문에 등장하는 얼굴이다. 「100분 토론」 같은 프로에 정부 대변인 격으로 단골 출연하는데다, 최근 한 대기업의 방송 진출과 관련한 특혜 로비에 연루돼 이런저런 의혹에 시달리는 장본인이기도 하다.

검은 복면이 알고 있는 사실은 거기까지. 더 이상의 정보는 불필요하고, 제거해야 하는 이유에 대해서도 고민할 필요가 없다.

19층과 20층 사이의 외벽에 두 발로 지탱하고 서서 휴대전화를 꺼냈다. 두꺼운 장갑 때문에 발신 버튼을 누르는 데 애를 먹었다. 신호가 울리자 거실에서 땅딸이가 유리컵을 든 채로 테이블의 전화기를 옮겨쥔다.

"1904호 차량 오피러스 맞죠? 차 좀 빼주셔야겠습니다."

창 밖에서 검은 복면이 다급한 목소리로 내뱉는다.

"뭔 소리야……. 방금 주차장에 갖다 댔는데."

창 안에서 땅딸이가 짜증스럽게 대꾸한다.

"아이, 아저씨! 못 믿겠으면 지금 내다봐요. 아저씨 차 때문에 앞뒤로 꽉 막혀 있다니깐."

땅딸이가 똥배를 내밀며 팔자걸음으로 베란다 쪽으로 다가온다.

숨이 멎는다. 죽지 못해 시작한 일이지만 지금까지 해올 수 있었던 건 바로 이 순간의 긴장감 때문이다. 오금이 저릿저릿, 온몸의 장기가 수축되는 느낌. 이윽고 분출되는 아드레날린이 혈관을 타고 흐른다.

드르륵, 자동잠금장치가 달린 섀시 문이 눈앞에서 열린다.

"반갑습니다."

주차장을 살피던 땅딸이가 놀라서 히뜩 올려다본다. 귀신이라도 본 눈빛. 준비해둔 올가미를 잽싸게 그의 목에 건다. 땅딸이는 여전히 눈만 끔벅이고 섰다. 지금이 어떤 시추에이션인지 전혀 모르겠다는 표정. 뒤늦게 땅딸이가 눈을 부릅뜨면서 자신의 목을 움켜잡는 순간, 검은 복면은 올가미와 연결된 로프를 몸에 걸고 외벽을 뛰어오른다. 땅딸이의 목이 조여들며 창틀로 끌려 올라온다. 버둥거리며 힘을 쓰기 시작하자 무게가 만만치 않다. 놓치면 끝장이다. 두 발로 건물 외벽에 지탱하고 서서 황급히 손을 한 번 더 꼬아 로프를 움켜쥔다. 균형을 잃고 몸이 공중에서 헛바퀴를 돈다. 몸에 반동을 주어 다시 자리를 잡는다. 조금만 버티면 된다. 길어야 2,3분이다.

블라인드를 내려 혹시 모를 외부 시선부터 차단했다. 발자국을 남길까 봐 신발 위에 일회용 비닐을 겹쳐 신었다. 서재로 가서 컴퓨터를 켜고 한글 파일을 열어 타이핑한다. 장갑 낀 손 때문에 자판 두드리는 데 시간이 걸렸다. 프린터로 출력한 유서를 책상 위에 반듯하게 올려두었다.

땅딸이 양복 주머니에서 꺼낸 열쇠로 책상 서랍을 열었다. 깊숙한 곳에 숨겨진 CD를 안주머니에 찔러 넣었다. 그제야 안도의 숨을 내쉬었다. 한편으로 걱정이 됐다. 호르몬제 때문일까, 다이어트 때문일까. 체력이 많이 약해졌다. 막판에는 눈앞이 핑그르르 돌 정도였다. 조금만 더 지체했다면 실패했을지도 모른다.

"암만해도 근력 운동이 부족해!"

검은 복면은 조금만 운동을 해도 근육이 생기는 자신의 몸이 싫었다. 여자들은 어지간히 운동하지 않고선 근육이 생기지 않는다던데…… 어쩌면 일을 그만둬야 한다는 신호일지 모른다.

경기가 바닥이라 해결사 일도 출혈 경쟁이다. 남편이나 마누라 죽여달라는 청부 손님이 늘었다지만, 언제부턴가 떼로 움직이는 조선족들이 덤핑을 치기 시작하면서 물을 다 흐려놓았다. 인터넷에는 자극적인 문구로 도배된 심부름센터 상호가 줄줄이 뜬다. 살인 빼고는 다 맡겨만 달란다. 고객이 한정된 시장이다 보니 이 짓만 해선 먹고 살기 힘들 지경이 돼버렸다.

"강호에 의리는 다 사라졌어."

알고 지내는 몽치라는 칼잡이 하나가 탄식을 했다. 알아주는 일급 자객이지만 일감을 구하지 못해 대형 할인마트 정육 코너에서 일하고 있다. 본인은 목구멍에 풀칠하기 위해서라며 자조하지만, 전공 하나는 기막히게 살린 셈이다.

그에 비하면 검은 복면은 형편이 한결 나았다. 이번 일도 '행복흥신소' 탁 사장이 연결해 줬다. 진짜 탁 씨인지 알 수 없지만 이 바닥에선 다들 그렇게 불렀다. 그는 불륜을 캐거나 떼인 돈 받아 주는 심부름센터와는 차원이 다른, 0.01퍼센트의 대한민국 VIP를 상대하는 사무실을 강남 한복판에서 운영했다. 고상 떠는 인간들일수록 누군가 대신 해결해 줬으면 하는 너저분한 비밀이 많은 법이니까. 탁 사장이 일감을 물어오면 실력 있는 해결사 몇몇이 처리하는 시스템이었다. 다른 업체보다 수수료가 두 배나 비쌌지만 계산은 정확하고 무엇보다 뒤탈이 없었다. 검은 복면은 지난 몇 년간 그와 인연이 닿은 걸 큰 행운이라 생각하면서 일해 왔다.

서재를 나와 거실을 살핀다. 의자 하나가 넘어가 있고 그 위로 사람 실루엣이 허공에 매달려 있다. 땅딸이는 충전재가 빠진 봉제인형처럼 축 늘어져 있다. 터져버릴 듯 부풀어 오른 안구만 어둠 속에서 희번덕거렸다. 넌 대체 누구냐? 그렇게 묻는 듯했다.

손목시계를 봤다. 작업은 채 10분이 걸리지 않았다. 마지막으로 주위를 훑어본다. 실수는 없다.

다시 거실 외벽을 타고 로프에 매달리면서 창문을 닫았다. 자동잠금장치 창문의 가장 큰 맹점은 안에서든 밖에서든 문만 닫으면 잠겨버린다는 거다. 평소엔 편해서 좋겠지만 밀실살인 당하기

딱 좋은 구조다.

검은 복면이 가볍게 외벽을 타고 건물 옥상에 올라왔다. 로프를 수거하고 땀이 찬 복면을 벗었다. 동시에 핀으로 묶어놓았던 긴 생머리가 출렁, 흘러내렸다. 거친 숨을 한 번 훅, 내뱉고 야경을 굽어보며 휴대전화를 꺼냈다.

"방금 정리했습니다. 물건 회수했고요. 네, 자살 처리될 겁니다. 바로 입금 부탁드립니다."

담담한 허스키 목소리가 바람에 실려 흩어졌다.

미호.

그녀는 이 이름으로 불리기를 좋아했다.

"아직도 그 이름 쓰냐? 옆집 쪽바리국의 성인 비디오 주인공 같지 않냐? 크하학, 강남 마나님들이 좋아하는 부티크 상표 같기도 하지만 말야."

만날 때마다 몽치가 비식거려도 개의치 않았다. 사연 없는 이름은 없는 법이니까.

수영 선수처럼 훤칠한 키에 다부진 어깨. 피부는 매끈하면서 찰진 탄력이 느껴졌다. 미호가 거리를 지날 때면 마주 오던 여자들이 한 번씩 돌아보곤 했다.

킬러로서의 장점 역시 외모다. 여자 화장실에 들어갈 수 있고 술집 호스티스 변장도 가능하다. 우락부락한 표적들은 그녀 앞에서 늘 방심한다. 그녀는 그런 기회를 적절히 사용할 줄 알았다. 이름난 칼잡이들마다 자신의 솜씨를 뽐내지만 가장 필요한 재능은 결정적 상황을 만드는 기술이다. 어설프게 맞닥뜨려 무력으로 상대와 다투기보다 완벽한 상황에서 가볍게 찌르는 것이 성공 확률이 열 배는 높다.

그녀는 경리단길 옥탑방에 혼자 산다. 매트릭스만 있는 낮은 침대와 간이 옷장, 그리고 미니 냉장고. 식탁을 겸한 테이블 위에 있는 지구본이 전부다. 그 흔한 로즈마리 화분 하나 없다. 미리 챙겨둔 비상용 배낭만 들면 당장 지구 반대편 상파울로 행 비행기라도 탈 수 있도록 준비해 두었다.

남산타워가 보이는 동쪽 창은 늘 커튼이 드리워져 있었다. 미호는 화창한 햇살도 칠흑 같은 어둠도 아닌 어둑스레한, 딱 그 정도 농도의 어둠을 좋아했다.

다운 받은 동영상을 오전 내내 반복해 봤다. 한 케이블에서 방송 중인 화제의 오디션 프로그램 「파이널 쇼」. 마담X는 거기 나오는 가수의 이름이다. 미호는 지금 그녀에게 푹 빠져 있다. 태어나서 지금까지 누군가를 진심으로 응원해 보기는 처음이다. 마담X는 성 전환자다. 남자의 얼굴도 여자의 얼굴도 아닌, 남자도 발성도 여자의 발성도 아닌, 진성과 가성이 절절히 섞인, 성악도 대중음악도 아닌, 이전까지 들어본 적 없는 노래를 했다.

마담X가 부르는 모든 노래는 첫 소절을 듣는 순간, 마음에 평안을 준다. 평론가들이 힐링뮤직 어쩌구 하며 잘난 척 떠들어대도, 그런 단어로 그녀의 몽환적인 음악 세계를 정의할 순 없다. 그녀의 팬들은 영화와 뮤지컬로 유명한 동독 출신 트랜스젠더 록 가수와 곧잘 비교하지만 분명 다르다. 마담X에게는 용서하기 위하여 삭일 분노도, 치열하게 사랑할 대상도 없는 것처럼 보인다. 그저 자신의 삶을 살 뿐, 아니 삶 자체마저 초연한 사람 같다.

다음 주가 「파이널 쇼」의 결승. 분위기로 봤을 때 마담X의 우승 가능성은 멀어 보였다. 보수 성향의 기독교 단체에서 우려 성명을 발표한 데다 거부감을 보이는 악플러들이 의외로 많았다. 톱 2까지 살아남은 것도 기적 같은 일이다. 미호는 마담X가 일개 서바이벌 오디션의 우승보다 재능 있는 뮤지션으로 오래오래 살아가길 바랐다. 그녀는 상처 입은 자가, 상처 입힌 자를 위로하는 노래를 하니까. 그 노래를 들으며 미호도 치유 받는다. 나쁜 기억은 다 잊고 새로운 인생을 살리라.

휘이이익. 휘파람을 불자 침대 구석에서 애완견이 달려와 가슴팍에 안겼다. 이 공간에서 유일하게 정을 준 생명체. 작년 이맘때 동네 놀이터에서 버려져 죽어가는 걸 데려왔다. 중국산 시추 종인데 이름이 양파링. 같은 이름의 과자를 잘 먹어 그냥 그렇게 붙였다. 애완견답지 않게 혼자 있는 걸 좋아하는 게 마음에 들었다. 사람에게 학을 떼어서 그런 걸까, 미호는 그것마저 자신과 닮았다고 생각했다.

양파링에게 줄 우유를 따르다가 휴대전화 벨소리를 들었다. 발신자 제한 표시가 떴다. 그녀에게 전화 올 곳은 한 곳뿐이다. '행복흥신소'의 수다쟁이 탁 사장.

"쪼매 쉬었나? 다른 일거리 생겼다 아이가. 의뢰인이 저번 일처리 억수로 마음에 든 모양이다."

재빨리 통장 잔액을 계산했다. 이번 일이 마지막 미션이 될 수 있을지도 모른다. 양파링이 꼬리를 살랑살랑 흔들면서 미소 짓는 미호를 올려다보았다.

B파일 310218 신참 기자

"또라이 같은 년! 네가 그러고도 기자냐!"

에스더는 경위서를 사회부장 책상 위에 던지고는 편집국을 나서며 중얼거렸다. 누구를 향한 말인지 저 자신도 몰랐다.

엘리베이터 벽면에 붙은 거울을 보며 다시 되뇌었다. 물먹었다, 물먹었다를 두 번. 괜찮아, 괜찮아를 두 번.

위안은커녕 마음만 더 불편해졌다. 상사의 질책이나 모욕감 때문이 아니라 특종 이면의 찜찜함 때문이었다.

에스더는 신문사 앞 횡단보도를 건너 스타벅스에 가서 맨 안쪽 자리에 벽을 보고 앉았다. 꿀꺽, 넘어가는 침이 썼다. 잠을 못 자 바짝 마른 동공이 바늘로 쑤시듯 따끔거렸다. 입사 이후 이토록 서러운 날은 처음이었다.

낙종.

변명의 여지가 없었다. 빤히 보고도 놓쳤다. 그러나 어젯밤 그 상황으로 다시 돌아간다 해도 다르게 판단할 수 있을지 자신이 없다.

경찰서 앞 중국집에서 열린 대면식. 오후 늦게 급조된, 새로 부임한 서장과 기자단이 인사차 모인 가벼운 식사 자리였다. 분위기가 무르익자 예정에 없던 노래방으로 2차가 이어졌다. 신임 서장은 호탕하고 술을 좋아하는 사람이었다. 취기가 오르자 간부 출신들은 현장을 모르면서 실적 압박만 해댄다고 불만을 내비쳤다. 자기는 그런 서장이 되지 않겠노라 큰소리쳤다. 그게 화근이었다.

옆자리 방송국 여기자가 살살 웃으며 다분히 의도를 가지고 질문을 몰아갔다.

"어휴, 그럼 일선에선 완전 힘드시겠다. 서장님은 경찰청장 업무 방식이 맘에 영 안 드시겠어요?"

서장의 대답은 의사 무능력 상태의 술주정에 가까웠다. 술김에 하는 말인데……, 라고 두 차례 말했다. 그게 비보도 요청과 같은 의미인지는 지금도 판단이 안 선다. 외근 형사를 차별하는 관행부터 최근의 강경 시위진압 방침까지, 가슴에 품었던 불만을 우르르 뱉어냈다.

말실수는 전적으로 공인인 그의 잘못이다. 갑작스런 파격 승진에 들떠서, TV 뉴스에서나 보던 여기자와 친해지고 싶어서, 호기로 넙죽넙죽 받아 마신 폭탄주가 원인일 수도 있다. 옆자리에서 말렸어야 할 경무과장과 형사과장도 남자 기자들과 담배 피운다고 우르르 몰려나가 자리를 비우고 없었다.

현장통인 신임 서장은 몰랐을까. 기자들 앞에서 말실수는 자살행위나 마찬가지라는 걸. 굳이 쓰고 싶지 않아도, 쓰지 않으면 낙종하기 때문에 쓴다. 피 말리는 미디어 경쟁 시장에서 윤리적 딜레마는 차후의 문제다.

에스더도 갈등했다. 하지만 밉살스런 여기자의 유도 질문에 걸린 실언을 지면에 옮기고 싶지 않았다. 수습 꼬리표가 떨어진 첫날 맹세하지 않았던가. 진실만 보자. 넓게 보자. 약자를 외면하지 말자. 선동하지 말자. 생전에 아버지는 그런 기사만 썼다고 들었다. 게다가 술자리에서 농담처럼 한 얘기를 경찰 조직 내 항명처럼 거창하게 뻥튀기해야 할까. 능구렁이 고참들이야 손가락질하겠지.

'원론적인 얘긴 때려치워. 그런 걸 잘 낚아야 진정한 사건기자지. 백날 보도자료나 베낄 거면 뭐하러 이 짓 하나?'

그래, 내 의지대로 한 거야. 그렇게 자위하자 마음이 좀 편해졌다. 하지만 공허한 외침이란 걸 에스더도 잘 안다. 아까 사회부장이 지껄인 얘기가 아직도 귓가에 떠돈다. 그는 흥분하면 호칭에 꼭 존댓말을 붙인다. 적개심을 감추고 이성적인 판단임을 강조하려는 술수. 잔꾀가 빨리 읽힌다는 걸 기자질 20년의 데스크가 정말 모르는 걸까.

"이봐, 에스더 씨. 내가 물먹었다고 열 받은 게 아니에요. 보고 소홀을 질책하는 거라고. 기사 밸류 판단은 에스더 씨 몫이 아니잖아. 야간국장이 뭣 하러 밤새 남아 있어? 혼자 판단해 기삿거리 안 된다고 입 쓱 닦아 쓰레기통에 처넣을 거면. 아니면 그 인간한테 동정심이라도 생긴 거야? 경쟁사에 물먹으니 배터지게 부르디? 좋겠다. 선배들까지 배부르게 해 줘서."

이쯤에서 끝났나 싶으면 다시 시작이다.

"너 톱스타 최은실이랑 축구 선수 조승민 결혼 특종 비사 모르지? 하긴 에스더 씨 나이에 그걸 알 리 없지. 그거 은실이가 기자들이랑 밤새 술 먹다가 농담처럼 제 입으로 깐 거야. 근데 그 자리에 있던 선수들 중 쓸 사람은 쓰고 안 쓴 사람은 안 쓴 거야. 알아들어? 특종과 낙종은 한 끗 차이야. 똥고집으로 버티려면 때려치워! 집에서 애 보고 살림이나 하면 되겠네!"

다 맞는 말이고 다 아는 얘기다. 에스더는 분해서 입술을 깨물었다. 꼭 저런 식으로 분풀이해야 할까. 조금 감싸줄 수는 없는가. 허망함, 비애감, 굴욕감. 여러 감정이 밀물처럼 밀려들었다. 참된 뉴스의 기준이 뭔가. 어디까지가 알 권리이고 어디부터가 황색 저널리즘인가. 취재원은 어떻게 보호하고 독자들에게 어떤 식으로 전달해야 하는가.

한물 간 유행어가 생각났다. 이러니저러니 말들 하셔도, 현실은 달라요. 어쩌면 그게 정답이다. 참으려 했는데 끝내 눈물이 흐른다. 고개를 들고 멍하니 천장을 봤다. 언론사 입사를 위해 스터디 모임을 하던 시절, 스타 아나운서를 꿈꾸던 남자 동기가 그랬다. 단독 인터뷰 두 건이면 게임 끝이야. 김정일과 오바마. 그거면 뉴욕타임스나 CNN도 울고 갈 특종기자가 될 거야. 푸하핫.

한 사람은 죽었으니 이제 오바마만 남은 건가. 사회부장은 임사체험이라도 해서 김정일 인터뷰를 따오라고 할 것이다. 에스더는 피식, 웃었다. 그 꽃미남 동기는 지금 화이트셔츠를 입고 은행 창구에서 동전을 바꿔준다. 지난번 만났을 때 무표정한 얼굴로 담담히 말했다.

"예측 가능한 일만 벌어지는 일상이 나쁘진 않아. 위험한 최선보다 안전한 차선을 즐긴다고 할까. 하지만 인생에서 스릴이 없다는 건 사실상 죽음이나 마찬가지지."

에스더는 지금 그에게서 위로 받고 싶다.

'오늘 동전 많이 바꿨니? 나 물먹었다. 부장한테 열나 닦였어ㅠ'

문자를 보내자 바로 답장이 날아왔다.

'요즘엔 딱 정오까지만 환전해 드려요. 기계가 있어서 편하답니다. 물은 많이 먹을수록 건강해지지요^^'

에스더는 흐흐 웃으며 손등으로 눈물과 뒤섞인 콧물을 닦았다. 차갑게 식은 커피를 숭늉처럼 들이켜고 나니 기분이 한결 나아졌다.

머리카락을 뒤로 모아 고무줄로 동여맸다. 두 눈을, 콧구멍을, 입술을 최대한 크게 벌리고 웃었다. 기자였던 아버지가 억울한 죽음을 당했다는 걸 알게 된 날도, 대학 입시에서 떨어진 날도, 언론사 입사 시험에서 내리 세 해를 낙방할 때도 그랬다. 울음을 참으려 웃었다.

자신을 믿어. 나의 길은 틀리지 않아. 에스더는 주문을 걸었다. 치열하게 경험을 쌓아 빨리 노련한 기자로 거듭나야 한다. 그래야 아버지의 누명을 파헤칠 수 있다. 하루하루 전장을 누비는 것 같은 긴장감. 기사 압박에 질식할 것 같지만 견뎌야 한다. 어차피 자신과의 싸움이다. 여기서 주저앉을 수는 없어. 에스더는 지혜로운 솔로몬 왕의 말을 위로 삼았다. 이 또한 지나가리라.

아차차! 몽상에 빠져 있느라 약속을 잊고 있었다. 서둘러 짐을 챙겼다. 취재원을 기다리게 하는 건 예의가 아니다.

숨을 헐떡이며 지하철 1호선과 서울역 로비를 연결하는 에스컬레이터를 뛰어올랐다. 열두 시에 '마닐라보이'를 경부선 출구 앞에서 만나기로 했다. 그인지 그녀인지 알 수 없지만 마닐라보이는 성전환자권익연대 사이트의 운영자였다.

사회부 경찰팀에서는 한국 사회 소수자에 관한 기획물을 준비 중이다. 주제는 '차별을 넘어 공존의 시대로'. 발제자는 바이스 캡 홍영태. 장애인, 이주 노동자, 성 전환자, 동성애자 등 마이너리티의 권익 향상과 사회적 편견을 깨기 위한 노력을 점검해 보자는 취지로 4회에 걸쳐 실릴 예정이다. 에스더에게 할당된 꼭지는 성

전환 수술 실태와 권익모임 운영자의 인터뷰였다.

케이스 구하기가 쉽지 않았다. 성 전환자들은 이주 노동자들이나 장애인들과 달리 접촉할 만한 공인 단체가 마땅찮았다. 맨땅에 헤딩하는 심정으로 몇몇 인터넷 카페에 연락처를 남겨놓았다. 큰 기대를 안 했는데 답장이 왔다. 카페 운영자가 마닐라보이였다.

인터뷰하기를 꺼려 메일로 달래고 조르기를 몇 차례. 그제 겨우 약속이 잡혔다. 실명은 안 밝히고 얼굴 사진은 측면만 공개. 반드시 '성 전환자 성별 변경에 관한 특별법' 제정의 필요성을 긍정적 시선으로 기사에 녹여주는 조건이었다. 문제될 건 없었다. 에스더는 살짝 희열을 느꼈다. 진심으로 공을 들이면 안 되는 일이 없구나.

서울역 경부선 로비는 마닐라보이가 정한 약속 장소였다. 그래서 지방에 사는 사람이 아닐까 추측을 해봤다. 일단 맥도날드 창가 자리에 앉아 출구를 지켜봤다. 어떤 사람인지 미리 관찰하고 인터뷰하는 것도 유용한 취재 전략이다.

낡은 디지털 카메라를 만지작거리며 10분을 기다려도 마닐라보이는 나타나지 않았다. 초조해진 에스더는 매장 밖으로 나왔다. 바람맞은 걸까. 불안했다. 되레 상대가 못 알아볼까 봐 기자수첩을 들고 큰 걸음으로 출구 앞을 서성거렸다. 부지런히 눈동자를 굴리며 오가는 이들을 살폈다. 저들 중 누군가 분명 마닐라보이다. 만나기 전에 어떤 사람인가 관찰하고 있는 게 분명해.

삐리릭. 휴대전화에 문자가 날아들었다.

'기자님. 송구합니다. 아무래도 조심스럽습니다. 인터뷰 거절하겠습니다. 좋은 기사 많이 부탁드릴게요.'

맥이 탁 풀렸다. 화낼 기운도 없다. 다시 연락을 해볼까도 생각했지만 싫다는 사람을 강제로 끌어낼 순 없는 노릇이다.

경찰서 계단을 오르는 발걸음이 무겁다. 어젯밤 회식 자리부터 꼬여서, 아침부터 국장에 데스크에 욕 들어먹고, 취재원에게는 바람 맞고, 물먹은 솜처럼 몸이 늘어졌다. 두 끼를 걸렀으나 식욕도 없었다.

에스더의 담당 구역은 마포와 서대문 일대. 흔히 '마포 라인'으로 불리는 곳이다. 광역수사대와 마약수사대는 물론, 구역 내 서부지검과 소방서까지 챙겨야 한다. 신촌 대학가 동향도 늘 관심 대상이다.

'신문사의 꽃'이라는 사회부 경찰팀에는 각 라인별로 특징이 있다. 강남 라인은 강력사건이 적은 대신 연예인들이 많이 살아 음주 단속과 자살 사건을 신경 써야 하고, 종로 라인은 노동계 시위를 예의주시해야 한다는 식이다.

2층 복도를 돌고 돌아 기자실에 들어서는 순간, 에스더는 오늘 일진이 최악임을 직감했다. CBC 사회부 양미라와 눈이 딱 마주쳐 버렸다. 재수 없는 년. 총알이 날아온대도 이렇게 싫지는 않으리라.

양미라는 흰 블라우스와 진홍색 스커트를 주름 하나 없이 차려 입고 다리를 꼬고 앉아서 눈웃음을 친다. 어제 새벽까지 술 먹고 아침 뉴스 리포팅하고 대체 언제 저렇게 곱게 화장을 한 걸까. 한 치 흐트러짐 없는 차림새가, 넌 떠주는 밥도 못 찾아먹니? 지난밤의 낙종을 놀리는 것만 같다.

늘 정신 사납게 떠들던 타사 기자들은 다 어디로 사라졌나. 기자실 업무 지원을 해 주는 소정 씨까지 자리를 비웠다. 안면 있는 형사라도, 기사에 불만 품은 수사과장이라도 뛰어 들어와 쌍욕을 내질렀으면 좋으련만……. 기자실 안에는 달랑 둘뿐이다. 그냥 뒤돌아 나가자니 더 비참해진다. 에스더는 고개를 빳빳이 쳐들고 일부러 먼 자리를 찾아 앉았다.

"에스더 씨, 식사는 했어?"

역시나, 오늘 같은 날 모르는 척 넘어가는 매너 좀 가져주면 안 될까. 저 물건은 전생에 자객이었나. 자상한 말투 속에 늘 칼날을 품고 있다. 타인에 대한 배려라고는 없는, 다친 자의 상처를 헤집어봐야 직성이 풀리는 사악한 본성. 저런 건 가문의 DNA를 타고 내려오는 건가. 에스더는 전신을 타고 흐르는 모멸감을 참으며 무뚝뚝하게 노트북을 꺼냈다.

"너무 스트레스 받지 마. 처음엔 다 그런 거야."

스물일곱 동갑이지만 2년 먼저 입사했다고 완전 선배 행세다. 양미라는 외교관 아버지를 따라 중동과 유럽에서 어린 시절을 보냈고, 해외거주특별전형으로 명문대에 진학했고, 세련된 외모와 외국어 능력을 발판으로 방송사에 입사했다. 방송 기자 출신이자 현재 여당의 떠오르는 국회의원 양병호가 그녀의 삼촌이다.

너도 바다 건너 출신이잖아. 양미라를 앞에 두고 선배들이 제주도를 희화화할 때마다 에스더는 화가 치밀었다.

중앙 일간지와 방송, 통신사가 출입하는 각 라인의 경찰기자단은 경력에 따라 선후배 관계가 다시 짜인다. 최근엔 온라인 매체가 많아져서 규율이 약해지긴 했지만 그래도 지켜야 할 최소한의 의무는 있다. 일정 비율 이상의 브리핑에 참석해야 하고 엠바고

준수, 풀기자단 참여 등등.

아니꼬워도 선배니까 인정할 건 인정한다지만 매사 가르치려 드는 저 거들먹거림은 참을 수 없다. 에스더는 그딴 치졸한 낚시질도 특종이냐고 쏘아붙이고 싶었다. 역겨워! 다른 출입처로 꺼져버려. 속으로 분노를 삭이며 신경질적으로 보도자료를 뒤적거렸다.

담당 구역 내 특별한 사건사고는 없었다. 가출 10대들의 편의점 절도 한 건, 부부싸움 끝에 부인이 남편을 폭행한 사건이 한 건 있었다. 오후 보고를 올리려고 노트북에 인터넷 잭을 연결하는데 둔탁한 구둣발소리가 기자실 앞에서 멈춘다.

"이야, 살인 사건인 모양이네. 상황실 앞에서 형사과장하고 딱 마주쳤거든. 타이밍 지대로지. 케케."

출입기자단 간사를 맡고 있는 대한뉴스 심대근이 문을 밀고 들어왔다. 180센티미터가 넘는 키에 몸무게는 60킬로그램도 안 될 것 같은 꾸부정한 체형. 눈가에 잔주름이 자글자글한 마흔 살 노총각은 말끝마다 기묘한 웃음을 흘렸다. 처음 배치 받아 온 사람들은 다 정신병자인 줄 오해한다. 사건기자 치고는 고참급임에도 수년째 간사직을 꾹 쥐고 있는 걸 보면 일이 체질인 모양이다.

양미라가 의자를 돌려 앉으며 애살스럽게 끼어들었다.

"형사과장이 바로 갔다면 뭐, 큰 건은 아니네. 어린 양한테 풀 좀 주세요, 선배! 네?"

"어허! 그게 맨입으로 되냐. 케케."

"어휴, 선배는. 제가 어련히 알아서 할까 봐요. 아나운서 소개팅 어때요!"

심의 메마른 얼굴에 바로 화색이 돈다.

"누구 부탁인데, 까라면 까야지. 클클. 그런데 말이야, 요즘 너무 열심인 거 아냐? 오늘 아침에도 한 건 날리더니. 다들 힘들어하잖아. 크크."

그러면서 둘이 힐끔 에스더 쪽을 훔쳐본다.

"피이~. 그런 말 마세요. 아직 갈 길이 멀고도 멉답니다. 선배들이 많이 도와주셔서 면피나 하는 정도죠 뭐. 암튼 감사드려요."

그래, 반푼이들끼리 짝짜꿍 잘들 놀아라. 에스더는 일부러 키보드를 탁탁 소리 내 두드렸다. 싸구려 교태, 저런 짓거리도 사건기자에게 요구되는 재능일까. 하긴 어젯밤 충분히 확인했다. 서장 옆자리에서 보이스레코더를 품고 유도 질문 던지는 걸. 예쁜 것들에게 굽실대는 수컷들 정신 상태도 썩어빠졌지. 이용하는 인간이나, 이용당하는 인간이나.

심이 종이컵에 커피믹스를 털어 넣으며 흘러가듯 말했다.

"뭐, 딱히 특별한 사건은 아냐. 피살자는 30대 초반의 조선족 남자고 장소는 합정동의 모텔이야. 최초 발견자는 청소하는 종업원. 이쯤 되면 빤한 스토리 아니겠어? 범인은 평소 알고 지내는 직장 동료 혹은 고향 친구. 살인 동기는 임금 체불 같은 고용주와의 갈등 아니면 치정이겠고, 범인은 가리봉동이나 안산 뒷골목 어딘가에 숨어 있겠지. 에구구, 이런 잔챙이 사건은 지겹다. 작년 연쇄살인 터졌을 땐 죽여줬는데. 그런 건수 당분간 없겠지? 몸이 영 찌뿌둥한 게 뻗치기 들어가고 싶어. 케케."

심이 열변을 토하면서 은근슬쩍 제 자랑을 끼워 넣는다. 그는 작년 가을 세 달 새 네 명이나 죽어나간 신촌의 여대생 연쇄살인 추적 보도로 '한국기자상'을 탔다. 그 훈장을 틈만 나면 우려먹는다. '미친개는 한번 물면 놓지 않는다.' 그 천박스러운 문구가 그의 좌우명이다. 양미라랑 두 분이서 천박남매하면 딱 어울리겠다.

"어, 너네 삼촌 마이크 잡았네. 앵커 출신이라 그런지 화면발 죽인다."

켜놓은 벽걸이 TV에서 국회 대정부 질문을 생중계하고 있었다.

"아, 역시 우리 삼촌! 간지 작살이라니까. 호호."

"부럽다, 양미라. 우리 집안에는 초등학교 교장이 최곤데. 양 의원 큰 인물 되실 분이다. 잘 모셔. 혹시 아냐? 진짜 파란집 들어가게 되실지! 기회 봐서 나도 좀 인사시켜주고. 케케."

"어머, 파란집? 호호, 그럼 나는 뭘 해야 하나."

"대변인? 국회의원? 아니면 장관? 클클, 그럼 나도 꼭 한 자리 해 주기다!"

"호호, 그럼요, 선배!"

아, 환상의 천박남매. 전생에 분명 부부였을 거야.

에스더는 귀동냥한 조선족 살인 사건을 추가해서 오후 보고를 재송하고 기자실을 나섰다. 오늘은 출고해야 할 기획물도, 다른 라인의 지원 요청도 없다. 커피 한 잔 마시면서 마음 정리하고 성전환자 케이스를 구할 계획이었지만 양미라와 함께 있긴 싫었다.

경찰서 정문을 나서는데 시경 캡 전화가 날아들었다. 지난밤 낙종 건 때문인지 목소리는 여전히 냉랭하다.

"방금 보고 올린 조선족 살인 사건 말인데, 직접 확인한 거야?"

"아뇨, 간사가 풀 해 줬습니다."

"따로 한번 찔러봐. 별거 아니라면 이번 한국 사회 소수자 기획에 녹이면 되잖아. 이주 노동자의 무너진 코리아 드림, 뭐 그런 식으로……. 과장 만나보고 담당 수사팀 따라서 모텔에도 가봐."

"안 봐도 뻔해요. 그리고 무너진 코리아 드림 같은 식의 접근은 식상합니다. 90년대 신파도 아니고 괜히 삽질하는 거 아닐까요?"

"뻔해? 하긴 너한테는 모든 사건이 뻔언하시겠지. 혼자 잘나셨으니."

캡 목소리가 신경질적으로 올라갔다. 간밤의 앙금이 고스란히 남아 있다.

"피해자 이름은?"

"……."

"CCTV는? 용의자는? 흉기는 뭐래?"

"아직 확인 못했습니다."

"그럼, 잔말 말고 뛰어가!"

다분히 악감정이 실린 지시였다. 군대식 상명하복으로 해결하려는 저 마초 근성. 짜증난다. 휴대전화를 시멘트 바닥에 찍어버리려다 가까스로 참았다. 유명 인사라면 모를까, 일일이 살인 사건 현장 뛰어다니는 기자가 어디 있나. 저 인간, 지금 자기 스트레스 풀고 있어. 씩씩거리며 기자실로 돌아가려는데 또 휴대전화가 울린다. 이번에는 바이스 캡 홍이다. 다짜고짜 기획 기사 건으로 다그친다.

"어떻게 됐어. 마닐라뽀이인지 마닐라거얼인지."

에스더가 더듬거렸다.

"그, 그게, 약속을 펑크 냈습니다. 부담스럽다면서."

"그래서 인터뷰를 하겠대, 말겠대."

"어찌된 일이냐면……"

홍이 바로 말을 자른다.

"이 어리바리한 년아. 그걸 믿었어? 무슨 수를 써서라도 잡았어야지. 아니면 재주껏 다른 케이스 섭외해. 내일까지 무조건 인터뷰 띄워놔. 자신 없으면 지금 말해. 또 여기저기 민폐 끼치지 말고. 알았어?"

말문이, 가슴이 탁 막혔다. 취재 전통이라는 이름하에 똑같은 사고로 길들여진 인간들. 전화기를 타고 흘러든 질책이 악성 바이러스처럼 의지를 잠식해나갔다. 구차하게 변명하던 자신의 목소리가 이명처럼 반복해 울렸다. 주먹을 쥐고 고개를 세차게 흔들었다.

"씨발! 그래서 어쩌라고."

욕이 입술을 꿰뚫고 나왔다. 지나가던 남자가 놀란 눈으로 쳐다본다.

"그래 씨발, 빌어먹을 개호로자식 씨발이다!"

이렇게라도 안 하면 미쳐버릴 것만 같았다.

터덜터덜 경찰서 정문을 나서는데 일인 시위를 하는 노파가 눈에 들어왔다. 기억이 맞다면 오늘로 열흘째.

'자살이 웬 말이냐. 우리 아들 살려내라. 회사는 진실을 은폐 말라. 경찰은 살인 사건 재수사하라.'

가슴에 매단 팻말에 붉은 글자가 빽빽했다. 함께 붙여놓은 영정사진 속 남자는 웃고 있었다. 어느 누구도 노파의 애절한 눈빛을 바라봐주지 않았다. 에스더도 애써 외면하며 하늘을 봤다. 황사가 시작됐다. 사위가 누렇다. 사막 한가운데 내던져져 방향 잃은 조난자가 된 기분. 부르튼 아랫입술의 딱지를 잡아 뜯었다. 비릿한 피 냄새를 맡자, 속이 좀 뚫리는 것 같았다.

B파일 397021 은행원

아침 일곱 시. '홍콩모텔' 308호.

리영민은 다시 살인 현장으로 돌아왔다. 해가 떴지만 두꺼운 차광 커튼 때문에 실내는 여전히 어두웠다. 딸깍, 조명 스위치를 올렸다. 여자는 긴 머리를 풀어헤친 채 두 시간 전과 똑같은 자세로 누워 있었다. 그새 멀쩡히 일어나 어디로 증발해 버렸으면……. 일말의 기대감은 깨져버렸다.

어차피 되돌릴 수 없는 일. 영민은 서두르지 않기로 했다. 시체부터 찬찬히 살폈다. 두 볼은 옅은 붉은색을 띠고 있고 입 주위에선 아몬드 냄새가 났다. 외상의 흔적이 없는 점으로 보아 청산가리 같은 독극물에 의한 죽음이 확실하다.

연중 24시간 영업하는 대형마트에서 구해온 삼단접이 자바라 이민용 가방을 꺼냈다. 접힌 부분을 모두 펼치자 가슴 높이만큼 길어졌다. 비닐장갑 낀 손을 사체에 가져갔다. 처음 접해 보는 기이한 감촉. 따뜻하지도 차갑지도 않았다. 턱 주위로 뻣뻣한 감이 있었으나 몸이 아직 굳지 않은 상태였다. 더 늦었다면 운반하기 힘들었을 게다. 그랬더라면……. 전기톱의 굉음이 뇌리를 스쳤다. 영민은 고개를 부르르 떨었다.

누군가 거친 휘파람을 불며 복도를 지나간다. 자지러지는 계집애 웃음소리가 뒤따른다. 갑자기 청소부가 도구함을 밀고 들이닥치는 건 아닐까. 침착, 침착. 열한 시까지만 퇴실하면 된다.

술기운은 가셨지만 심하게 긴장을 한 데다 실내 온도가 높아 얼굴이 화끈거렸다. 시체를 만지고 있는데 우습게도 구역질이 아닌 딸꾹질이 났다. 영민은 애써 기계적으로 손을 놀리며 지난밤의 상황을 다시 정리해보았다.

열두 시 반까지 또렷이 의식이 있었다. 과음을 한 것도 아닌데 이상하게 노래방에서 기억이 끊어졌다. 네 시 반쯤 잠에서 깼으니 의식의 공백은 네 시간. 그동안 누군가가 자신과 여자를 여기로 데려왔다. 어제 처음 만난 여자가 왜 같은 방에서 죽어 있는 거지? 아무리 만취해 뻗었기로서니 옆에서 사람이 죽는 걸 모를 수 있나. 사건 해결의 열쇠를 쥔 장은 연락두절이다.

일단 시체를 처리한 다음 해결책을 찾는 게 순서 같았다. 홀로 북한에서 국경을 넘어온 여자라고 했던가. 가족은 없을 테고 주위에서 행방에 신경을 안 쓴다면 영원히 묻혀버릴 수도 있다. 운이 좋다면 아무 일 없었던 것처럼 넘어갈 수 있으리라. 영민은 생각했다.

일말의 빛이 보이자 손놀림이 숙련공처럼 속도가 붙었다. 침대 시트를 바닥에 깔고 시체를 얹었다. 두 번을 말아서 번쩍 들어 엉덩이부터 가방에 밀어 넣었다. 머리통이 완전히 들어가지 않았다. 두 발 사이에 가방을 끼워 고정시킨 다음 시체의 정수리를 손바닥으로 힘껏 눌렀다. 지퍼가 터져버리지 않을까 걱정했지만 홑겹의 중국산 폴리에스테르 백은 의외로 튼튼했다. 핸드백 같은 소지품도 함께 쓸어 담았다.

사람이 이렇게 대범해질 수 있다니.

영민은 스스로에게 질려버린 채 복도로 나섰다. 가방의 묵직한 무게감이 팔 전체를 타고 전해져왔다. 다행히 붉은 카펫이 플라스틱 바퀴 구르는 소리를 완전히 삼켜주었다. 비상계단부터가 고역이었다. 낑낑거리며 가방을 들어서 운반해야 했고 1층에 내려왔을 땐 어깨까지 욱신거렸다. 영민은 서둘러 주차장으로 가 산타페 트렁크에 가방을 실었다. 용산 자취방에 들러 가져온 은행 업무용 차였다. 재빨리 좌우를 살폈다. 의심스런 시선은 없다. 시체를 치우는 일은 생각보다 쉽게 끝났다. 지금부터가 중요하다. 담배 생각이 간절했지만 꾹 참고 차에 올랐다.

6차선 대로에 들어서고서야 담배에 불을 붙였다. 서둘러 상황 파악에 나섰다. 장태평에게 전화부터 건다. 여전히 신호만 울린다. 민기수에게 걸어봐도 마찬가지였다. 전원을 꺼놓아 바로 음성사서함으로 넘어간다. 둘 다 어디로 사라진 걸까. 걱정이 짜증으로, 슬슬 분노로 바뀌었다.

누런 대기 사이로 태양 빛이 드문드문 비쳤다. 서울 상공을 완전히 뒤덮은 모래 알갱이들. 시야가 탁해 도로 표지판이 흐려 보일 정도였다. 앞선 트럭이 움직이지 않아 답답해하다가 빽빽하게 늘어선 차량 행렬을 보고서야 러시아워임을 깨달았다. 영민은 갈등했다. 출근을 해도 일이 손에 잡힐 리 만무하고, 결근한다면 더 의심받을 텐데. 그렇다고 트렁크에 시체가 실린 차를 계속 끌고 다닐 순 없다.

망설이다 은행에 전화를 걸었다. 직속 상사인 친절한 방 팀장은 벌써 출근해 있었다. 몸살이 심하다고 하자 진심으로 걱정해준다.

"무리하지 않아도 돼, 영민 씨. 타향에서 아픈 것만큼 서러운 일도 없다고! 위에는 내가 잘 말해놓을 테니까 마음 편히 대휴 써!"

눈 끝이 찡해온다. 좋은 직장과 좋은 동료들. 참 복 많은 놈이라고 생각하고 살았다. 그렇게 수년을 쌓아온 대인관계가 한꺼번에 무너지게 생겼다.

영민은 억울하다. 무슨 잘못을 해서 이런 벌을 받는 거지? 남에게 못할 짓 안 하고 배려하면서 살아왔는데. 사소한 욕심이 화를 부른 걸까. 지난 일들을 하나하나 되짚다 갑자기 시무룩해졌다.

리영민. 중국 이름 리르웅민(李榮敏). 옌벤 출신 조선족이고 서른세 살의 은행원. 고향의 대학에서 경제학을 전공하고 재외동포재단 장학금을 받고 한국에 유학 와서 대학원까지 마쳤다. 중국어와 한국어에 능통하고 영어도 잘하는 편이다.

중국의 개방 정책과 맞물려 한국 금융권에서 정책적으로 전문 인력을 양성할 때라 은행에 어렵지 않게 취업했고, 몸에 밴 성실함으로 일을 빨리 배웠다. 그렇게 7년. 올 가을에 고향으로 돌아갈 예정이었다. 옌지에 새로 문 여는 사무소의 지점장. 파격 승진이었다. 현지에서 자리만 잡힌다면 차후에 중국의 모든 지점을 관리하는 법인장 자리도 넘볼 수 있다.

영민은 이 모든 게 교육열이 남달랐던 부모 덕이라고 생각했다. 두 분은 다 고중 선생님. 아들이 한국에 가서 성공하기를 늘 바랐고 이제 다시 함께 살 날을 손꼽아 기다리고 있다. 그런데 이런 날벼락이라니!

차들은 여전히 느릿느릿 움직였다. 영민은 반복적으로 브레이크를 밟았다 놓으며 시체를 처리할 방법을 떠올렸다. 업무용 차를 계속 몰고 다닐 수는 없다. 번호판 추적이라도 당하게 되면 낭패다. 밤에 교외로 나가 야산에 묻을까. 돌을 매달아 저수지에 던질까. 재건축 아파트 공사장은 어떨까. 영민은 고개를 흔들었다. 대한민국은 감시 카메라 천지다. 더 확실한 방법을 찾아야 한다.

창문을 닫고 있는데도 각막에 황사 알갱이가 낀 양 뻑뻑하다. 찔끔, 눈물을 짜본다. 생수병을 꺼내 목을 축이고 가슴이 답답해 넥타이 매듭을 늘린다. 지긋지긋한 모래바람, 비라도 와서 다 쓸어갔으면 좋겠다.

서울 시내를 돌고 돌다 서대문 독립문공원에 차를 세웠다. 벤치에 앉아 줄담배를 태우며 오가는 이들을 하염없이 바라봤다. 수건을 머리에 두른 노파 하나가 모이를 뿌리자 비둘기 떼가 달려든다. 잠복해서 기다렸다는 듯이 구청 환경위생과 직원이 나타났다.

"자꾸 모이 주지 마시라니깐요. 똥 싸서 동네 지저분해진다고 주민들이 계속 민원 넣는단 말이에요!"

귀를 먹은 건지, 심통이 난 건지 노파는 들은 척도 않고 곡물 가루를 허공에 뿌려댄다. 약이 바짝 오른 공무원이 구둣발로 바닥을 탁탁 구르자 비둘기 떼가 동시에 날아올랐다.

차라리 고향으로 도망쳐버릴까. 멍하니 비둘기 떼를 쳐다보던 영민은 잠시 갈등했다. 현명한 선택은 아니다. 맹목적 도피는 상황을 더 왜곡시킬 뿐. 보장받은 미래를 포기해야 하고 살인 누명을 벗을 기회도 사라지고 만다.

어느덧 열한 시. 시간을 많이 허비했다. 그런데도 어떻게 움직여야 할지 판단이 안 선다. 신경질적으로 휴대전화의 재발신 버튼을 누른다. 장과 민 둘 다 연결이 닿지 않아 미칠 지경이다.

망할 자식들! 자초지종이라도 알아야 대처를 할 것 아닌가.

공중전화 부스 옆 자판기에서 밀크커피를 뽑았다. 후루룩. 한 모금 소리 내 마신 다음 담배를 빼물었다. 친절한 방 팀장이 그랬다. 담배와 일회용 커피. 둘의 오묘한 조화를 깨달으면 한국의 샐러리맨이 다 된 거라고. 지금 그 말에 완전히 공감한다. 담배는 쌉쌀함 대신 달콤하고, 커피는 달콤함 대신 쌉쌀하다. 이 맛에 익숙해지기까지 얼마나 힘든 시간을 보냈던가.

또 하릴없이 30분이 흘렀다. 벤치에 돌부처처럼 앉아 발작적으로 휴대전화의 재발신 버튼을 누른다. 그러다가 뒤뚱뒤뚱 걸어오는 살찐 비둘기 한 마리와 눈이 마주쳤다. 영민은 결심했다.

보호 요청을 해야겠어.

더 지체하다간 영원히 날지 못하는 닭둘기 신세가 될 것 같았다. 과감하게 다 버리자. 돈도, 직장도, 여, 여……자도. 그런 것들에 집착해 목숨을 걸기엔 너무 젊다.

마지막이라는 심정으로 장에게 전화를 걸었다. 딸깍, 어느 순간 통화가 연결됐다. 폭설이 쌓인 산에서 고립됐다가 119 구조대와 연락이 닿는 기분이다.

"어떻게 된 일이야! 연락도 끊어지고!"

다짜고짜 고함부터 내질렀다. 그러나 잠깐의 침묵 뒤 투박한 낯선 사내 목소리가 튀어나왔다.

"장태평 씨를 아십니까?"

영민은 깜짝 놀라 휴대전화를 떨어뜨릴 뻔했다.

"그, 그렇습니다만……, 누구시죠?"

"여기는 마포경찰서입니다."

아……. 영민은 탄식했다. 다 끝났다. 운명은 내 편이 아니구나. 벤치에 털썩 주저앉았다. 그런데 뭔가 이상했다. 왜 경찰이 장의 휴대전화를 가지고 있는 걸까. 놈이 일을 저지르고 뒤집어씌우려다 붙잡힌 걸까. 아니면 불법체류자 단속에 걸린 걸까. 아니다. 그건 법무부 소관이잖은가. 대답을 고민하는데 뜻밖의 소식이 들려왔다.

"장태평 씨가 살해당했습니다. 뭐라고 위로의 말씀을 드려야 할지. 선생님과 통화한 기록이 많던데……. 좀 뵀으면 합니다만."

"주, 죽다니요? 어디서?"

"합정동 홍콩모텔이란 곳입니다."

"홍콩모텔이라고요?"

영민은 벤치에서 벌떡 일어섰다. 뭔가 엉켜도 단단하게 엉켰다. 같은 장소에서 장까지 살해당하다니. 경찰은 아직 탈북 여자의 죽음을 모르고 있다. 거대한 함정에 빠졌어. 무조건 빨리 떠나야 해.

경찰 추적부터 따돌리고 싶었다.

"어, 어디로 가야 합니까?"

"저희가 찾아뵙도록 하겠습니다. 그게 더 빠를 것 같습니다."

머릿속에서 계산기가 작동했다. 최대한 시간을 벌어야 한다.

"경찰 분들이 회사에 찾아오시면 제 입장이 좀 곤란합니다. 업무 마치고 제가 찾아뵙도록 하죠. 조금 늦을지도 모르겠습니다. 월말이라 처리해야 할 일이 많아서요."

전화를 끊고 잠시 누런 하늘을 올려봤다. 대륙을 건너다니는 저 모래바람처럼, 흔적 없이 고향으로 돌아갈 순 없을까.

휴대전화를 양복 바깥주머니에 넣고 공중전화 부스로 걸어갔다. 신호음이 일곱 번 울린 다음 전화를 끊고 다시 걸었다. 상대가 전화를 받았으나 침묵했다.

"워, 워쉬요바오후."(보, 보호 요청합니다.)

영민의 목소리가 심하게 떨렸다. 잠시 침묵이 흐른 뒤 기계음 같은 목소리가 흘러나왔다. 음성이 변조돼 남자인지 여자인지 구분이 어렵다.

"헌찌인찌마?"(급한가?)

"뚜에."(네.)

"우디안쫑쩨즈안먼띠이츠찌안미안더띠. 워파이처쥐찌에니."(처음 만난 장소에서 다섯 시에 보지. 차를 보낼 걸세.)

심술쟁이 얼굴을 한 꼬마가 퀵보드를 타고 공원 가운데로 돌진했다. 모이를 쪼던 비둘기 수십 마리가 동시에 날아올랐다.

B파일 044316 고참 기자

어둠 속에서 자명종이 울렸다. 동시에 윤순철이 눈을 치켜떴다. 손바닥으로 알람 버튼을 찍어 누르고 하나에서 열까지 헤아렸다. 매일 아침 반복하는 그만의 의식.

천천히 상체를 일으켰다. 지난밤엔 황 감독과 과하게 마신 술 때문인지 꿈을 꾸지 않았다. 마치 어떤 약 기운에 취했다가 깬 듯한 몽롱함. 악몽을 꾸지 않은 것만으로 운 좋은 아침이다.

윤은 오랫동안 희번덕이는 도끼날이 자신의 얼굴을 향해 날아오는 악몽에 시달리고 있다. 도끼가 이마를 동강내기 직전, 비명과 함께 잠에서 깨어나곤 한다. 꿈인지 생시인지 분간하기 어려운 생생한 공포 때문에 그는 매일 눈을 뜨자마자 숫자를 세는 버릇이 들었다.

침대를 빠져나와 손가락으로 창가의 원목 블라인드를 살짝 벌렸다. 한 줄기 빛이 프리즘이 되어 어두운 실내를 파고들었다. 팬티 바람으로 현관에서 신문을 가져오고 냉장고에서 생수병을 꺼내 나발을 불었다.

"하아아암! 매일 이렇게 일찍 일어나?"

윤은 화들짝 놀라 뒤돌아섰다. 물이 목구멍에 걸려서 기침과 함께 튀어나왔다. 낯선 여자가 소파 위에 담요로 몸을 칭칭 감고 두 눈만 빠끔히 내밀고 있다. 황급히 거실등 스위치를 올렸다. 실내가 환해지자 비로소 상대방 얼굴이 보였다.

젠장! 윤은 천장을 바라보며 옅은 숨을 뱉었다. 황당하고 당황스런 일이었다. 이런 경우는 처음이다. 행색만 봐선 몸 파는 여자 같지 않았는데. 아니다, 거리의 여자라면 차라리 다행일 것 같다.

지난밤, 황 감독이 2차로 끌고 간 홍대의 재즈 바에서 데킬라를 마셨다. 오랜 단골이라고 큰소리쳤지만 대접받는다는 느낌은 없었다. 일본 가부키 배우처럼 새하얗게 화장한 마담의 경직된 미소만 오래도록 기억에 남는 집이었다.

여자는 거기서 만났다. 이름도 나이도 모른다. 옆 테이블에서 긴 손가락 사이에 담배를 끼우고 혼자 술을 홀짝이다 어느 순간 합석했다. 느린 음악에 맞춰 흐느적 어깨춤을 췄는데 주위 시선을 다 빨아들일 만큼 매혹적이었다. 황 감독이 추잡스럽게 작업을 걸었던 것도 같고, 그녀가 먼저 접근해 왔던 것도 같고……. 아무튼 정상적인 상황은 아니었다. 볼품없는 중년 아저씨들에게 몇 푼 뜯어내자고 작정한 꽃뱀이 아니라면.

윤은 다시 소파 위의 여자를 노려봤다. 마흔 살이나 먹은 배불뚝이 노총각을 왜 따라온 걸까. 술 때문이었을까, 돈 때문이었을까. 아니면 다른 의도가 있었을까. 속내 모르는 젊은 계집이야말로 시한폭탄 같은 존재. 가만히 자신의 아랫도리를 내려다봤다. 다행이다. 발가벗고 껄떡대는 추태는 안 보인 모양이다.

"어, 어. 자는데 깨워서 미안. 나 출근해야 해. 피곤하면 더 쉬었다 가도 괜찮아. 문은 닫으면 저절로 잠길 거야."

어색하게 등을 돌리며 무뚝뚝하게 내뱉었다. 말꼬리 안 잡히려고 의식해서 한 마디씩 내뱉는 목소리가 비굴하게 느껴졌다.

"흥! 어제랑 완전 딴판이네! 이름하고 연락처 정도는 물어볼 수 있잖아. 아저씨 완전 실망인데."

여자가 토라지며 담요를 끌어당겼다. 여자 치고는 둔탁한 허스키 보이스였다.

"그, 그런 거 물어보면 꼰대라고 흉볼 거잖아."

"크크. 그렇기는 해. 이렇게 보니까 아저씨, 좀 귀엽다. 호호호."

여자는 담요 아래로 숨어들며 깔깔거렸다. 한 번 걸러진 웃음소리가 외화에 더빙된 성우 목소리처럼 들렸다.

여자의 감정 기복이 당황스러웠지만 한편으로는 그런 철없음이 되레 안심됐다. 혹여 난처한 경우가 닥쳐도 돈으로 해결할 수있을 것이다.

스타 기자들의 바이라인이 소리 소문 없이 사라지는 경우가 있는데 대부분 세 가지 이유다. 정부나 기업 쪽에서 스카우트 제의를 받고 전직했거나, 자판 두드릴 힘도 없는 중병에 걸렸거나, 집밖에서 주책맞게 남성성을 드러낸 경우. 얼마 전, 모 방송국 보도국 차장이 회식 자리에서 신입 아나운서를 강제로 포옹하려다 파면당한 건 공공연한 비밀이다.

윤은 대충 샤워를 하고 셔츠를 입으며 TV를 틀었다. 일기예보에서 황사 소식을 전한다. 외출 시에는 마스크를 착용하십시오. 귀가 후에는 눈과 손을 꼭 씻으십시오. 얼굴이 넙대대한 남자 기상 캐스터의 진행은 자극이 없었다.

채널을 돌리자 바비인형 몸매의 여자 캐스터가 개나리색 레인코트를 입고 눈웃음을 날린다. 다들 아시죠? 아침 출근길에 마스크 꼭 챙기시는 거. 무릎을 살짝 굽혔다 펴며 검지를 세워 허공에 콕 찍는다. 이제야 흡족하다. 어차피 기상청에서 제공하는 정보야 똑같잖은가. 외모도, 정보 전달 방식도 다 경쟁력이다.

윤은 출근을 서둘렀다. 일찍부터 인터뷰가 잡혀 있다. 소파 위의 여자를 힐끗 살폈다. 그새 잠이 들었는지 미동도 없다.

현관에서 구두를 신다가 찜찜한 기운에 멈춰 섰다. 직업병 때문일까. 의심하면 확인하라, 확인되면 행동하라. 꽃뱀에 물려 인생 종친 노총각 기자. 싸구려 주간지의 시뻘건 헤드라인이 눈앞에 떠돌았다. 소파 곁에 벗어둔 여자 웃옷 주머니에 십만 원짜리 수표

두 장을 찔러 넣었다. 돈을 주는 것도, 주지 않는 것도 창피하다. 그래, 이 정도라서 다행이야. 다시 이런 일 없을 거야. 윤은 이를 악물고 다짐했다.

황사가 뒤덮인 하늘을 올려보며 지하철역으로 향했다. 출구 양쪽에 도열한 아줌마들이 앞 다퉈 무료 신문을 내밀었으나 고개를 돌려 외면한다.

버릇대로 승강장 맨 끝에 섰다. 집에 남겨둔 여자가 신경이 쓰여 일부러 딴 생각을 했다. 금요일이라 처리해야 할 일들이 많다. 삼청동에서 가수 S의 인터뷰가 있다. 바로 귀사해 유방암 투병 중인 부장 대신 데스킹을 해야 하고, 아시아 최대 사극 세트장 취재를 위해 지방에 내려간 후배 대신 방송 단신도 챙겨야 한다.

부장 공석으로 잡일이 많아졌다. 그 때문에 병문안 한 번 못 갔지만 미안한 마음은 없었다. 새 부장을 앉히든지, 지금 체제로 가든지, 편집국장이 빨리 결정을 해 줬으면 싶다. 어정쩡한 상황은 질색이다. 월요일에 CD 관련 일을 철가면에게 보고하면서 은근히 압력을 넣어보리라.

저녁, 에릭 클랩튼 공연에 가야 할지가 갈등이다. 프리뷰 형식으로 기사를 써줬으니 기획사 정 실장에게 섭섭하지 않게 홍보해 준 셈이다. 그 외에 오늘 크게 휘둘릴 일은 없었다. CD 문제를 어젯밤 해결해놓길 잘했다 싶다. 오늘만 버티면 연휴. 그 생각에 머리가 좀 가벼워졌다.

전철이 굉음과 바람을 일으키며 멈춰 선다. 다들 미녀 기상 캐스터의 말에 홀렸는지 객차 안에는 마스크를 쓴 승객들이 수두룩하다. 가까운 미래를 다룬 SF 재난영화 속의 한 장면 같았다. 지구에서 다른 행성으로 탈출하는 특급열차에 몸을 실은 난민들. 그렇게 살아남아서 다들 뭘 하고 싶은 건지. 윤은 아무나 붙잡고 물어보고 싶었다.

전동차가 지상으로 올라오자 창밖으로 옐로 톤의 풍경이 펼쳐졌다. 저 멀리 북한산 능선의 경계가 수묵화처럼 흐릿하다.

"승객 여러분, 잠시 양해 구하겠습니다잉."

객차 연결 문이 덜커덩 열리더니 짧은 머리의 늙수그레한 잡상인이 들어섰다. 고개를 한 번 숙이는가 싶더니 이내 마스크 자랑에 침이 마른다. 말발이 청산유수. 이 일 안 했으면 뭐했을까 싶다.

"약국에서 파는 면 마스크로는 절대 황사 못 막습니다이! 모래가 기관지로 다 뚫고 들어가요이! 이건 삼성전자 반도체 공장에서 쓰는 첨단 마스크와 똑같은 소재로 만든 거예요이! 시중에선 오천 원 주고도 못 사는 물건인데 지금은 단돈 이천 원에 모셔요오! 다시는 이런 기회 안 옵니다이!"

양손에 마스크를 들고 행진하는 그에게 사람들이 앞다퉈 지폐를 내민다. 옆에서 붉은 등산복을 입고 무리지어 앉아 있던 노인들이 퉁명스럽게 한마디씩 던졌다. 왼쪽 가슴에 '호국어버이연맹'이라는 마크가 박혀 있다.

"저거 다 중국산이야. 믿으면 안 돼. 모래바람도 중국산, 마스크도 중국산. 우리 어릴 땐 어디 황사 같은 게 있었나. 이젠 별 희한한 게 다 넘어온다니깐. 나라 꼴이 이렇게 개판인데 다들 어쩌려고 저러나 몰라. 젊은 놈들은 툭하면 시청 앞에 몰려가서 데모질이나 하고."

"그게 다 교묘히 선동질하는 빨갱이 세력들 때문 아닌가. 오냐 오냐 해 주는 인권단체도 문제고. 아니, 빨갱이한테 인권이 어딨어? 다들 배때기가 불러서 그래! 말 안 통하는 것들은 쫄쫄 굶어 봐야 정신을 차린다니깐. 아, 우리 때 박통이 새마을운동 하면서 먹고 살게 만들어놓지 않았다면……."

나잇값 못하는 인간들. 윤은 이 황사를 들이마시며 등산 가는 그들이 더 이해되지 않았다. 세상 변하는 줄 모르고 젊은 사람 욕만 해대면 뭐가 달라지나. 몰상식하게 투덜대는 꼴이 보기 싫었다. 자리에서 벌떡 일어나 옆 칸으로 걸어갔다. 객차 연결 통로를 지나다가 교복 입은 여고생과 어깨를 툭 부딪쳤다.

"에이 씨팔, 아저씨! 눈깔은 장식이에요? 아침부터 짱 나게, 진짜!"

바로 욕지거리가 날아든다. 윤은 저도 모르게 움찔하며 고개를 숙였다.

"이번 앨범 콘셉트가 뭐죠?"

인터뷰는 삼청동의 이탈리안 레스토랑에서 이뤄졌다. 화보 촬영지로 명성이 자자한 곳이라 신문사 자매지인 《우먼시티》 편집장이 장소 섭외에 힘을 써줬다. 열한 시 전까지 끝내줘야 해서 사진 촬영부터 진행했다.

사진부 막내 남 기자가 헤벌쭉한 표정으로 셔터를 눌러댄다. 아직까진 예쁜 연예인 쫓아다니는 게 신 나는 모양이다. 리듬감 있게 플래시를 팡팡팡 터트린다. 저러다가 소녀시대라도 만나면 게거품 물고 춤이라도 출 기세.

한쪽 구석에서 촬영 모습을 지켜보던 윤은 진지하게 충고해 주고 싶었다. 몇 년이 지나면 그 세계 여자들도 똑같이 밥 먹고 똥 싼다는 걸 알게 될 거야. 가식적인 미소 뒤에 숨은 진짜 얼굴을 본다거나, 소속사와 금전 분쟁이나 성 추문 따위의 싸구려 기사에 등장하면 저들이 최소한의 인간적 감정을 가지고 있는지까지 의심할지도 모르지.

S는 하얀 원피스를 입고 노란 프리지아 꽃다발을 쥐고 빨간 벽돌 벽 앞에 섰다. 청초한 신부처럼 보이려고 머리와 화장에 꽤나 공을 들였다. 그녀 나이 어느덧 서른셋. 진짜 나이는 두 살을 더 해야 한다.

원래 예명은 태지영이다. 이번에 S로 개명하고 컴백했다. 가수로서의 전성기는 2006년 프랑스 월드컵 때까지. 이후 계속 내리막길을 걸었다. 인기라는 게 뜬구름인 줄 알 만한데도 집착을 못 버리고 댄스 가수로서의 생명이 끝나자 발라드 가수로 변신을 꿈꿨다. 일일 드라마에 말단 조연으로 얼굴을 비치기도 했지만, 나이가 있는지라 연기 쪽으로 빠지기도 힘들었다. 이번 앨범은 사실상 마지막 승부수. 이 바닥에 남느냐 떠나느냐는 두 달 안에 판가름이 날 것이다. 새 앨범 홍보의 강행군 탓인지, 세월에 마음에 쫓기는 탓인지, S의 얼굴이 수척하다.

로드 매니저가 슬그머니 다가왔다. 최근 소속사를 바꿔서 처음 보는 얼굴이었다. 격투기 선수처럼 머리카락이 짧고 목이 굵고 어깨가 넓었다.

"윤 기자님. 잘 좀 부탁드려요. 포털 초기 화면에도 뜰 수 있도록 힘 좀 써주시고요. 허허."

젊은 놈 말투가 어째 닳고 닳은 쌈마이 사장 같다.

"글쎄. 온라인 쪽은 제 소관이 아니라서⋯⋯."

말이 곱게 나올 리 없다. S가, 아니 태지영이 최고로 잘나갈 때 한 짓을 윤은 잊지 못한다. 2004년이었던가. 3집 앨범이 대박을 쳐서 인터뷰 요청을 하자 어떤 매체와도 계획이 없다며 일언지하에 거절했다. 그리고 사흘 뒤, 우리나라에서 발행 부수가 제일 많은 보수 신문의 주말판 프런트에 떡하니 도배를 했다. 낙종보다 더한 굴욕, 윤은 그 더러운 기분을 오래도록 곱씹었다.

지금도 한껏 악의적 질문을 퍼붓고 싶다. 깔끔하게 은퇴하지 그러니? 촌년처럼 S가 뭐니? 무슨 휘발유 회사도 아니고. 네 아무리 눈웃음 팔아봐라. 궁둥이 살랑살랑 흔드는 아이돌 걸 그룹을 이길 수 있나.

하지만, 생각과 주둥이는 따로 논다. 밥 벌어 먹으려면 좋은 게 좋은 거다.

"새 앨범 축하해요. 타이틀곡이 「순수의 신부」인데."

"윤 기자님, 그건 홍보자료 보면 아시겠지만⋯⋯."

새파란 로드가 말을 자르고 끼어들었다.

"지금 S에게 묻고 있습니다."

윤이 바로 인상을 찡그리며 신경질을 냈다. 이 바닥에선 흔한 일인데, 표정 관리가 안 된다. 원룸에 놔둔 여자 때문에 확실히 예민해져 있다. 아직도 자고 있을까. 전화라도 해볼까. 진짜 꽃뱀이면 어떻게 하지?

어떨 땐 연예인과의 인터뷰는 스마트폰 어플과 하는 말장난보다 못하다. 소속사에서 준비해 준 모범답안만 되뇌니 한 시간을 떠들어도 알맹이 없이 겉돈다.

점심 먹기 이른 시간이지만 로드가 팔을 잡아끌었다.

"형님, 근처에 꼬리곰탕 잘하는 집이 있습니다. 같이 가시죠."

언제 봤다고 형님인가.

"죄송. 선약이 있어서."

윤은 고개를 까딱했다. S의 눈빛이 불안하게 흔들렸다. 윤은 그녀를 향해 씨익 웃어주었다.

"행운을 빌어요. 그 재능 어디 가겠어요?"

뒷말은 립 서비스지만 앞에 말은 진심이다. 그제야 S도 두 손을 모으고 머리를 숙였다. 어딘가 서글픈 미소, 정교한 메이크업으로도 감춰지지 않는 주름이 안쓰럽다.

꺼놨던 휴대전화를 터치하자마자 문자 메시지가 여러 개 떴다. 내용을 확인하기도 전에 벨소리가 울렸다. 문화부 막내의 소프라노 목소리가 고막 깊숙이 박혔다.

"선배! 사고 터졌어요. 급히 들어오셔야겠습니다."

B파일 900734 전업 킬러

미행 사흘째, 오늘은 해결해야 한다.

미호는 광화문 민주일보 건너편 주차장에 렌트한 차를 세워놓고 두 시간 넘게 대기했다.

의뢰인이 건네준 사진과 일치한 타깃은 밤 아홉 시가 지나서야 나타났다. 중년의 대머리 사내가 서류 가방을 흔들며 로비에 등장하자 덩치 큰 수위가 회전문까지 따라 나와 허리를 굽혀 인사했다. 대기하고 있던 그랜저를 탄 대머리는 남산 1호 터널을 거쳐 강남 쪽으로 향한다. 그의 집이 있는 불광동과는 반대 방향. 오늘은 어떤 식으로든 결판이 나야 하는데, 놓칠까 봐 조바심이 인다. 액셀을 밟았다 놓았다, 조심스럽게 뒤쫓았다. 저물녘 바람에 한기가 도는데도 등에 살짝 땀이 뱄다.

그랜저는 한남대교를 건너 압구정동 한정식집 앞에 멈춰 섰다. 한자로 쓴 '水晶(수정)' 입간판. 큰 은행나무 가지가 한옥 지붕을 덮고 마당에 정원이 가꿔진 고풍스런 식당이었다.

정문이 잘 보이는 곳에 차를 세웠다. 지금부터 다시 기약 없는 기다림. 해결사 일을 하려면 대기 시간을 지겨워해선 안 된다. 방금 별채에 들어갔으니 최소 한 시간의 여유가 있다. 몸을 의자 깊숙이 묻고 음악을 틀었다. 요즘 뜨는 마담X의 노래를 들으며 자세를 고쳐 앉다가, 백미러에 비친 낯선 얼굴과 마주친다.

안녕, 나의 분신. 미호는 거울 속 그녀에게 인사를 한다. 입꼬리를 들어 살짝 웃어준다. 거울 속 그녀도 따라 웃는다. 자아를 기억하는 그날부터 거울을 볼 때면 가졌던 의문. 지금 보이는 저 모습이 진짜 나일까? 아니야, 거울 속 저 사람은 내가 아니야. 어린 미호는 진짜 자기 모습을 찾기 위해 상상 속의 분신을 만들었다. 그 분신이 지금 저 백미러 속에 있다.

이제 머지않아 그녀의 분신이 완성될 것이다. 짧은 한숨을 내쉬며 가만히 눈을 감았다.

1986년, 서울에서 아시안게임이 열리던 해였다. 김포공항 국제선 출국장 화장실에서 담배를 물고 변기 커버를 들어 올리던 금발 여자가 비명을 질렀다. 좌변기 속에서 영아가 발견된 것이다. 거꾸로 처박혔거나 조금만 늦게 발견됐어도 저체온증으로 사망했을 것이다.

큰 감나무가 있는 보육원에 맡겨진 소녀는 그런 제 탄생의 비밀을 여덟 살 때 들었다. 술에 취한 원장이 히죽히죽 웃으며 말해주었다. 그때부터 소녀는 자기를 낳아준 생모가 아닌, 자신을 발견한 금발 여자를 매일 밤 저주했다. 당신만 아니었어도 난 세상에 없었을 거야! 왜 나를 구한 거야!

"엄마라고 불러보렴."

열 살이 되던 어느 날, 양부모가 나타났다. 투포환 선수처럼 큰 체구의 여자와 동남아 빈국의 난민처럼 왜소한 남자였다. 다른 입양아들은 운전기사가 딸린 검은 세단을 타고 폼 나게 떠났지만 소녀는 비린내 나는 1톤 트럭에 실려 시장통으로 가야 했다. 보육원만 벗어날 수 있다면 어디든 상관없었다.

양엄마는 서울 변두리 재래시장에서 생선 장사를 했다. 갈비뼈가 다 드러날 정도로 메마른 양아빠는 거의 하루 종일 누워 지냈다. 예전에 가업을 이어받아 접골원을 했다지만 큰 수술을 받은 지금은 자신의 뼈도 못 추스를 만큼 쇠약했다. 그래도 소녀를 진심으로 예뻐해 주었다. 성을 주고 이름을 지어준 것도 그였다. 양엄마가 새벽 장사를 나가고 나면, 소녀는 아침을 차려 양아빠와 먹고 학교에 다녀와선 다시 간호를 했다. 집안일까지 대충 정리하면 아빠 곁에서 숙제를 하다가 잠들곤 했다.

소문이 빠른 동네였다. 아버지가 성불구여서 아이를 낳지 못해 입양한 거라고 시장통 여자들이 수군거렸다. 소녀는 천만다행이라고 생각했다. 양엄마는 퉁명스럽긴 했지만 학교에도 보내주고 가방과 옷도 사주었다. 주위 사람들에게 잘 보이려고 악착같이 노력했다. 처음 맛보는 행복을 놓치고 싶지 않았다.

1년이 채 못 되어 양아빠가 죽었다. 양엄마는 바로 인근 정육점 사내를 집 안으로 끌어들였다. 덥수룩한 수염이 있는 사내 또한 100킬로그램이 넘는 거구였다. 욕을 달고 사는 거친 말투에 입에서는 썩은 내가 났다. 소녀는 매일 고기를 먹어서 그럴 거라고 생각했다. 둘이 2층 골방에서 그 짓거리를 할 때면 신음 소리가 문밖으로 다 흘러나왔다. 소녀는 나무계단에 쪼그려 앉아 귀를 막고 울었다.

소문은 빛보다 빠르게 번졌다. 양엄마에 대한 악의적인 말들이 오갔다. 남편 병간호가 버거워, 재산을 가로채려고 밥에 약을 탔다는 말까지 돌았다. 생선 가게며 접골원이 있던 집이며 원래 총각 시절부터 남편 소유였다면서.

그 후론 하루하루가 지리멸렬했다. 차라리 북유럽의 잘사는 나라로 입양 갔다면 좋으련만. 역사 깊은 음악학교에 들어가 근사한 첼리스트가 됐다면 좋으련만. 성년이 되어 친부모를 찾아 한국에 온 연주자들 기사를 볼 때마다 소녀는 연민보다 부러움을 느꼈다.

소녀가 중학교에 들어간 어느 날, 정육점 아저씨가 찾아왔다. 엄마 안 계신데요, 말이 끝나기도 전에 검푸른 문신이 새겨진 손이 아랫도리를 더듬기 시작했다. 2층 골방으로 끌려가면서도 아무런 느낌이 없었다. 이 아저씨가 왜 이러지? 고기 비린내와 썩은 입 냄새에 속만 미식미식거렸다.

사고가 생긴 건 생선 비린내가 진동하던 한여름 날이었다. 정육점 사내가 가슴에 칼이 박힌 채 죽었다는 것이다. 칼은 생선 가게에서 사용하던 거였다. 당연히 양엄마의 지문이 나왔고 경찰은 그녀를 체포했다. 시장 사람들의 증언도 우호적이지 않았다. 며칠 전 시장이 떠나가도록 정육점 남자와 싸웠다, 딴 여자가 생겼다고 길길이 날뛰는 걸 보았다, 너 죽이고 나도 죽겠다며 남자를 때리더라. 길 건너 참기름집 과부의 증언이 결정적이었다. 양엄마는 억울함을 호소했으나 그 시간에 혼자 집 골방에서 자고 있었다는 알리바이를 증명할 순 없었다.

　소녀는 다시 혼자가 되었다. 그게 두려워 모든 것을 참았는데 결국 이렇게 되었다. 가방을 챙겨 집을 나서며, 안방에 누워 웃고 있던 양아빠를 떠올렸다. 행복했던 시간이 주마등처럼 스치고 지나갔다. 양아빠는 늘 말했다. '행복하고 싶다면 강해져야 한다. 나처럼 나약하면 안 돼. 강한 사람이 되어라.' 소녀는 그 말을 한시도 잊지 않았다.

　지금도 가끔, 정육점 사내 아랫배에 칼을 박았을 때의 감촉을 떠올린다. 첫 번째 살인. 칼날은 의외로 부드럽게 쑥 빨려 들어갔다. 실행 직전엔 극심한 공포가 온몸을 휘감지만, 막상 결정적 순간은 싱거웠다. 매끈한 칼날이 남자의 두툼한 배때기에 두 번, 세 번, 박혔다. 소리도 제대로 못 지른 남자의 손이 허공을 갈랐다. 부릅뜬 사내의 눈이 보기 싫어 소녀는 고개를 숙였다. 이제 두 번다시 그 손으로 아랫도리를 만질 일은 없을 것이다.

　양엄마에게 미안한 마음은 없었다. 양아빠가 죽기 전 먹고 있던 한약을 기억한다. 그는 지방의 용한 한의원에서 지어왔다는 그

약을 반 첩도 못 먹고 피를 토했다. 양엄마가 없는 틈을 타 매일 같이 집에 들락거리던 정육점 사내가 어느 날 그걸 보고 낄낄거렸다.

"아니 이 여편네가! 이 약을 아직도 여기 두면 어떻게 해? 누가 먹고 죽기라도 하면 어쩌려고! 크크. 야, 이거 얼른 내다버려!"

양아빠는 뭐라고 말했을까. 나쁜 짓을 했다고 혼냈을까. 아니, 고맙다며 천국에서 웃고 있을 거야. 소녀는 그렇게 믿었다.

정신을 차려보니 어느새 30분이 지났다. 대머리는 여전히 한정식 집에 머무르고 있다.

나쁜 기억을 떼어내는 수술은 없는 걸까. 과거는 거머리처럼 들러붙어 사람 진을 빼놓는다. 미호는 일부러 즐거운 상상에 빠져보기로 한다. 어쩔 수 없는 과거의 암울한 기억 말고, 의지로 바꿀 수 있는 밝은 미래에 관한 상상 말이다.

아이슬란드, 몰디브, 태국. 동경해온 나라의 풍광을 차례대로 머릿속에 그려보았다. 이번 일만 잘되면 통장을 가득 채워 미련 없이 떠나리라. 세 곳 중 가장 마음에 드는 곳에 정착할 예정이다.

태국은 동양권이라 정서적으로 친근하고 같은 부류의 친구들이 많지만 너무 가깝다. 행여 서울의 공기가 그리워 밤 비행기로 돌아올까 두렵기도 하다. 아는 사람과 마주칠 확률도 높다.

아름다운 섬, 몰디브. 짙푸른 산호 빛 바다도 두 달이면 지겨워질 것 같다. 허구한 날 밥만 먹고 스노클링만 할 수는 없잖은가. 생선 비린내라면 어릴 때 질릴 만큼 맡았단 말이다.

아이슬란드가 1순위로 부상한 건 KBS에서 본 여행 다큐 때문이었다. 평면 세계 지도의 서쪽 끝. 침이 고일 듯 발음되는 수도 레이캬비크에 대한 막연한 동경. 화산 폭발을 형상화했다는 홀그림 교회 종탑에서 내려다본 거리. 레고 장난감처럼 알록달록한 주택들 지붕에 쌓인 눈. 잿빛 하늘 아래에서 가끔 동양인 관광객을 상대로 가이드 일을 하며 사는 것도 나쁘지 않은 선택 같았다.

하긴 어딘들 상관없다. 책임질 가족도, 지켜야 할 관계도 없는, 완전히 혼자인 인생. 전 세계를 자유롭게 떠돌다 이국의 골목길에서 비명횡사한들 어떠리. 한국에서 계속 살아갈 수 없는 것만은 확실하다. 이 땅은 다름에 대한 편견의 벽이 너무 높다. 영영 잊고 싶은 기억도 많다.

대머리가 다시 모습을 드러냈다. 몸집이 크고 단단해 보이는 중년 사내와 주차장에서 오랫동안 악수를 나눴다. 한복 입은 여자가 그들 가운데 서서 미소로 배웅했다. 미호는 카메라 렌즈를 당겨 셔터를 눌렀다. 고객 만족. 의뢰인에게 이 정도는 해 줘야 할 것 같았다.

대머리가 모범택시를 잡아탔다. 미호가 뒤를 따랐다. 핸들을 꺾는데 갑자기 아이슬란드의 길고 춥고 외로운 밤이 두려워진다. 그 멀리까지 가서 은둔자처럼 살 필요가 있을까. 이웃들과 교류하며 당당하게 사는 건 어떨까.

모범택시는 올림픽대로를 타다가 한강 다리를 건너 또 한참을 달려 불광역 근처에서 멈췄다. 다세대 주택들이 다닥다닥 붙어 있는 오래된 동네였다.

대머리가 동네 어귀 편의점에 들렀다. 검은 비닐봉지를 손목에 걸고 나오나 싶더니, 이내 좁은 언덕길을 오르기 시작한다. 술이 불콰하게 오른 모양이다. 오른쪽 검지에 열쇠고리를 걸고 빙글빙글 돌리며 옛 노래를 흥얼거린다. "그토록 다짐을 하건만~, 사랑은 알 수 없어요~." 흥겨움인지 흐느낌인지 구분이 안 간다. 목소리가 커질 때마다 걸음걸이가 흔들렸다.

여기저기 재개발 현수막인 내걸린 상가 지역을 지나자 완만한 경사의 돌담길이 이어졌다. 길 양옆으로 개나리꽃이 만개했다. 조도 낮은 가로등 아래 길쭉한 대머리의 그림자가 일렁였다. 미호는 두 손을 재킷 주머니에 꽂고, 일정한 간격을 유치한 채, 발소리를 죽이며 따라붙고 있었다.

둥근 불빛이 언덕 위에 나타난 건 그때였다. 불빛이 조금씩 커지고 환해지면서 차 한 대가 빠른 속도로 내려왔다. 정면에서 내리쬐는 헤드라이트가 눈부신지 대머리가 걸음을 멈췄다. 손을 이마에 갖다 대며 담벼락으로 붙어 섰다.

그 순간, 엔진 발진음과 타이어 회전 소리가 거칠어지더니 차체가 대머리를 향해 돌진했다. 이어지는 둔탁한 충돌음, 밤공기를 찢는 바퀴의 급제동. 나지막한 비명과 함께 대머리 몸뚱이가 허공으로 솟았다가 데굴데굴 굴렀다. 승합차 옆문이 밀리면서 두 명의 사내가 튀어나왔다. 쓰러진 자의 머리와 다리를 번쩍 들어 차 안에 던져 넣고 가방을 주워 담았다. 훈련받은 조직원들처럼 재빨랐다.

버려진 비닐봉지에서 생수 병과 맥주 캔이 흘러나와 경사를 타고 굴렀다. 어슬렁대던 도둑고양이가 쏜살같이 담벼락 아래 구멍으로 기어들어갔다.

미호는 전봇대 뒤 어둠 속에서 한참 동안 숨을 죽였다. 만만찮은 불청객이 나타났다. 의뢰받은 일이 심각해지고 있음을 직감했다. 갑자기 붉은 노을 아래 빙산이 둥둥 떠다니는 아이슬란드의 일몰 풍경이 떠올랐다.

"그래, 가능한 먼 곳이 좋겠어. 조용히 숨어 사는 것도 괜찮아."

다시 생각을 바꿨다.

미호는 사고가 난 자리를 꼼꼼히 관찰했다. 대머리는 자신의 집을 불과 200미터 앞에 두고 당했다. 교통사고를 가장한 계획적 살인. 낯선 사내들은 조직적이고 민첩해 보였다. 누굴까. 같은 목적으로 움직이는 자들일까. 분명 중국 쪽은 아니다. 중국을 위해 일한다는 의뢰인 '붉은 달'이 중복해서 일을 맡길 리가 없잖은가. 가방까지 챙겨간 것을 보면, 그들도 무언가를 찾고 있음이 분명하다.

바닥의 스키드 마크를 살피는데 검은 비닐 안에 들어 있던 가죽 지갑을 발견했다. 한쪽 구석에선 금속 쇠붙이가 반짝였다. 대머리가 손가락에 끼워서 빙그르르 돌리던 그 열쇠. 고리에는 동전 크기의 카드 키와 열쇠 몇 개가 달려 있었다. 일단, 대머리의 집으로 간다.

언덕 끝에 위치한 두 동짜리 5층 아파트는 낡고 칙칙했다. 지은 지 30년은 족히 돼 보였는데 콘크리트 벽 곳곳이 갈라져 시커먼 틈이 보였다. 중앙 일간지의 편집국장쯤 되면 강남에서 번지르르하게 살 줄 알았는데 의외다. 경비실도 없는 마당 한구석에 재활용 쓰레기봉투가 봉분처럼 쌓여 있었다.

B동 204호. 의뢰인이 넘겨준 정보에 있던 주소지. 자물통 구멍

에 열쇠를 쑤셔 넣자 한참을 삐걱거리다가 겨우 돌아간다. 18평이나 될까, 작은 방 둘에 거실 겸 부엌이 딸린 구조였다. 실내는 찬기 때문에 휑했고 강한 나프탈렌 냄새가 홀아비 냄새와 뒤섞여 코를 찔렀다. 책이 산더미처럼 쌓인 책상과 구형 컴퓨터, 간이 옷장과 냉장고. 임시 거처인 듯 큰 살림살이는 그게 다였다. 싱크대에는 설거지 감이 하나가득이고 한쪽 벽에는 무릎이 튀어나온 바지가 주렁주렁 걸려 있었다.

살살이 집 안을 뒤져봐도 의뢰인이 원하는 CD는 찾을 수 없었다. 책상 서랍 틈새나 의자 시트 밑까지 확인했다. 그렇다면 본인이 가지고 있거나 신문사 사무실에 보관하고 있다는 추론. 만약 몸에 소지하고 있었다면 봉고차를 태운 사람들 쪽으로 넘어갔을 확률이 크다.

미호는 방 가운데 서서 팔짱을 끼고 생각했다. 의뢰인 붉은 달이 제시한 방법은 3단계였다.

조용히 물건을 회수하라. 여의찮으면 협박해서라도 회수하라. 그래도 불가능하면 그때 죽여라. 물론, 첫 단계에서 일이 끝나길 바랐다. 아까 그 봉고차의 훼방만 없었다면, 2단계에서 해결할 수 있었을 것이다.

책상 위에 대머리 가족사진이 보였다. 눈꼬리가 찢어져 고집스러워 보이는 아내와 큰 덧니가 있는 아들이 중국 만리장성을 배경 삼아 웃고 있었다. 오래전에 찍었는지 색이 누렇게 바랬다. 더 가까이 가서 보려다, 그 옆에 구겨 버려진 메모지를 발견했다. 조금 전 집 안을 뒤질 땐 미처 발견하지 못했던 것이다. 아무렇게나 구겨진 메모지엔 만년필로 쓴 낙서 몇 줄. 오래 고심한 흔적인지 똑같은 문장을 썼다 지웠다 반복해 놓았다.

'윤순철. 그 자식을 어쩌나. 또 씻을 수 없는 죄를……'

미호는 조건반사적으로 흥신소 탁 사장에게 전화를 걸었다. 이름과 직업만 알면 신상 털어서 위치 추적하는 건 식은 죽 먹기. "당신을 향한 나의 사랑은, 무조건 무조건이야아아!" 요란한 컬러링이 한참 이어지더니 유쾌한 목소리가 들렸다.

"어이! 미호 아이가! 이 밤에 우짠 일이고!"

B파일 310218 신참 기자

쉰내가 좁은 여관 복도에 진동했다. 시체에서 풍기는 게 아니라 통풍 안 되는 공기와 사내들 땀내가 뒤섞인 악취였다.

에스더는 코 대신 입으로 호흡하며 형사들을 졸졸 따라 다녔다. 저 방 안이 살인 현장이란 말이지. 사체와 마주해야 한다는 사실만으로도 겁이 났다. 범죄 현장이 처음은 아니다. 수습 기간 중 신월동의 국립과학수사연구소 해부실 참관도 했었다. 하지만 기억나는 건, 미로처럼 얽힌 어둑한 지하 통로와 포르말린 병에 담긴 온갖 인간의 장기, 그리고 은색 철제 해부대뿐.

특히 해부대 깊숙이 밴 검붉은 피 때가 잊히지 않았다. 얼마나 많은 시신의 배를 갈라야 저런 얼룩이 남을까. 어찌나 충격이 컸던지, 계속 구역질이 올라와 다음 날까지 끼니를 걸러야 했다.

예상은 했지만 새로운 사실을 알아내기란 쉽지 않았다. 피살자 이름은 장태평. 중국에서 여섯 달 전에 입국한 서른둘의 조선족 사내. 1차 검안 결과 독극물에 의한 죽음으로 보였지만 부검 결과가 나올 때까지 단정할 순 없었다. 자살인지 타살인지도 불분명. 정보는 그게 다였다. 탐문 수사니 용의자니 알리바이니 하는 것들의 결과물이 즉석에서 나올 리 만무했다. 타살이라면 수도권 판에 단신, 자살이라면 기삿거리도 안 된다. 현장 사진을 찍고 지문을 뜨느라 과학수사대 요원들이 바삐 움직여 누굴 붙잡고 캐물어볼 상황도 아니었다. 그저 노란 테이프 밖에서 객실만 멀뚱히 들여다봤다.

감식반 또한 귀찮아하는 표정이 역력했다. 여기는 수사관들의 성역이야. 기자 나부랭이가 알짱댈 곳이 아니라고. 하얀 마스크 속의 부리부리한 눈빛들이 그렇게 말하는 것 같다.

'나도 오고 싶어서 온 거 아니거든요?'

에스더는 억울했다. 캡의 치졸한 장난질에 한껏 열 받은 상태. 경찰서에서도 확인 가능한 사실을 굳이 발품 팔라고 시키다니……. 이럴 시간에 차라리 기획 기사 하나 더 발굴하는 게 더 생산적인 걸. 기왕 나왔으니 뭐라도 하나 건져서 가야 한다. 도끼눈을 하고 있는 감식반을 피해 혼자서 둘러보기로 했다. 타원형 계단을 돌아 일층으로 내려가자 왱왱 울리던 남녀 목소리가 점점 또렷이 들렸다.

뽀글이 파마를 한 모텔 여주인이 팔짱을 끼고 벽에 기댄 채 껌을 짝짝 씹고 있고, 그 옆에 꽉 끼는 가죽재킷을 입은 왕 형사가 수첩을 들고 짝다리로 섰다. 에스더가 다가서자 둘이 동시에 고개를 돌려 쳐다보고는 바로 무시했다.

"그러니까 말씀인즉슨, CCTV는 없다 그 말이죠?"

"보소, 형사 아저씨. 생각을 해보셔. 여기 들락날락거리는 인간 들 뻔한데 천장마다 그런 거 붙어 있으면 누가 오겠는교. 누구 장 사 망칠 일 있나."

"피해자는 누구랑 왔습니까?"

"내는 죽은 사람 얼굴도 못 봤어. 건장한 사내 등에 업혀 왔던 것 같기도 하고. 그때가 새벽 한 시쯤 됐나. 회식 자리에서 필름 끊겨 그런 줄 알았지. 여긴 먹자골목이라 술 먹고 뻗은 뜨내기들 수두룩하거든. 사정 잘 알잖아."

입이 건 여주인 말투가 은근슬쩍 반말로 변했다. 그래도 축구 선수 안정환을 닮은 강력계 얼짱 왕 형사가 마음에 들었는지 짜 증은 많이 풀려 있다. 수납대 안에서 숙박기록부를 가져와 선심 쓰듯 내밀며 왕 형사의 두툼한 손을 은근슬쩍 쓰다듬는 짓도 잊 지 않았다.

"그럼 이 숙박계는 피해자를 업고 왔다는 사내가 작성했습니 까?"

"그 사람이 아니고 그 사람들이야. 장정이 여럿이었거든."

그 사람들! 그 한 마디에 에스더 가슴이 뛰었다. 단순 살인 사 건이라도 다수가 저질렀다면 기삿거리가 된다. 언론학개론에서 수 없이 들은 비유. 개가 사람을 물면 기사가 안 돼도 사람이 개를 물면 기사가 된다는……. 호기심이 거품처럼 부풀어 올랐다.

"그럼 처음부터 여기로 끌어들이려고 작정했단 얘기인데요."

"내야 모르지. 돈은 선불로 받았겠다, 누가 들어와서 뭔 짓을 하든 우리는 노 타치. 이 장사 최고 서비스가 뭔 줄 알아? 아아아 무 간섭 안 하는 거라. 박카스 한 병보다 그게 더 직빵이라니까.

돈도 안 들고 얼마나 좋아!"

"저기, 혹시 다른 출구 없나요?"

에스더가 끼어들었다. 여주인이 껌을 씹다 멈추고 얘는 또 뭐야, 하는 눈빛으로 째려본다. 당황한 건 오히려 왕 형사였다. 뭐가 켕기는지 말까지 더듬었다.

"어, 얼마 전에 바, 발령받은 신참입니다. 아직 뭣도 몰라서 저래요."

여주인은 그제야 눈을 내리깔고 다시 껌을 딱딱 씹었다. 새파랗게 젊은 애가 어디 버릇없이 끼어들어, 불쾌한 기색이 역력했다.

"있긴 있어. 주차장과 통하는 비상계단."

"그렇다면 접수대를 안 거쳐도 3층까지 올라갈 수 있단 얘기잖아요."

에스더가 다그치듯 물었다.

"뭐, 마음만 먹으면 그럴 수야 있지. 하지만 열쇠는 여기서 관리하니까 방 앞까진 갈 수 있어도 객실에는 못 들어가. 절, 대, 로."

여주인은 뒤탈을 의식하듯 '절대로' 부분에 악센트를 주고 말했다.

"어, 저기, 여긴 내가 알아서 할 테니까 거시기 뭐냐 여, 여 형사는 반장님께 보고해."

왕 형사가 에스더를 향해 눈썹을 씰룩이며 말했다.

"어머, 쟤가 여 형사야? 호호호, 웃긴다. 그렇지, 여자 형사지! 그럼 아저씨는 남 형사인가?"

여주인이 초딩 수준의 농을 지껄인다. 어이가 없어서 입이 떡 벌어진다.

"하하하, 누님 센스 있으시네! 저는 남 형사 맞습니다, 맞고요. 여, 여 형사, 뭐해? 얼른 보고하러 가지 않고, 하하하하!"

경찰서 기자실엔 천박남매, 사건 현장엔 유치남매인가. 오늘 가는 곳마다 쌍으로 뭐하자는 건가 싶다. 에스더가 계속 눈을 흘기고 서 있자, 왕 형사가 손을 휘저으며 눈을 부릅뜬다. '저리 가! 빨리 가라고!'

"그 사내들에게 실려 들어온 사람이 둘 더 있었어. 308호실. 여자 하나 남자 하나. 근데 아침엔 둘 다 떠나고 없었거든. 그럼, 혹시 그 인간들이 독약이라도 처먹이고 튀었나?"

여주인도 자신이 말해놓고 놀란 듯 눈을 동그랗게 떴다.

순간 왕 형사 낯빛이 어두워졌다. 신병을 비관한 단순 자살로 끝나길 바랐는데, 아니면 용의자가 확실한 치정 살인 정도로 넘어가고 싶었는데, 무언가 수사가 복잡해질 것임을 직감한 표정이었다.

'현장에 달려오길 잘했어.' 에스더는 그제야 화가 좀 누그러졌다. 죽은 사람에겐 미안하지만 이 사건이 좀 더 이슈화됐으면 하는 바람이다. 그렇다고 캡에 대한 불만이 풀린 건 아니었다. 그는 예전부터 담력을 키운다며 수습들을 일부러 대학병원 영안실에 보냈다. 혼절한 유족들에게 이것저것 민감한 질문을 던지게 해서 따귀를 얻어맞는 사고도 있었다. 그런 도제식 수습 교육이 전통이라는 이름 아래 여전히 만연해 있다.

"숙박기록부는 일단 가져가겠습니다."

왕 형사 요구에 여사장은 토를 달지 않았다. 대신 왕 형사 팔을 지그시 잡으며 물었다.

"저기 있잖아. 영업, 언제부터 다시 할 수 있을까?"

"글쎄요, 사고가 난 방은 당분간 힘들 텐데. 가능한 빨리 해결되기를 바라봐야죠! 아, 그리고 방문 앞에 노란색 띠 있죠, 그거절대로 걷으시면 안 됩니다. 들어가시는 것도 물론 안 되고요!"

왕 형사는 수첩을 접으며 애매하게 얼버무렸다.

에스더는 316호실 시체를 처음 발견한 청소부를 찾아갔다. 반백에 돋보기를 낀 노파였다. 살아온 세월이 있어서인지 별로 놀라거나 한 것 같지도 않았다. 비상구 옆 공용 화장실 앞에서 물이 뚝뚝 떨어지는 붉은 고무장갑을 낀 채 담담히 목격담을 늘어놓았다. 진술은 현장을 그리듯 세세해 신뢰감을 주었지만 수사에도움이 될 내용은 없었다. 308호실에서 침대 시트 한 장이 분실됐다고 덧붙였으나 흔한 일이란다. 동남아에서 온 일꾼들은 일회용 비누까지 챙겨간다고.

에스더는 노파에게 고개 숙여 인사했다. 시신을 실은 구급차의사이렌 소리가 조금씩 멀어지고 있었다.

역시, 경찰차 따위는 얻어 타는 게 아니었어. 에스더는 승합차가 출발하자마자 바로 후회했다.

"깔끔하게 보도자료 날릴 텐데 뭘 하러 이 험한 곳까지 행차를 하시고. 몸살이라도 나서 우리 원망하면 곤란한데. 흠흠."

조수석에서 노 형사가 실실 비꼬았다. 새치가 희끗희끗한 떡진머리에서 구린내가 났다. 석 팀장보다 선배인데 승진이 늦어 아직경사다. 가진 것 없이 매사에 건들거리고 냉소적인 인간. 어느 조직이나 한두 명씩은 꼭 있다.

"또 모르죠. 선무당이 사람 잡는다고 한 건 해낼지. 우하하핫!"

아무도 웃지 않았다. 에스더는 서툰 농담을 수습 못 해 얼굴이 붉어졌다. 이럴 땐 사교적이지 못한 성격이 원망스럽다. 양미라라면 눈웃음 살살 치면서 늙다리 형사들을 완전히 녹여놨을 텐데.

기자가 출입처의 형사와 친해지는 방법은 두 가지. 형님이라고 부르면서 진짜 형, 동생처럼 허물없이 지내든지, 아니면 적당히 거리를 두고 업무만 챙기든지. 이도저도 아니면 물먹기 십상이다. 그들 또한 가슴이 따뜻한 사람들이지만 민감한 사건에 서로 엮이다 보면 다 인간적인 관계로 흘러가는 건 아니니까.

수습기자로 서대문경찰서 2진실에 배치되던 첫날, 에스더는 첫 번째 방법이 자신에게 무리임을 깨달았다. 술 먹고 떠벌릴 군대도, 국가대표팀 축구 얘기나 창녀촌의 첫 경험 얘기도 없다. 애교나 미모로 분위기를 살리는 스타일은 더더욱 아니고 선머슴처럼 잘 엉기지도 못한다. 작은 체구에 살짝 떨리는 목소리, 소심한 성격 탓에 얼굴까지 자주 붉힌다. 형님이라는 단어가 입 밖에 나오는데 한 달이 걸렸다.

어색한 차 안의 침묵을 깨준 건 왕 형사였다.

"그나저나 이번 일 대충 넘어갈 것 같지 않은데. 아무래도 흑사파가 낀 것 같아요. 가리봉 일대에서 활동하는 중국 애들 있잖아요. 외사계에서 올라온 정보 보고를 보면 요즘 그놈들 짓이 장난 아니라던데. 예감이 그래요. 이거야 원, 또 며칠 집에 못 들어가는 거 아닌지."

"하여튼 골 때리는 짱꼴라 쉐이들. 아, 자살이었으면 얼마나 좋을까."

운전대를 잡은 문 형사가 투덜거렸다.

"얀마, 너무 걱정 마라. 연쇄살인범 강호순이 다시 출몰해도 네 놈 신혼여행은 보내주마."

"아휴, 선배는. 내 말은 그 뜻이 아니잖아요."

"아니긴 뭐가 아냐. 얼굴에 다 씌어 있는데. 그리고 짱꼴라가 아니라 조선족이야. 동포라고. 개념 확실히 탑재해 둬."

새치가 손바닥으로 문 형사의 뒤통수를 애 달래듯 톡톡 두드렸다. 다들 웃느라 휴대전화 벨소리를 듣지 못했다.

"씨팔, 시끄러워 죽겠네. 빨리 안 받아? 언 놈 거야."

석 팀장이 뒤늦게 짜증을 냈을 때 사람들 시선은 모두 증거수집용 비닐봉투를 향하고 있었다. 휴대전화 액정에 노란 불빛이 반짝거렸다. 스피커 전원 꺼지듯 한 순간 차 안이 정적에 휩싸였다.

"받아봐!"

석 팀장이 단호하게 명령했다. 긴장한 듯 손바닥의 땀을 바지에 쓱쓱 문지른 새치가 비닐봉지 채 폴더를 열어 전화기를 들었다.

수화기 저편에서 다급한 사내 목소리가 새나왔다.

"도대체 어찌된 거야. 연락도 안 되고."

에스더의 눈이 반짝 빛났다.

마음이 급해졌다. 노트북 자판을 두드리는 손가락이 타닥타닥 리듬을 탔다. 600자짜리 원고를 단숨에 완성했다. 특히 마지막 문장 '경찰은 살해된 조선족 장모 씨와 함께 모텔에 투숙한 남녀 용의자를 추적 중이다.'라고 쓸 때는 약간의 희열을 느꼈다.

전송 버튼을 클릭했다. 기사가 편집국 데스크 컴퓨터로 떠났다.

5시 15분. 지면 계획에 잡혀 있지 않았고, 초판 마감 시간을 넘겼지만 부장이 편집부에 아쉬운 소리하면 실릴 수도 있다. 뭐, 어차피 초판에 찍는 신문이야 저 멀리 지방행이니 20판부터 판갈이 해도 상관없다. 게재 여부를 떠나 오늘 하루 최선을 다했다고 생각하니 마음만은 후련했다. 오전의 우울 모드가 걷히면서 기분이 한결 나아졌다. 이 짓의 매력이 이런 건가. 뜬구름 잡던 얘기가 진실이라는 걸 확인했을 때, 다른 공장 선수들보다 먼저 정보를 알았을 때. 이런 희열 때문에 사건을 쫓아 다들 하릴없이 청춘을 바치는 건가.

모텔에서 돌아오는 승합차 안에서 석 팀장이 진지하게 말했다. 범인을 검거할 때까지 조직 범행 가능성은 비밀로 해 줄 수 있느냐고. 증거도 없는데 혹시 흑사회가 언급될까 봐 그런다고. 엠바고 요청은 아니고 그냥 구두 거래였다.

에스더는 목에 약간 힘을 주면서 대가를 요구했다. 석 팀장은 피식 웃으며 약속했다. 용의자를 검거하면 가장 먼저 알려주겠노라. 거래를 많이 해본 솜씨였다. 기자들 잔머리야 내 손바닥 안이지, 라고 말하는 듯했다. 뭐, 특종만 딴다면 비웃음 따윈 상관없었다.

에스더는 갑자기 심한 허기를 느꼈다. 아침부터 굶었더니 쓰러질 지경이다. 경찰서 앞 분식점에서 치즈김밥 한 줄을 꾸역꾸역 쑤셔 넣는데 휴대전화에 문자가 떴다. 시경 캡이었다.

'오늘 비상소집. 전원 귀사 요망.'

설마, 지난 밤 낙종한 건 때문은 아니겠지. 애기 손톱만 한 치즈가 목구멍에 걸렸는지 목이 메었다. 멀건 된장국을 후루룩, 들이겼다.

B파일 397021 은행원

리영민은 은행 지하 주차장에 차를 세웠다. 딸깍, 리모컨 키를 누르면서 신형 산타페를 한 번 돌아보았다. 그사이 발각될 일은 없겠지. 직원들이 다니는 비상계단을 통해 2층으로 올라갔다. 잔잔한 클래식이 흐르는 사무실은 창구 업무로 북적이는 1층과 달리 쾌적하다. 대출상담 코너에서 집요하게 물고 늘어지는 신용불량자도, 육중한 돼지저금통을 통째로 들고 오는 초등학생도 없다. 강남의 부유하고 점잖은 고객이 대부분이다.

"어이, 영민! 어쩐 일이야? 오늘 그냥 쉬라니깐?"

아프리카 토속민을 닮은 친절한 방 팀장이 손을 흔들며 미소 지었다. 새까만 피부와 두툼한 입술 사이로 새하얗고 고른 치아가 반짝인다. 영민은 반사적으로 목례를 했다. 자리에 앉자마자 컴퓨터 전원을 켜고 턱을 괴고 앉았다.

시계를 봤다. 낮 12시 20분. 사건 발생 여덟 시간째. 탈북 여자 시체는 아직 차 트렁크에 있다. 장태평까지 살해당하다니 믿을 수 없다. 같은 자들의 소행일까. 지난밤 식당 옆 테이블의 검은 양복 사내들이 떠올랐다. 경찰이 은행까지 쳐들어오는 건 시간문제. 영민은 마음이 급해졌다.

장까지 당한 이상 혼자 힘으로는 해결이 불가능하다. 더 늦기 전에 최후의 카드를 꺼낸 건 잘한 결정이었다. 앞으로 자유롭게 다닐 수 있는 시간은 기껏 사나흘. 어쩌면 더 짧을 수도 있다. 그 안에 무죄 증거를 찾아 상황을 반전시키지 못하면 꼼짝없이 살인 누명을 뒤집어쓰게 된다. 시간이 없다.

마우스를 움직여 컴퓨터 하드디스크부터 비웠다. 개인 정보가 담긴 불필요한 종이는 서류 파쇄기에 넣었다. 점심시간이라 보는 눈이 적어 다행이다. 서랍을 정리하다 맥가이버 칼과 미영 씨 명의의 신용카드를 발견해 노트북 배낭에 넣었다. 그것만은 챙겨 가고 싶었다.

12년의 서울 생활이 이렇게 정리되는 건가. 허망한 기분으로 자리에서 일어섰다. 1층 창구로 내려갔다. 마침 미영 씨가 근무 중이다. 반갑게 눈인사를 하는 그녀. 마음이 아파 똑바로 쳐다보지 못했다. 일단 ATM단말기로 가서 통장 잔고를 몽땅 5만 원권 지폐로 찾았다. 실적을 위해 가입했던 몇 건의 예금, 적금도 해지했다. 현금으로 모두 2천만 원이 넘었다. 100장씩 묶인 5만 원권 네 뭉치가 배낭에 담겼다. 그동안 모았던 목돈을 틈틈이 위안화로 환전해 본가로 송금해둔 게 그나마 다행이다.

해지 처리를 해 주던 미영 씨가 눈을 동그랗게 뜨며 뭔 일 있어요, 입 모양만으로 물었다. 나중에 전화할게, 영민이 입 모양으로 답했다. 뒤돌아서는데 왈칵 눈물이 쏟아질 것 같았다. 어쩌면 이게 마지막일지 모른다. 애써 외면하면서도 그녀의 모습을 망막에 새겨 넣고 싶었다.

외환 창구로 갔다. 현금 중 1000만 원을 100달러짜리 지폐로 바꿨다. 혹시 외국으로 갈 일이 생길지도 모른다. '뒷담화의 여왕' 노처녀 박 과장이 눈을 동그랗게 뜨고 올려다본다.

"미국인 친구가 돈 좀 꿔달라고 해서요."

영민은 억지웃음을 지으며 지폐 다발을 다시 가방에 담았다. 미영 씨가 걱정스러운 눈길로 흘깃흘깃 쳐다본다. 끝까지 외면하고 2층으로 올라와 난간 앞에서 잠시 아래층을 내려다보았다. 밀려드는 손님을 맞느라 미영 씨는 여전히 정신이 없다. 계약직이라 같은 일을 하고도 월급을 정규직의 절반밖에 못 받는다. 게다가 요즘 계약 연장을 앞두고 있어 근무 시간 내내 긴장 속에서 살았다. 영민은 새삼 입맛이 썼다. 어젯밤 술자리, 한국인과 똑같은 일 하고도 임금 차별한다며 툴툴대던 장태평 생각이 났다.

시체를 처리하고 보호 요청 약속 장소에 나가려면 서둘러야 한다. 그들은 어떤 식으로 도피처를 제공할까. 밀항? 위조 여권? 신분 세탁? 이런 생각을 하며 지하 주차장에 들어서는데 뭔가 이상한 느낌이 들었다. 아니나 다를까, 산타페 앞을 서성이던 사내 둘이 멈칫, 한다. 영민은 잽싸게 다시 비상계단을 뛰어올랐다. 둔탁한 구둣발소리가 뒤따라왔다.

은행 로비로 나온 영민은 애써 진정하며 1층에 입점한 편의점 안으로 들어갔다. 캔커피를 고르는 척 하며 유리창 너머를 살폈다. 검은 정장을 한 사내 둘이 로비에서 허둥대는 게 보였다. 그러다가 한순간 눈이 딱 마주쳐버렸다.

영민은 그대로 후문과 연결되는 반대편 출입문을 밀고 나왔다. 미니스커트를 입은 아가씨와 정면으로 부딪히며 자빠트렸지만 사과할 틈도 없었다. 건물 뒷문으로 빠져나와 소방도로를 따라 달렸다. 아직 따라오는 놈들은 보이지 않는다.

어디로 가지? 일단 산타페 트렁크에 있는 시체를 처리해야 한다. 그렇지 않으면 꼼짝없이 뒤집어쓰게 된다. 인적이 드문 골목을 달리면서도 은행 건물에서 멀리 갈 수는 없었다. 종합병원 건물 샛길로 막 접어들었을 때, 두 놈 중 키 작은 놈과 정면에서 마주쳤다. 바로 뒤돌아서서 전력을 다해 뛰었다. 어디서 나타났는지, 어느새 키 큰 놈이 합세해 따라붙고 있다. 엔지 뒷골목이란 뒷골목은 다 뒤지고 다녔던 어린 시절, 영민을 따라잡을 아이는 없었다. 매년 열리는 은행 사내 체육대회 100미터 선수로 나갈 만큼 달리기 하나는 자신 있었다.

얼른 방향을 틀어 빨간 불로 신호가 바뀌려는 횡단보도를 가로지른다. 놈들도 잽싸게 뒤따른다. 50미터쯤 앞에 몇 달 전 요란하게 개장한 25층짜리 쇼핑센터 출입구가 보인다. 그곳 지하 아케이드는 지하철 2호선과 이어져 있다. 그리로 내달린다.

거친 숨이 목구멍까지 차올랐다. 저놈들은 누굴까? 그새 경찰이 추적해 온 걸까. 아니다. 내일 자진해서 출두한다고 하지 않았나. 또 드라마에서 본 한국 형사들은 점퍼에 운동화 차림이다. 저렇게 「맨 인 블랙」 주인공처럼 검은 양복 입고 폼 잡지 않는다.

평일 낮인데도 쇼핑센터는 사람들로 북적였다. 일본인 관광객들이 단체로 들어찼는지 곳곳에서 아리가또, 스미마셍이다. 이리저리 인파를 헤치고 지하철 출구 쪽으로 달린다. 놈들도 사람들에 치여 거리가 조금 벌어졌다. 지하철역 계단을 두세 칸씩 뛰어내려갔다. 개찰대를 점프해서 넘었다. 열차 진입을 알리는 안내방송이 흘러 나왔다. 승강장에 내려와 숨을 고르는데 어느새 맞은편 승강장에 키 작은 검은 양복이 나타났다. 전동차가 들어오고 있었다. 이대로 달아나면 된다는 착각도 잠시, 키 큰 검은 양복이 이쪽 승강장 계단을 뛰어 내려오고 있다. 역시 만만찮은 놈들.

전동차 문이 열리자마자 올라탔다. 키 큰 양복도 잽싸게 다른 칸을 향해 몸을 날렸다. 영민은 객차 문이 닫히는 순간을 기다렸다가, 몸을 세로로 세워 게걸음으로 빠져나왔다. 센스를 건드리지 않은 정확한 타이밍. 문은 다시 열리지 않았다. 얼마 전 케이블 TV에서 본 액션영화 장면을 이렇게 써먹을 줄이야. 영민이 내리는 것을 본 맞은편 승강장의 키 작은 양복이 잽싸게 계단을 뛰어 올라갔다. 키 큰 양복은 출발하는 전철 안에서 영민을 노려보았다.

영민은 반대편 출구로 미친 듯이 달렸다. 이틀에 한 번 꼴로 점심 먹으러 가던 시장통으로 나갔다. 그 길이 그 길 같고, 샛길도 많아 따돌리기 쉬울 것 같았다. 키 작은 양복이 입구까지는 용케 따라붙었지만, 샛길로 두 번쯤 빠진 뒤에는 보이지 않았다. 영민은 다시 은행을 향해 전속력으로 질주했다. 간판이 휙휙 지나갔다. 차 트렁크의 시체를 처리해야 한다.

"영민 씨, 아프다더니 괜찮은가 봐? 주말에 최 대리 결혼식 올 거지?"

은행 입구에서 늦은 점심을 먹고 들어오던 추심팀 강 대리와 마주쳤다. 이쑤시개를 입에 물고 쩝쩝거리며 다가왔다. 연봉도 받을 만큼 받는데, 그는 매사 게걸스럽다. 영민은 평소처럼 웃으며 고개를 끄떡였다.

비상계단을 통해 주차장으로 내려갔다. 산타페에 올라타자마자 시동을 걸었다. 출구를 향해 돌진하는데 검은 양복의 두 사내가 콘크리트 기둥 옆에서 혼령처럼 스윽 나타나 앞을 막았다. 왼편 키 작은 자가 가슴에서 권총을 꺼내자, 오른편 키 큰 자가 손을 뻗어 말렸다. 영민은 눈을 감고 액셀을 콱콱 밟았다. 타이어와 코팅 처리된 바닥의 마찰음이 찢어질듯 날카로웠다. 출구로 나가는 커브 길을 거침없이 돌았다. 출차 경고음이 요란하게 울려 퍼졌다.

백미러에 추격자들은 보이지 않았다. 운전대를 쥔 영민의 두 손이 덜덜 떨렸다. 정신없이 달리다 보니 어느새 한강 다리 위. 황사 탓에 강변 풍경이 스산하다. 그렇게 따돌렸는데 어떻게 다시 쫓아온 거지? 그 총은 대체 뭐란 말인가? 훈련받은 조직원이 아니고서야 그렇게 순식간에 움직일 순 없다. 어젯밤 양꼬치 집에서 본 검은 양복들 존재가 또다시 떠올랐다. 동일 인물인지 지금으로 선 판단이 안 섰다.

초조한 마음에 라디오를 켜자 「컬투쇼」를 진행하는 머리 큰 두 개그맨의 목소리가 흘러나왔다. 너무 산만하게 떠들어 라디오를 끄려는 순간, 차 후미에서 강한 충격이 전해왔다. 스타렉스 한 대가 따라붙고 있었다. 재빨리 옆 차선을 타고 올라오더니 선팅된 조수석 창문이 내려왔다. 키 작은 검은 양복이다. 총구가 창밖으로 튀어나왔다.

"질긴 새끼들!"

영민은 브레이크를 슬쩍 밟아 속도를 늦췄다. 스타렉스도 따라서 속도를 늦췄다. 영민이 다시 액셀을 힘껏 밟았다. 앞서가는 광역 좌석버스를 방패막이 삼아 우측 앞으로 끼어들었다. 스타렉스가 계속 따라붙자 이번엔 버스를 추월했다가 좌측 차선으로 내려왔다. 좌우로 달라붙는 차들에 놀란 버스 기사가 헤드라이트를 번쩍이며 클랙슨을 마구 눌러댔다.

"200 미터 전방에 갈림길입니다."

내비게이션이 도주로를 알려주는 듯했다. 직진하면 남산 터널 방향, 오른쪽은 강변북로로 빠지는 램프다. 영민은 직진하는 척 속도를 올리다가 한순간 온몸을 오른쪽으로 돌리며 핸들을 꺾었다. 바퀴가 잠시 헛돌며 차가 비틀거렸다. 제 속도를 못이긴 스타렉스는 남산 방향으로 멀어져가고, 뒤에서 달려오던 마티즈 운전사가 고개를 내밀며 소리를 질렀다.

"미친 새끼! 뒈지려고 환장했나!"

살려고 한 짓이다, 영민은 혼자서 중얼거렸다.

검은 양복들은 대체 누굴까. 언제 다시 쫓아올지 모른다. 서둘러 보호 요청을 한 중국 쪽 사람을 만나야 한다. 살 길은 그 방법뿐.

"제기랄, 어떻게 위치를 손바닥 보듯이 알 수 있는 거지?"

클랙슨을 신경질적으로 빵빵 때리다가 아차 싶었다. 총까지 가지고 다니는 놈들이다. 위치 추적쯤이야 일도 아니다. 양복 주머니에서 휴대전화를 꺼냈다. 부재중 전화가 다섯 통이나 들어와 있었으나 바로 배터리를 뺐다. 이제야 쫓기는 신세라는 게 실감 났다. 살기 위해선 이 순간 이후로 유령처럼 증발해야 할 것이다.

B파일 044316 고참 기자

편집국이 무거운 침묵에 휩싸였다. 여기저기서 한숨 소리가 흘러나왔으나 그마저도 크게 들리지 않았다. 특파원을 제외한 내·외근 기자 250여 명이 한자리에 모였다. 인근의 지방 주재 기자들이 모두 상경했고, 사장까지 한 자리를 차지하고 앉았다. 연초 시무식 때도 보기 힘든 풍경이다.

편집국에 망조가 든 건지 최근 흉흉한 사건이 줄을 이었다. 편집부 봉 기자가 집에 든 강도와 치고받다 전치 12주 중상을 입었고, 문화부 예 부장은 유방암 때문에 휴직 중이다. 경제부 고 차장의 세 살짜리 딸은 백혈병에 걸려서 곧 노조 차원에서 모금운동에 나선다고 했다. 그 와중에 사내 '기사 집배신 프로그램'에 올라오는 각 출입처의 정보 보고가 증권가 찌라시에 토씨 하나 안 바뀌고 연일 실리는 바람에 경영진이 대로했다. 시스템 접근 권한이 있는 편집국 기자가 유출했다는 가정 하에 색출 지시를 내렸지만 범인은 오리무중이다.

"이 건물에 수맥이 흘러서 그래. 내가 탐침봉 들고 쭉 둘러봤는데 큰 줄기가 두 개 있더라고. 편집국장 방에서 스튜디오 쪽으로 흐르는 게 제일 크고, 체육부에서 인터뷰실 쪽으로도 하나 있지. 기운이 아주 탁해."

과학전문기자 구봉준이 진담 같은 농담을 툭툭 던졌다. 다들 또라이라고 웃어 넘겼지만, 대한민국 최고 대학 물리학과를 나온 놈이라 왠지 농담 같지가 않았다.

국차장 권이 편집국 한가운데 서서 마이크를 잡았다. 머리가 한쪽만 하얗고 한쪽 볼에 큰 흉터가 있어 마징가Z에 나오는 악당 이름을 따 '아수라'로 불렸다. 일선 기자들은 동요 없이 업무에 최선을 다해달라는 하나 마나 한 당부. 국장의 가족들이 캐나다 밴

쿠버에서 오고 있고 장례는 회사장으로 치른다고 했다.

철가면 조성철 편집국장의 죽음은 점심 때 전해졌다. 어젯밤 자신의 집과 조금 떨어진 외딴길에서 뺑소니 사고로 사망했다. 그것이 지금까지 공식 확인된 전부. 사회부 막내가 관할서 교통과 사고조사계에 죽치고 앉아 있지만 새로운 정보는 없었다.

윤은 한쪽 구석에서 팔짱을 끼고 골똘히 생각에 잠겨 있다. 교통사고야 언제든 일어날 수 있다지만 타이밍이 미묘하다. 오랫동안 소 닭 보듯이 지냈던 조 국장이 수상한 특명을 내리고 그날 밤 죽어버렸다. 이 모든 게 우연일까. 한편으론 허망했다. 한 치 앞을 알 수 없는 인생. 사소한 낙종 가지고 여기자를 불러다 불같이 고함치던 사람이 한순간 연기처럼 사라져버리다니.

돌이켜볼수록 악연이다. 윤이 초짜 기자 시절, 철가면은 시경 캡이었다. 그때는 2대8 가르마를 탈 수 있을 정도로 머리숱이 풍성했다. 그해 가을, 윤이 잠입 취재 갔다가 부상해 사회부를 떠날 때까지 아홉 달 정도 같이 생활했다.

두 번째 인연은 그로부터 8년이 지나 중국 베이징에서였다. 윤이 국내 모 그룹에서 후원해 주는 반 년짜리 언론인 단기 연수를 갔고, 철가면은 당시 베이징 특파원으로 근무 중이었다. 가끔 만나 회포를 풀곤 했는데 철가면은 그다지 행복해 보이지 않았다. 부인과 사이가 안 좋거나, 이국 생활에서 오는 쓸쓸함이겠거니 했다. 세월은 흘러흘러 윤은 그날그날 인터넷에서 짜깁기한 기사로 연명했고, 사회부와 정치부 데스크를 거친 철가면은 편집국장이 됐다.

30년을 민주일보에 헌신했던 철가면은 1단짜리 부음 기사만

남기고 사라졌다. 윤은 담담하게 받아들이고 싶었다. CD 속 동영
상을 본 뒤로 마음 한구석에 싹텄던 오해 혹은 불신조차도 죽음
과 함께 모두 덮고 싶었다.

아수라의 연설을 경청하던 경제부 기 부장이 옆에서 중얼거렸
다. 남의 피 빨아먹으면서도 귀신같은 줄타기로 살아남은 사람이
라 별명이 '기생충'이다.

"마, 내 이 공장에 입사한 지 24년쩬데 요즘처럼 분위기 칙칙
한 적 없었데이. 외환위기 때 모가지 잘리고 월급 깎이고 해도 웃
음은 잃지 않았거든. 현직 편집국장이 저렇게 픽 가기는 우리 신
문 역사상 처음일 끼다. 어쨌거나 빨리 수습해서 업무 공백 없어
야 할 낀데. 요즘 같은 미디어 전쟁 시대에 한번 뒤처지면 영원히
낙오자 아이가. 참말로 걱정이데이."

지랄염병 발차기하고 자빠졌네. 윤은 비웃음을 참으려고 고개
를 외로 꼬았다. 편집국장이 바뀌면 후속 인사는 당연한 조치. 신
문사 조직이라고 파벌의 예외일 수 없다. 지금 많은 간부들이 향
후 권력 구도를 그리며 주판알 퉁기고 있을 것이다. 한직으로 밀
려나 기회를 엿보던 이들에게 철가면의 죽음은 천재일우와 같은
기회다.

아수라는 타사에 쓸데없는 얘기 흘리지 말라는 당부와 함께
연설을 끝냈다. 차기 편집국장이 확실해서인지 살짝 미소를 짓는
듯도 했다. 그는 사장 사위라는 배경으로 승승장구한 인물. 미국
에서 언론학 박사 학위 따와서 시간강사 전전하다가 민주일보에
부설 미디어연구소가 세워지면서 특채된 케이스였다. 취재 현장
을 전혀 몰라서 사람들은 아수라가 편집국장이 되면 신문이 아

닌 논문집을 만들 거라고 뼈 있는 농담을 해댔다.

그런 그가 작년 국차장이 되었을 때, 노조는 사장이 자신 뜻대로 안 움직이는 편집국에 영향력을 행사하기 위해 빼든 카드가 아닐까 의심했다. 결국 우려는 현실이 됐다. 이제 누가 뭐래도 편집국 1인자는 그다. 무시했던 많은 간부들이 그 앞에 머리를 조아릴 것이다. 고급 정보가 몰려들고 신문사를 대표해 청와대에서 대통령을 만나고, 수틀리면 검찰이든 경찰이든 정의의 이름으로 조지는 기사를 지시할 것이다. 아수라는 확실히 행운아였다.

회의가 끝나자 사람들이 화장실 옆 흡연실로 우르르 몰려들었다. 사회부 막내를 세워놓고 성격 급한 편집부 서 차장이 심문하듯 몰아세웠다.

"단순 교통사고 확실해? 뺑소니범 단서는? 설마 일부러 친 건 아니겠지?"

뿔테 안경을 낀 범생이 스타일의 막내는 약간 자신 없는 표정을 지으면서 고개를 끄떡였다. 경찰 조사가 끝나봐야 확실한 것을 알 수 있다며, 경찰 간부 같은 말을 지껄였다.

"얀마, 네가 기자지 경찰이냐? 목격자는? 인근 CCTV는 분석하고 있어? 현장에 깨진 라이트 조각이나 스키드마크 그런 걸로 차종 확인 못 해? CSI 보면 다 그렇게 하던데."

담배 연기 속에서 또 누가 물었지만 뿔테는 고개만 가볍게 흔들었다.

"그것도 조사가 끝나봐야 알아요. 스키드 마크가 없어서 다른 곳에서 치인 후 옮겨졌을 가능성도 배제할 순 없는 모양이에요."

"뭐야, 그건 더 수상하잖아! 다른 특이사항은? 너 이 새끼, 보고 제대로 안 해?"

"아! 가방이 없어졌대요. 지갑 같은 소지품도."

"그런 얘길 왜 이제 해? 그렇다면 다른 의도가 있다는 얘기잖아."

"아니지. 뺑소니 운전사가 강도로 돌변해서 들고 튈 수도 있잖아요."

이젠 동료들끼리 논쟁이 벌어졌다.

뽈테에게서 더 나올 정보는 없을 것이다. 윤은 어둑한 긴 통로를 걸어 자리로 돌아와 창문을 열었다. 대기가 황사 범벅인 줄 알지만 답답해 견딜 수 없었다. 발아래, 거대한 도시가 가스등처럼 은은한 조명에 둘러싸여 있었다.

윤은 서랍에서 CD를 꺼내 물끄러미 바라보았다. 가운데 구멍에 손가락을 찔러 넣고 빙그르르 돌렸다.

'조작이 아니라고 보고도 못 했는데……. 이걸 어찌 처리해야 할까. 혹시 뺑소니 사고와 연관 있는 건 아닐까. 국장, 왜 위험한 물건이라고 한 거죠? 동영상은 대체 뭐란 말입니까? 내게 보여준 이유는요? 지시는 여전히 진행형이죠?'

묻고 싶은 게 한두 가지가 아니지만 취재원은 말이 없었다. 그 개꿈 지금도 꾸냐? 의미 없던 마지막 질문만 들리는 듯했다.

B파일 900734 전업 킬러

광화문에 위치한 민주일보 사옥. 최근에 신축한 20층짜리 건물이지만 외관을 투명 유리로 짓는 유행 스타일과 달리 회색 콘크리트로 마감을 해 차가운 철옹성 같은 느낌을 주었다.

미호는 1층 로비로 들어서서 프런트 옆 안내판을 살폈다. 남빛 제복 수위는 윤전기 견학 온 유치원 아이들을 살피느라 미호에게는 눈길도 주지 않았다. 신문사는 건물의 5층부터 13층까지를 사용했는데 편집국은 8층이었다. 논설실과 출판국, 자료조사실, 전산제작국 등 다른 타국이 층을 나눠 사용했다. 그 외 외국 통신사 서울지국과 구호전문 NGO 본부, 법무법인, 다국적 커피 체인 한국지사 등의 사무실도 입주해 있었다. 다양한 직업의 사람들이 왕래하는 만큼 보안은 의외로 허술해 보였다.

미호는 과감해지기로 했다. 속전속결로 처리하려면 이 방법밖에 없다. 삼삼오오 모여 있는 사람들 틈에 끼어 엘리베이터를 탔다. 빨간 넥타이를 맨 키 작은 남자가 하이힐을 신은 늘씬한 여자 뒤에서 느끼하게 속삭였다.

"미스 리, 이번 주말에 뭐해? 야구나 보러 갈까?"

하이힐은 질렸다는 표정으로 눈을 부릅뜨고 대꾸한다.

"과장님, 어쩌죠. 남친 생일이라 같이 밥 먹기로 했는데……. 그럼 셋이서 야구장 갈까요? 과장님 남자 둘 여자 하나 좋아하시잖아요!"

"미스 리, 농담이 과하네. 사람들 앞에서. 흠흠."

"농담 아닙니다. 사무실에서 매일 보시는 그 동영상에 나오잖아요? 헐벗은 남자 둘 여자 하나."

사람들이 킄킄대자 빨간 넥타이 얼굴이 시뻘겋게 변한다.

문 위의 디지털 숫자가 8에서 멈추자 몇몇이 내렸다. 미호는 얼굴만 내밀어 재빨리 주위를 훑었다. 유리 출입문 바로 옆에 젊은 여자 서무가 앉아 있고 그 너머로 편집국이 훤히 들여다보인다. 빽빽하게 쳐진 파티션 사이로 컴퓨터 모니터가 가득하다. 신문사의 심장부라지만 여느 사무실과 특별히 다른 점은 없었다.

미호는 엘리베이터를 타고 꼭대기 층까지 올라왔다. 옥상 한쪽에 만들어진 미니 공원에 나가 북악산이 보이는 바깥 풍경을 잠시 바라보았다. 한 사내가 말기암 환자 같은 표정으로 난간에 매달려 담배를 피우고 있었다. 두 발 끝을 들어버리면 바로 수직으로 낙하할 듯 위태로워 보였다. 보셔, 회사 일이 아무리 힘들어도 킬러보단 나을 걸? 밥벌이란 게 다 그런 거잖아. 축 처진 그의 어깨를 툭툭 치며 이렇게 말해주고 싶었다.

다시 1층에 내려와 로비 커피숍에 앉았다. 또 한참을 집중해서 관찰했다. 의외로 외부인 출입이 많았다. 엘리베이터를 타는 건 수월했지만, 8층에서 편집국 안으로 들어가려면 용건을 대고 방문증을 받아야 했다. 별다른 제지 없이 드나들 수 있는 사람은 퀵서비스 맨이나 택배 직원 정도. 편집국장의 죽음 때문인지, 국화나 화분 배달을 오는 사람들도 오고 갔다. 수위와 옥신각신하는 모습이 보였다.

"아니, 국화를 빈소로 보내야지 여기로 가져오면 어떻게 해?"

"빈소가 아직 안 차려졌다고 여기로 보내라던데요. 낸들 압니까? 우리는 배달해 달라는 곳으로 온 것뿐입니다."

"아, 이거 귀찮아지네. 일단, 8층 편집국장실에 갖다 놓으슈!"

미호는 근처 주차장에 세워둔 차로 돌아가 옷을 갈아입었다. 무채색 정장을 입어야 눈에 덜 띌 거라 생각했는데, 허름한 작업복이 좋을 것 같다. 구두 대신 워커를 신고 야구모자를 눌러 썼다. 바이커들의 애용품인 윈드 마스크도 착용했다. 근처 꽃집에 가서 흰 국화 꽃바구니를 샀다.

"민주일보 편집국장님께 보내시게요? 리본엔 뭐라고 써드릴까요? 저희 배달도 해드리는데……."

꽃집 여자가 친절이 과하다. 직접 가져갈 테니, 대충 알아서 적어달라고 했다. 미호는 다시 신문사로 들어가 엘리베이터를 탔다. 예상대로 8층에서의 신원 확인은 형식적이었다. 백치미를 풍기는 서무가 문을 열어주면서 자기는 들어가지도 않고, 저기 보이는 국장실에 차곡차곡 놓으셔요! 한다.

한 층을 다 사용하는 편집국은 넓었다. 점심시간이라 그런지 대부분의 자리가 비어 있다. 몇몇이 의자를 뒤로 눕혀 선잠을 자고 있고, 여직원 몇몇은 수다를 떠느라 정신이 없었다. 허름한 복장의 꽃 배달부 따위는 아무도 눈여겨보지 않았다. 편집국 한가운데에 위, 아래층을 향해 뚫어 놓은 나선형 계단이 인상적이었다.

서무가 가르쳐준 방으로 들어갔다. 바구니를 내려놓는 척 몸을 숙이고 책상 서랍을 뒤지기 시작했다.

국장 방은 의외로 단출했다. 문제의 CD가 있을 만한 곳은 다 훑었지만 역시 헛수고. 쉽게 찾으리란 기대는 안 했지만 실망이다. 집에도, 사무실에도 없다. 그렇다면 본인이 몸에 간직하고 있거나 다른 곳에 넘어갔다는 얘긴데……. 본인이 아닌 다른 인물이라면, 역시 윤순철, 그 인간인가.

계속 꾸물대고 있자니 출입구의 서무가 신경 쓰였다. 어쩔 수 없이 편집국을 나와 엘리베이터를 기다렸다. 미련이 남았다. 여길 어떻게 들어왔는데, 아무 수확도 없이 갈 수는 없었다.

"바빠 죽겠는데, 거 엘리베이터 한번 졸라 느리네!"

혼잣말을 날리며 비상계단 쪽으로 나가 한 층을 내려갔다. 7층은 전산제작국. 예상대로 철문 옆에는 신분증 인식기만 덜렁 붙어 있었다. 대머리의 열쇠고리에 달려 있던 동전만 한 카드를 그곳에 갖다 댔다. 빨간색 불이 파란색으로 바뀌더니 찰칵, 철문이 열렸다.

안에는 수십 대의 컴퓨터가 교실처럼 정렬돼 있다. 인터넷 쇼핑을 하고 있던 앳된 여직원이 빤히 쳐다본다. 미호는 손에 아무것도 들려 있지 않음을 깨닫고 잠시 당황한다.

"퀴, 퀴 부르신 분이요, 여기 편집국 아닙니까?"

"편집국은 8층이에요. 저 계단으로 올라가시면 돼요."

여직원이 퉁명스럽게 나선형 계단을 가리키고는 다시 인터넷 쇼핑에 열중한다. 다행이다. 조심조심 계단을 돌아 오른다. 다 오르지는 않고 고개만 내밀어 문화부 쪽을 살핀다. 아무도 없다.

"퀴 부르신 분!" 나지막이 외치며 긴 통로를 걸어간다. 윤순철의 자리를 찾는 건 어렵지 않았다. 헤진 닥스 가죽가방이 놓여 있는 자리. 책상 서랍 세 개를 거의 동시에 열어본다. 손을 넣어 물품을 휘젓는다. CD는 보이지 않았다. 그 옆자리도 마찬가지. 맥이 탁 풀렸다. 오금 저리는 이런 뒷조사는 체질에 안 맞는다. 한 큐에 끝나는 킬러질이 낫지.

긴 통로 끝에서 누군가 어슬렁대면서 걸어오고 있다. 이쯤에서 물러나야 한다. 더 이상은 위험하다. 미호는 야구모자를 더 눌러 썼다. 피곤에 찌든 얼굴로, 눈을 반쯤 감다시피 한, 팔자걸음의 사내가 스쳐간다. 윤순철이다. 미호는 얼른 몸을 틀며 고개를 숙였다.

나선형 계단을 이용해 다시 아래층으로 내려간다. 여직원이 드디어 마음에 드는 걸 고른 모양이다. 모니터에 결제 창이 떠 있다. 모레쯤 택배가 도착할 것이다.

신문사 로비 커피숍. 다시 기다림의 시간.

미호는 불쾌한 가스가 몸 안에 꾸역꾸역 차오르는 걸 겨우 눌렀다. 크게 심호흡을 했다. 조금 진정이 되자 팔짱을 끼고 생각에 잠겼다. 단순한 사건 같았는데 뭔가 계속 어긋나는 느낌. 그저 우연이든 의도가 있든, 사소한 실수라도 하면 끝장이다. 여기서 그만둬야 하나, 미호는 계산기를 두드려보기 시작했다.

'행복흥신소' 탁 사장이 연락해 온 건 지난주 일요일. 양파링에게 우유를 먹이고 있는데 영원히 교정 못 할 것 같은 억센 사투리가 귓구멍을 파고들었다.

"자알 지내나? 일거리 더 생겼다 아이가. 의뢰인이 저번 일 처리 억수로 마음에 든 모양이네. 당근 할 끼제?"

이 일 저 일 가릴 형편이 아니다. 가능한 많은 현금을 모아 이 나라를 떠나고 싶었다. 새로운 자아를 찾아서. 하물며 탁 사장이 주선해 주는 건수라면 잴 것도 없었다.

"카면 이번 일만 끝나면 더 볼 일 없겠네! 섭섭해서 우짜노! 니만 한 일꾼 찾기가 어디 쉽나! 내 밑에서 일하면 차아아암 좋은데, 같이 일하면 즈으으응말 좋은데. 더 이상 꼬실 방법이 없네."

사정을 알고 있는 탁 사장이 통화 말미에 광고를 패러디한 농담을 던졌다. 미호는 피식 웃어주었다. 그간 챙겨준 고마움에 약간의 냉소를 담아서.

의뢰인은 붉은 달이라 불리는 사람. 세세한 업무 조율을 위해 직접 만나자는 조건을 걸었다. 이상한 일이었다. 해결사와 직접 대면하고 싶어 하는 고객은 많지 않다. 내키지 않았지만 거절할 수는 없었다. 여러 건을 의뢰할 예정이라는 탁 사장 말에 더는 선택지가 없었다.

읽고 있던 연애소설을 덮고 서둘러 외출 준비를 했다. 봄이 온줄 알았더니 바람이 차다. 미호는 선글라스를 끼고, 가죽점퍼의 지퍼를 올리고, 살짝 걸쳤던 스카프를 둘둘 말아 겹겹이 둘렀다. 언덕을 내려와 세 블록을 걸어서 우측으로 돌자 길은 이태원역 방향으로 이어졌다. 번화가가 나오고 길 건너편에 해밀튼호텔이 보였다. 횡단보도를 건너 호텔 뒷골목을 찾아들었다. 그리스, 프랑스, 이탈리아, 태국 음식점을 스쳐 갔다.

골목길 끝에 서서 '용정차밭'이라는 나무 간판을 확인했다. 글로벌한 이태원 분위기와 어긋나는 이름. 한글로 쓴 상호이지만 중국식 차관이었다.

바닥과 내벽, 탁자도 진갈색 나무로 꾸민 실내는 어둑하고 조용했다. 중년 부인 몇몇이 젊은 남자 앞에 다소곳이 앉아 다도 수업에 열중이었다. 은은한 얼후 연주 소리가 차관 구석구석까지 흘러들었다.

거구의 남자는 창과 면한 자리에서 잡지를 읽고 있었다. 짧은 머리카락과 정돈 안 된 구레나룻. 사각 턱과 뭉개진 귀가 레슬링 선수 같았다. 육중한 엉덩이를 지탱하고 있는 등받이 없는 나무

의자가 곧 주저앉을 듯 위태로워 보였다. 왼쪽에 비해 오른쪽 발목에 바짓단이 두툼하다. 업계 사람이라면 칼집이라도 차고 있는 것이리라.

미호는 대각으로 마주 앉으며 헛기침을 했다. 사내가 고개를 들어 눈인사를 건넸다. 살기가 느껴지는 매서운 눈. 정말 이 바닥 사람인가, 그래서 직접 보자고 했나. 미호는 애써 태연한 표정을 지었다.

붉은 달이 읽고 있던 주간지를 탁자 위에 올려놓았다. 먼저 말하기를 기다렸지만 한참동안 말이 없었다. 머쓱해진 미호는 주간지에 눈길을 줬다. 표지에 양손을 깍지 낀 여자가 활짝 웃고 있었다. 치켜 올라간 눈매와 두툼한 콧망울, 하얀 피부가 인상적인 여자였다. 입꼬리가 올라가 있어야 부자로 산다더니, 이 여자는 눈꼬리도 입꼬리도 하늘을 향해 있다. 사진엔 얼굴의 모든 근육을 사용한 듯 과장되게 웃고 있었다. 얼핏 오프라 윈프리를 닮은 것 같기도 하고. 많이 보던 여잔데, 누구더라? 미호는 기억을 더듬었다. 아, 사진 밑에 '전 세계를 하나로 잇는 꿈, 우주그룹 CEO 주린'이라고 쓰여 있었다.

"솜씨 잘 봤습니다. 잔금은 탁 사장에게 보냈습니다만."

붉은 달은 미호가 응시하던 잡지를 슬쩍 뒤집으며 입을 열었다. 목소리가 체구와 어울리지 않게 가늘고 톤이 높았다. 나이는 서른 중반 정도. 탁 사장은 이미 여러 번 거래한 믿을 만한 고객이라 했다. 중국을 위해 일한다고 소문 나 있지만 중국인인지 한국인인지는 확실치 않다고. '우리야 뭐 돈만 챙기면 그만 아이가. 내한텐 돈줄이니 잘 모시라.' 거듭 당부했었다.

"고맙습니다. 다음 일은 뭐죠?"

미호가 다시 실내를 훑으며 일부러 딱딱하게 말했다. 붉은 달이 차를 한 모금 머금은 다음 가볍게 손깍지를 꼈다가 뒤집었다. 우두둑, 소리가 났다.

"내부 직원 하나가 중요한 물건을 갖고 이탈했어요. 그걸 여기저기 팔아넘기려고 해서 골치가 아픕니다. 분실한 물건을 최대한 빨리 회수하고 싶습니다. 저희는 물건만 원합니다. 순순히 회수가 안 되면 저번처럼 '밀봉'으로 처리하시면 됩니다. 물론, 상황이 거기까지 간다면 추가 비용은 지불할 거구요."

'밀봉'은 증거 없는 살인을 의미하는 은어다.

"신기술 설계도 같은 건가요? 아니면 기밀문서?"

붉은 달은 잠시 생각에 잠겼다가 눈을 치켜떴다.

"솔직히 말하면 사생활이 담겨 있는 동영상 파일입니다. 협박하는 자, 협박받는 자, 모두 유출 사실을 알고 있으니 기회 잘 포착하면 빼내오기가 그리 어렵진 않을 겁니다. 참고로 말씀드리자면 이번 일은 지난 일의 연장선상에 있습니다."

미호는 청와대 실세의 집에서 빼왔던 CD를 떠올렸다.

"세 번째는?"

미호가 선글라스를 벗고 시선을 창밖으로 가져가며 물었다. 호리호리한 대머리 백인 사내와 광대뼈가 나온 생머리의 한국 여자가 손 잡고 깔깔깔 웃으며 스쳐간다.

"그건 아직. 앞의 일이 잘 해결되면 철회할 수도 있습니다. 아, 그 경우에도 비용은 약속했던 대로 드릴 겁니다."

붉은 달이 탁자 위에 갈색 서류 봉투를 올려놓았다. 봉투 속에는 중년의 대머리 사내의 사진이 석 장. 그리고 자잘한 글씨가 적인 종이 몇 장이 클립에 꽂힌 채 흘러나왔다.

"물건이 넘어간 사람의 신상 정보입니다. 휴대전화도 하나 넣어뒀어요. 단축번호 1에 번호 하나가 저장돼 있을 겁니다. 그 휴대전화 그 번호로만 연락하십시오. 그 외의 접촉은 사양하겠습니다. 기한은 말씀드린 대로입니다."

"만약 실패하면."

"그땐, 우리 식으로 해결하겠습니다."

"흠, 그렇다면 진즉에 직접 처리하시지 않으시고?"

"윗선의 방침입니다. 피 보는 걸 싫어하시죠."

"돈만 있으면 손 안 대고 코 푸는 방법도 많으니까요. 흐음, 좋아요. 최선을 다해보죠."

"최선은 누구나 합니다. 성공을 해야지."

"알겠습니다."

"우리가 다시 만나는 불미스러운 일은 없었으면 합니다."

붉은 달이 손을 내밀어 악수를 청했다. 미호가 손끝을 가볍게 잡았다. 차돌처럼 딱딱하다. 훈련으로 단련된 손이 분명하다. 한국인일까 중국인일까. 북쪽에서 심어놓은 고정간첩은 아닐까. 억양만 들어서는 구분이 쉽지 않다. 한국인보다 더 한국인 같은 외국인을 보면 섬뜩함을 느낄 때가 있는데 그가 그랬다. 한국인의 혼이 뼛속까지 스며든 느낌이랄까.

왠지 우울한 기분으로 중국 찻집을 나섰던 기억이 난다. 저도 모르게 위축된 느낌. 하지만 붉은 달 뒤에 누가 있을까 궁금해하지 않기로 했다. 이쪽 일이 다 그렇지 생각하기로 했다. 그랬는데 이 사단이 난 것이다. 생각하면 할수록 붉은 달이란 자가 수상하다.

미호는 신문사 로비 커피숍에서 다시 엘리베이터 쪽을 주시했다. 때마침 문이 열리고 윤순철이 팔자걸음으로 퇴근을 하고 있었다. 식은 커피를 후루룩 들이켜고 황급히 일어섰다.

B파일 310218 신참 기자

"너 완전 웃기는 애더라. 앞에서는 얌전한 척 하더니, 뒤로 완전 호박씨 까고 다니드만? 경찰 봉고차 타고 모텔까지 따라갔다며. 여자애가 겁도 없이. 그런 데는 남자친구 차 타고 가야 하는데 아니니?"

취재 나갔던 양미라가 기자실에 돌아오자마자 시누이처럼 태클을 걸었다. 분주하던 기자실이 일순 조용해졌다. 다들 귀를 쫑긋 세우고 있다. 역시 비밀이 없는 동네. 먼저 아는 자와 나중에 아는 자가 있을 뿐이다.

"데스크 지시였거든요."

에스더는 퉁명스럽게 대꾸하고 고개를 돌렸다. 의자를 바짝 끌어당겨 앉으며 노트북을 주시했다. 말을 아끼는 것. 그것이 양미라와 대적할 수 있는 유일한 방법이다. 그래도 자꾸 그녀의 분홍색 실크 원피스에 눈길이 갔다. 옆에는 페이즐리 문양의 명품 가방과 갓 출시된 핑크 갤럭시노트가 놓여 있다. 방송 기자들이 통화 중 녹음이 되지 않는 아이폰을 꺼리긴 하지만 구입한 지 두 달 만에 단지 검은색이 싫다고 바꾸다니. 이목구비가 뚜렷한 작고 뽀얀 얼굴과 그런 소품들은 근사하게 어울리기는 했다. 그래, 하늘은 공평한 법이니까. 너처럼 다 가진 애가 성격까지 좋으면 안 되지.

낡은 폴더식 휴대전화가 부르르 떨리더니 액정에 낯선 번호가 떴다.

"네, 여에스더입니다."

응답 없이 상대방 숨소리만 들렸다.

"말씀하세요, 듣고 있습니다."

재촉해도 거친 숨소리만 흘러나왔다. 제보다! 에스더는 직감했다. 두 시간 전에 이메일을 보낸 주인공이 틀림없다.

주위를 둘러봤다. 마감 시간이 임박해서인지 기자실 안은 타이핑 소리, 전화벨 소리, 고함 소리가 뒤엉켜 분잡했다. 에스더는 조용히 밖으로 나와 복도 끝 창가로 향했다. 스쳐가던 보안과장이 눈인사를 건넨다.

"안심하고 말씀하셔도 됩니다. 주위에 아무도 없습니다."

"인터넷에서 사건 기사를 읽었습니다. 민주일보 여 기자님이 제일 정확히 알고 계신 듯해서요. 합정동에서 일어난 모텔 살인 사건 말입니다."

드디어 상대가 입을 열었다. 30대 초반으로 느껴지는 남자 목소리는 살짝 떨리고 있었다. 단어를 딱딱 끊어 정확하게 발음하려고 애썼으나 숨길 수 없는 억양 차이. 모텔 살인 사건 피해자도 조선족이었다.

에스더는 휴대전화를 재빨리 귀와 볼 사이에 끼우고 주머니를 뒤졌다. 길쭉한 취재수첩을 창틀에 펼치고 급한 대로 쪼그려 앉았다. 약정만 끝나면 월급을 다 털어서라도 통화 중 녹음이 가능한 스마트폰으로 바꾸리라.

"혹시, 리……영민 씨? 맞죠?"

"나는 사람을 죽이지 않았습니다. 맹세코 죽이지 않았다고요."

남자는 큰 숨을 내쉬더니 그 말부터 꺼냈다.

"그럼 누구 짓인가요? 알고 계십니까?"

"그건 모릅니다. 제가 그 현장에 있었던 것은 사실이지만 사람을 죽이지는 않았습니다. 잠에서 깨어나니 상황이 그랬습니다. 나는 그 건너편 방에 있었습다. 그리고 도망쳤습다. 그게 전부라고요. 더는 나도 모릅니다."

일단 말문이 트이자 속도가 빨라졌고, 조금씩 격해지더니 북쪽 억양이 툭툭 튀어나왔다. 에스더는 최대한 담담하게 응대하려 애썼다.

"만나서 얘기하시죠? 취재원 신분은 절대 밝히지 않겠습니다."

"그러고 싶지만 쫓기는 신세라 당장은 힘듭니다. 나는 절대 살인자가 아닙니다. 그걸 믿어주셨으면 합니다. 무죄를 입증할 증거가 준비되면 여 기자님께 맨 먼저 보내드리겠습니다. 제발, 믿어주십시오. 믿어주씨요!"

"그럼 경찰에게 떳떳하게 밝히세요!"

말을 내뱉는 순간, 아차 싶었다. 간첩에게 자수하라는 격이다. 상대는 조선족이라지만 중국 국적자. 수습 시절 매일 '마와리' 돌던 밤의 경찰서 형사과 풍경을 잊었는가. 멀쩡한 내국인조차 인간

취급 못 받는 경우가 부지기수다. 생각과 따로 노는 경솔한 주둥이라니. 에스더는 자신을 책망했다.

"경찰의 공정한 수사는 불가능하다고 생각함."

"그럼 그때 상황을 자세히 알려주시면 제가 힘닿는 데까지 조사해 보겠습니다. 혹시 의심 가는 사람이라도?"

에스더가 부드럽게 대꾸했다. 남자도 냉정을 되찾은 듯했다.

"글쎄요, 지금으로선……. 저는 어떤 함정에 걸렸고 아마도 배후에는 엄청나게 큰 조직이 있다고 생각합니다."

"어, 엄청나게 큰 조직이요?"

침묵이 흘렀다. 오만 가지 생각이 스쳐갔지만, 그가 입을 열 때까지 인내를 가지고 기다렸다.

"네. 엄청난 권한을 가진 조직이요. 예를 들면 정부기관 같은……. 시체를 소리 소문 없이 처리할 수 있고, 통신 기록 열람이나 위치 추적도 자유자재로 할 수 있는. 아, 실탄을 장전한 총도 사용합니다."

남자가 차근차근 사건 당일의 행적을 풀어놓았다. 간간이 동전 떨어지는 소리, 자동차 경적 따위의 잡음이 섞였다. 아마도 서울 어느 공중전화 부스 같았다. 녹취를 못 하는 것이 두고두고 아쉬웠다.

"지금까지 하신 이야기 기사화해도 될까요?"

순간, 남자 목소리가 격하게 올라갔다.

"안 됩니다. 절대로 안 됩니다. 나를 죽이려 하십니까. 제가 전화 드린 건 진실은 그게 아니다, 그걸 알리고 싶었기 때문입니다."

"이해합니다만, 반대의 경우를 생각해 보십시오. 일단 보도가 되면 여론의 품 안에서 보호받을 수 있습니다. 게다가 누명을 벗어날 수 있는 결정적 증거가 공개되면, 배후의 거대 조직이라도 어쩌지 못할 겁니다. 신분을 공개하는 것이 오히려 안전할 수도 있다고요."

"압니다. 저도 안다고요. 하지만 증거가 없잖습까? 그러니 내가 증거를 확보할 때까지 기자님이라도 믿어달라는 거 아닙니까!"

남자는 거의 울먹이며 말을 이었다.

"민기수라는 사람을 좀 만나봐주십시오. 고향 후배입니다. 그날 현장에 같이 있었는데 연락이 끊겼어요."

일산에 있는 폐기물 재처리 업체 상호와 전화번호를 불러주던 목소리가 흔들렸다.

"끊어야겠습다. 저 쫓기고 있어요."

"자, 잠시만. 누구한테요? 경찰입니까?"

에스더가 다급하게 외쳤다.

"소속은 알 수 없어요. 검은 양복을 입은 사람들입니다."

전화가 끊어졌다. 다시 불러봤지만 먹통이었다.

에스더는 긴 숨을 내쉬며 창밖을 내다봤다. 경찰서 뒤편 기동대 건물 구석에선 전경들이 일렬로 뻣뻣이 서서 담배를 피워댔다. 믿어도 될까. 용의자 말투에 강한 진정성이 느껴졌다. 거짓말은 아니리라. 객관적인 사실 확인 전까지 의심하라고 배웠지만 에스더의 마음은 이미 그쪽으로 기울고 있었다.

기자실은 여전히 정신이 없었다. 도도하게 다리를 꼬고 앉은 양미라는 전화기를 붙잡고 누군가에게 설교 중이다. 모니터에 고개를 파묻은 사내들은 그 와중에도 분홍색 원피스 아래로 쪽 뻗

118

은 다리를 힐끔거렸다.

에스더는 오전에 배포된 보도자료 속 사진을 뚫어져라 쳐다봤다. 한 사내가 새벽에 합정동의 한 모텔에서 걸어 나오고 있다. 건너편 전봇대에 설치된 관제 CCTV에 잡힌 것인데 화질이 꽤 선명했다. 방금 전화를 걸어온 바로 그 사내. 그가 유력한 용의자일 수밖에 없는 결정적 증거였다. 살인 사건의 배후엔 뭐가 있을까. 필로폰? 위조여권? 청부살인? 장기밀매?

내일 아침 모든 신문 지면에 사진이 실린다. 조선족 살인 용의자 리영민. 그의 신상 정보가 방송 뉴스와 각종 포털 초기 화면에도 도배될 것이다. 트위터에는 조선족 혐오 멘션이 리트윗되며 그의 사진이 꼬리에 꼬리를 물고 퍼져나갈 것이다.

사건 발생 이틀 만에 이례적 공개수사. 경찰은 올 초 경기도 안성에서 발생한 중국인 토막살인 사건을 예로 들면서, 범행을 저지른 이주 노동자가 그들 무리 속으로 잠수 타버리면 수사가 힘들다는 이유를 댔지만 고참 기자들은 흔치 않은 케이스라고 말했다. 더 미심쩍은 건 중국식 코스 요리처럼 시간에 딱딱 맞춰서 새로운 정보가 나온다는 점. 누군가가 적시에 하나씩 흘리듯이. 뭔가 의도된 시나리오를 향해 흘러가는 기분이랄까.

리영민의 신상 정보를 읽다가 에스더는 그가 꽃미남 동기와 같은 은행에 근무한다는 사실을 깨달았다. 시계를 보니 다섯 시. 창구는 닫았지만 퇴근 전이다. 전화는 바로 연결됐다.

"지금 은행에 이상한 소문 돌지 않니?"

꽃미남 동기는 전화를 기다렸다는 듯 답했다.

"안 그래도 전화 걸려고 했는데……. 역시 우리 여 기자님이셔,

후후. 회사 완전 뒤집어졌다. 그 사람 나랑 같이 근무하잖아. 지금 은행에 형사들 와 있어."

귀가 활짝 열렸다.

"그래?"

"그 사람, 위층 BP센터에서 일하는 나름 고급 인력이야. 1층 창구에서 시다바리하는 나와 볼 기회는 많지 않았지만……. 회사에서 중국 전문가로 키우려고 일부러 여러 업무를 돌렸대. 올 가을에 오픈하는 옌지 사무소 지점장으로 내정돼 있었어. 젊은 나이에 파격 발탁이지. 능력 있고 인간성 좋다고 소문 자자한 사람이었는데 어쩌다 그렇게 됐는지. 다른 중국인처럼 구리지도 않았는데 말이야."

"달리 들은 소문은 없어?"

"뭐, 지금으로선……. 근데 이상하지 않냐? 그 똑똑하고 이성적이며 앞날 창창한 사람이 왜 사람을 죽인 걸까? 충동적이라고 하기엔 살해 동기가 너무 약하잖아? 여 기자님 생각은 어때?"

에스더는 수화기를 두 손으로 말고 목소리를 낮췄다.

"그 사람에 대한 정보 좀 알아봐줄 수 없을까? 집 주소나 가족 관계 같은 거. 사내 정보망에 접근해 봐. 아, 신용카드 사용 내역 같은 건 어렵나? 그런 거 잘 분석해 보면 도피처도 추측 가능하잖아."

"아는 사람 한 다리만 건너면 불가능하진 않지. 근데 내가 왜 위험을 무릅쓰고 그 짓을 해야 하냐. 형사나 기자도 아닌데. 그리고 그거 개인정보 유출 아닌가, 후후."

"응, 아마도 맞을 거야. 개인정보 유출."

"그런데 내가 왜?"

"우리 언론고시 스터디 동기잖아. 날 워터게이트 특종 터트린 워싱턴포스트의 밥 우드워드 같은 대기자로 만들어줘야지. 너는 내부 고발자 역을 맡은 마크 펠트 FBI 부국장 역을 하렴. 어때, 완전 땡기지?"

"흠, 기자 생활 1년 하더니 과대망상에 어거지만 왕창 늘었군."

"야야, 말도 마라. 이 정도는 기본이다. 나라고 맨날 물만 먹고 살 순 없잖니. 뿌대 나는 놈 하나 물어서 '이달의 기자상' 타보고 싶어."

"오호, 세게 나오는데. 알았어, 기다려봐. 널 위해 기꺼이 내부 스파이가 되어주마, 푸하하."

쓴웃음을 지으며 전화를 끊는데, 기자단 간사 심대근이 외쳤다.

"어라? 우리 서장 사의 표명했네. 방금 통신에 속보 떴어."

주위가 웅성거렸다. 경찰청발 기사였다. 모두 일제히 양미라를 바라봤다. 그녀는 좌중을 한번 훑어보더니, 내 알 바 아니라는 듯 하품을 하며 기지개를 켰다.

에스더는 고개를 세차게 흔들었다. 순경으로 시작해 30년 만에 총경에 오른 인물이 한마디 말실수로 물러났다. 1보가 나가고 이틀 만이다. 그는 경찰 생활 대부분을 수사과와 형사과에서 보낸 현장통. 한겨울밤 며칠씩 잠복도 하고, 헤아릴 수 없이 많은 핏자국을 밟고, 강력범 칼에도 찔려본 진짜 형사였다. 간부로 들어와서 정보나 보안 파트만 구른 뺀질이들하곤 달랐다. 단지 세련된 화법을 몰랐고, 거칠고 직선적이며, 무엇보다 치졸한 언론의 속성을 이해하지 못했을 뿐이다.

양미라를 째려봤다. 턱을 치켜들고 으스대는 모습이 눈꼴사납다. 저렇게 살아야 하는 걸까? 그렇다면 이 직업이 나의 길이 아닐지도 모른다. 간절히 원해서 시작한 일이지만 처음으로 회의감이 들었다. 30년 기자 생활을 했다는 편집국장 철가면의 죽음이 오버랩됐다.

죽음 앞에선 모든 게 용서되고 숙연해지는 탓일까. 돌이켜보면 존경할 구석이 많은 사람이었다. 뺑소니 사고가 나던 날 아침, 불같이 꾸짖던 모습이 떠오른다. 고개를 숙인 채 방을 나서려 할 때, 그가 건넨 말은 격려였다.

"어이! 기자는 말이야, 특종으로 그 분을 푸는 거야."

에스더는 눈을 감고 잠시 명복을 빌었다. 그래, 그만둘 때 그만두더라도 지금은 미친개처럼 달려보는 거다! 심호흡을 크게 한 번 하고 노트북 전원을 켰다.

B파일 397021 은행원

트렁크 안의 시체를 땅속에 파묻기에도, 저수지에 돌을 매달아 던지기에도 시간이 촉박했다. 경찰과 의문의 검은 양복들에게 쫓기는 신세, 1분 1초가 아까웠다.

리영민은 구파발을 지나 화정으로 빠지는 도로변 인근에서 폐공장을 발견했다. 지하철 3호선 지상 구간 철길과 접해 있는데 오랫동안 방치돼 인적이 드물었다. 썩은 나무 문짝을 발로 차고 들어가자 녹슨 공작 기계가 여러 대 보였다.

자바라 가방을 한구석에 밀어 넣고 검은 비닐로 덮었다. 시신이 발견된다 해도 신분증이 없으니 금세 신원을 밝혀내긴 어려울 것이다. 일주일 정도만 버텨주면 좋으련만……. 그 안에 진범이 잡히든, 영민이 이 나라를 뜨든 결판이 나리라.

보호 요청 약속까지 시간이 좀 남아 있었다. 자취집에 가서 옷가지라도 챙겨올까 생각하다가 그만뒀다. 검은 양복들이 주소지 정도는 이미 꿰고 있을 것이다.

변장을 해야겠다고 생각한 건 번호판을 뗀 산타페를 하천변 공터에 버리고 올라탄 전철 안에서였다. 창에 비친 몰골을 바라보고 있자니 너무 무방비로 노출되어 있다는 생각이 들었다. 다른 사람처럼 보일 무언가가 필요했다. 도망자가 나오는 액션영화를 봐도, 타인의 시선에서 자신을 숨기는 최선의 방법 아니던가.

구로동 차이나타운으로 가는 2호선, 지상으로 올라온 전철 밖 풍경을 내다보며 영민은 소문으로만 듣던 팽 영감을 떠올렸다.

대림역 8번 출구를 빠져나와 중앙시장에 들어섰다. 빽빽이 들어선 전봇대와 아무렇게나 늘어진 전선줄 사이로 하늘을 날고 있는 여객기가 보였다. 황사 때문에 시야가 흐려, 거대한 독수리 한 마리가 외로이 비행하는 것 같았다.

10년 전 여기를 다녀간 적 있다. 교환학생으로 같이 온 일행 중에 쫄깃한 중국식 찹쌀 탕수육을 좋아하는 여자애가 있어 일부러 찾아왔었다. 그때만 해도 지금처럼 번화하지도, 사람이 들끓지도 않았다. 어느새 중국내 조선족 인구의 5분의 1이 한국에 들어와 있다. 그들이 밀물처럼 이 거리를 점령할 때쯤, 여자애는 향수병을 못 견디고 옌볜으로 돌아갔다. 영민은 가끔 「첨밀밀」의 장

만위(張曼玉)를 닮은 그녀 생각을 했다. 아이 셋을 키우는 평범한 주부로 살아가고 있는 건 아닐까. 자신의 성급했던 선택을 후회하지는 않을까.

시장통에서 처음 영민을 반겨준 건 한자와 한글이 병기된 간판들과 익숙한 향신료 냄새였다. 환전소와 세탁소, 전화방, 식료품점이 늘어서 있다. 새벽 인력시장에서 일감을 못 잡은 추레한 사내들이 공터에 삼삼오오 앉아 술판을 벌여놓았다. 문득 영민은 양복 차림이 이 거리와 안 어울린다 싶었다. 화장품 가게 쇼윈도에 자신을 비춰봤다. 저들은 그를 중국인으로 볼까 한국인으로 볼까.

지난밤 술자리에서 장태평이 말했다.

"형님이야 은행원이라 대접 자알 받고 사시니 좋겠지요. 근데 얄프리한 비닐 작업복 입고 정화조에 들어가 똥물 퍼보셨습까? 근무시간에 오줌 싸러 간다고 벌금 내보셨습까? 그게 우리네가 겪는 현실임다. 더 참을 수 없는 건 여기 사람들의 깔보는 시선이에요. 힘든 일 떠맡아 하는데 감사는커녕, 멸시와 천대를 하지 않습까? 완전히 장기판의 졸로 보는 거지요."

노골적인 비아냥이 불편했지만, 한편으론 의도하지 않은 자신의 거들먹거림이 타인의 심기를 건드리지는 않았는지 반추해 봤다. 억울하기도 했다. 출발부터 삶의 궤도가 어긋나 있는 걸 어쩌란 말인가.

예전 안산역 토막살인 사건이 났을 때 은행의 친절한 방 팀장이 밥 먹다 흘러가듯 말했다.

"이런 얘기 껄끄러울 수도 있지만. 영민 씨, 가끔 뉴스에서 나오는 조선족 혐오란 건 말이야, 자기 정체성 혼란의 문제라고 생각해. 일자리를 뺏고 어쩌고 하는 건 사실 핵심이 아니거든. 쓰리디 업종의 노동력을 대체한다는 것도 부차적인 문제고. 양쪽 다 자기 입장에서만 바라보니까 핵심에 접근할 수 없는 거야."

영민은 아무 대답 않고 고개만 끄덕였다. 그가 직속 상사만 아니라면 얼굴을 붉혀가며 반박해 주고 싶은 이야기가 있기는 했다.

"팀장님, 그건 자기 정체성 혼란이 아니라 폐쇄성 때문입니다. 남한 사람들은 조선족이라고 하면 대개 식당, 공사판 전전하는 우리 부모 세대를 떠올립니다. 하지만 지금 한국에 오는 조선족 3대들은 엘리트가 많아요. 교수, 변호사에 대기업 연구원도 꽤 됩죠. 부모가 한국에 건너와 하루 열여덟 시간씩 뼈 빠지게 일해 번 돈으로 고등교육 받아 성공한 자식들입니다. 하지만 그들에게 한국은 애증의 대상이 돼버렸습니다. 동포의 나라지만 자신의 부모가 괄시받은 걸 생각하면 마음 편할 리 있겠습니까. 그래서 그다지 동경하지도 않지요. 요즘은 중국 연해의 대도시나 일본, 미국으로 유학을 더 많이 갑니다. 100년 전, 전쟁을 피해 조선 땅의 국경을 넘어 동북 3성에 이주했던 우리네 할아버지는 젊은 자손들이 다 빠져나간 타향 뒷골목에서 쓸쓸히 늙어 죽고, 우리 부모는 서울 하늘 아래 열악한 노동 현장을 떠돌고, 우리 세대는 출세를 위해 세계 각지로 또 다른 길을 떠납니다. 지금 조선족 자치구에 조선족은 별로 없습니다. 불과 30년 만에 민족 공동체의 해체가 현실화됐습니다. 언론에선 '21세기판 디아스포라'라고 표현하더군요. 대체 어디서부터 잘못된 것일까요? 희한하죠. 세상은 변하는데, 남한 사람들의 조선족에 대한 인식은 절대 변하지 않는다 그 말입니다."

영민은 그 이야기를 어젯밤 술자리에서 장태평과 민기수에게
해 줄까 하다 입을 닫았다. 어쩌면 그들이 더 냉정히 알고 있으리
라. 괜히 열등감을 자극할 필요는 없었다.

역 주변에 몰려 있는 다른 직업소개소와 달리 팽 영감 사무실
은 찾는 데 애를 먹었다. 시장 끄트머리에서도 한참을 들어가, 쪽
방촌을 형성하고 있는 낡은 주택 단지를 지나서야 한자로 씌어진
'천지인력' 간판이 보였다. 반 지하 실내에 들어서자 단발머리를
한 사팔뜨기 소녀 하나가 허름한 철제 책상에 앉아 손님을 맞았
다. 열서너 살이나 되었을까. 그 아이를 빼고는 전화를 받는 상담
사도 구인 안내판도 없었다. 회벽에 나란히 붙은 태극기와 오성홍
기 액자가 유일한 인테리어였다. 라디오에서 한물 간 가오샤오쑹
(高曉松)의 노래가 쓸쓸히 흘러나왔다.

"사장님을 뵙고 싶습니다."

단발머리는 인사 대신 초점 없이 충혈된 눈으로 영민을 올려봤
다. 말쑥한 이방인에게 경계심을 품은 눈빛. 한쪽 미닫이가 떨어
져나간 옆 골방에서 민소매 러닝셔츠 차림의 노인이 담배를 꼬나
물고 어디론가 시끄럽게 전화 통화를 해댔다. 소문으로만 듣던 팽
영감이었다.

그는 고구려 벽화 고분으로 유명한 지린성(吉林省) 지안현(集安
縣)이 고향으로 귀화 한국인이다. 90년대 친인척 초청으로 입국했
다가 눌러앉은 케이스. 당장 생계가 막막해 중국에서 하던 대로
이발소를 열었고, 돈 되는 일을 찾다 갓 입국한 조선족 뒷일을 봐

주는 일을 시작했다. 처음엔 송금이나 직업 알선 같은 평범한 일만 했지만, 점점 위험한 일에 손을 대고 사업을 키웠다. 신분증 위조나 밀항 따위를 주선해 주고 커미션을 떼먹는 일. 조선족 커뮤니티를 통해 소문이 나면서 사업은 날로 번창했다. 급할 땐 무조건 팽 영감을 찾아가라는 말이 나돌 정도였다. 흑사파와 관련됐다는 소문도 있지만 그를 통하면 안 되는 일도, 못 구하는 물건도 없었다.

언제 전화를 끊고 나왔는지, 팽 영감이 영민을 위아래로 훑어보더니 가타부타 말도 없이 조그만 창고로 데리고 갔다. 그러고는 구석에 놓인 이발 의자에 밀치듯이 앉혔다.

영민은 두 손바닥을 무릎 위에 올려놓고 죄인처럼 눈을 감았다. 사각사각, 머리카락 자르는 가위질 소리가 공기를 갈랐다. 영감은 목덜미의 머리카락을 털어내더니 거친 염색 솔로 두피를 벅벅 문질렀다. 독한 화공약품 냄새가 번지면서 눈이 쓰라렸다. 짧게 잘린 머리카락이 어느새 밝은 갈색으로 변해 있다. 앞에 걸린 거울에 비친 모습이 낯설다. 확실히 머리색만 바꿔도 다른 사람이었다. 어느 틈에 뿔테 안경까지 씌운 팽 영감이 카메라를 가져와 영민의 얼굴에 갖다 댔다.

"시간 좀 걸릴 거야. 알아서 기다려."

창이 넓은 밀짚모자를 눌러 쓰더니 낡은 자전거를 타고 어디론가 홀연히 사라졌다.

영민은 단발머리 소녀와 단둘이 사무실에 있기가 어색해 시장을 돌아다니다 아울렛 매장으로 들어갔다. 갈색 트렌치코트와 얼굴을 절반쯤 가려주는 선글라스를 샀다. 시장통 국숫집에서 끼니를 해결하고, 편의점 플라스틱 의자에 앉아 캔맥주를 마시며 행인들을 구경했다. 휴대전화 전원을 켜고 싶은 충동을 느꼈다. 분명 미영 씨가 수십 번 전화를 걸었을 텐데. 벨이 울리면 덥석 받아버릴 것만 같다.

건너편 공터의 은행나무 아래에서 일을 못 나간 초로의 사내들이 장기판을 벌였다. 알이 큼직한 중국식 장기였다. 고개를 젖혀 캔맥주를 들이키는데 고함 소리가 들렸다.

"이런 쌍! 내기에 졌으면 돈을 내야지!"

말이 끝나기도 전에 장기판이 뒤집어졌다. 때가 꼬질꼬질한 러닝셔츠에 배바지 차림의 사내가 바싹 마른 검정 추리닝 청년의 멱살을 쥐었다. 그러자 추리닝의 발목에서 바로 단도가 뽑혀 나왔다. 칼날이 허공에 작은 원을 휙휙 그었다. 배바지가 움찔거리며 구석으로 몰렸다. 구경꾼들은 팔짱을 낀 채 말리지 않았다.

영민은 맥주 캔을 머리 뒤로 던지고 벌떡 일어났다. 괜한 일에 엮이기 싫었다. 빠른 걸음으로 자리를 피하는데 날카로운 비명이 따라붙었다. 어떤 광경일지 안 봐도 뻔했다. 뒤돌아보지 않고 뛰듯이 걸었다.

직업소개소에는 팽 영감이 돌아와 있었다. 금박이 들어간 감색 여권을 던지듯 건넸다. 첫 장을 넘겼다. 빨간 단풍 문양 위에 스티븐 박이라고 박혀 있었다. 34세의 동양계 캐나다인. 옆에는 아까 찍었던 증명사진이 붙어 있다. 이게 정말 통할까, 의심스러운 눈초리를 보내자 팽 영감이 말했다.

"비싸긴 해도 주민등록증 위조보다는 훨씬 나을 거야. 여기 종자들은 앵글로색슨 족이 사는 나라라면 떠받들고 보는 습성이 있거든. 그러니 이태원 가봐, 나이지리아 애들 다 미국인 행세한다고."

"그런가요? 근데 이름이 좀."

"그것까지 바꿀 순 없어. 우리는 진짜 여권만 사용하니까. 그래서 더 안전한 거라고. 게다가 캐나다 여권은 아주 귀해. 적대국이 없으니 웬만한 나라는 다 갈 수 있거든."

현금으로 400만 원. 큰돈이지만 주저 없이 지불했다. 돈을 보자 팽 영감이 도금한 앞니를 드러내 보이며 흉하게 웃었다. 거래가 성사됐을 때만 보여주는 미소인 모양이었다. 영민이 문을 나서다 말고 돌아서 물었다.

"혹시 이것도 구할 수 있습니까?"

손가락 총을 만들어 검지를 가슴 쪽으로 당겼다. 팽 영감이 인상을 찌푸렸다. 괜한 소리를 했나 싶었다.

"그런 건 미리 주문해 줬어야지. 물량 확보할 시간이 필요하다고. 당장은 안 되고 하루나 이틀 후에 배달. 군용 러시아제야. 여권이랑 같이 했으니 5프로 디씨해 줄게. 크크."

영민은 고개를 끄떡였다. 총구를 자신의 머리에 겨누는 일이 없기만 바랐다. 번잡한 거리를 빠져나오다 화장품 가게 쇼윈도 앞에 다시 섰다. 갈색 머리에 뿔테 안경, 트렌치코트를 입은 낯선 남자가 서 있었다. "이제 어디로 가야 하죠?" 영민이 물었다. 낯선 남자는 대답이 없었다.

그가 걸어가는 모습을 본 건 우연이었다.

지하철 구로역 환승 통로로 이어지는 곳. 구레나룻을 기르고 목이 짧은 거구는 쉽게 눈에 띄었다. 약속 시간 10분 전이었다. 적진 한가운데서 지원군을 만난 양 반가웠다. 그들 보호막 아래 숨으면 당분간은 안전하다. 그러나 왠지 불쑥 다가가긴 싫었다. 혹시 미행이 따라 붙었을까 조심스러웠고, 갈색 머리로 변장한 자신의 모습을 시험해 보고 싶은 충동도 작용했다. 그도 깜빡 속아 캐나다 국적의 아시아계 혼혈인 스티븐 박으로 봐줄까.

구레나룻은 성큼성큼 앞을 보고 걸으며 전화 통화에 열중했다. 꽁지처럼 달고 온 미행자는 없는 것 같았다. 영민은 첩보영화에서 본 것처럼 한순간 바람처럼 다가갈 작정이었다. 조용히 뒤따라 걷다가, 보폭을 조정하고, 속도를 붙여 그의 곁에 서는 순간, 구레나룻이 휴대전화에 대고 목소리를 높였다. 완벽한 한국어였다.

"쓸모없게 된 놈이야. 육교 위에 나타나면 승용차로 유인할 테니 바로 처리해. 두 번 실패는 용납 못 해. 그래, 다시 말하지만 뒤탈 없이! 깨끗하게! 한강 다리 위에서 자살한 걸로 만들어."

순간 호흡이 경직되며 온몸의 세포들이 바르르 떨렸다. 육교 위는 그와 만나기로 한 약속 장소. 쓸모없게 된 놈은 자신이 분명했다. 그 상황에서 다른 의미로 해석될 여지는 없었다.

영민이 그 자리에 멈춰 서자 트레드밀에서 밀려나듯 구레나룻과의 거리가 점점 벌어졌다. 구레나룻은 상황을 눈치 채지 못했다. 여전히 앞만 보고 휴대전화에 소리를 질러댔다.

다리가 후들거려 주저앉아버릴 것 같았지만 환승 통로까지 힘겹게 걸어 나왔다. 잠시 호흡을 골랐다. 모텔 살인 사건이 저들 짓이었나. 죽을 때 죽더라도 누명은 벗어야 한다. 영민은 용기를 냈다. 도망치는 대신 육교가 잘 내려다보이는 곳에 자리를 잡았다. 어떤 정보라도 빼내야 할 것 같았다.

구레나룻이 인상을 쓰며 육교 위에 모습을 드러냈다. 8차선 대로로 이어지는 계단 아래엔 은색 스타렉스 한 대가 주차돼 있었다. 선팅 때문에 차 안은 보이지 않았다. 3047. 영민은 차 넘버를 머릿속에 저장했다.

약속 시간에서 5분이 지났다. 구레나룻이 초조한지 휴대전화를 꺼내 만지작거리기 시작했다. 영민은 지하철 역사 안으로 다시 들어가 공중전화 수화기를 들었다. 신호가 울리자마자 연결됐다. 저편의 목소리가 다급했다.

"어디야?"

"아직 도착 못 했습니다. 아무래도 못 갈 것 같습니다. 수상한 사람들한테 쫓기고 있어요. 경찰에 자수하는 게 나을 것 같아요. 아니면 중국대사관으로 바로 가겠슴……."

구레나룻이 단호히 말허리를 잘랐다.

"안 돼! 어리석은 짓은 집어치워! 일단 만나. 신변 보호 신청은 내가 다 책임지게 돼 있다고. 독자 행동하다가 경찰에 체포라도 당하면 곤란해져. 대사관에 간다 해도 당신의 존재를 백 퍼센트 부정할 거야. 잘 알잖아? 내가 다 알아서 할 테니 걱정 말고 약속 장소로 오기나 하라고!"

영민은 대꾸 없이 수화기를 놓고 육교가 보이는 자리로 돌아왔다. 구레나룻은 두 팔로 난간에 짚고 한동안 꼼짝하지 않았다. 손목시계를 들여다보는가 싶더니, 뭔가를 결단한 듯 아래를 향해 손짓했다. 승합차에서 검은 양복을 입은 사내 둘이 튀어 나왔다.

껑다리와 땅딸보. 은행에서 자신을 쫓던 자들이었다.

영민은 순간 머리가 터질 것 같았다. 마지막 동아줄마저 사라져버렸다. 누가 적이고 누가 동지인가. 모든 것이 뒤죽박죽이다. 확실한 한 가지는 구레나룻이 그의 목숨을 노리고 있다는 사실. 그건 중국 쪽도 같은 편이 아니라는 의미다. 만약 변장을 안 했더라면, 지하철역에서 우연히 만나지 않았더라면. 영민은 목덜미를 매만지며 섬뜩한 한기를 느꼈다. 이제 중국대사관도 갈 수 없다. 완전히 혼자다.

트렌치코트를 입은 남자가 호텔 회전문을 통과했다. 좌우를 한 번 둘러보더니 곧바로 대리석 바닥 로비를 성큼성큼 걸어 프런트 앞에 섰다.

"두 유 해브 어 룸 어베일러블(Do you have a room available)?"

발음이 딱딱하지만 정확한 영어였다.

감색 정복에 쪽진 머리를 한 호텔리어가 살짝 미소를 머금고 숙박 카드를 내밀었다. 남자는 고른 치아와 뽀얀 얼굴의 그녀를 잠시 응시하다가 부드럽게 써지는 펜으로 칸을 메워 나갔다. 여권을 내보이고 카드 키를 받았다.

15층에 위치한 객실은 서울광장 쪽으로 전망이 탁 트여 있었다. 일반실과 달리 완전 개방형의 큰 창문과 미니 발코니가 근사했다. 옌볜 노동자 두 달 월급을 하룻밤 숙박비로 날릴 생각을 하니 씁쓸했다. 불의의 사건에 휘말리지 않았다면 평생 누리지 못할 호사였다.

푹신한 더블 침대에 몸을 던졌다. 은은한 꽃그림이 있는 천장을 보며 천천히 호흡을 뱉었다. 잠시만, 잠시만 이렇게 쉬자. 모텔에서 눈을 뜬 그 순간부터 지금까지 한순간도 쉬지 못했다. 또 언제 이렇게 편히 누울 수 있을지 기약이 없다.

아무리 머리를 굴려봐도 도피처는 이곳밖에 없었다. 구로나 가리봉, 안산 원곡동은 싫었다. 보호색 안에 숨는 게 피신의 정석. 하지만 예측 가능한 곳이라면 더 빨리 눈에 띌 것이다. 이미 검문을 강화했을 것이고 두둑한 현상금까지 내걸었다면 고향 사람도 믿을 수 없다. 구레나룻이나 검은 양복들에게 발견되는 즉시 총알이 날아들겠지. 은행의 친절한 방 팀장에게 도움을 청할까 생각해 봤지만 그 사람까지 다치게 할 순 없었다.

밀항하는 방법도 생각해 봤다. 군산, 목포 등지에 가면 서해에서 접선한 중국 배 어창에 숨어 가는 루트가 있다고 들었다. 그러나 사건 현장에서 멀어질수록 누명을 벗을 기회도 멀어진다. 게다가 중국 정부까지 개입한 정황이 있지 않나. 중국까지 용케 도착한다 해도 내일을 알 수 없다.

영민은 창문을 활짝 열고 밤거리를 내려다봤다. 바로 아래 10층 데크에서는 야외 수영장을 노천탕으로 개조하는 공사가 한창이다. 날씨에 따라 접고 펼 수 있는 거대한 투명 돔을 만들고 있었다. 광화문 야경을 보면서 사계절 노천욕을 즐기세요, 얼마 전 그런 TV 광고를 본 기억이 났다.

눈길을 먼 데 두었다. 세종로를 오가는 차량들의 헤드라이트 불빛이 기다란 선을 이루며 끝도 없이 이어진다. 지금, 관광차 홀로 서울에 날아온 낯선 여행객의 밤이라면, 아니면 미영 씨와 낭

만적 데이트를 즐기는 밤이라면 얼마나 행복할까 생각한다.

문득 오래전 일이 떠오른다. 한국에 온 첫해 겨울, 식품 가공 공장에서 아르바이트를 한 적 있었다. 같은 작업반에 방글라데시에서 온 무하마드 부부가 새로 들어왔다. 환영 회식 자리는 끔찍했다. 부부가 이슬람교도인데 삼겹살로 메뉴를 정한 건 무지해서 그렇다고 쳐도, 사장의 먼 친척뻘 되는 작업반장은 먹기를 강요하기까지 했다. 당황한 부부는 서로의 얼굴만 빤히 바라봤다. 짧은 한국말로 "무슬림! 무슬림!" 반복해 외쳤으나 그럴수록 만취한 작업반장은 더 집요하게 굴었다. "로마에선 로마식! 서울에선 서울식!" 주먹으로 식탁을 내리치며 막무가내로 소리를 질러댔다.

남편이 고기 한 점을 꿀꺽 삼켰다. 주위에서 박수를 치고 휘파람을 불었다. 율법을 어긴 그녀들의 심정은 어땠을까. 그걸 보면서 영민은 생각했었다. 여기는 '다름'에 배려가 없는 나라구나.

오랫동안 그때 일을 잊고 살았다. 인생은 술술 풀렸고 무하마드 부부와는 차원이 다른 대우를 받았다. 그에게 한국은 기회의 나라였다. 인생이 곤두박질친 지금, 한국은 다시 '다름'에 배려가 없는 나라로 돌아와 있다.

냉장고에서 캔맥주를 꺼내 정신없이 들이킨 다음 소매를 걷어붙이고 컴퓨터 앞에 앉았다. 포털사이트 초기 화면에 떠 있는 조선족 살인 사건 용의자가 자신이라는 게 믿기지 않았다. 원래는 스캔들 난 연예인이나 스포츠 스타가 차지하는 자리였다. 기사에는 댓글이 500개 이상 달렸다. 그중 하나를 클릭했다. '썩 꺼져버려! 살인자 짱깨 새끼야. 퉤퉤.' 다음 것을 클릭했다. '조선족이 한족보다 더 영악한 종자인 걸 앙까? 돈독 올라 단물만 쪽쪽 빨아

먹는 쉐이들이란 걸 앙까?'

중국 최대 포털사이트 바이두에 접속해 봤다. 별다른 소식은 없다. 아직 바다 건너까지는 전해지지 않은 모양이다.

형사들이 은행에 찾아갔을까. 그렇다면 동료들도 다 들었겠지. 미영 씨가 혹시 까무러치지는 않았을까. 언젠가 진실을 말할 날이 있으리라.

영민은 서글픈 마음을 애써 추스르며 담담히 검색을 해나갔다. 미영 씨가 보내온 이메일이 있을까 궁금하지만 로그인할 수는 없었다. 컴퓨터를 끄고 침대에 벌러덩 드러누웠다. 간절한 마음으로 잠을 청했다.

B파일 044316 고참 기자

살면 살수록 인생, 참 허망하다. 이런 불편한 풍경은 그만 맞닥뜨리길 바랐건만. 윤은 아까부터 소주잔을 홀짝이며 시간을 죽이고 있다.

빈소가 차려진 신문사 인근 대학병원 장례식장. 입구에 길게 늘어선 국화 화환에서 향기가 진동했다. 몰려드는 조문객들 중엔 조 국장과 인연을 맺었던 집권당의 실세 정치인도, 기업 공개로 대박 난 벤처기업 CEO도, 중년의 유명 탤런트도 보였지만 특별히 슬퍼하진 않았다. 습관적으로 향을 사르고, 절을 하고, 삼삼오오 잠시 앉았다가 사라졌다. 죽은 자와의 추억을 얘기하는 이는 없고, 그 와중에 주식과 집값 얘기도 나왔다. 장례식장 수준이 강남에 못 미친다며 육개장 맛을 탓하는 사람도 있었다. 상갓집이 시끌벅적해야 편히 저승 간다는 말은 시대착오적인 거짓말. 엄숙함은 가고 분잡함만 남았다. 머리가 벗겨진 철가면은 영정 속에서 허허 웃고만 있다.

윤이 귀부인 풍의 30대 여자가 조문하는 모습을 주의 깊게 보며 술잔을 비우는데 국제부 대머리 전 차장이 슬그머니 다가와 앉았다. 줄리안 어샌지한테서는 여전히 연락이 없는지 의기소침하다. 눈동자를 이리저리 굴려 주위를 살피더니 조용한 목소리로 말했다.

"차기 편집국장은 아수라가 백 프로라는데."

"국차장이나 당연하죠. 게다가 사장 사위잖소."

윤이 성의 없이 대답하자 전 차장은 눈을 흘기며 일침을 가한다.

"인마, 너도 적당히 묻어갈 나이는 지났잖아. 네 사부나 다름없는 사람이 죽었으니 다른 길을 뚫어야지."

"쳇, 묻어서 못 가면 또 어떻습니까."

윤은 관심 없다는 듯 시선을 틀었다. 밴쿠버에서 급거 날아온 부인은 눈물을 참는 건지 나오질 않는 건지 메마른 표정으로 입을 앙다물고 있고, 열두 살짜리 상주는 기계적으로 고개만 까딱거린다. 철가면이 늦게 본 아들, 베이징에서 연수 중일 때 본 적이 있다. 중국어 말문이 펑펑 터졌다고 침 튀기며 자식 자랑하던 모습이 아른거렸다.

윤은 아직도 혼란스럽다. 그 뺑소니 사고를 당한 시기라는 것이, 하필이면 왜 이상한 지시를 한 그날 밤이냐는 말이다. 정말 단순한 우연일까. 마음 편히 명복을 빌어주고 싶어도 석연치 않은 구석이 너무 많다.

철가면은 반듯한 사람이다. 성격이 불같고 저돌적인 구석이 있어도 후배들 신망이 두텁고 평가도 좋았다. 특히 홍보 기사 써주고 광고 받는 이 바닥 관례를 용서하지 않았다. 그 때문에 사장과 광고국장이 꽤 불편해한다는 소문이 돌았었다.

윤은 휘적휘적 장례식장을 걸어 나왔다. 시원한 공기를 들이켜고 싶었으나 황사 때문에 달빛도 별빛도 흐렸다. 반투명한 콘택트렌즈를 낀 것 같은 이물감에 시야가 답답했다.

왼편 빌딩 숲 사이로 신문사 사옥이 흐릿하게 보였다. 꼭대기에 '민주일보' 네 글자가 네온을 밝히고 있다.

윤은 통제 불능의 기분에 휩싸였다. 오늘 밤 무슨 사고라도 칠 것만 같은. 터벅터벅 언덕길을 내려가다 조건반사적으로 신문사로 쓰윽 빨려 들어간다. 몸은 천근만근, 숙직실에 가서 그대로 쓰러지고 싶은데 희한하게 몸은 편집국으로 향한다.

열한 시. 수도권 지역에 배달되는 30판 마감 시간이다. 한밤의 편집국은 낮보다 더 분주하다. 편집부 야근 기자들이 지면 대장을 들고 정신없이 아래층 조판실을 오르내리고 있었다.

윤은 한밤의 이 부산함이 좋았다. 내일자 신문을 위한 공동 작업. 마감을 향해 분초를 다툴 때면 사소한 번민 따위는 깡그리 잊힌다. 취재에서 사진, 편집, 교열까지 각자 팽팽한 긴장감을 유지하며 전력 질주한다. 그리고 강판 시간에 맞춰 일시에 탁 털어버릴 때의 짜릿함. 지하의 거대한 윤전기에서 갓 찍혀 나온 신문 첫 장을 넘길 때 퍼지는 잉크 냄새는 모닝커피의 향처럼 중독성이 있었다.

세계 각지의 뉴스가 온라인으로 실시간 전송되는 시대다. 이슈는 구글과 페이스북을 타고 빛의 속도로 퍼져나간다. 다들 느려터진 종이 매체의 종말이 멀지 않았노라 말한다. 하지만 신문 산업의 위기는 경영상의 문제이지 권위와 신뢰는 여전하다. 인쇄된 기사의 질감은 분명 거부할 수 없는 매력이 있다. 쉽게 수정할 수 없다는 책임감에 쉽게 만들 수도 없다. 늦더라도 정확하고, 가벼운 듯 진중하게, 정제된 활자를 입안에서 곱씹는 맛. 몇 번의 클릭으로 조작과 편집이 가능한 모니터 속의 휘발성 기사와는 격이 다르다. 그리고 역사의 아날로그 기록자라는 마지막 자부심. 다들 지겹다, 지겹다 투덜대면서도 못 떠나는 이유다. 열정이 사라진 지 오래인 윤도 그 부분만은 긍지를 느꼈다.

회의실 구석에 한 무리의 샐러리맨들이 진을 치고 있었다. 지나가는 편집부 후배 하나를 붙잡고 물었다.

"뭔 사람들이야?"

"이 시간에 편집국 들이닥치는 인간들이야 뻔하잖아요. 신세기 그룹 홍보실에서 왔어요. 기사 빼달라고. 경제면에 실린 하청업체 단가 후려치기 있잖아요. 초판 나오자마자 무섭게 뛰어왔더라고. 지금 네 시간째 저러고 있어요. 완전 날밤 깔 태세인데. 크흐."

윤은 고개를 저었다. 십 수 년 동안 지겹도록 본 풍경. 목숨 걸고 기사 쓰는 게 기자의 일이라면, 목숨 걸고 그 기사를 삭제하는 게 저들의 업무다. 결국 윗선에서 적당히 타협을 보겠지만 그때까진 방법이 없다. 마냥 기다리는 수밖에.

불 꺼진 편집국장 방이 보였다. 마지막으로 확인해 보고 싶었다. 그게 무엇인지는 모르지만 왠지 그래야 할 것 같았다. 문이 잠겨 있었다. 주위에 시선이 없음을 확인한 뒤 사원증을 꺼내 인식기에 찍고 문고리를 돌렸다. 내일이면 아수라가 점령할 공간. 주인을 잃은 실내는 서늘하고 적막하다. 블라인드를 내려 창가 불빛을 차단한 다음 전등 스위치를 올렸다. 누가 들어오면 소파에 드러누워 만취한 척하면 된다.

창간 69주년을 맞는 민주일보의 역대 편집국장 사진 액자가 한쪽 벽에 열두 명씩 석 줄로 걸려 있었다. 초대 국장은 검은 뿔테 안경과 두루마리 한복 때문에 독립운동가를 연상시켰다. 한 명, 한 명 들여다봤지만 아는 사람은 최근 여덟 명뿐이었다.

다른 쪽 벽 장식장엔 두꺼운 책과 각종 상패가 한 가득, 유명한 화백이 기증한 동양화 한 점이 또 한 벽면을 채웠다. 가죽소파에 걸터앉아 실내를 살피다 보니 엊그제 아침 대화를 나눈 게 벌써 오래전 일 같았다.

편집국장의 원목 책상에 눈길이 갔다. 난초 화분이 하나, 그 옆에 가족들 사진이 담긴 미니 액자와 탁상용 캘린더가 놓여 있었다.

윤의 눈길이 캘린더에서 멎었다. 한 장 한 장 넘겨보았다. 정초부터 최근까지 스케줄을 좁쌀만 한 글씨로 적어놓았다. 철가면은 열정적 활동가였다. 다음 주에도, 다음 달에도 벌써 많은 약속이 잡혀 있었다. 여름휴가까지 확정해 놓았다. '사랑하는 아들 생일, 기다려라. 아빠가 간다.' 6월 23일 칸의 메모. 철가면은 이른 휴가를 내고 밴쿠버로 떠날 작정이었다.

단순 교통사고가 아니라고, 윤은 확신했다. 철가면은 자신의 운명을 눈치 채고 있었을지 모른다. 그런 상황에서 건넨 CD는 사건의 열쇠다. 그리고 그 일에는 자신도 엮여 있음이 분명하다.

뺑소니 사고 당일 밤, 누구를 만났는지 확인하는 작업이 급선무였다. 그날 오전까지만 해도 활력 넘치던 사람이었다. 불현듯 어제 점심때 편집국에서 짧게 눈이 마주친 퀵서비스가 신경 쓰였다. 어딘지 모르게 낯이 익었다. 분명 어디서 본 눈빛인데, 대체 누구지?

신문사 앞 편의점에 들러 여섯 개들이 캔맥주 팩과 마른 오징어를 샀다. 주차장 쪽 계단을 이용해 신문사 지하 2층의 시설보안과로 내려갔다.

"형님, 오랜만입다. 부탁 하나 하려고요."

윤이 맥주를 테이블에 올려놓자 눈두덩이 처지고 수염이 희끗한 사내가 반색했다. 당직 근무 중인 공 부장이었다.

그는 정년퇴직을 얼마 남겨두지 않은 현재 민주일보 직원들 중 최장기 근속자다. 시골에서 농고를 졸업하고 바로 상경해 입사, 원고를 나르는 급사 일부터 시작해 '문선'이라고 불리는 납 활자공을 거쳐, 워드 프로세서를 이용한 지면 조판 일을 오래 했다. 90년대 중반에 신문 제작 시스템 CTS가 완전 전산화되면서 수송과로 옮겨 회사 차량 모는 일을 맡았다. 윤이 잠시 여행 담당이었을 때 출장길에 몇 번 동행하기도 했다. 영주 부석사 앞에서 파전에 동동주를 마시며 그의 고단한 인생사를 안내를 가지고 들어준 기억이 있다.

"어이, 어서 와! 술 냄새가 진동을 하누만, 요즘 바쁜가 봐? 얼굴 보기 힘들어! 그나저나 편집국장 일은 어찌된 거야? 진짜 뺑소니야? 어디 원한 산 건 아니고?"

공 부장은 뭘 그리 궁금한 게 많은지 속사포처럼 쏘아댄다.

"에휴, 낸들 어찌 알겠습니까. 애도 어린데 그렇게 허망하게 가
버리다니."

윤이 노련하게 둘러댔다. 한솥밥 먹는 식구라고 다 아군이 아
니다. 언론사만큼 말 많은 곳도 없다. 농담 몇 마디가 돌고 돌아
싸구려 정보로 재생산된다. 그런 정보는 언론사 소스라는 이름을
달고 사설 정보지인 속칭 '찌라시'에 비싼 값에 팔리기도 한다.

윤은 주둥이 함부로 놀리는 기자야말로 이 사회의 독이라고
생각한다. 자기도 게으르고 무책임한 쌈마이 기자가 분명하지만
그 부분에 대한 책임감만은 확실했다. 불확실한 정보로 타인에
피해를 주는 일만은 피하고 싶었다. 기자란 팩트를 확인하기 전까
지 자신의 생각을 강요하지 않는 법이다. 자나 깨나 입조심, 그건
철가면이 강조하던 철학이기도 했다.

윤이 원하는 CCTV 화면은 금방 찾을 수 있을 것 같았다. 퀵
서비스를 편집국에서 본 게 오후 1시쯤. 넉넉잡아 12시 50분부터
확인하면 됐다. 편집국 안에는 보안 카메라가 없으니 1층 로비와
8층 출구를 살펴야 했다.

공 부장이 감색 작업복을 입은 젊은 직원을 불러 앞자리에 앉
혔다. 그는 1분도 안 돼 원하는 화면을 모니터에 띄웠다. 로비의
엘리베이터 앞이었다. 야상 점퍼에 야구모자, 손에는 꽃바구니를
들고 있었다. 잠시 후 8층 편집국 앞에 나타났고 다시 몇 분 후
빈손으로 8층 편집국 앞.

"누군데 그렇게 애타게 찾는 거야. 꽃 배달 온 모양인데? 저게

남자야, 여자야? 모자 쓰고 고개 숙여서 화면만 봐선 통 모르겠는데?"

윤은 고개를 끄덕였다.

"그러게요. 맞는 것 같긴 한데……. 좀 확대해서 볼 수 있나요?"

젊은 직원이 자판에서 줌 기능 바를 조정하자 얼굴이 몇 배로 커졌다. 양키스 모자! 맞다. 좀 흐리긴 하지만 틀림없다. 하지만 모자챙과 바람막이 마스크에 얼굴이 다 가려졌다. 어디선가 본 것도 같은 얼굴이다.

"이거 카피 하나 떠줘요."

"에이, 안 돼. 흔적 남는다고. 윗선 허가 없인 불가능한 거 잘 알잖아."

"쓰벌, 우리 사이에 쪼잔하게 나오시네. 만약 형님이 이 일로 잘리면 내가 책임지고 취직시켜드릴게. 자, 약속."

윤이 평소답지 않은 과장된 행동으로 새끼손가락을 내밀자 공부장이 피식 웃었다.

"아 그리고 형님, 부디 비밀로 해 주십쇼. 저도 회사 오래오래 다니고 싶걸랑요."

윤은 젊은 직원과도 일부러 눈빛을 교환하고 문을 나섰다. 국화 바구니! 그런데 국화 바구니는 어디다 둔 거지? 편집국장실? 짚히는 게 있어 뒤돌아섰다.

"혹시, 이날 편집국 출입 기록도 볼 수 있을까요?"

젊은 직원이 옆 모니터에 리스트를 띄웠다.

윤은 마우스로 스크롤을 내리며 당일의 진출입 리스트를 시간

대별로 살폈다. 편집국장 사번을 정확히는 모르지만 맨 앞 번호를 알고 있다. 82년도에 입사한 사람은 편집국에 그밖에 남지 않았다.

마우스를 움직이던 손가락이 멈췄다. 아! 82027. 철가면 사번이 분명히 찍혀 있었다. 13시 06분에 7층 전산제작국 단말기에 접촉을 했다. 누군가 그의 전자 출입증을 이용해 침입했다. 죽은 지 하루 뒤에 말이다. 양키스 모자가 분명하다. 당황스러움을 넘어 온몸이 부르르 떨렸다. 윤은 입을 꾹 다물고 내색하지 않으려 애썼다. 몸 구석구석 푸른 독처럼 번지던 알코올 기운이 일시에 증발했다.

일단은 쉬고 싶었다. 이 밤이 새면 할 일이 많아지리라. 헤이리의 음악 감상실은 아주 오래 못 갈 수도 있으리라.

윤은 숙직실로 들어가자마자 바로 쓰러졌다.

토요일의 느지막한 아침.

몽롱한 정신으로 눈을 떴을 때, 숙직실엔 아무도 없었다. 지난밤 야근자들은 새벽 첫차가 오기 무섭게 집으로 향한 모양이다. 토요일 오전에 회사 숙직실에서 뒹구는 종자들은 정신줄 놓은 술고래거나 데이트 상대 없는 노총각이거나 기러기 아빠, 셋 중 하나다.

인근 사우나에서 땀을 빼고 시래기 해장국으로 속을 달랜 다음 다시 신문사로 돌아왔다. 경비 박 씨가 위아래로 훑어보며 실실 웃었다. 악의는 없다. 얼른 장가가서 회사에서 자지 말라는 얘기를 하고 싶은 것이다.

휴일이라 9층 자료조사실에는 당직자 한 명만 출근했다. 처음

보는 얼굴이다. 마지막으로 여길 다녀간 게 3년 전이니 그럴 만도 하다. 예전 같으면 마감 시간에 맞춰 자료 사진 찾는다고 수없이 계단을 오르내렸겠지만 지금은 인트라넷 화상 데이터베이스 덕분에 이용할 일이 없다.

출구에서 스위치를 올리자 뻥 뚫린 창고만 한 공간에 기지개를 켜듯 형광등이 차례로 켜졌다. 종이 곰팡이 냄새가 확 끼쳐왔다.

5년 전 새 사옥으로 이전하면서 신문사 곳곳이 현대화됐지만, 자료실만은 80년대 도서관 같다. 성인 키보다 높은 4단 선반에 수십 년간 발행해온 신문 제본과 잡지, 헌책들이 산더미처럼 쌓여 있었다. 몇 번은 개정됐을 법한 법령집, 인명사전, 지도책, 각종 색인도 빽빽이 꽂혀 있다. 인터넷 선이 거미줄처럼 깔린 인텔리전트 빌딩에 먼지가 두텁게 쌓인 종이 뭉치라니.

자료조사실에서 옛날 신문 지면을 인터넷으로 볼 수 있도록 구축 작업을 하고 있지만 워낙 방대한 양이라 시간이 걸릴 수밖에 없었다. 네이버에서 몇몇 신문과 계약을 맺고 지면 서비스를 제공하고 있는데 민주일보는 디지털화 제안을 거절했다. 경영진이 뒤늦게 후회한다는 소식이 들렸다.

어마어마한 양의 자료와 마주한 윤은 한숨부터 쉬었다. 철가면의 과거 행적을 뒤져볼 요량으로 왔지만 어디서부터 손대야 할지 막막했다. 손에 잡히는 가장 최근 스크랩북부터 펼쳤다. 몇 년을 묵혀 있었는지 모를 먼지가 포시시 일었다.

"국장, 대체 진실이 뭡니까? 입 있으면 말을 해봐요, 취재 좀 합시다."

윤은 묵묵히 옛날 신문을 넘기기 시작했다.

B파일 900734 전업 킬러

확실히 지구본은 거리감을 실감할 수 있게 해 준다.

미호는 아이슬란드 위에 작은 화살표 스티커를 하나 붙였다. 한국에서 보면 서쪽 끝의 섬나라지만 미국 동부에서는 다섯 시간이면 날아간다. 지구본을 왼쪽으로 돌려서 몰디브에 스티커를 하나, 태국에 또 하나를 붙였다. 설산의 오로라, 산호 빛 바다, 남국의 태양…….

애써 즐거운 상상을 해도 기분이 풀리지 않는다. 일을 마무리 짓지 못하면 돈을 받지 못한다. 그렇게 되면 떠나고 싶어도 떠날 수 없다. 폭발 직전의 짜증을 진정시키려 들숨과 날숨을 조절하며 한참을 호흡에 열중했다. 대머리 국장의 예상치 못한 죽음, 뺑소니를 가장한 살인, 점점 더 미궁 속으로 빠져드는 CD의 행방이 머리를 어지럽혔다.

미호는 음악을 틀었다. 창밖엔 황사비가 내리고 방 안에는 마담X의 목소리가 울린다. 조용필의 노래를 팝페라 풍으로 편곡했다. 나의 작은 지혜로는 알 수가 없네, 내가 아는 건 살아가는 방법뿐이야. 세월 가면 알게 될까, 꽃이 지는 이유를. 가사 하나하나가 마음을 어루만진다. 궁금하다. 그녀는 파이널 쇼 최종 대결에서 어떤 노래를 부를까.

붉은 달이 준 휴대전화를 만지작거렸다. 노래는 더 슬프고 격정적으로 클라이맥스를 향해 간다. 이 세상 모든 것들을 사랑하겠네~. 온 마음을 다해 사랑해 줄 것처럼, 애절하게 울려 퍼지는 후렴이 끝나고 노래가 멎었다. 동시에 통화 버튼을 눌렀다.

붉은 달이 바로 전화를 받았다. 덩치와는 어울리지 않는 가느다란 미성. 직접 만나지 않았다면 깡마른 체구의 신경질적인 남자를 떠올렸을 것이다. 차근차근 지난 사흘간의 행적을 이야기했고 붉은 달은 말을 자르지 않고 끝까지 들었다.

"일단 계속 CD의 행방을 쫓아주십시오. 내부 회의를 해보고 다시 연락드리겠습니다."

반응이 의외로 담담하다. 윤순철 이야기도 할 걸 그랬나. 아니다, 보고는 최소화하는 것이 맞다. 편집국장이 그렇게 수상쩍게 죽었으니 다른 놈들이 움직이고 있다고 짐작하겠지.

지구본을 만지작거리던 미호는 대머리 국장이 죽던 날, 현장에서 주워온 가죽지갑을 다시 열었다. 왕관 로고는 닳아 지워졌고 접히는 부분의 실밥은 너덜너덜하다. 주민등록증, 바코드가 찍힌 사원증, BC카드가 나왔다. 만 원짜리 세 장과 코팅된 신문사 간부 연락처, 본인 명함도 몇 장 들어 있었다. 지갑이 아니라 휴대전화를 얻을 수 있었다면 좋았을걸. 통화 내역만 살펴도 일이 수월하게 풀렸을 텐데.

불쑥, 며칠 동안 그를 감시하면서 잊고 있었던 광경 하나가 더 떠올랐다. 미행 첫날이었던가. 덕수궁 돌담길 끝에 위치한 성 프란치스코 수도원. 대머리 편집국장은 점심때 산책하듯 그곳에 다녀왔다. 그가 가톨릭 신자인지, 예전에도 자주 다녔는지 알 순 없다. 하지만 미행 둘째 날, 갈색 봉투를 옆구리에 끼고 젊은 단발머리 여자를 만났고 돌아올 때는 분명 빈손이었다. 어쩌면 CD는 그날 그렇게 넘어간 게 아닐까. 그렇다면 국장을 차로 치어 살해한 조직도 물건을 못 찾았을 가능성이 크다.

생각에 골몰하다 보니 어느덧 밤 아홉 시가 지났다. 배가 고팠다. 냉장고와 부엌 선반을 다 뒤졌지만 먹을 거라곤 유통기한이 한참 지난 떠먹는 요구르트뿐. 미호는 트레이닝복을 걸치고 야구모자를 눌러 썼다.

황사인지 안개인지 모를 뭔가가 뿌옇게 피어올라 비바람을 타고 흘러갔다. 남산타워의 불빛은 아예 보이지 않았다.

근처 할인점 푸드코트로 갔다. 비빔밥을 시키고 가장 눈에 띄지 않을 자리를 찾아 앉았다. 음식은 공장에서 대량으로 찍어낸 것처럼 밍밍했다. 하지만 상관없다. 여기선 누가 무엇을 먹는지 기억하는 사람이 없다. 미호는 그걸로 만족이다.

20대 초반으로 보이는 여자가 옆 테이블로 와 앉았다. 혼자 먹기가 영 어색한 듯, 순두부찌개를 한 입 떠먹고 스마트폰을 한 번 보고, 밥 한 숟가락 떠먹고 스마트폰을 보고 한다. 이건 뭐, 밥 한 술에 굴비 한 번씩 봤다는 자린고비도 아니고. 어마어마하게 외로운 이 도시에서 혼자 밥도 못 먹으면서 어떻게 살아가려고 그러시나, 아가씨.

문득 누군가와 마주앉아 밥을 먹은 지 참 오래됐다는 생각이 든다. 뚱땡이 양엄마가 그렇게 되고 혼자 시장통을 떠돌던 시절, 미호를 거두어준 채소 할머니와 손녀와 겸상한 것이 마지막이다. 눈부시게 반짝거리던 행복이, 유리처럼 산산이 부서져버린 기억이 떠올라 미호는 황급히 일어섰다. 다 먹은 식판을 가져다놓고 테이크아웃 커피와 바나나, 휴지를 사 들고 집으로 향했다.

가파른 달동네 언덕을 올라, 다세대 연립 4층 계단을 지나, 옥탑으로 나가는 철문을 미는 순간, 주위 공기가 심하게 흔들리는 것을 느꼈다. 사람의 실루엣이 잠깐 나타났다가 사라졌다. 미호는 본능적으로 방어 태세를 취했다. 비닐봉지를 내려놓고 주위를 살피려 할 때, 정체를 알 수 없는 하얀 스파크가 눈앞에 번쩍거렸다. 처음에는 꿈결처럼 현실감이 없었다. UFO 모형의 야광 물체가 무중력상태로 천천히 날아오는 것처럼. 그것을 피해 머리를 숙이고, 어둠 속을 향해 오른발을 강하게 뻗으면서도 이상하다고만 생각했다.

발끝에 팍팍한 감촉이 전해졌다. 정타! 가슴팍을 가격당한 어둠 속 침입자는 숨도 뱉지 못하고 뒤로 벌러덩 넘어갔다. 손에 쥐고 있던 스턴 건이 바닥에 떨어졌다. 미호는 그것을 재빨리 주워 침입자 아랫도리를 지졌다. 큰 몸뚱이가 몸을 몇 차례 부르르 떨더니 그대로 의식을 잃었다.

자세를 최대한 낮추고 귀를 활짝 열었다. 놈들이 더 있을 것이다. 스턴 건을 들고 일단 옥탑방 안으로 뛰어 들어가 비상용 가방을 멨다. 언제든 떠날 수 있도록 중요한 짐을 챙겨뒀었다.

사방을 고루 경계하며 방문을 밀고 나서는데 정면에서 검은 그림자가 사격 표적지처럼 스윽 올라왔다. 바로 옆 다세대 빌라 옥상이었다. 반사적으로 엎드리는 순간 문간의 소화전이 푸쉭, 쪼그라들었다. 실탄! 미호는 재빨리 몸을 굴려 피했다. 한 발이 더 날아와 화장실 환풍구의 유리창을 박살냈다. 조용한 주택가에서 총을 마구잡이로 갈기다니, 보통 대담한 놈이 아니다.

갑자기 방 안에서 양파링이 꼬리를 흔들며 반갑게 뛰어 나왔다.

"안 돼! 들어가!"

미호의 외침과 동시에 개의 머리통이 뭉개졌다. 옥탑방 담장에 검붉은 피가 파편처럼 박혔다.

황급히 방으로 숨어들어 보일러실로 연결된 알루미늄 쪽문을 열었다. 외벽 난간에 올라서서 지붕 끝을 잡고 게걸음으로 움직였다. 총을 든 놈의 사정권에 들기 전에 빠져나가야 한다.

외벽 모서리에서 동태를 살피려다 놈과 눈이 마주쳐버렸다. 한 손엔 총을 들고, 다른 손은 바지 주머니에 넣은 채, 패션쇼에 나온 모델 같은 걸음걸이로 성큼성큼 걸어온다. 서두르는 기색도 없이 민첩하게 움직이고 있다. 도망갈 곳이 없다고 생각해서겠지. 이곳은 4층짜리 옥탑, 무장한 적을 제압하고 계단으로 도망치는 건 불가능에 가깝다.

미호는 주저 없이 난간을 박차고 옆 건물 옥상을 향해 점프했다. 착지와 동시에 바로 옆의 큼직한 장독이 깨졌다. 짠내를 풍기는 액체가 콸콸 흘러내렸다. 그대로 몸을 굴려 물탱크 뒤로 숨어들었다. 골목을 내려다보니 트럭 한 대가 주차돼 있다. 운전석 지붕 위에 착지한다고 해도 만만찮은 높이였다. 하지만 다른 방법이 없다. 운에 맡기는 수밖에.

총을 든 사내가 다시 나타났다. 뛰어내릴 준비를 하는 미호를 보더니 놀라 발걸음이 빨라진다. 보폭을 넓혀가며 긴 팔을 뻗어 이쪽을 조준한다. 지금이다! 미호는 격발음과 동시에 몸을 날렸다. 피융 —. 바람 소리인지 총알 소리인지 희미한 파열음이 귓가를 스쳤다.

예측은 빗나갔다. 높이를 젤 겨를도 없이 뛰어내려 중심을 잃었고, 한쪽 발이 미끄러지면서 머리부터 길바닥에 곤두박질쳤다.

온몸에 쩌릿한 충격이 전해졌다. 고통을 느낄 새도 없이 벌떡 일어섰다. 놈들과 최대한 거리를 벌려야 한다. 미호는 번화가와 이어진 샛길로 냅다 달렸다.

다 왔다. 대로변이 20미터 앞. 이제 저 상점이 즐비한 거리로 나가기만 하면 살 수 있다. 그렇게 생각한 순간, 샛길 입구에 세워둔 스타렉스에서 검은 양복이 무전기를 들고 나온다. 운전석에서 한 놈이 더 내린다. 옥탑에 셋, 그리고 여기에 둘. 대체 몇 놈이나 온 건가. 두 놈이 전투용 로봇처럼 경직된 자세로 성큼성큼 달려온다.

미호는 주민센터로 이어지는 골목으로 방향을 틀었다. 거미줄처럼 얽힌 달동네 길을 뱅뱅 돌고 돌아, 겨우 시립 어린이집 놀이터 구석의 실외 화장실에 몸을 숨겼다. 심장이 튀어나올 듯 방망이질 친다. 유리문 틈으로 밖을 살폈다. 세 놈이 골목길에서 뛰어나와 합치는가 싶더니 곧 세 갈래로 쪼개졌다. 한 놈이 목을 좌우로 꺾으며 놀이터 안으로 들어온다. 미끄럼틀과 시소, 그네를 지나면서 허리춤에서 뭔가를 빼낸다.

최선의 방어가 공격인 순간이 있다. 한 놈이라면 해볼 만하다. 이런 상황의 대결은 힘이 아닌 타이밍 싸움. 미호는 발목에서 단도를 뽑아 쥐고 문짝 뒤에 그림자처럼 붙어 섰다. 그리고 놈이 화장실에 들어서는 순간, 두 발목을 힘껏 걷어찼다. 기습 공격에 큰 덩치가 중심을 잃고 엎어졌다. 손에서 떨어트린 스턴 건이 매끈한 타일 바닥을 타고 화장실 칸으로 빨려 들어갔다. 놈이 휘청거리면서 일어섰으나 이번에도 미호가 빨랐다. 오른팔뚝으로 놈의 목을 휘감았다. 반항할 틈을 주지 않기 위해 왼손에 들린 칼날로 놈의 눈두덩을 눌렀다.

"앞으로도 눈알 두 개로 살고 싶으면 딴 생각 마!"

놈은 전원이 나간 로봇처럼 모든 동작을 멈췄다.

"살고 싶으면 말해. 누가 보냈지?"

대답이 없다. 눈두덩을 더 세게 찍어 눌렀다. 어둠 속에서 스테인리스 칼날이 희번덕거린다.

"계속 입 다물고 있으면 하나씩 터트려줄 거야."

사내가 으으, 희미한 신음을 내뱉었다.

"붉은 달이 보냈나?"

침묵, 그렇다는 뜻이다.

"이유는?"

칼날 끝으로 눈가를 살짝 긋는 시늉을 했다.

"모, 몰라. 우리는 지시대로 따를 뿐이야."

사내가 씩씩거렸다. 겁을 먹기보다 자존심이 상했다는 말투다.

멀리서 웅성거리는 소리가 들렸다. 조금씩 가까이 다가왔다.

"제기랄!"

그때, 갑자기 놈이 등을 숙이더니 그 반동을 이용해 미호를 머리 위로 넘겨버리려고 했다. 미호의 몸이 들리면서 사내의 어깨 위에 물구나무섰다. 목을 휘감고 있던 팔목이 풀렸다. 바닥으로 내던져지기 직전, 팔을 쭉 뻗었다. 헉! 비명과 함께 놈이 비틀거리며 물러섰다. 칼이 왼쪽 눈가를 스치고 지나갔다.

다시 어둑한 골목길을 내달렸다. 다급한 구둣발소리가 뒤따르는가 싶더니 이내 조용해졌다. 추격을 포기한 건가. 안심하기는 이르다. 미호는 가쁜 숨을 몰아쉬며 네온사인 불빛을 향해 계속 뛰었다.

온몸이 쓰라리다. 갈 곳이 없다. 언제나 혼자다.

10여 년 전, 생선장수 양엄마 집을 나올 때와 같은 기분이다. 야구모자 위에 후드를 뒤집어쓰고, 야상 점퍼 깃을 세우고, 지퍼를 얼굴까지 올렸다. 무작정 밤거리를 걸었다. 종로를 거쳐 광화문으로, 신촌을 지나 홍대까지. 다행히 삭풍은 불지 않았다.

음반 가게 쇼윈도에 붙은 어느 비올리스트의 내한 연주회 포스터를 한참 들여다봤다. 어릴 적 미국으로 입양되었다가 유명한 연주가가 되어 금의환향한 남자였다. 항간에 게이라는 소문이 있지만 그에겐 그것도 큰 문제가 안 된다. 당신은 행복한 입양아야. 미호는 다시금 자신의 운명을 저주했다.

그렇게 거리를 떠돌아도 두 시간밖에 지나지 않았다. 심장은 여전히 불규칙하게 방망이질 쳤다. 조그만 시네마테크에 들어갔다. 텅 빈 상영관 구석자리에 웅크리고 앉아 따뜻한 커피를 한 모금 삼키자 비로소 호흡이 안정적으로 돌아왔다.

동성애를 다룬 프랑스 영화는 상투적인 전개에 현실감 없이 따분했다. 몇몇 대사는 유치했다. 자막 번역도 엉망이었다. 멋 부리려다 꼬이는 문장들이 난무했다.

'단 한 번의 소모용을 목적으로 태어난 존재여.'

눈은 스크린을 향하지만 머릿속은 딴 생각이다. 앞니로 입술을 꽉 깨물었다. 피부가 찢기면서 비린 핏내가 풍겼다. 피를 침과 섞어서 입안에서 굴렸다. 이상한 일이다. 피 냄새를 맡을수록 살고 싶어진다.

한국에서 미호의 정체를 아는 사람은 탁 사장과 동료 몽치뿐, 옥탑방 위치는 아무도 모른다. 그런데 붉은 달과 통화한 직후 놈들이 쳐들어왔다. 어찌된 일인지 대충 감이 왔다. 요즘처럼 위치 추적이 쉬운 시대에 정체 모를 전화기를 사용하다니, 멍청한 짓을 했다. 애초 이태원에서 건넸을 때부터 발신기가 내장됐을 수도 있다. 하지만 대체 왜? 아직 약속한 기한이 남아 있고 차후에 자신들이 나선다고 하지 않았나. 미호는 아까 그 영화 대사의 올바른 번역을 생각해냈다.

'단 한 번 소모되고 버려질 사냥개 같은 존재여.'

토사구팽이라고 한다. 하지만 사냥개가 순순히 죽어줄지는 모를 일이다. 미호는 치솟는 분노를 느꼈다. 너무 맹렬해서 가슴이 타들어갈 지경이었다. 원하던 원하지 않던 이제, 피 냄새가 진동할 시간이다. 피가 섞인 침을 꿀꺽 삼켰다.

검은 양복들이 계속 활보하도록 놔둘 수는 없었다. 놈들 똥구멍에 추적 장치라도 달아주는 게 좋을 듯싶었다. 영화관 로비에서 빨간 전화기를 발견했다. 경찰서보다는 신문사 쪽을 들쑤시는 게 나을 것 같았다. 더 절박한 쪽에 미끼를 던지는 것이 사냥의 정석.

한밤에도 신문사가 움직일까, 고민할 틈도 없이 여자 교환원이 나왔다. 사회부를 돌려달라고 하자 피로에 쩐 남자의 목소리가 들렸다.

"네, 사회부입니다."

미호가 물었다.

"혹시 기자이신가요?"

남자가 심드렁하게 답했다.

"경찰팀 바이스 홍영태입니다. 할 말 있으면 하십쇼."

"제보 하나 하겠습니다. 민주일보 편집국장님의 죽음은 단순한 뺑소니 사고가 아닙니다. 고의로 치어 죽였습니다. 불광동 사고 현장을 목격했습니다. 차종은 스타렉스. 넘버는 허 3047."

미호는 억양을 죽인 채 용건을 말했다. 전화 저편, 남자의 화들짝 놀라는 표정이 안 봐도 생생하게 그려졌다. 목소리가 커지고, 더듬고, 빨라졌다.

"차, 차량 번호를 한 번만 더 불러 주, 주십시……. 부탁입니다. 전화 끄, 끊지 마십시오."

왁자지껄하던 주위의 소음이 일순 사라진 걸 보면 비상경보라도 울린 모양이다. 피곤함이 달아난 목소리로 제보자 이름과 연락처를 물었으나 미호는 미련 없이 수화기를 내려놓았다.

곧 경찰이 움직일 것이다. 검은 양복들이 지금처럼 마구 총질하며 활보하진 못하리라. 그리고 감히 미호에게 총구를 겨눈 대가를, 치르게 되리라.

B파일 310218 신참 기자

"쌍놈의 자식. 말도 없이 사라져버렸어. 어디로 갔는지도 모르고. 그렇게 무책임한 놈은 처음부터 받지 말았어야 했어."

땅딸막한 체구에 머리가 반쯤 벗겨진 사장이 퉁명스럽게 내뱉고는 바닥에 침을 퉷, 뱉었다. 과하다 싶을 정도의 오버액션.

에스더는 일산 변두리의 한 폐기물 재처리 공장에서 일한다는 민기수를 찾으러 왔다. 그는 합정동 모텔에서 살인 사건이 나던 밤에 사라진 인물. 살해당한 장태평, 용의자 리영민과 어울려 술을 마셨으나 연락두절 상태다. 오전에 특별한 데스크 지시가 없어 에스더가 직접 차를 몰고 자유로를 달려온 참이었다. 내비게이션이 인식하지 못해서 두 번이나 길을 물어야 했다.

'광명자원' 사무실은 공터 한쪽의 이층짜리 조립식 건물이었다. 의외로 공장 규모가 컸다. 슬레이트를 얹어 만든 허름한 작업장 내부에서 요란한 소리가 쉬지 않고 흘러나왔다. 마당에는 폐타이어와 온갖 플라스틱 자재들이 제멋대로 쌓여 있었다. 큰 트럭들이 먼지를 일으키며 우르르 들어왔다, 우르르 빠져나갔다.

대머리 사장에 따르면 민기수는 석 달 전부터 여기서 근무했다. 모나거나 거친 성격은 아니지만 일에 열의가 없고 동료들과 어울리지도 않았으며 밤마다 외출이 잦았다고 했다. 그래서 일찌감치 눈 밖에 난 모양이었다. 얘기를 종합해보면 모텔에서 살인 사건이 발생한 날 사라져서 돌아오지 않은 게 분명하다. 혹시 그도 실종된 걸까.

"민기수 씨 얼굴 사진 한 장 얻을 수 있을까요?"

"글쎄, 있을는지……."

"직원인명록 같은 거 없나요?"

"뭐, 손바닥만 한 회사에 그런 것까지. 이직도 잦고 해서. 괜히 시끄러워지는 것도 원치 않고요."

"그럼 머물던 방이라도 잠깐 봤으면 싶은데요?"

"내 무식해서 잘은 모르겠소만, 그런 건 영장 들고 와서 하는 거 아닌가."

사장의 궁색하고 교묘한 대답이 수상하다. 하지만 법무부나 경찰에서 공식적인 조사를 나온 것도 아니니 이쯤에서 물러서야 한다. 형사가 아닌 기자의 한계.

"혹시 돌아오면 연락 좀 주십시오."

에스더가 명함 한 장을 건네고 마당을 걸어 나오는데, 키 작은 사내 하나가 간이화장실 뒤에서 나타나 앞을 막았다. 행색이 서남아시아 쪽 근로자 같았다. 까무잡잡한 피부 때문인지 눈 흰자위가 유독 하얘 보였다. 에스더는 그의 갑작스런 등장보다 엄지가 잘려나간 왼손을 보고 놀랐다.

사무실 쪽을 힐끔 살핀 사내가 에스더를 창고 뒤편으로 데려갔다. 한국말이 서툴렀으나 짧게, 짧게 단어를 이어가면서 요령 있게 전달했다. 민기수 옆방을 쓰는 스리랑카인 수갓이라고 했다.

"민, 돈 벌려고 여기 안 있다. 다 가짜. 나쁜 짓했어. 몰래 숨었어. 일, 안 해. 하루도 안 했어. 매일 놀아. 사장 화 안 내. 수상해. 아주아주 수상해."

"사장 말로는 자신이 고용한 정규 직원이라는데요?"

"아니다. 거짓말. 사장이 무서워해."

"사장이 민기수 씨를 무서워해요? 왜요?"

띄엄띄엄 이어지는 수갓의 말을 이해하려 애쓰며, 에스더가 물었다.

"민, 내 가방 가져갔다. 찾아줘. 중요해, 아주 중요해. 돈과 아가 사진 있어. 벌써 여섯 살. 찾아줘. 꼭 찾아줘."

"민의 숙소가 어딘가요?"

수갓이 손가락으로 먼 곳을 가리켰다. 공장 뒤쪽에 철조망 담이 둘러 처진 단층 벽돌집. 빨랫줄에 옷가지 등이 내걸려 있었다.

"우리는 방 하나 네 명. 민은 혼자 방 하나. 이상해, 아주아주 이상해."

"혹시 그동안 민기수 씨를 찾아온 사람 있었나요?"

수갓은 잠시 기억을 더듬었다.

"검은 양복. 민에게 이렇게 인사한다."

고개를 90도로 숙였다 펴는 수갓의 커다란 눈동자 위에 눈물이 고였다.

"검은 양복? 무슨 이야기를 하는지는 못 들었어요?"

수갓이 볼을 씰룩이며 두 어깨를 올렸다.

"한국말 어려워. 들어도 몰라."

횡설수설하는 이야기를 집중해 들었지만 별 소득이 없었다. 여기까지 왔는데 아무것도 못 건지다니. 서울로 돌아가는 길이 착잡했다. 수상한 점이 한두 가지 아니지만 현재로선 확인이 불가능하다. 증거도 없이 무작정 사장을 다그칠 수는 없다.

도로에 아스팔트를 다시 까는 작업 중이라 정체에 걸렸다. 한강변이 모래바람으로 누렇게 물들어 있다. 황사가 이렇게 며칠씩 계속되는 경우는 기억에 없었다. 영원히 안 걷힐 것만 같다. 라디오에서 기상 전문가라는 작자가 원론적인 말만 늘어놓고 있었다.

"내몽고의 사막화 진행을 멈추려면 나무를 많이 심어야 합니다. 중국의 공해 물질이 주원인이라 우리 측 노력만으로는 한계가 있습니다."

그딴 걸 누가 모르나. 에스더는 소극적인 정부에 더 짜증이 났다. 자연재해나 마찬가지니, 참아야지 어쩌겠냐는 식의 대응. 언젠가 환경부에 출입하게 되면 심층 기사로 제대로 한번 조져주마,

별렀다.

강변북로 상암지구를 지나는데 엄청난 높이의 빌딩 하나가 모습을 드러냈다. 모래바람 속에 시커먼 기둥처럼 솟은 모습이 하늘과 맞닿은 듯 위압적이다. 공사가 거의 끝났는지 외관은 완벽해 보였다.

"저게 그 유명한 원더랜드로구나. 가운데가 잘록한, 모래시계 모양으로 만들었다는."

제자리걸음인 차 안에서 에스더는 고개를 외로 꼬고 121층짜리 건물을 올려다보았다. 옆 차선의 운전자들도 구경하느라 정신이 없었다. 우주그룹에서 지은 영화 산업 전용 건물. 준공식이 이번 주던가. 할리우드 시설 부럽지 않게 최신 시설로 꾸며놓았다고 홍보에 열을 올렸다. 저 건물 꼭대기에서 내려다보는 풍경이 궁금하다. 판문점 너머 북쪽 땅도 보일까. 그런 상상을 하는데 휴대전화가 부르르 떨었다. 처음 보는 번호였다.

"민기수를 만나봤습니까?"

어느새 익숙한 목소리. 조선족 용의자 리영민이다.

"지금 다녀오는 길입니다. 공장을 그만뒀더군요. 아니, 그만뒀다기보다 처음부터 신분 위장용으로 이름만 얹어놓은 것 같아요. 무슨 업무를 했는지 알 순 없지만 밤마다 돌아다녔다는군요. 검은 양복 사내들이 찾아온 적도 있고, 며칠씩 사라지기도 하고. 방도 다른 노동자들과 달리 독방을 쓴 모양입니다. 모텔에서 살인 사건이 나던 날 사라진 것도 확실해요. 사장은 분명 뭔가 알고 있는데 입을 다물고 있구요. 혹시 알고 계셨나요?"

"방금 검은 양복이라고 하셨습니까?"

"네, 뭔가 짚이는 거라도?"

용의자가 휴우, 깊은 한숨을 토해냈다. 에스더는 인터뷰 욕심이 나 입이 근질거리는 걸 겨우 참았다. 아직은 때가 아니다. 역효과가 나면 곤란하다. 당분간은 선이 닿아 있는 걸로 만족하자. 잘 키워서 빵 터트려주는 거다. 캡이나 부장에겐 어느 선까지 보고를 해야 할까, 혹시나 다른 공장 선수들에게 기사 뺏기지는 않을까, 조급증에 입이 말랐다.

"이렇게 저를 믿고 뛰어주시니 감사합니다. 꼭 결정적 증거를 갖고 찾아뵙겠습니다."

용의자와 통화를 끝내자마자 다시 전화가 울렸다. 석 달 전부터 현장에 투입된 수습 사공용태였다. 꽁지처럼 따라다니는 그를 시시콜콜 챙기려니 귀찮다. 그렇다고 불과 1년 전 자신의 모습을 생각하면 모르는 척할 수도 없다.

퉁퉁한 체구와 달리 소심한 성격의 사공은 중학교 사회 선생이 딱 어울리는 타입이다. 군 현역 복무에 대학원까지 마치고 입사하는 바람에 나이가 에스더보다 네 살이 많았다. 게다가 M자형 탈모와 처진 뱃살 탓에 서너 살은 더 들어 보였다. 사공이 처음 경찰서에 오던 날, 에스더가 타사 기자들에게 인사를 시키자 다들 놀려댔다.

"삼촌 잘 모시고 다녀라."

양미라가 하이톤으로 깔깔거리자, 사공의 볼이 발갛게 달아올랐다.

"여 선배, 지금 어디세요? 갑자기 조선족 살인 사건 관련해서 브리핑한대요. 열한 시부터 대회의실에서. 형사과장 대신 신임 서장이 직접 할 거라는데. 어떻게 해요, 여기 저밖에 없어요."

안절부절못하는 목소리다.

"서장이 직접? 일단 캡한테 보고하고 용태 씨가 들어가봐. 별거 아니니까 쫄지 말고. 보도자료에 없는 질의 내용만 잘 체크해놔. 나도 30분 안에 도착할 거야."

사공은 지금 서대문경찰서 2진 기자실에서 먹고 자며 교육을 받고 있다. 군대보다 더 빡세다는 6개월 수습 과정을 잘 견뎌낼 수 있을까. 매사 걱정거리인 소심한 성격이라 장담할 수 없다. 매년 한두 명씩 이탈하는 코스가 경찰서 마와리 돌기니까.

담대한 척 지시를 해놓고도 초조하다. 조선족 살인 사건 정도에 서장이 직접 나서다니. 수사에 큰 진전이 생긴 걸까. 아니다. 불과 몇 분 전에 용의자와 통화하지 않았나. 그새 체포됐을 리는 없고……. 서둘러 공개수사로 돌릴 때부터 심상치 않긴 했다. 마음이 급해졌다. 액셀을 콱콱 밟았다. 도로 정체가 서서히 풀리고 있었다.

우당탕탕 계단을 뛰어올라간 에스더가 강력2팀 사무실 문을 거칠게 밀었다. 두 다리를 책상 위에 올린 채 커피를 마시던 석 팀장과 눈이 마주쳤다. 복식호흡에 가까운 고함이 터져 나왔다. 스스로도 놀랄 만큼 목소리에 잔뜩 독이 올라 있다.

"이따위로 하실 겁니까, 진짜! 약속은 어기라고 있는 게 아닙니다."

꼬았던 다리 위치를 바꾸며 석 팀장이 능글맞게 맞받아쳤다.

"씨팔, 나보고 어쩌라고. 서장이랑 과장이 공개수사로 돌리고 브리핑하겠다는데, 내가 모텔까지 따라온 민주일보 여 기자한테 먼저 정보 주기로 했으니 안 됩니다, 그렇게 말해? 인터넷에 그 새끼 이름이랑 얼굴까지 뜬 마당에 더 이상 뭘 어떻게 해! 서장 모가지 왔다 갔다 하는 통에 우리 쪽 분위기도 개판인 거 알잖아."

정말 화가 난 건지, 화난 척 하는 건지, 판단할 틈도 없다. 쓸모없는 제보만 폭주한다고 콧등을 찡그렸다.

"씨부랄, 그거 일일이 확인하려면 며칠 날밤 까야 할 거다."

"그럼 범인 체포 때 가장 먼저 알려준다는 약속이라도 지키시죠?"

"그게 내 맘대로 되겠어? 이번 사건에 다들 눈 시뻘겋게 뜨고 있는데. 현상금까지 붙었고 말이야. 조선족 하나 뒈졌는데 왜 이토록 관심을 쏟는지 모르겠어. 여 기자는 혹시 알아? 알면 좀 가르쳐주라. 으응?"

분했다. 사공용태의 보고에 따르면 신임 서장은 브리핑에서 많은 정보를 흘렸다. 특히 조선족 용의자를 산업 스파이라고 단정지어 말했다. 최근 모 대기업에서 2조 원을 들여 개발한 차세대 아몰레드 기술 도면이 용의자에게 흘러든 정황을 포착했고, 물증 확보를 위한 수사 중이라고 했다. 짜놓은 각본처럼 이야기가 착착 들어맞았다.

짧은 시간에 어떻게 그런 조사가 가능했을까. 경찰 발표 내용이 조작됐거나, 용의자가 진실을 숨기거나 둘 중 하나였다. 조선족 모텔 살인 사건이 단순 치정극에서 고급 기술 해외 유출 사건으로 급변했다. 사건이 커지면서 모든 언론에 도배질하게 생겼다. 이렇게 되면, 용의자를 밀착 마크하며 취재해오던 비교 우위가 사라져버린다.

"구렁이 담 넘어가듯 그러시면 곤란하죠. 저도 가만있지 않을 겁니다."

"이봐 여 기자, 약속을 안 지키겠다는 게 아니라 상황이 변했 잖아. 용의자는 산업 스파이야. 그런 놈들 엄단하자는 분위기 알 잖아. 특히 요즘 네티즌들의 조선족 혐오, 반중 정서가 얼마나 무 섭나. 판이 커져서 내 권한 밖으로 튀어나가버린 걸 어쩌겠냐고. 지금은 말이야, 독 안에 쥐새끼 한 마리 풀어놓고 누가 잡나 게임 하는 판국이야. 빨리 범인 잡아서 마무리 짓는 게 세상 조용하게 하는 방법이지."

새치 노 형사가 헛기침을 하며 끼어들었다.

"에휴, 여 기자 기분은 알겠는데 이 정도에서 좀 봐주라. 매일 보는 사이에 형님 체면도 생각해 줘야지. 아, 오늘만 사건 있나? 다음에 기회가 또 있겠지. 우리가 그때는 진짜, 서운하지 않게 챙 겨줄게. 응?"

짜고 치는 고스톱처럼 손발이 척척 맞는구나. 수사 기법은 만 년 제자리면서 기자 구슬리는 방법은 단체 강의라도 듣는 걸까.

에스더가 도끼눈을 떴다. 그 조선족 용의자와 핫라인 있거든 요. 마음 같아서는 입꼬리를 올리며 한 방 먹여주고 싶었지만 참 았다.

'그래, 기다려라. 신문 1면에 도쿠다이로 박아주마. 경찰, 함정 수사 이대로 괜찮나! 서장부터 줄줄이 사과하고 옷 벗게 해 줄 테다.'

에스더는 문을 쾅 닫고 뒤돌아섰다. 비웃음소리가 따라오는 것 같아 빨리 걸었다. 기자실에 들어서는데 또 휴대전화가 울렸다. 낯선 번호였다.

"그날 그 남자 말입니다, 서울역에서 내렸습니다."

특색 없는 50대 남자 목소리. 전화를 건 사람은 자신을 택시 기사라고 밝혔다.

"그 남자라뇨?"

"있잖소. 조선족 살인자. 인터넷에 얼굴 뜬 새끼."

재빨리 창틀에 수첩을 펴고 무릎을 꿇고 앉았다.

"네, 천천히 말씀해 주세요."

"저, 그전에 뭐 하나 물어봅시다. 혹시 제보하면 신문사에서 돈 주는 거 있소? 뭐, 꼭 바라는 건 아니지만서도."

"특별한 경우가 아니면 없습니다. 결정적 증거라면 경찰에서 내 건 현상금이 있으니 그건 기대하셔도……."

에스더는 단호하게 대답했다.

"그렇군. 듣자 하니 외국에선 언론사가 정보나 사진 같은 걸 잘 산다고 하던데. 괜히 경찰에 엮이긴 싫어서……."

목소리에 실망감이 느껴졌다. 기대가 컸던 모양이다.

"저희도 그런 경우가 있긴 합니다만……. 사건 해결에 결정적인 단서를 가지고 계신가요? 택시 블랙박스에 사진이 찍혔거나, 피 묻은 옷을 봤다거나 하는."

"아뇨, 됐소이다. 가만히 생각해 보니 좋은 일 한다고 나섰다가 괜히 경찰에서 부르고 하면 골치만 아프겠구먼. 운전해서 하루 벌어 하루 먹고살기도 바쁜 세상에."

전화가 툭 끊어졌다.

"여보세요, 여보세요!"

다급하게 불러봐도 소용없었다. 휴대전화에 찍힌 발신자 번호를 눌러도 연결이 안 됐다. 공중전화에서 건 모양이다. 에스더는 또 자신을 질책했다. 왜 이렇게 성급할까. 저런 속물을 대할 땐 살살 구슬린 다음, 차근차근 설득해도 늦지 않았을 것을.

기자실로 돌아와 인터넷에 뜬 용의자 사진을 다시 봤다. 상황은 점점 그에게 불리하게 돌아가고 있었다. 댓글이 1000개를 넘었다. '짱개새끼, 너희 나라로 돌아가!' 대부분이 악플이고 추리소설처럼 은신처를 논리적으로 풀어 쓴 글도 보였다.

그는 어디에 숨어 있을까. 경찰이 서울은 물론 지방의 차이나타운까지 다 검문검색 강화했을 텐데. 궁지에 몰려 자살이라도 하면 어쩌나.

에스더는 내심 자수하지 말고 좀 더 버텨주길 바랐다. 국민들 관심이 커지면서 취재 경쟁이 달아오르고 있었다. 내일쯤 조선족 고용 허가제의 문제점을 발제하는 것도 흐름상 괜찮아 보였다. 사회면 톱 정도로 써서 이슈화시킨 다음, 단독 인터뷰를 빵 터트리면 된다.

노트북의 기사 입력기를 클릭하다가 바탕화면에 깔아놓은 흑백사진을 봤다. 잠자리 선글라스를 낀 호리호리한 남자가 여자아이를 안고 해변에 서 있다. 아빠와 함께 찍은 사진 중 이것만 남아 있다. 민주일보 기자였던 아빠는 어느 날 갑자기 아무 연고도 없는 제주도로 내려왔다. 그리고 얼마 후 갑작스런 죽음. 에스더가 다섯 살 때 일이었다. 무슨 이유인지 엄마는 그 일에 대해 함구했다. 사고였다고 둘러댈 뿐, 아빠가 죽은 사연도 이야기해 주지 않았다. 여기 사범대 나와서 애들이나 가르치며 편하게 살면 안 되겠니? 중학교 시절부터 귀가 따갑게 잔소리를 해댔다.

서울에 있는 대학에 진학했을 때도, 언론사 시험에 합격했을 때도, 엄마는 기뻐하지 않았다. 특히 입사한 곳이 민주일보라고 했을 땐 파르르 떨리는 목소리로 화를 냈다. 에스더는 이해할 수 없었다. 아버지 때문인가. 대체 무슨 일이 있었던 걸까. 일이 조금만 더 익숙해지면 아버지의 흔적을 뒤져볼 작정이다. 그것이야말로 민주일보에 입사해야만 했던 진짜 이유다. 원치 않는 진실과 마주한다 해도 은폐할 생각은 없다. 알고 싶은 욕망을 거두는 순간, 더 이상 기자가 아니니까.

다시 조선족 용의자를 생각했다. 그는 자신의 무죄만 강변하면서 건너편 316호의 장태평 살인 사건은 모르쇠로 일관하고 있다. 정말 증거를 찾을 수 있다고 믿는 걸까. 그의 꼬임에 이용당하고 있는 건 아닐까. 에스더는 얕은 한숨을 쉬었다. 동정심 때문에 용의자를 신뢰하는 자신을 질타하면서도, 그 사람 쪽으로 마음이 기우는 걸 막을 수는 없었다.

밤늦게 겨우 섭외된 트랜스젠더는 늙고 쉰 목소리를 가졌다. 마닐라보이의 대타였다. 전화 인터뷰 내내 가식적 웃음소리가 귀에 거슬렸으나 달리 대안이 없었다. 황망한 사생활만 늘어놓는 통에 대화가 갓길로 안 빠지도록 몇 번씩이나 말허리를 잘라야 했다. 얼굴 사진은 내일 아침까지 이메일로 보내주기로 했다. 모자이크 처리할 필요 없다고 호탕하게 말했다.

에스더는 사회 소수자 기획 기사를 작성하는 내내 불편했다.

깊이 고민을 안 한 탓인지 그들의 처지에 공감하지 못한 이유가 제일 컸고, 대책 없이 질질 늘어지는 업무에 질린 탓이기도 했다. 죽이 되든 밥이 되든 얼른 처리해버리고 싶었다. 대충 작성한 인터뷰 기사를 송고했다. 초심을 잃어버린 듯해 마음이 무거웠다. 출입처 일만큼 공동취재팀 일도 챙겨야 두루 인정받을 수 있다고 조언해 준 선배들 보기가 민망했다.

철가면의 갑작스런 죽음 때문에 편집국 기강이 해이해졌다. 데스크들은 후속 인사에 촉각을 곤두세우느라 기사 발굴은 뒷전이었다. 그 탓인지 캡도 바이스도 신경질을 부리지 않았다. 그들도 인사에 따라 울고 웃고, 이리저리 타 부서로 옮겨야 하는 인생인 것이다.

에스더는 정리해 둔 발제 아이템을 놓고 고심했다. 매주 금요일에는 취재거리를 모아 보내야 한다. 어떤 주는 몇 건씩 떠오르고 어떤 주는 머리를 쥐어짜도 한 건이 나오지 않았다. 사건기자는 사건이 없을 때, 어떤 기사를 쓰느냐에 따라 역량이 갈린다. 잘 알면서도 그게 쉽지가 않다. 일단 면피용으로 이웃 간 주먹다짐으로까지 번지는 아파트 층간 소음 문제와 88만 원 세대의 신종 아르바이트 백태를 올렸다. 이미 우려먹을 대로 우려먹은 아이템이라 부끄러웠다.

수습 사공용태와 모처럼 야간 순찰을 함께 돌기로 한 터라 기자실 TV 앞에서 시간을 때웠다. 요즘 한창 인기몰이하고 있는 토크쇼가 방송 중이었다. 오늘의 초대 손님은 초고층 빌딩 원더랜드를 세운 우주그룹 CEO 주린. 네 명의 MC들을 호화 자택으로 초대해서, 앞치마까지 두르고 요리를 만들어주고 있었다. 요즘 CEO

166

하려면 저런 짓까지 해야 하나? 에스더는 입을 삐죽거렸다. 원더랜드 개관을 앞두고 최근 언론에 자주 얼굴을 내비쳤다. 나중에 산업부로 발령이 나면, 저 여자 인터뷰도 해야겠지.

"호호호, 저는 인간에 대한 호기심, 그거 하나로 여기까지 온 것 같아요. 인간에 대해서 가장 잘 아는 방법이 뭔지 아세요? 자극을 주고 반응을 보는 거예요. 저는 방송과 영화를 그런 자극제로 삼고 있답니다. 사람들의 반응을 보면서, 인간이라는 존재에 대해서 연구하는 중이죠!"

네 명의 MC들이 일제히 고개를 끄덕였다. 별것도 아닌 이야기를 진지하게 듣고 있다.

"저는 히틀러도 그랬다고 생각해요. 인간에 대한 호기심이 지대했고, 문화가 가진 힘을 믿었다고요. 히틀러가 사람들을 어떻게 선동했는지 아시죠? 참, 아우슈비츠에 극장과 오케스트라가 있었다는 거 아세요? 저는 그 이야기를 듣고 얼마나 감동했는지 몰라요. 그런 곳에서까지 문화를 이용할 수 있다니!"

MC중 가장 노련한 개그맨 표정이 굳어지는가 싶더니, 금세 말을 돌렸다.

"듣자 하니 방송국 인수를 추진하고 계신다던데요! 그것도 인간에 대한 관심 때문인가요? 방송국 만드시면 저 좀 불러주세요. 출연료 생각보다 저렴합니다."

"호호, 언젠가 우주방송이 전 세계로 송출되는 날이 올 겁니다. 전 세계를 하나로 잇고, 나아가 온 우주와 소통하는 거죠! 이번에 개관하는 원더랜드는 그 거대한 물결의 기원인 것입니다! 세계로 뻗어가는 한류의 힘을 보셨죠? 문화야말로 대한민국의

100년을 책임질 먹거리 산업입니다. 저희 우주그룹 좀 팍팍 밀어주세요! 저는 아직도 배가 고픕니다, 여러분!"

생긴 건 마음씨 좋은 옆집 아줌마처럼 생겼는데, 저 여자도 정상은 아니군. 거기서 히틀러가 왜 나온담. 그렇게 으리으리한 121층짜리 빌딩을 지어놓고, 문화가 먹거리 운운하다니. 에스더는 입맛이 썼다.

어느새 밤 10시 30분. 종이컵과 커피믹스를 들고 정수기 앞으로 갔다. 오늘밤도 길어질 것 같은 예감이다. 정문에 도착했다는 사공용태 문자를 받고 노트북 전원을 끄려는데 이메일 하나가 날아들었다. 성전환자권익연대의 마닐라보이였다.

'다시 생각해 보니 그런 인터뷰 기회 흔하지 않을 것 같아요. 같은 처지의 사람들과 희망을 공유하기 위해서라도 인터뷰하겠습니다. 물론 사진 촬영도 가능하고요.'

에스더는 자신도 모르게 미간을 찡그리며 로그아웃 버튼을 꾹 눌렀다.

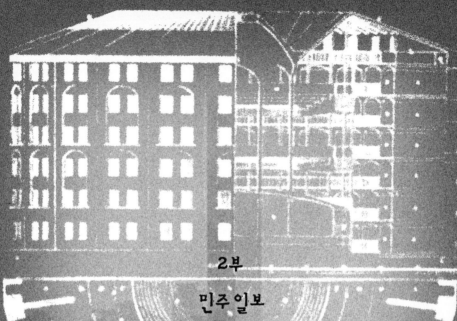

2부

민주일보

B파일 397021 은행원

(고양=연합뉴스) 지난 22일 밤 경기도 고양시 원흥동의 한 폐공장에서 20대 후반으로 추정되는 여성의 시체를 조모씨(36, 남, 회사원)와 민모씨(20, 여, 대학생)가 발견, 경찰에 신고했다. 숨진 여성은 165cm 정도의 키에 흰색 블라우스와 검은 치마를 입은 상태였고 가방 등 소지품은 발견되지 않았다. 연인 사이인 조씨 일행은 경찰에서 "용변이 급해 건물 안에 들어갔다가 버려진 여행용 가방 안에서 시신을 발견했다"고 말했다. 경찰은 시신의 상태로 봐서 2일 이내에 유기됐을 가능성이 크다고 보고 국과수에 시체 부검을 의뢰하는 한편 피해자의 신원 파악에 나섰다.

'시체를 너무 안이하게 처리했어, 하루 만에 발견될 줄이야.'

기사를 읽어가던 리영민의 표정이 어두워졌다. 그는 이틀째 광화문의 특급 호텔에 은둔 중이다. 인터넷으로 뉴스를 체크하다 뒤늦게 실수를 깨달았다. 조만간 두 사건의 연관 관계가 밝혀지고 포위망이 좁혀지겠지. 더 멀리 버렸어야 했는데. 위험을 무릅쓰더라도 저수지나 강에 던져버릴걸. 때늦은 후회가 밀려왔다.

네이버 검색창에 '조선족 살인'이라고 쳤다. 한글 자판에 익숙해지기까지 얼마나 고생했던가. 고작 이런 단어나 치고 있다니 허망했다.

관련 뉴스가 좌르륵 떴다. 대부분 우호적이지 않았다. 한 보수 신문은 노동력 부족이라는 명목 아래 활개 치는 불법체류자를 언제까지 방치해야 하는가, 라는 사설을 통해 정부의 강도 높은 단속을 촉구했다. 스포츠 신문은 온갖 가십성 르포를 쏟아냈다. 노래방 도우미로 뛰는 조선족과 러시아 콜걸의 인터뷰까지 나왔다. 얼굴을 모자이크 처리해 관음증을 더 자극했다.

옌볜까지 소식이 흘러들었을까. 이웃에게 아들 자랑하는 즐거움에 사시는 부모님이 행여 쓰러지지는 않았을까. 영민은 목구멍 깊은 곳에서 올라온 시큼한 침을 꿀꺽 삼켰다. 인터넷에 얼굴 사진까지 뜨다니, 발가벗겨져 한겨울 거리에 내던져진 기분. 무죄를 증명할 일은 갈수록 요원해 보였다.

커튼을 젖히고 창문을 열자 대형 스피커에서 음악 소리가 울려 퍼졌다. 시청 앞 광장에 행사가 있는지 사람들이 잔디밭에 모여들기 시작했다.

영민은 군중을 내려다보며 지금, 자신을 도와줄 수 있는 사람을 꼽아보았다. 사랑하는 미영 씨와 친절한 방 팀장, 그리고 가리봉동 팽 영감. 곰곰이 생각한 끝에 민주일보 여에스더 기자를 추가했다. 폐기물 재처리 공장에서 일하는 민기수는 여전히 연락두절 상태. 아군인지 적군인지는 아직 분명치 않다. 서울에 몇몇 대학 동창들이 유학 와 있지만 무시하기로 했다. 사건에 엮이는 즉시 그들에게 민폐다.

구레나룻 생각이 났지만 얼른 고개를 흔들었다. 예전엔 어려운 일이 있으면 으레 떠올릴 정도로 그는 키다리 아저씨 같은 존재였다. 그러나 이제는 영민의 목숨을 노리고 있다. 10년 가까운 긴 인연이 원망스러웠다.

구레나룻을 처음 알게 된 건 대학 4학년 때. 주한중국대사관에서 후원해 주는 체육대회에서였다. 서울의 중국인 유학생들이 한자리에 모여 회포를 풀고 친목을 다지는 행사였다. 그때 들은 소문에 의하면 그는 중국 국가안전부에서 파견된 '블랙'이라고 했다. '블랙'이 스파이를 뜻하는 단어라는 걸 그때 처음 알았다. 한국 내 파룬궁 단체의 동향 파악이나 첨단 산업 기밀 등을 취합하는 일을 하겠거니 추측했다. 고향이 지린성(吉林省) 창춘(長春)이라고 했던가. 한족인지 조선족인지는 밝히지 않았으나 한국말이 한국 사람보다 더 유창했다.

그와 다시 대면한 건 대학을 졸업하고 은행에 입사한 직후였다. 이태원의 중국 찻집에서 그가 본색을 드러냈다. 중화인민공화국의 의무 운운하며 정보를 요구했지만 방식이 부드러워 별 거부감은 없었다. 또 원하는 정보라는 것도 하찮은 것들이었다. 이를테면 금융권의 개인 정보 같은.

은행이나 카드사 본점 콜센터에 가면 대출 상품 판매를 위한 고객 리스트가 널려 있다. 블랙에게 그런 정보를 넘겨주면서 양심의 가책을 느끼진 않았다. 리스트 대부분은 외부에서 사온 것이고 담당 팀장이 타 은행 담당자와 맞교환해온 것도 있었다. 정치인, 연예인 등 유명인이 다수 포함돼 있고, 은행에 계좌 하나 없는 사람 없을 테니 여러 은행 취합하면 대한민국 사람 전체의 정보가 다 모이겠구나 생각은 해봤지만 잠시였다. 그게 목적이라면 세계 최고 수준의 중국 해커들을 동원하는 게 더 빠를 것이다. 최근 한 포털에서 중국 아이피 주소로 3500만 명의 한국인 신용 정보가 해킹당한 일도 있었잖은가.

문득, 월급 계좌에 가끔씩 들어와 있는 출처 불명의 돈을 떠올렸다. 은행 급여와는 비교할 수 없을 정도의 푼돈.

영민은 이내 고개를 떨궜다. 그렇다. 그것이 문제였다. 살다 보면 발목을 잡는 건 대수롭지 않게 생각했던 것들. 사소하게 넘겼던 것들이 올가미가 되어 목을 조여온다. 산업 스파이로 낙인찍히기 딱 좋은 빌미다. 용케 살인 누명을 벗는다 해도 그 돈을 증거삼아 죄를 덮어씌우겠지. 통장 거래 내역을 눈앞에 들이밀며 입금된 돈의 출처를 물을 테고. 구레나룻의 의도를 이제야 알겠다.

특급 호텔이라고 해도 오래 머무를 순 없다. 일시적 도피처는 될 수 있어도 궁극적 탈출구는 아니다. 시체로 발견된 탈북 여자의 신원이 밝혀지면 더 빠른 속도로 추적해 올 것이다. 조금이라도 자유로울 때 누명을 벗겨줄 증거를 확보해야 한다.

영민은 캠코더 렌즈를 정면으로 바라보았다. 옷매무새를 다시

한 번 확인했다. 겁먹은 초라한 도망자로 보이긴 싫었다.

동영상 촬영은 광화문 호텔방에서 이루어졌다. 혹시나 은둔 중인 객실을 노출시킬까 봐 차광 커튼을 닫아 주위를 최대한 어둡게 만든 다음, 나무 의자에 반듯하게 앉았다. 사건 전모를 기록해야겠다고 생각했다. 이렇게라도 해두어야 체포돼서 최악의 상황을 맞더라도 덜 억울할 것 같았다.

팽 영감이 직접 배달해 준 박스를 꺼냈다. 러시아제 권총과 선불 대포폰, 구식 디지털 캠코더와 소형 녹음기, 수갑. 행운을 비는 중국식 부적을 보고는 피식 웃었다. 도망자를 위한 7종 세트 상품이라고 했다. 약속했던 돈을 건네자 만 원짜리 몇 장을 돌려주며 팽 영감이 말했다.

"세트로 구매하면 5프로 더 깎아줘. 행운을 빌어."

대포폰 폴더를 접었다 펼쳤다 하고 있자니 가장 먼저 미영 씨가 생각났다. 그러나 전화를 걸지 않았다. 지금은 감상적이고 충동적인 기분을 가장 경계해야 할 때다.

침을 꿀꺽 삼킨 다음 캠코더 렌즈를 응시했다. 한국말로 해야 할지 중국말로 해야 할지 잠시 갈등했으나 그건 고민거리도 아니었다. 한국에서 일어난 사건이고 한국 사람들에게 할 이야기다. 중국말로 떠들어봤자 싸구려 투정으로밖에 더 들릴까.

"내 이름은 리영민. 중국 옌벤에서 태어난 조선족입니다. 나이는 서른셋. 지금 살인자 누명을 쓰고 경찰에 쫓기고 있슴다."

잠시 입술이 떨렸으나 이내 평정을 되찾았다.

"10여 년 전 재외동포재단 장학금을 받아 한국에 들어왔습니다. 지금은 조선은행에 근무합니다. 이 화면을 녹화하는 이유는 지난 4월 25일 합정동에서 일어난 모텔 살인 사건 때문입니다. 결론부터 말하자면 나는 사람을 죽이지 않았습니다. 308호에서 술 취해 잠들었다가 깨어나 보니 옆에 여자가 죽어 있었습니다. 언론에 발표된 장태평은 건너편 316호에서 살해됐고 청소하는 종업원에 의해 발견됐습니다. 그날 모텔에서는 조선족 남자와 탈북 여자, 두 건의 살인이 동시에 일어난 겁니다. 이를 모르는 경찰은 나를 장태평을 죽인 살인자 취급하고 있습니다만, 나는 절대 범인이 아닙니다. 누군가가 설치해놓은 덫에 걸린 게 분명함. 얼마나 많은 사람들이 이 화면을 보게 될지는 모르겠지만……."

물 한 모금을 들이켰다. 크게 숨을 내뱉으며 말을 이어나갔다.

"몇 가지 의문을 제기합니다. 첫째, 누가 죽였는가. 나는 장태평을 죽인 사람과 탈북 여자를 죽인 사람이 동일범이라고 생각합니다. 둘째, 왜 죽였는가. 장태평도 여자도 그저 작은 회사의 일개 직원일 뿐이었습니다. 아마도 어떤 범죄에 연루돼 있지 않나 생각됩니다. 그리고 셋째……."

주절주절 늘어놓다 보니 10분이 훌쩍 흘렀고 감정이 북받쳐 조선족 억양이 툭툭 튀어나왔다. 영민은 잠시 녹화를 중단하고 목을 축인 다음, 생각을 정리했다. 민감한 부분도 솔직히 밝혔고 말이 끊기거나 더듬거린 부분이 있으나 인위적으로 편집하고 싶진 않았다.

"변명 같은 얘기지만 돌이켜보면 내게 문제가 없었던 것은 아닙니다. 워낙 사소한 일이라 심각하게 받아들이지 않았습니다. 스파이라고 욕해도 좋습니다. 그 부분이 죄가 된다면 죗값은 달게 받겠습니다. 하지만 살인은 하지 않았습니다. 절대로 하지 않았습니다! 믿어주십시오!"

은행 고객 리스트를 넘긴 이야기를 하다가 더 말을 잇지 못했다. 한숨을 쉬며 캠코더 전원을 껐다. 답답함이 좀 사라진 듯했다. 그러나 불투명한 앞날에 대한 두려움은 더 커졌다.

촬영한 동영상을 파일로 만들어 컴퓨터에 저장했다. 그리고 인터넷의 '유언 전달 대행 사이트'를 찾아 들어갔다. 그런 서비스가 있다는 사실은 한 달 전쯤 화장실 안에 버려진 스포츠 신문에서 읽었다. 유언의 내용과 기간, 수신자를 설정해놓고 일정 기간 동안 그 사이트에 재접속하지 않으면 사고로 판단해 유언장을 수신자들 이메일로 배달하는 서비스였다.

영민은 미영 씨 이름과 주소로 회원 가입을 하고 동영상 압축 파일을 사이트에 올린 다음 보름 뒤에 배달되도록 설정해놓았다. 만약 그사이 체포돼서 이 사이트에 다시 접속할 수 없다면 동영상은 자동으로 발송된다. 받을 인물은 세 사람. 사랑하는 미영 씨, 친절한 방 팀장, 믿을 만한 여에스더 기자. 최소한 그 세 사람에게만은 무죄로 남고 싶었다.

웅웅거리는 소리가 들렸다. TV 저녁 뉴스에서 조선족 살인 사건 속보가 흘러나왔다. 리모컨으로 볼륨을 높였다. 경찰이 안산과 가리봉 일대 조선족 타운의 검문검색을 강화한다는 내용을 자료 화면과 함께 내보냈다.

"그 사람 새벽에 모텔 앞에서 타서 서울역에서 내렸지요. 분명히 기억해요. 다섯 시 시보가 울렸을 때니."

택시 기사 인터뷰가 나왔다. 두 팔을 휘저으며 신이 나서 떠든다. 뒤이어 은행 분위기를 전하는 동료들 인터뷰가 방송됐다.

"세상에, 자기를 믿고 품어준 나라에서 살인이라니…… 배은망덕이 따로 없죠. 함께 일했다는 게 섬뜩합니다. 무엇보다, 회사 이미지 타격 입을까 걱정입니다."

목소리가 변조되고 얼굴을 모자이크 처리했지만 넓적한 이마까지 속이진 못한다. 어제까지 형님동생 하며 지냈던 친절한 방팀장이다. 영민은 유언 전달 대행 사이트에 다시 접속해 리스트에서 그의 이름을 지웠다. 믿을 사람은 이제 둘뿐이다.

미영 씨가 간절히 보고 싶었다. 자초지종도 모른 채 연락두절이니 걱정하고 있을 터였다. 올 가을 중국으로 함께 떠났다가 몇 년 뒤 다시 돌아오자고 했다. 테이블이 다섯 개 밖에 없는 삼청동의 스파게티 가게에서 청혼을 했다. 그게 불과 한 달 전이었다.

그녀와는 사내 중국어 스터디 모임을 통해 가까워졌다. 여대에서 중문학을 전공해 심적으로 통하는 부분이 많았다. 한국인들이 빈대 냄새난다고 싫어하는 샹차이를 즐길 줄 알았고, 대학 시절 옌볜 위쪽 치치하얼 시의 자매결연 대학에 반 년 동안 장학생 연수를 다녀온 적도 있다.

그녀가 미치게 보고 싶다. 그러나 피해가 갈까 봐 연락할 수 없다. 미영 씨는 다음 달이 계약 만료. 살인 누명을 쓴 남자와의 사내 연애가 밝혀지면 재계약이 안 될지도 모른다.

여에스더 기자는 얼굴도 모른다. 이 일이 아니었다면 평생 만날 일이 없었을 사람. 이름 때문일까. 왠지 종교적 신념을 걸고 진실을 파헤쳐줄 것만 같다. 무엇보다, 살인 사건과 관련해 가장 정확한 기사를 썼다. 더 늦기 전에 만나봐야겠다는 생각이 들었다.

민주일보 사이트에 이름을 입력하니 대번에 기자수첩 칼럼과 함께 사진이 떴다. '다름'에 배려가 없는 사회에 고함. 이주 노동자와 성적 소수자에 대한 톨레랑스를 말하는 글이었다.

단발머리에 앳되고 야무진 표정. 도와달라고 두 다리를 붙잡고 애원이라도 하고 싶었다. 영민은 트렌치코트를 걸쳤다. 호텔 대리석 로비를 걸어 나오다 프런트의 쪽진 머리와 눈이 마주쳤다. 그녀가 가볍게 미소를 짓는데 뜨끔했다. 몰래 비상벨을 누르는 건 아닐까.

시청 앞 잔디 광장으로 나오자 쾅쾅 울리는 스피커 소음에 귀가 멍했다. 현란한 조명 아래서 4인조 걸 그룹이 미니스커트를 입고 셔플댄스를 췄다. 여기저기서 플래시가, 폭죽이, 함성이 터져 나왔다. 자욱한 모래바람 따위는 문제가 되지 않았다. 펄떡이는 10대들은 한껏 봄날의 축제를 즐겼다.

민주일보사는 걸어서 갈 수 있는 거리였다. 오늘은 토요일 오후, 여에스더 기자가 출근했는지 알 수 없다. 휴대전화 번호를 알지만 전화를 걸고 싶지 않았다. 중간에 마음이 바뀔지도 모른다. 일단 찾아가보기로 했다. 며칠 만에 쐬는 바깥바람. 인파 속을 걸으며 하늘에서 구원의 동아줄이라도 떨어지길 바라보기로 했다.

B파일 044316 고참 기자

벨소리가 편집국에 울리자 각 부서의 데스크들이 회의실로 몰려들었다. 오전 지면회의 시간. 밤새 빈소를 지키느라 다들 푸석

푸석한 얼굴, 일요 출근이라 옷차림은 가볍다.

편집회의는 보통 하루에 세 번 열린다. 오전 회의에서 각 출입처의 보고 내용을 토대로 전체 지면의 윤곽을 만든다. 온라인에 먼저 내보낼 기사도 결정한다. 두 시께 열리는 2차 회의에서 각 지면에 들어갈 기사가 확정된다. 이후 각 부 데스크는 담당 기자에게 취재 지시를 내린다. 초판 마감 후 저녁 3차 회의에서는 갓 제작된 초판 신문을 보며 밤 상황에 대비해 부분적으로 손질한다. 그리고 20판, 30판, 40판 매 시간 새로운 기사로 판갈이한다. 예상치 못한 사고가 터지면 지면 전체가 날아가고 새로 만들어지기도 한다.

ㄷ자로 배치된 좌석에 앉은 사람들 얼굴마다 긴장감이 서려 있다. 윤순철도 한쪽 모서리에 앉아 눈치를 살폈다. 문화부장이 공석이라 해당 지면이 있는 날마다 회의에 참석하려니 고역이다. 철가면이 그렇게 가는 바람에 당분간 충원 문제는 말도 못 꺼내게 생겼다.

국차장 아수라가 이마에 깊은 주름이 팬 채로 입을 열었다. 승진을 앞두고 민감한 문제와 맞닥뜨려 심기가 불편해 보인다. 그래도 전임자에 대한 예우 차원인지, 아직 정식 발령이 안 떨어져서인지 편집국장 의자를 비워놓았다. 오늘 중에 국장급 인사 난다는 소문이 무성했다.

"내부 정보 유출자를 아직 못 잡았어요? 이번 주 찌라시에 또 우리 회사 게 그대로 실렸단 말입니다. 사장님이 격노하시는데, 갑자기 시스템을 뜯어고칠 수도 없고. 대체 어떤 새끼야? 아니, 부장들은 뭐하고 있는 겁니까? 범인 색출할 방법들 좀 찾아봐요!"

몇몇 부장 인상이 찌그러진다. 경영진이라도 편집권은 불가침의 영역. 편집국장이 사장의 하수인 역할을 하기 시작하면 편집권이 무너지는 건 순식간이다.

또 하나의 화제는 지난밤의 제보 전화였다. 아수라가 이번엔 사회부장을 물고 늘어졌다. 다들 기사 보고는 뒷전이었다.

"목격자라고 주장하는 여자 말 믿을 만한 겁니까? 사실이라면 뺑소니가 아니란 말이잖아요."

사회부장 이마에 곤혹스러운 땀이 맺혔다.

"장난 전화가 아닌 건 확실해 보입니다. 차 번호판까지 남겼는데……. 지금 차적 조회 중이니 곧 진위가 판명되겠죠. 사건팀 전원에게 확인 지시 내려놨습니다. 경찰에도 따로 협조 요청했고요. 그리고 가방과 소지품은 사고 직후 가져간 것 같습니다."

아수라가 더 안절부절못하는 표정이다.

"사실로 판명되면 보통 일이 아니예요. 애들만 믿지 말고 부장이 직접 챙기세요. 입단속도 철저히 하고. 찌라시 건도 그렇고, 이런 일 새나가 봐야 시끄러워지기만 합니다. 초기에 깔끔하게 처리 못 하면 피차 피곤해져요. 아시겠어요?"

사회부 부데스크가 회의실 창밖에서 손짓한다. 사회부장이 잠시 나갔다 들어오더니 손수건으로 이마를 문질렀다. 손에 메모지가 들려 있었다.

"차적 확인됐답니다. 제보 들어온 차량 번호는 '허' 번호판 달고 있는 렌터카인데 분실 신고된 차량입니다. 주한중국대사관에서 장기로 임대해 사용 중이었답니다. 문제는 그 번호판의 차종이 스타렉스가 아니고 신형 소나타랍니다. 목격자의 진술과 어긋나는 부분입니다."

"그럼 뭐야, 꼭 고의적인 사고라고 단정할 확정적 증거는 아니잖아."

"누가 차를 훔쳐서 번호판 바꿔치기했을 수도 있잖아요? 그 시간대 인근 CCTV부터 뒤져봐야겠네요."

"제보자 신원부터 파악하는 게 급선무 같은데. 그날 차량 행적도 조사해 보고."

"그것보다 왜 국장을 노렸는지가 중요한 거 아닙니까? 계획 살인 같은 거잖아요."

"중국대사관이 엮여 있는 거 아닙니까? 우리 뭐 그쪽하고 척지는 보도한 적 있어요?"

여기저기서 웅성거리자 사회부장이 곤혹스러운 표정을 지었다.

"계속 확인해서 바로바로 보고 드리겠습니다."

"근데 중국 쪽이라 카면 조사에 신중해야 할 낍니다. 차량 운행 기록 조사하더라도 오해 안 사도록 미리미리 협조 요청하고예. 허위로 판명 났을 때 곤혹스럽지 않게. 넘버는 같은데 차종이 다르다니 이상하잖아예."

경제부 기 부장이 팔짱을 끼고 흘러가듯이 한마디 던지자 입이 건 편집부 구 부장이 정색을 한다.

"아따, 뭔 말이 그란다요. 우리는 모르는 척 경찰 뒤만 따라가믄 된디 뭐하게라. 정부에 찍혀갖고 광고라도 떨어져불까비 걱정이요 시방? 기사는 편집국에서 광고는 광고국에서, 몰르요. 기사나 그라고 고민 쪼까 해갖고 쓰제, 맨날 기업체나 쪽쪽 빨아줌시롱. 누가 보믄 중립 보도 기자 정신이 겁나게 팔팔한 줄 알겄소

잉."

"구 부장은 와 만날 삐딱선이고. 내 말은 그 뜻이 아니잖아. 신중을 기하자는 게 뭐가 나빠. 까놓고 말해 지금 중국에서 반한감정 장난 아니잖아. 조선족 살인 사건 때문에 우리도 곤두서 있고. 미확인 사실을 군이 떠들고 다니면서 들쑤실 필요 있나 이거지. 중국 시장에 목맨 기업들이 얼마나 많은지 알기나 아나?"

"긍게로 내 말은 순리대로 처리해 불믄 암시랑토 안 할 일을 뭐하게 미리 겁먹고 알아서 기고 자빠졌냐 이거지라."

"뭐? 알아서 기어? 이 인간이 보자보자 하니깐."

"워메 째려보믄 어쩔랑가. 어디 내 말이 틀려부렀소?"

모두가 고개를 저으며 회의실을 빠져나갈 때까지, 전라도와 경상도를 가로질러 대학 동창으로 만난 둘의 입씨름은 계속됐다.

잡념의 폭주. 뇌가 녹아내릴 지경이다.

윤은 편집 회의가 끝나자마자 옥상 정원에 올라갔다. 구내식당과 통하는 그곳에는 나무 그늘이 있어 항상 북적이지만 요즘은 황사 때문에 황량하기만 하다. 난간에 서서 북악산과 광화문과 종로의 스카이라인을 보며 담배를 비스듬히 물었다. 바람 때문에 일회용 라이터 불이 여러 번 꺼졌다.

사위가 노란색 렌즈에 필터링된 것처럼 누렇다. 경쟁 언론사 건물들이 바벨탑처럼 삐죽삐죽 솟아 있다. 기분 탓인지 눈이 간질거렸다. 안경을 이마에 걸고 손등으로 눈두덩을 비볐다.

철가면의 죽음 뒤에는 거대한 음모가 도사리고 있다. 추측 말고 증거로 말하라고? 개풀 뜯어먹는 소리. 형사질이나 기자질이나 검증하기 힘든 작업일수록 육감이 적중할 확률이 높다. 윤은 조바심이 났다. 이유가 뭘까. 철가면은 어떤 일에 말려든 걸까.

이마에 뭔가가 투둑 떨어졌다. 비둘기 배설물인가 싶어 위를 올려봤더니 굵은 황사비가 듣기 시작했다. 조경용으로 심어놓은 대나무가 바람에 쓸리며 쓰윽, 쓰윽, 거친 소리를 냈다.

담배 필터를 힘껏 빨았다. 머리가 계속 지끈거렸다. 기분 전환을 위해 이 폐허같이 음산한 풍경에 어울릴 만한 음악을 떠올려보았다. 윤은 대중음악과 공연 담당만 9년을 했다. 수많은 음반을 듣고, 콘서트를 다녀왔건만 일을 건성으로 해서인지 딱히 떠오르는 곡이 없었다.

다른 부서로 옮겨간들 열정적으로 변할 리 있을까. 누군가 매너리즘이라고 했다. 인정하기 싫지만 맞다. 지난달 교외 연수원에서 열린 편집국 워크숍 때 젊은 후배들의 불만이 폭발했다. 고참들의 구태와 무능을 질타하면서 그걸 권위로 찍어 누르는 야비한 족속들이 편집국에 즐비하다고 했다.

모욕적인 발언을 듣고도 화가 나지 않았다. 그런 얘기를 할 수 있는 신세대들의 당참과 패기가 반가웠다. 저 불같은 열정. 펄떡이는 심장을 가진 그들이 기삿거리를 좇아 밤낮 필드를 뛰고 있다는 사실에 되레 안도감을 느꼈다.

기자, 기록하는 자. 도전적이고 창의적인 직업인 줄 알았다. 처음 몇 년은 진짜 그랬다. 대선 비자금 특검팀 취재에 차출됐을 땐 잠이 부족해 쓰러질 지경이었다. 밤샘 뻗치기는 예사요, 사흘 동안 씻지도 못하고 뛰어다녔다. 타사와의 취재 경쟁은 자존심을 넘어 전쟁이었다. 새벽에 경쟁지가 오면 손가락을 떨면서 한 장 한

장 넘겨보곤 했다. 그러다 낙종한 기사를 봤을 때의 참담함이란. 그 더러운 기분은 겪어본 자만이 안다.

그러나 종이 공장 밥 몇 년만 먹으면 알게 된다. 봄 되면 황사 기사, 여름 되면 장마 기사, 가을에는 단풍 기사, 겨울에는 첫눈 기사가 꼭 나온다는 사실을. 민간 여객기 떨어지면 꽝 추락 참사 때 참고하면 되고, 10월에 나오는 노벨문학상은 1면에 짧은 스트레이트를, 문화면 톱을 해설 박스로 처리하면 된다. 매뉴얼처럼 습득되니 긴장이 사라졌다.

게다가 언론 환경이 급변했다. 낙종해도 바로 온라인으로 따라가면 면피가 되고, 조회수로 먹고사는 영세 인터넷 매체들이 스포츠, 연예 가십을 쏟아내니 자극적인 기사가 곧 경쟁력이 됐다. 사회 정의를 위해 공들인 발굴 기사는, 일방적인 매도에 가슴 아파하는 약자들의 사연은, 글래머 여배우의 가슴골 사진 한 장에 KO당하는 판국이다. 대중은 인기 연예인이 쓰는 화장품 브랜드는 궁금해하면서도, 제가 낸 세금 중 얼마가 허투루 쓰이는지는 일말의 관심도 없다.

윤은 담배 연기를 풀풀 날리며 쓰게 웃었다. 나 같은 쌈마이들은 황사바람에 실려 멀리멀리 사라져버려야 해. 그래도 민주일보의 위상이 여전한 걸 보면 경쟁사는 더 곪아터진 걸까. 주변의 흐릿한 바벨탑들을 다시 둘러봤다.

언제 왔을까. 조금 떨어진 곳에서 경제부의 고 차장이 담배를 뻐끔뻐끔 피워댔다. 고개를 난간 너머로 너무 내밀어 발뒤꿈치만 살짝 들면 추락할 것 같은 자세였다. 몰래 투자한 주식이 폭락한 걸까. 오보 날려서 언론중재위원회에 출두 명령이라도 떨어진 걸까. 아, 아이가 많이 아프다더니, 그래서일까.

말을 걸려다 모른 척했다. 때로 최고의 위로는 침묵이다. 이 바닥에서 고민 한두 개 없이 사는 인생 있으랴.

윤은 편집국으로 돌아오자마자 책상 한쪽의 책 더미 사이에 숨겨둔 CD를 꺼냈다. 막상 다시 재생해 보려니 꺼림칙했다. 황 감독 사무실에서 여러 번 반복해서 봤고, 기술적으로 새로운 사실을 발견할 자신도 없었다. 게다가 선배의 치부가 든 영상을 분석하다는 자체가 여간 불편한 게 아니었다. 대체 뭔 비밀이 숨겨져 있기에 목숨까지 빼앗아갈 정도란 말인가. 화면 속 철가면은 그저 편한 자세로 담배를 빨고 술을 마시고 낄낄거릴 뿐이었다.

고민을 하고 있는데 전화가 울렸다. 편집부 구 부장이 단단히 뿔이 났다. 지면회의 때 경제부장과 대판 붙더니 심사 뒤틀린 모양이다. 격한 사투리가 싸움을 걸 듯 공격적이다.

"문화부 오늘 장사 안 하요이. 요즘 맨날 마감 안 지키고 어쩨 그란다요? 신문 안 나와봐야 정신을 차리겠구마. 염병. 기사 후딱후딱 넘기쑈."

아차 싶었다. 다른 일에 정신이 팔려서 잊고 있었다. 급히 기사 집배신 프로그램을 확인했다. 막내 소프라노가 연예 기사 두 꼭지를 올려놓았다. 사극에 첫 도전하는 신세대 미녀 탤런트 인터뷰와 뮤지컬 무대로 활동 영역을 넓히는 아이돌 가수의 이야기. 어제 회사 스튜디오에서 찍은 탤런트 사진은 사진부에 전화해서 편집부로 바로 보내달라고 부탁했다. 명문대 출신 못난이 개그우먼이 쓰는 고정 칼럼은 이메일을 복사해 기사 파일로 만든 다음 바로 편집 데스크에 전송했다. 옆에서 지켜보던 소프라노가 볼멘소리다.

"윤 선배, 외부 원고는 한번 살펴보셔야죠. 양도 넘치고 꼬인 문장 수두룩한데, 그걸 그냥 보내면 어떡해요?"

"됐어. 어차피 교열부에서 보잖아. 기사 넘치는 거야 편집자가 알아서 칠 테고."

소프라노는 대책 없다는 표정으로 두 팔을 들더니 등을 돌리고 앉는다.

윤은 잡다한 일에 신경 쓰기 싫었다. 그럴 여유도 없고 그러고 싶지도 않았다. 철가면의 죽음만이 머리에 가득 차 있다. 두 가지 팩트는 확실하다. 당연한 얘기지만 사건의 열쇠는 국장이 쥐고 있다는 것. 그리고 국장이 자신에게 의도적으로 일을 맡겼다는 것.

마감하느라 사람들 시선이 잦아든 틈을 타 다시 편집국장 방을 찾아들었다. 오후에 인사 발령이 나면 이 방의 짐들은 다 치워진다. 단서를 얻을 수 있는 마지막 기회.

윤은 철가면을 잘 안다. 그는 돈보다 명예를, 명예보다 진실을 소중히 여기는 사람. 단언하건대, 훌륭한 가장은 못 돼도 훌륭한 기자는 맞다. 그렇게 무책임하게 갈 사람이 아니다. 어딘가에, 무엇이라도, 도의적 책임감을 지고 흔적을 남겨놓았으리라. 그런데 그게 대체 뭐냐고! 답답해서 미칠 지경이다.

윤은 방 안을 계속 서성이다 정면에 걸려 있는 서른여섯 명의 편집국장 사진들과 다시 마주쳤다. 자포자기의 심정으로 철가면 얼굴을 봤다. 맨 오른쪽 마지막 줄에서 그가 웃고 있다. 대머리를 희번덕거리며, 눈을 크게 뜨고, 고르지 않은 치열을 드러낸 채, 세상을 다 가진 자처럼 웃고 있다.

한참을 바라보다 보니 이상한 점이 눈에 띄었다. 철가면의 액자만 살짝 기울어져 있었다. 예전부터 그랬는지 알 수는 없지만 그 미묘한 차이가 보면 볼수록 크게 느껴졌다. 마치 의도된 불균형 같은.

구두를 벗고 소파에 올라가서 액자를 못에서 벗겨냈다. 먼지가 쌓인 부분에 최근에 찍힌 듯한 손자국이 보였다. 액자 뒤쪽의 고정 핀을 돌려 조심스레 나무 받침판을 들어내자, 접힌 종이가 한 장 나왔다.

심장이 펄떡거렸다. 너무 힘차게 뛰어서 밖으로 튀어나오지 않을까 걱정될 정도였다.

갑자기 문이 열렸다. 놀라서 소파에서 나자빠질 뻔했다. 편집국 서무 남 주임이다. 그녀도 놀랐는지 "엄마야!" 하며 가슴을 쓸어내렸다. 뒤에는 청소부 아주머니가 둥근 진공청소기를 들고 서 있었다.

"아이씨, 놀랐잖아요, 윤 기자님! 여기서 뭐하시는 거예요? 방금 편집국장님 인사 발령 났단 말이에요."

남 주임이 눈을 흘기며 말했다. 윤은 고개를 끄덕이며 멋쩍게 웃었다. 철가면 액자에 묻은 먼지를 입김을 불어 없앤 다음 제자리에 반듯하게 걸었다. 책상 위 캘린더를 챙겨가지고 나왔다.

편집국 출입구 옆 게시판에 사람들이 몰려들었다. 커다란 백지에 붓글씨체로 사령이 붙었다. 예상대로 국차장 아수라가 편집국장이 됐고 논설실의 성질 사나운 강 위원이 부국장으로 다시 내려왔다.

에라이! 보수파 전성시대로군. 누군가가 투덜거렸지만 맞장구
치는 사람은 없었다. 내일쯤 부장급, 모레는 차장과 평기자 인사
가 난다. 윤은 승진 인사 따위에 목매는 일이 시시하게 느껴졌다.
주머니에 손을 넣고 방금 액자 속에서 꺼낸 종이를 만지작거렸다.
심장이 다시 방망이질 쳤다.

'任重而道遠'

윤은 한 자 한 자 또박또박 발음을 해봤다. 임중이도원. 뜻은
알고 있다. '임무는 무겁고 갈 길은 멀다'라는 의미로《논어》에 나
온다. 사회의 양심을 형성하고 인도하는 지식인들의 역할이 막중
함을 표현한 말이다. 철가면은 아래에 작은 글자로 갈겨놓았다.
'한 번의 불찰로 나의 길을 지키지 못했다.'

선문답 같았다. 누구에게 보이기 위함이 아닌 자신에게 하는
말 같았다. 제 신념을 지키지 못한 죄책감, 자필로 쓴 일종의 고해
성사 같기도 했다. 그냥 가슴속에 다 묻고 가기엔 뭔가 억울했던
걸까. 그래서 영원히 편집국을 지킬 자신의 사진 액자 속에 끼워
둔 걸까. 반성문처럼, 아니 유서처럼.

책상 위 전화가 다시 울렸다. 문화면을 담당하는 편집부 우 차
장이었다. 넘어온 인물 사진이 바뀌었다는 것이다. 사이드 박스에
나오는 아이돌 가수는 동명이인인데 엉뚱한 사진이 넘어왔다고.

빌어먹을, 일을 어떻게 하는 거야. 사진부장을 욕하면서 수화기
를 집어 들었다. 그때 문득 짚이는 게 있었다. 통화 기록! 소프라
노에게 뒤처리를 부탁하고 다시 국장 방으로 뛰어갔다. 진공청소
기의 굉음이 방 안 가득 찼다. 윤은 귀를 막고 책상 위 유선 전화

기부터 살폈다. 고급 기종이라 통화 내역을 확인할 수 있었다. 컬러 액정 위에는 뺑소니 사고가 나던 날, 마지막 통화 시각이 오후 4시 08분으로 찍혀 있었다.

윤은 청소하는 아주머니를 잠시 밖으로 몰아낸 다음 재발신 버튼을 눌렀다. 철가면이 마지막으로 통화한 곳. 의혹을 푸는 데 분명 도움이 될 것이다. 온화한 중년 여자 목소리가 저편에서 흘러나왔다.

"감사합니다, 수정입니다."

수정? 화랑일까? 아니면 술집?

"실례지만 혹시, 그곳이 어딘지 알 수 있을까요?"

"압구정에 있는 한정식집 수정입니다. 무슨 일로 그러시는지요?"

"아, 죄송합니다. 여기 민주일보사입니다. 어떤 사건 하나를 취재 중인데 그쪽 전화번호가 나와서요. 별일 아닙니다."

"조성철 국장님 일 때문인가요?"

윤은 깜짝 놀랐다.

"아십니까? 조 국장을."

"신문 보고 알았습니다. 가슴이 아픕니다. 사고가 나던 날 저녁 저희 집을 다녀가셨거든요. 그래서 더더욱."

또박또박하던 여인의 목소리가 풀이 죽었다.

"거기 위치가 어떻게 되죠? 바로 좀 찾아뵙고 싶습니다만?"

가슴이 고동쳤다. 철옹성 같던 비밀의 문이 살짝 열린 느낌. 그 열린 문틈을 향해 다가서는 지금, 호기심과 두려움이 겹쳐 윤은 모처럼 긴장감을 느꼈다.

B파일 900734 전업 킬러

빨간 유니폼을 입은 뚱보 아이가 축구공을 몰고 인조 잔디 위를 달린다. 수비 두 명을 가볍게 제치고 골대 앞까지 치고 들어가서 강슛. 공은 골대를 훌쩍 넘겨 저 멀리 굴러가버린다. 스탠드에 앉아서 지켜보던 늙수그레한 사내가 아쉬운 듯 손바닥을 치며 탄식한다. 그 옆에서 젊은 부부가 손으로 확성기를 만들어 파란 유니폼을 입은 아이를 향해 소리친다.

한강변 근린공원에서 열리는 유소년 축구교실. 머리를 양 옆으로 딴 계집아이도, 헤어밴드를 두른 백인 소년도 섞여 있었다. 스모그가 낮게 가라앉아 초록색 잔디가 더 선명해 보이는 토요일 아침이었다.

"결정적 순간에 말아먹어버리는군. 한국 대표 팀처럼 말이야."

선글라스를 낀 여자가 늙수그레한 사내 뒤에 조용히 다가서며 말했다. 사내가 헌팅캡을 벗으며 실눈을 뜨고 돌아봤다.

"뭐, 골 결정력 부족한 기야 일본이나 중국도 마찬가지 아이가. 여긴 우짠 일이고?"

"그런가? 아들 축구 시합 응원까지 오시고, 자상한 아버지로군. 완전 부럽네."

"응원은 무슨. 아새끼가 소아비만이라 살 빼려고 시키는 거지. 박지성이처럼 될 거도 아이고. 내도 예전에는 이러지 않았는데 늦둥이라서 그런가 신경 엄청 쓰이네. 다들 손자인 줄 알겠지만, 클클."

사내가 피식 웃었으나 골을 못 넣은 서운함이 얼굴에 다 드러났다. 그제야 여자를 빤히 쳐다본다.

"얼굴 꼬라지가 와 그라노. 뭔 일 있나? 내 그렇게 한번 보자 캐도 씹더니만 제 발로 다 찾아오고. 우리 아 축구 시합 구경 온 건 아닐 끼고. 크크."

사내가 잇몸을 내보이고 웃으며 아이스박스에서 음료수를 꺼내 권했다. 미호는 고개를 저었다. 대신 걸걸한 목소리를 일부러 더 심각하게 깔았다.

"나 죽을 뻔했어. 붉은 달이 보낸 부하들한테."

"뭐라꼬?"

탁 사장이 새끼손가락으로 귓구멍 파 보이는 시늉을 했다.

"진짜라니깐. 어젯밤 총을 가진 자들이 집으로 들이닥쳤어."

"그러니까 지금, 내가 다리 놔준 일에 문제가 생겼다, 그 말이 가?"

미호는 대답 대신 고개를 끄떡였다.

"그럴 리가 없을 낀데……. 딴 문제가 있었던 건 아이고? 음, 그렇다고 이런 상황까지 내 보고 책임지라 카면 곤란하지. 어차피 복불복인데. 흠."

탁 사장이 딴청 피우듯 귓밥 묻은 손가락 끝을 입으로 불었다.

"영감님 원망하는 건 아니니 걱정 마. 대신 의뢰인에 관한 정보를 좀 주십사 해서 왔을 뿐이야. 어차피 사냥은 내가 해야지."

탁 사장이 잠시 생각에 잠겼다가 얼버무린다.

"초짜같이 그러지 마라. 그거 까발리는 순간, 난 장사 접어야 한데이. 폭로 전문 사이트 위키리크스 모르나? 서버를 스웨덴에 두고 고발자 절대 안 밝히잖아. 그래 완벽하게 하니 대박이 난 기다."

"영감님, 갖다 붙일 걸 갖다 붙여야지. 그거랑 이거랑 같아? 나 죽을 뻔했다니깐. 지금 농담 따먹기 할 기분 아냐."

"원래 꼬리꼬리한 바닥일수록 피차간에 룰을 지켜줘야 하는 법이다. 그래야 판이 돌아가거든. 너무 서운하게 생각 마라. 일단 어디 가서 숨어 있어라. 내 조용히 알아봐줄 끼구마."

미꾸라지처럼 약은 사람. 그가 이 바닥에서 오랫동안 버텨온 데는 이유가 있다.

"놈들은 내 집 위치를 정확히 알고 있었다고. 영감님이 찔러준 거 아냐?"

"지금 내를 의심하는 기가? 그럴 리 없다는 건 잘 알 낀데. 나야 수수료 먹고 사는 사람인데 누구 좋으라고 판을 흔들겠노. 그래 봤자 니 손에 죽거나 놈들 손에 죽거나 할 끼구마는."

잠시 침묵이 흘렀다. 어디선가 날아든 하얀 꽃잎이 탁 사장 머리 위에 앉았다. 한줄기 강바람이 스쳐가자 철조망 펜스를 따라 늘어선 벚꽃나무에서 화르륵, 꽃비가 졌다.

미호는 지난밤 습격한 일당들 이야기를 했다.

탁 사장은 축구 시합에 집중하면서도 간간이 감탄사로 호응해 줬다. 권총 이야기가 나오자 나지막이 한숨을 쉬며 손바닥으로 얼굴을 비벼댔다. 예삿일이 아님을 느꼈는지 표정이 점점 굳어진다.

"드러내놓고 총질을 할 정도라 카믄……."

"군대나 경찰 빼고 누가 있겠어. 여기에 멕시코나 콜롬비아처럼 마약 갱단이 있는 것도 아니고."

"지랄같이 됐네. 하지만 내를 함께 엮을 생각은 마라. 서운해도 할 수 없다."

미호가 피식 웃었다. 탁 사장 목소리가 한껏 진지해졌다.

"어이, 들어봐라. 이건 딴 얘긴데……. 내가 형님으로 모시던 분 중에 예전 중앙정보부, 그러니까 지금의 국정원이지. 거 요원으로 산전수전 다 겪은 분이 계셨다. 냉전 시절에 구라파나 러시아에서 스파이 활동도 했다 카데. 아주 오래전에 내가 물어봤지. *박정희 밑에서 중정부장 하던 김형욱이 어떻게 죽은 건가요? 파리 근교 양계장에서 암살당한 게 맞나요?* 분명히 알고 있을 낀데 대답을 안 해 주는 기야. 세월이 흘러 오늘내일 한다는 얘길 듣고 다시 병원에 찾아갔어. 여든이 넘었는 데다 위암 말기라 살이 빠져 마른 장작처럼 누워 있더라고. 내가 다시 물었지. *행님, 진짜 궁금합니데이. 김형욱이 어떻게 죽은 건가요?* 그런데 입술 사이로 거품 물고도 발설 안 하데. 그냥 그렇게 픽 죽더만. 참말로 존경스럽더라고. 자고로 이 바닥의 일은 그 정도 줏대 없인 버티기 힘들다꼬. 뭔 말인지 알겠나?"

"지금 설교 들을 기분 아니거든. 그런 개똥철학은 당신 부하들에게나 줘버려."

"뭐, 니야 아직 어려서 모리겠지."

주위에서 박수가 터져 나왔다. 파란 유니폼을 입은 계집아이가 골을 넣었다. 관중석을 향해 하트 세리머니를 하자, 뒤편의 젊은 부부가 두 팔을 흔들며 환호성을 지른다. 뚱뚱이는 반대편 골대 앞에 지쳐서 퍼져 앉았다. 탁 사장 인상이 찌그러졌다.

"역시, 지구력이 약해."

미호가 이죽거렸다. 탁 사장이 받아쳤다.

"뭐, 박지성이처럼 될 것도 아이고."

"영감님, 첫 번째 건도 잘 처리됐고 CD는 아직 못 찾았지만 그게 날 죽일 이유는 못 돼. 뭔가 다른 이유가 있을 거 아니냐고. 앉아서 당할 순 없어. 제발 말해주라. 그 붉은 달이라는 작자에 대해 알고 있는 거 없어?"

"그냥 중국 쪽이랑 손잡고 일한다는 거밖에 모른다. 덩치 큰 산업 스파이겠거니 짐작만 할 뿐이지. 그것도 확실치는 않은 게 요즘은 말이다, 기술을 빼내 제3국으로 되팔기도 하거든. 돈에 맛 들이면 민족 따윈 무의미한 기라. 그간 조용히 일 잘 하다가, 니를 직접 보겠다고 해서 좀 이상하긴 했다."

"중국 쪽인 건 확실한 거지?"

"아마도. 그쪽에서 해결사를 쓰는 이유가 아무래도 남의 나라이다 보니 직접 움직이기에 한계가 있어서 그렇다 아이가."

"놈하고 연락은 어떻게 했는데?"

"더는 말 몬 한다. 미안하데이."

휘슬이 길게 울렸다. 시합은 끝났다. 파란 유니폼 아이들이 서로 얼싸안고 환호한다. 뚱뚱이는 그 자리에 드러누워 버린다.

"지 애비 닮아서 참말로 지구력 없네. 늘그막에 낳은 자식이라 그런가."

미호가 다시 비아냥거리자 탁 사장이 못마땅한 표정을 지으며 일어나 엉덩이를 털었다.

탁 사장이 뚱보 아들을 앞세우고 주차장을 향하면서 흘리듯 말했다.

"솔직히 말하면 그제 밤에 강남 사무실 털렸다. 서랍까지 샅샅이 뒤졌더라. 단순 도둑이라고 생각은 안 했지만 니 말 듣고 나니 마이 찜찜하네."

"뭐야, 그럼 고객 리스트랑 장부랑 다 가져간 거야?"

"에이, 그런 거야 사무실에 놔두나. 안전한 곳에 따로 보관하지. 사무실 뒤져서 나올 정보 같은 건 하나도 없긴 한데……."

"그러니까 정보를 줘. 멍 때리고 있다가 안 당하려면."

"하나만 알려주꾸마. 이 바닥은 생각과 행동이 다른 사람들을 조심해야 한데이."

"뭔 소리야, 그게?"

"없는 것보다는 낫잖나. 이런 말까지 나불대고 젠장, 내도 마이 약해졌네. 몸조심해라. 잠수 잘 타는 것도 다 실력 아이가."

마지막 말은 못 들은 척 돌아섰다. 여기까지 달려왔는데 황당한 암호 따위나 던져주다니. 남의 생사가 달린 문제인데 끝까지 모르쇠. 미호는 속이 뒤틀렸다.

"능구렁이 영감탱이!"

손가락 욕이라도 날려주려고 다시 돌아서는데, 안전벨트를 매고 눈을 껌뻑이는 뚱보 아들과 눈이 마주쳤다. 손가락을 활짝 펴서 안녕, 손을 흔들어주었다.

운전석에 올라탄 탁 사장이 차창을 내리고 큰 소리로 외쳤다.

"어디로 가노? 태워주까?"

미호는 가볍게 고개를 가로저었다.

"내 밑에서 일하면 차아아암 좋을 낀데. 즈으으응말 좋을 낀데. 어떻게 꼬실 방법이 없네. 하하하."

스탠드 뒤에서 왁자지껄한 웃음소리가 울렸다. 강변에선 신 나는 음악 소리가 흘러나왔다. 회색 하늘만 아니면 평화로운 봄날 휴일 풍경이다. 탁 사장이 헤벌쭉 웃고 있고 그를 꼭 닮은 아들이 손을 흔들고 있다. 미호도 손을 흔들며 웃어주었다.

차 시동 거는 소리가 부드럽게 들렸다. 거의 동시에 머리 위로 번쩍이는 섬광. 이어지는 강력한 폭발음. 미호는 본능적으로 몸을 엎드렸다. 검붉은 불기둥이 하늘을 향해 수직으로 치솟았다. 열기를 품은 기류가 꿈틀대면서 사방, 팔방으로 흩어졌다.

4륜구동 혼다 SUV는 시커먼 연기를 내뿜으며 타들어갔다. 시선을 고정한 구경꾼들이 폭발 현장을 둥글게 에워싸 마치 거대한 캠프파이어장 같았다. 미호는 황급히 주변을 살폈다. 제방 위에서 승합차 한 대가 천천히 사라지고 있었다.

스타렉스! 탁 사장까지 당하다니! 몸이 부르르 떨렸다. 어제의 옥탑방 습격도, 차량 폭발도 단순한 사고가 아니다. 미호를 토끼 몰이하며, 뭔가 거대한 그물이 조여오고 있다.

사람들이 더 몰려들기 전에 걸음을 재촉했다. 머릿속에 경고등이 울렸다. 어떻게든 살 길을 찾아야 한다. 잠수 잘 타는 것도 실력 아이가! 탁 사장의 말이 들리는 듯했다.

B파일 310218 신참 기자

마주앉은 남자는 한 시간째 자기 자랑질이다.

에스더는 후회했다. 일주일에 하루 쉬는 천금 같은 토요일을 이따위로 보내다니……. 자취방에서 라면 끓여 먹으며 「무한도전」을 보는 게 나았다.

반지르르한 올백머리에 아르마니 스트라이프 정장을 입은 미국계 투자은행 딜러 정덕식, 아니 제임스 정. 그는 온갖 전문 용어를 써가며 글로벌 금융시장 상황을 설명했다. 24시간 분초를 다툰다는 딜링 룸의 긴장된 분위기를 두 손을 써가며 과장된 어투로 묘사했고, 그 고독한 머니 게임을 강한 정신력과 체력으로 이겨내는 스스로를 대견스러워했다. 결론은 자신은 수익률이 좋은 우수 인재다, 고로 돈 잘 번다, 뭐 그런 이야기였다.

이런 뺀질이들은 경찰서 마와리 한번 돌아봐야 정신을 차릴 텐데……. 에스더는 하품이 삐져나올 때마다 정치부 좌 차장을 생각하며 묵묵히 참았다. 제주도 고향 선배인 그는 먼 친척뻘 되는 제임스 정과 일방적으로 소개팅을 주선했다. 차마 거절하지 못하고 나온 자리. 남자 이야기는 지루했지만, 에스더도 촌스럽게 차려입고 나왔으니 쌤쌤이다 싶었다. 유머 없는 남자와 미모 없는, 아니 부족한 여자.

늦게 일어나 대충 말린 머리는 멋대로 삐져나와 고무줄로 질끈 묶을 수밖에 없었다. 작년 봄 면접 때 마지막으로 입은 회색 주름 스커트는 그새 살이 붙은 허리를 압박했다. 전망 좋은 삼청동 카페의 드립커피는 흙냄새가 너무 강하게 올라왔고, 덴마크산 명품 스피커에서 흘러나오는 저음의 재즈도 귀에 들어오지 않았다.

지난 한 주는 최악이었다. 경찰서장 낙종 건부터 시작해서 트랜스젠더의 인터뷰 펑크, 편집국장의 뺑소니 사망, 양미라와의 갈등까지 회오리바람처럼 몰아쳤다. 그리고 조선족 살인 사건. 곧 연락하겠다던 용의자는 아직도 소식이 없다. 오늘 새벽, 야간 순찰을 돈 뒤 수송부에서 보내준 차를 타고 퇴근할 땐 거의 탈진했다. 팔, 다리, 머리가 따로 노는 기분. 하루만 푹 잤으면 원이 없겠다 싶었다.

그러니 지금 마주앉은 외환 딜러의 이야기는 전혀 현실감이 없다. 그건 제임스 정도 마찬가지일 것이다. 출퇴근 시간이 따로 없는 사회부 여기자. 투박한 이미지에 '마와리'니 '야마'니 일본어투성이 은어를 습관적으로 날리는 걸 보면 여자가 상스럽다, 싶겠지. 이재에 판단이 빠르다니 이성에 대한 판단도 빠를 것이다. 고로 이렇게 마주앉아 시간을 죽이는 건 서로에게 무익하다.

사건기자를 하다 보면 사람을 판단하는 기술이 확실히 느는데, 저런 스타일은 안 봐도 뻔하다. 이익 앞에선 야비하고 위기 땐 어떤 비굴함도 서슴지 않을 사람. 조금 있다 외제차를 자랑하기 위해 드라이브를 제안할 것이고 그다음은 레스토랑에서 스테이크를 먹으며 와인 상식을 뽐낼 것이다. 에스더가 맘에 들든 안 들든 마찬가지. 그는 끝까지 매너남이고 싶은 것이다.

커피 잔을 비운 정덕식, 아니 제임스 정이 말했다.

"우리 드라이브나 할까요?"

역시나 예측 가능한 인간. 에스더는 한숨지었다. 정말 돈을 잘 굴릴까. 매일 동전을 바꿔준다던 은행원 동기가 생각난다. 차라리 그 녀석이나 만나 수다 떨고 밥 먹을 걸 그랬다.

"죄송합니다. 회사 호출이 와서 가봐야 해요. 드라이브는 다음에."

너 따위가 내게 튕기는 거냐? 어안이 벙벙한 표정의 제임스를 앉혀둔 채, 에스더는 미련 없이 뒤돌아섰다. 계산대에 들러 제가 먹은 커피 값을 계산하는 것도 잊지 않았다. 제임스 정이 한 푼이라도 손해 보게 하고 싶지 않았다. 취재원이 아닌 이상 다시 만날 일은 없으리라. 고향 선배에게 말할 핑곗거리는 이제부터 찾으면 된다.

막상 거리로 나오자 어두침침한 반지하 자취방으로 돌아가긴 싫었다. 청계천이라도 걷고 싶었으나 황사가 심했다. 모처럼 화장해서 갑갑한 얼굴에 미세한 모래 알갱이까지 달라붙는 느낌. 인도 변에 내다놓은 화분의 꽃들도 다 말라 질식할 듯 보였다.

결국 발길 닿는 곳이 회사였다. 토요일 오후라 1층 로비부터 전염병이 휩쓸고 간 건물처럼 휑했다. 온라인속보 팀의 당직자 빼곤 편집국에 출근한 사람이 없다. 여기저기 전화벨이 울리고, 고함 소리가 터져 나오고, 지하 윤전기가 거친 굉음을 토해내야 신문사답거늘.

9층 자료조사실로 올라갔다. 이어폰을 꽂은 아르바이트생 하나가 한쪽 발을 의자에 올리고 컴퓨터 포커 게임에 빠져 있다. 정기간행물실을 지나 기록실 문을 열자 큰 창고 같은 공간이 나왔다. 어둑한 조명, 서늘한 공기와 엷은 곰팡이 냄새. 시간이 멎은 듯, 박제된 장소 같다. 겹겹의 책장이 사방의 창문을 막아 빛도 잘 들지 않았다. 허공을 떠도는 종이 먼지가 코끝을 살살 간질였다. 에스더는 가볍게 재채기를 했다.

열람 테이블에서 낯익은 얼굴을 발견했다. 문화부에서 음악과 공연을 담당하는 윤순철 선배. 옛날 신문철을 산더미처럼 쌓아놓고 뒤적거리고 있었다. 인사를 할까 말까 주저하다가 반대편 구

석 자리에 가 앉았다. 그 인간, 일 얼마나 대충하는지 아니? 문화
부의 목청 높은 옥나리 선배가 저번 여기자 모임 때 어찌나 조근
조근 씹어대던지.

에스더는 복도로 나와 자판기 커피를 뽑았다. 열람 테이블 한
쪽에 재킷과 가방을 올려놓고 블라우스 팔을 걷어붙였다. 이참에
제대로 아버지 기사를 찾아볼 작정이었다. 지난주 인사기록카드
를 확인한 바로는 아버지는 1980년 민주일보에 들어와 9년을 근
무했다. 입사지원서에 밝히지 않은 터라 사내에서 부녀지간이란
사실을 아는 사람은 없었다.

아버지는 왜 연고도 없는 제주도로 발령받아 내려왔을까. 그
게 가장 궁금했다. 군사독재정권 시절이니 뭔 일이 일어난들 이상
할 것도 없지만.

회사 내에 그 당시 일을 알 만한 사람이 몇 있긴 하다. 전임 편
집국장과 논설실의 강 위원. 전임 편집국장이 뺑소니차에 비명횡
사한 상황이라 지금은 강 위원밖에 남지 않았다.

에스더는 강 위원을 떠올리면서 단호히 고개를 저었다. 몇 번
엘리베이터에서 마주친 적이 있는데 항상 알코올 중독자처럼 코
가 빨갰다. 머릿기름과 담배 냄새도 몸에 쩔어 있었다. 선동적인
글발로 유명한 논객이지만 내부에선 고집불통 기행으로 더 악명
높았다. 자신의 이념과 다른 논조의 사설을 쓴 후배를 때려 징계
위원회에 회부된 적도 있다 했다. 과연 맨정신으로 그와 대화할
수 있을지.

에스더는 그런 마초가 싫었다. 잘난 척, 아는 척, 고뇌하는 척.
과거 독재정권에 빌붙어 살았으면서 뒤늦게 지식인 흉내를 내는

껍데기들이 이 바닥에 즐비했다. 박종철 열사가 고문으로 죽던 날, 기사 한 줄 못 썼으면서 피가 끓었지만 어쩔 수 없었노라, 뒤늦게 체제 탓으로 돌리는 건 비겁하다. 그랬던 그들이 다 간부가 돼서 지금 대한민국 언론을 움직이고 있다. 차라리 아버지처럼 제주도로 좌천당했다면 마음만은 편하지 않았을까.

신문 축쇄판은 1990년부터, PDF 파일은 1996년 발행분부터 만들어져 있었다. 그 이전 기사는 월 단위로 스크랩된 옛날 신문을 직접 뒤져야 한다.

먼지가 수북한 스크랩북을 한 권씩, 한 권씩 꺼냈다. 예상보다 시간이 걸리는 작업이었다. 아버지는 주로 사회부와 지방부에서 사건사고 기사를 많이 썼다. 필력은 무난한 수준이었고 특별한 기획물은 보이지 않았다. 제주도로 내려오기 전 마지막으로 쓴 기사는 사회면 톱 미담 박스였다. 고문에 의한 자백으로 7년간 억울한 옥살이를 한 장애인 이야기.

검은 바탕 위에 하얀 견출고딕 제목은 '차별의 세상이 그를 두 번 울렸다'. 사흘 연속 후속 보도가 나온 걸로 봐서 반향이 꽤 컸던 모양이다. 그리고 석 달 정도 공백이 있은 후에 전국 면에 제주발로 아버지 기사가 나왔다. 시청에서 뿌린 보도자료를 적당히 정리한 행정기사가 주였다. 조선시대 섬에 유배된 선비의 심정이었는지, 문장에 어떤 의욕도 보이지 않았다.

아버지의 좌천은 자의든 타의든 마지막 장애인 기사와 관련이 있을 가능성이 컸다. 에스더는 주요 기사를 몇 장 축소 복사했다. 문화부 윤순철 선배는 어느새 사라지고 없었다. 자료조사실 밖으로 나오자 창밖은 어느새 해거름이다.

"여 기자님."

일층 회전문을 돌아 나오는데 입구에서 남자 목소리가 붙잡았다. 제임스 정이 매너 없이 따라왔나 싶었다. 아니다. 처음 보는 남자였다. 갈색 머리에 선글라스. 다시 살피니 어디서 본 듯한 얼굴이었다. 아! 몸 안의 모든 신경세포가 파르르 떨렸다. 하마터면 백을 떨어뜨릴 뻔했다. 급히 좌우부터 살폈다. 남자가 먼저 거리로 나섰다.

청계천을 나란히 걸었다. 막힌 공간보다 탁 트인 곳이 더 안전할 것 같았다. 에스더는 당장이라도 사건의 전모를 묻고 싶었지만, 상대가 먼저 입을 열 때까지 인내를 가지고 기다렸다. 용의자는 입을 다문 채 바닥만 내려다보고 있었다. 얼핏 보면 데이트 중에 싸워서 토라진 커플 같았다.

누런 하늘 탓에 물빛이 탁하고 바람까지 강해 을씨년스러웠다. 그래도 가족 단위 나들이객이 많았다. 가이드가 든 삼각 깃발을 따라 한 무리의 일본 관광객들이 조용히 스쳐 가고, 또 한 무리의 중국인 관광객들이 시끌벅적하게 다가왔다. 용의자가 혼잣말하듯 읊조렸다.

"저장성 항저우에서 온 사람들입니다."

"네?"

에스더는 말뜻을 알아듣지 못했다.

"그 지방 사람들은 말끝을 늘어트리는 특유의 억양이 있습니다. 경상도 사람들이 '~예'를 사용하듯이요. 나도 저런 관광객들 안에 있었으면 얼마나 좋을까요."

용의자의 눈빛은 진심으로 그들을 부러워하고 있었다. 에스더는 숄더백 속 핸드폰에 문자가 도착하는 소리를 들었다. 긴장감을 깰까 봐 확인하지 않았다. 모처럼 꺼내 신은 정장 구두 때문에 발가락에 물집이 잡혔으나 꾹 참고 걸었다.

평화시장 쪽으로 내려갈수록 행인은 급격히 줄어들었다. 용의자가 그제야 걸음을 멈췄다. 갑자기 마주보고 서더니 도전적으로 말했다.

"아직도 저를 살인자라고 생각하십니까?"

에스더는 긍정도 부정도 아닌 무표정한 얼굴로 용의자를 똑바로 응시했다.

"아니라고요! 전 죽이지 않았다고요!"

용의자는 두 손으로 머리를 감싸고 거의 울부짖는다. 에스더는 일부러 어떤 반응도 보이지 않았다. 짧은 침묵이 흐른 후에야 한마디 툭 던졌다.

"당신의 정신적 국적은 어딥니까?"

용의자가 눈을 동그랗게 뜬 채 뜨악한 표정을 짓더니, 냉소를 머금고 쏘아붙였다.

"뭘 묻고 싶은 겁니까?"

"조선족이라서 억울한 누명 썼다고 오해는 말라는 말입니다. 대한민국의 법 적용이 그렇게 후진적이지 않아요. 일전에 노예계약을 맺었다면서 아이돌 그룹에서 탈퇴한 중국인 멤버 알죠? 법원은 그 아이의 손을 들어줬습니다. 증거만 있으면 누명은 풀릴 것이고, 그건 국적과는 상관없다 이겁니다. 입으로만 무죄를 말하지 말고 증거를 대시라고요. 저는 확인 가능한 진실을 듣고 싶단 말입니다."

에스더는 기 싸움에서 지지 않으려고 목소리 톤을 거칠게 가져갔다. 용의자는 바위에 주저앉아 한숨을 쉬었다. 담배를 빼물고 주머니를 뒤졌으나 라이터를 찾지 못했다. 금연구역이라고 말 안 한 게 다행이다 싶었다.

"그러니까, 그날 밤에 세 사람을 만났습니다. 합정동의 '백리향'이라는 양꼬치 집에서요. 고향에서 같이 자란 후배 놈들이죠. 처음 본 여자 하나가 동석했습니다. 이름은 춘화였던가. 탈북자라고 하더군요."

"탈북자?"

"네. 그런데, 그 여자도 그, 그만……." 용의자가 턱을 떨었다. 입 사이로 발음이 샜다. "주, 죽었단 말입니다. 그날 모텔에서 함께."

입술에 물고 있던 생담배가 발 앞으로 떨어졌다.

용의자의 진술은 길고 세세했다. 에스더는 녹음기를 가져오지 않은 걸 후회하며 부지런히 펜대를 놀렸다. 사실이라면 무언가 음모에 휘말린 게 틀림없었다. 그러나 전적으로 믿을 순 없다. 인간은 자신에게 유리한 부분만 가공하는 습성이 있으니까. 검은 양복들과의 추격전은 과장이 많아 현실감이 없이 들렸다. 탈북 여성의 시체를 유기하는 장면은 섬뜩했다. 그 정도의 대범함이라면 살인도 불가능하지 않을 것이다.

말미에 용의자가 애원하듯 말했다.

"딱 닷새만 기다려주십시오. 그다음은 방금 한 이야기 기사화해도 상관없습니다. 대신 그동안 나의 무죄 입증을 위해 함께 뛰어주십시오. 정보도 좀 주시고요. 나는 이제 옴짝달싹할 수 없습니다. 아무도 믿을 수가 없고요. 은혜는 잊지 않겠습니다."

용의자는 울고 있었다. 에스더는 고개를 돌렸다.

"곤란합니다. 당신은 살인 용의자입니다. 솔직히 특종 욕심이 나지만 타협을 할 순 없습니다."

닷새, 못 기다릴 시간은 아니다. 그가 잡히지만 않으면 열흘도 기다릴 수 있다. 하지만 용의자 의도에 순순히 딸려갈 순 없다고 판단했다.

용의자는 고개를 끄덕이며 쓴웃음을 지었다. 에스더는 위선적인 속내를 들킨 것 같아 뜨끔했다. 그래도 민기수란 남자를 찾아서 일산의 재활용 공장까지 다녀온 성의가 그에게 먹힌 것 같다.

다시 청계광장 쪽을 향해 걸었다. 돌아오는 길이 더 서먹했다. 광교를 지날 때 에스더가 말했다.

"그 의문의 탈북 여자 시신은 발견됐습니까?"

중요한 사실을 참 빨리도 물어보는구나. 어리바리한 년, 바이스가 욕하는 소리가 들리는 듯했다. 용의자가 고개를 끄떡였다.

"말씀드렸다시피 철길 옆 폐공장에 가방째 놔뒀는데 이틀 뒤에 시체가 발견됐다는 짧은 기사가 나왔어요. 경찰은 아직 두 사건의 연관성을 모를 겁니다. 이상한 건 그 기사가 어느 순간부터 검색이 안 됩니다. 인터넷에서 완전히 사라졌더라고요."

순찰을 도는 경찰이 정면에서 걸어왔다. 용의자가 바짝 붙어 섰고, 에스더는 자기도 모르게 그와 팔짱을 꼈다. 놀란 용의자가 쳐다보자 어색하게 웃어주었다. 괜히 민망해져 메모해놓은 취재 수첩을 들여다봤다.

그날 밤 홍콩모텔에서는 두 건의 살인 사건이 일어났다. 308호와 316호. 316호에서 죽은 장태평은 리영민의 후배고, 리영민은 308호에 죽은 탈북 여자와 같이 있었다. 여자는 누굴까? 살해당한 이유는? 왜 리영민은 살려두었나? 살해 혐의를 덮어씌우려고?

청계광장이 가까워질수록 사람들이 불어났다. 용의자가 슬그머니 팔짱을 빼더니 두 손을 트렌치코트 주머니에 꽂고 인파 속으로 사라지려 했다. 에스더가 용의자 팔을 잡았다. 모텔에 갔을 때 조직범죄 가능성을 언급한 왕 형사 말이 떠올랐기 때문이다.

"술집에서 봤다는 검은 양복들 말입니다, 어느 쪽 같아요?"

용의자는 잠시 생각하다가 고개를 갸웃거렸다. 중국 쪽이냐 한국 쪽이냐, 그도 질문 의도를 아는 듯했다.

"판단할 수 없습니다. 진짜 모르겠습니다."

용의자가 돌아섰다. 에스더는 황급히 외쳤다.

"닷새는 길어요. 사흘. 정확히 사흘 기다리죠."

용의자가 에스더를 빤히 쳐다보며 뇌까렸다.

"대신, 저도 한 가지 부탁드리겠습니다. 앞으로 당신 조국이 어디냐 그런 질문은 마십시오. 나는 그냥 조선족으로 태어났고 중국 국적을 가졌고 한국에서 일하고 있을 뿐입니다."

에스더는 많이 들어본 대사 같아서 별 의도 없이 피식거렸는데 용의자는 자존심이 상했는지 목소리를 높였다.

"우리 부모님은 60년대 말 문화대혁명을 거친 세대입니다. 옌볜에도 많은 상처가 있었지요. 모택동의 조카 모원신이란 자가 와서는 홍위병을 앞세우고 동네를 휘저었습니다. 공산당에 충성 서약을 해야만 살아남을 수 있었습니다. 숙청이 거듭될수록 패 갈림이 있었고 사망자가 속출했지요. 집집마다 한글이 적힌 책과 사진들을 다 내다버려야 했습니다. 그전까지 우리는 고향이 평안도 어디네, 경상도 어디네 하면서 뿌리를 잊지 않고 살았습니다만, 입을 다물어야 했습죠. 그래도 우리는 조선말을 지켜냈습니다. 우리는 중국에서 한족의 눈치를 보며 살아왔고 조상의 고향에 와서는 이곳 사람 눈치를 봐야 합니다. 그러니 피해의식이다, 모두가 평등하다 그런 말은 마시오. 어찌 보면 우리는 경계인입니다. 국공내전을 거치면서 1949년 중화인민공화국 수립에 기여한 공로로 겨우 민족 자치를 인정받았습니다. 조선족이란 명칭도 그때 생겼고요. 처지와 시기에 따라 생존을 위한 선택을 달리 할 수밖에 없었습니다. 살아남기 위해서 말이죠. 그런 과거를 알고 있다면 당신은 어느 나라 사람이냐, 그런 질문은 하지 않지요. 요즘 옌볜에선 고중을 마친 똑똑한 아이들이 한국 대신 일본 유학을 더 선호합니다. 말이 통하는 동포의 나라를 놔두고 말입니다. 왜 그런지 아십니까? 남한 사람들한테 무시당하기 싫다 이겁니다. 차별받는 인생, 기자님은 살아보셨습니까?"

에스더는 양미라를 떠올리며 마른 웃음을 지었다. 냉소였지만 배려의 미소로 보이길 바라면서. 씩씩대며 사라지는 용의자 뒷모습을 바라보며 숄더백에서 휴대전화를 꺼냈다. 문자는 마닐라보이가 보낸 것이었다.

'여 기자님, 답장이 없으시네요. 인터뷰 날짜 빨리 정해 주시기 바랍니다.'

에스더는 짜증을 참으며 다른 인물을 섭외했다는 문자를 날렸다. 그리고 오늘 조선족 용의자 만난 일을 캡에게 어떤 식으로 보고할지 고민했다. 앞뒤 안 가리고 기사 출고부터 지시하면 곤란하다. 매일 전쟁터인 언론 시장에서 단독 기사보다 우선하는 것은 없다. 인터넷 매체까지 우후죽순 생겨 속보 경쟁이 더 심해졌다. 늦더라도 정확해야 한다는 프랑스 《르 몽드》의 이념 따윈 한국의 언론 환경에선 개나 줘버려야 한다. 늦으면 지는 것이다. 일단 보고는 미루기로 한다.

마닐라보이의 문자가 다시 날아왔다.

'인터뷰하겠다는 사람 왜 일방적으로 펜치 놓나요. 제가 우습게 보이시나요?'

에스더는 걸음을 멈추고 한숨지었다. 이걸 확 그냥, 마닐라로 보내버릴 수도 없고!

B파일 397021 은행원

일요일, 호텔 투숙 사흘째.

리영민은 약간 여유를 찾았다. 염색한 머리와 뿔테 안경에 적응이 되면서 변장에 자신감이 붙었다. 샤워를 하고 카페에서 커피를 마시며 조간신문을 읽었다. 모텔 살인 사건 수사에 민감해져 여러 종류의 신문과 인터넷 뉴스를 뒤지게 됐는데 이상하게 후속 보도가 없었다. 어디선가 보도를 통제하고 있는 게 아닐까 의심될 정도였다.

재미있는 기사를 발견했다. 2007년 6월 이전에 발급받은 탈북자들의 주민등록번호 변경을 허용한다는 내용이었다. 지금은 개선됐지만 몇 년 전만 해도 탈북자 주민등록번호 뒷자리의 시작이 남자는 125, 여자는 225로 동일하다. 3개월 정착 교육을 받은 경기도 안성 하나원 소재지의 관할 번호를 일괄 부여받았기 때문이다. 행정편의주의 때문에 그들의 신분은 주민등록번호로 바로 노출되고, 중국 입국 거부나 취업 등에 불이익이 많았다. 남한 사회에 대해서 웬만큼 안다고 자부했는데도 처음 듣는 내용이었다.

순간 살해당한 탈북 여자의 소지품에 생각이 미쳤다. 6년 전 압록강을 넘었다는 그녀 말이 진실이라면 주민등록번호 뒷자리가 225로 시작해야 한다. 급히 객실로 돌아와 가방에서 핸드백을 꺼내 살폈다. 장지갑과 파우치와 일회용 화장지와 스카프, 수첩 등이 들어 있었다. 특이한 물건은 없었다.

장지갑을 열자 깊숙한 곳에서 주민등록증이 나왔다. 그녀의 이름은 한혜숙. 한자로 韓惠淑. 주민번호 뒷자리는 267로 시작됐다.

왜 거짓말을 했을까? 기사가 사실이고 행정 착오가 아니라면 그녀는 탈북자가 아니다. 이 땅에서 탈북자로 위장해 살면서 이익을 얻는 경우가 있기는 한가. 대체 누굴까? 처음부터 장태평의 여자친구로는 안 어울린다 싶었다. 그렇다, 북쪽 사투리를 그토록 완벽히 교정할 수는 없다. 왜 진작 눈치 채지 못했을까. 영민은 둔감한 자신을 질책했다.

트렌치코트 옷깃을 여미며 두툼한 왼쪽 안주머니를 확인했다. 팽 영감이 보내준 6연발짜리 러시아제 권총. 무기를 품었다는 든든함 때문일까, 밖으로 나가고 싶어졌다. 꽁꽁 숨는다고 안전한 것은 아니다. 서울로 관광 온 캐나다인 스티븐 박처럼 행동하는 게 중요하다. 며칠째 걷히지 않는 황사 덕에 마스크로 무장한 행인들이 많아 더 안심이 됐다.

두 손을 외투 주머니에 꽂고 덕수궁 돌담길을 타박타박 걸으면서 냉정을 되찾으려고 애썼다. 찬바람이 살갗을 스치자 숨통이 좀 트이는 것도 같다. 인근 시립미술관에는 '빛의 천국'이란 주제의 젊은 작가들의 설치작품전이 열리고 있었다. 이리저리 둘러보다가 2층 '나비의 꿈'이란 작품실에 들어섰다. 암실 한가운데 흑갈색 항아리가 하나 놓여 있고 그 속에서 형형색색의 빛으로 만든 나비들이 끝없이 몰려나와 방 안을 가득 채웠다가 다시 항아리 속으로 빨려 들어갔다. 영민의 얼굴과 몸에도 나비들이 달라붙었다. 손바닥으로 나비를 잡으려 하니 빛의 형상은 그냥 통과해버린다.

"우와! 완전 멋지다. 그치?" 아이와 함께 온 옆의 관람객이 감탄했으나 영민은 묘한 배신감을 느꼈다. 그간 살아온 삶이 그 나비 같아서였다. 12년 동안 자유롭게 날아다녔다고 생각했지만, 다시 항아리로 빨려 들어가고 있다. 승승장구했던 지난날들은 한낱 허상이었을까.

미술관을 나와 다시 분잡한 거리로 올라서는 순간, 미영 씨가 미치게 보고 싶었다. 참아야지 하면서도 한번 마음을 먹자 되돌릴 수 없었다. 지갑에 꽂힌 사진을 들여다볼수록 더 간절해졌다. 얇은 입술을 오물오물 움직여서 음식 먹는 모습을, 두 팔을 위로 쭉 펴면서 하품하는 모습을, 약속 시간 늦었다고 새침하게 토라진 모습을 보고파 견딜 수 없었다. 에티오피아 커피를 사랑하는, 하지만 돈이 아까워 사무실의 믹스커피로 때우는 여자.

한 번만. 딱 한 번만 만나자.

어둠이 완전히 내려앉자 자신감 있게 버스를 탔다. 택시보다 오히려 안전할 것 같았다. 화장 안 하면 버스 출입구 쪽 맨 앞자리에 앉아도 아무도 못 알아봐요, 했던 여자 탤런트 말이 생각났다. 미영 씨 집은 일산 가는 방향의 행신동. 집 근처까지 여러 번 바래다줬었다. '중국 남자는 이런 식으로 애인을 배웅하지 않아. 나 한국 남자 다 됐나 봐. 하하.' 강남에서 출발하는 빨간 광역버스에서, 두 손을 포개어 잡고 이렇게 깔깔대곤 했는데.

가라뫼 사거리에서 내렸다. 정류장이 잘 보이는 인도 변 벤치에서 무작정 기다렸다. 일요일은 미영 씨가 재활용품 전문점에서 오후 알바를 하는 날이다. 알뜰한 그녀는 막차를 놓치지 않는 한 택시를 타지 않는다. 속절없이 한 시간이 흘렀다. 담배를 몇 대 더 피우고서야 9711번 광역버스가 멈춰 서고 맨 마지막에 내리는 미영 씨를 발견했다. 축 늘어트린 두 어깨와 힘없는 발걸음, 많이 지쳐 보였다.

그녀가 횡단보도를 건너 재개발을 앞둔 연립주택 단지 쪽으로 들어갔다. 좁은 콘크리트 외길을 불법 주차 차량들이 두 겹으로 꽉 막았고, 주위는 고층 아파트들이 병풍처럼 빙 둘러싸고 있었다. 뒤를 밟던 영민은 그녀 마음이 꼭 저렇게 갑갑할지 모른다고 생각했다.

골목이 깊어지자 인적이 끊어졌다. 조도 낮은 가로등 아래로 그녀의 그림자가 길게 늘어졌다. 영민은 일정한 거리를 유지한 채 미행이 없음을 확인한 다음 휴대전화 버튼을 눌렀다. 그녀가 걸음을 멈추고 핸드백 안에서 전화기를 꺼냈다. 낯선 번호 때문인지 주저하다가 전화기를 귀에 가져갔다.

"여보세요?" 전화 저편에서 그녀가 말했다.

차마 입술이 떨어지지 않았다. 입안이 바싹 말랐다.

"여보세요? 말씀하세요."

미영 씨의 목소리가 조금 더 크게 들려왔다.

용기를 내 입술을 떼려는 찰나, 어둠 속에서 누가 나타나 그녀 앞을 막았다. 한쪽 다리를 절룩이면서 그녀 아버지가 마중을 나왔다. 영민은 가로등 아래에 서서, 어깨를 늘어뜨린 채, 조금씩 작아지는 부녀의 뒷모습을 하염없이 바라봤다. 동네 개가 부산스럽게 짖어댔다.

광화문 호텔로 돌아오는 길은 우울했다. 일요일 밤의 텅 빈 광역버스 안에선 가요가 나지막이 흘렀다. 아는 노래였다. 영민은 자신도 모르게 따라 흥얼거렸다. 예전 술 취한 미영 씨가 노래방에서 발그스레한 얼굴로 고개를 까딱거리며 불러주던 노래. '내 뜨거운 입술이 너의 부드러운 입술에 닿길 원해―. 내 사랑이 너의 가슴에 전해지도록―. 아직도 나의 마음을 모르고 있었다면은―. 이 세상 누구보다 널 사랑하겠어―.'

행복했던 기억이 떠밀려와 가슴이 쓰라렸다. 답답해 미칠 것 같았다.

"꼼짝 마!"

뒷좌석에서 누군가 영민의 머리에 총을 겨눴다. 차갑고 딱딱한 느낌이 섬뜩했다. 반사적으로 권총이 있는 왼쪽 주머니로 손이 갔다.

"서윤아, 그러면 못써! 정말 죄송합니다."

찰칵! 찰칵! 쇳조각 부딪치는 소리가 연달아 들렸다. 뒷자리에 앉아 있던 꼬마가 자지러지게 웃었다. 작업복을 입은 녀석의 엄마가 사과하며 아들의 머리를 억지로 숙이게 했다. 다섯 살이나 됐을까. 여전히 플라스틱 총을 겨누며 헤헤 웃는다. 그래, 불안하게 도망 다니느니 이렇게 죽는 것도 괜찮겠다. 영민이 총을 맞고 쓰러지는 시늉을 하자 아이가 의기양양한 표정을 지었다.

광역버스는 텅 빈 도로를 거침없이 질주했다. 몸이 물먹은 솜처럼 무겁고 피곤하다.

호텔 프런트에서 카드 키를 건네는 쪽진 머리 표정이 오늘따라 딱딱하다. 눈빛이 마주치자 바로 피했다. 저 여자도 남자친구와 심하게 꼬인 걸까.

객실 문고리를 돌려서 들어가는 순간, 어둠 속에서 뭔가가 쑥 다가와 머리통에 닿았다. 영민은 바로 알아챘다. 차갑고 딱딱한, 조금 전 버스에서 느꼈던 바로 그 감촉.

B파일 044316 고참 기자

윤순철이 두 손으로 명함을 건네며 고개를 깍듯이 숙였다.

"전화 드린 사람입니다. 시간 내주셔서 감사합니다."

"아닙니다. 기업체 사람들 상대로 하는 밥집이라 주말은 한가하답니다."

한정식 집 '수정'의 여사장이 손을 앞으로 모으고 다소곳이 웃었다. 단아한 미인형의 얼굴이었다. 자신을 정인숙이라고 소개했다. 본명인지 가명인지는 알 수 없다.

한실 스타일로 꾸민 내실에 은은한 목향이 흘렀다. 윤이 따뜻한 찻잔을 두 손으로 감싸며 물었다.

"조 국장이 자주 오셨나 봅니다?"

정 여인은 입술을 다물고 웃었다. 말 못 할 사연이 있나 보다. 더 묻지 말자. 윤은 그렇게 생각하다가 빈소에서 본 장면 하나를 기억해냈다. 검은 정장을 입고 진지하게 조문하던 여자, 바로 그녀였다.

"역시, 기자 분들은 대단하시군요. 여길 바로 찾아내다니. 조 국장님이 오랜 단골이지만 신문사 사람을 데리고 온 적은 한 번도 없었거든요. 저는 부고를 듣고 도의적 책임 때문에 애태우고 있었는데 오히려 맘 편하게 됐습니다."

"조 국장이 사고 당일 다녀갔다는 이유만으로 사장님이 불편해하실 이유는 없을 듯합니다만. 생사야 다 타고난 운명 아니겠습니까. 다만, 그 죽음에 미심쩍은 부분이 있다면 망자가 편히 눈 감을 수 있도록 해결해 줘야죠. 저는 그게 조금 불편해서요."

"그렇게 말씀해주시니 한결 마음이 가볍습니다. 그런데 미심쩍다는 말씀은 무슨? 뺑소니 사고 아니었나요?"

"맞습니다. 그런데 약간 이상한 부분이 있어서 말입니다. 명확히 사인을 밝히고 싶어요. 그래서 사장님 도움이 더 절실합니다. 그날 밤 누구를 만났는지 궁금하기도 하고요."

윤이 자연스럽게 유도 질문을 날렸으나 정 여인은 가볍게 받아넘겼다.

"이 장사 오래 하려면 입이 무거워야 한답니다. 귀머거리, 벙어리, 봉사 생활 3년 저리가라죠. 다들 사회적 지위가 있으신 분들이라."

"그런가요? 저까지 믿음이 가는군요. 하하."

윤이 능글능글 받아쳤으나 속내를 들킨 것 같아 뜨끔했다. 정 여인이 자세를 고쳐 앉으며 정색을 했다.

"대신 힌트를 드리지요. 국장님과 동향이고 친구 분이십니다. 그분도 한때 언론계에 몸담으셨지요. 이 정도면 취재력을 발휘하면 금방 찾을 수 있으시겠죠. 저는 이름을 발설 안 했으니 둘 다 만족시킨 셈 아닌가요."

정 여인이 미리 준비한 대사처럼 내뱉었다. 이 여자, 보통내기가 아니다. 캐물어도 정보를 더 줄 것 같지 않았다. 하긴 이 정도 수완 없이 강남에서 고급 식당을 끌고 갈 순 없으리라.

언론계 출신에 고향이 같다……. 짚이는 인물이 한 명 있긴 있다. 하지만 그 사람만은 아니었으면 싶은데, 일이 그쪽까지 연루되면 복잡해지는데. 거기랑 선 닿을 만한 인물이 누가 있나. 윤은 열심히 머리를 굴렸다.

'수정'에서 나와 두 시간쯤 지났을까. 정 여인이 지칭한 인물 쪽에서 연락이 왔다. 종로 청진동의 오래된 복 요리 집에서 만났다.

철가면과 동향이고 언론계 출신인 그 남자는 강직함과 온화함을 동시에 갖춘 영국 신사 풍의 느낌을 주었다. 풍성한 그레이 머리숱에 눈빛은 강렬하고 턱선은 각이 졌다. 목소리는 굵으면서 부드러웠다. 허리를 꼿꼿하게 펴고 앉았는데, 가끔 시사주간지에서 봤던 사진보다 덩치가 훨씬 커 보였다.

서른 초반으로 보이는 단발머리 여자가 함께 배석했다. 아까 면담 요청할 때 들은 사무적인 전화 목소리보다 훨씬 부드러운 인상이었다.

윤은 그들과의 접촉 방법을 놓고 고민했었다. 신문사 국장급 중엔 그쪽과 친분 있는 사람이 많다. 하지만 그 루트를 통하는 건 소문을 확산시키는 짓이다. 그렇다고 보통의 경우처럼 편집국장 명의로 취재협조요청 공문을 보내기도 웃긴 상황이었다.

그때 생각난 방법이 마주앉은 단발머리였다. 국정원의 국내 언론 담당관 강미옥. 지금 민주일보에서 발행하는 모든 매체를 맡고 있다. 매일 신문의 논조와 기사, 사내 정보를 취합해 상부에 보고하는 일을 한다. 작년까지 강원도 사투리를 쓰는 키 작은 요원이 담당했는데 올 초에 바뀌었다. 사회부와 정치부 등 몇몇 관련 부서 기자들과 친분을 유지한다고 들었다.

윤은 대학 동창인 정치부 야당반장 김을 통해 강미옥의 전화번호를 얻어냈다. 비밀 유지를 신신당부했지만 워낙 입이 가벼운 놈이라 찜찜했다. 다소 위안이 되는 건, 먼 친척뻘 여동생이 곧 가수로 데뷔한다면서 앨범 홍보 기사를 부탁받은 것. 윤은 흔쾌히 오케이 했다. 부장도 없는 터라 태클 걸 사람은 없었다. 진짜 먼 친척일까. 혹시 갓 스물 넘긴 술집 계집애한테 코 꿰인 건 아닐까. 상관없었다, 이걸로 소문의 확산은 막은 셈이니까.

강미옥에게 전화를 걸어 신분을 밝히고 용건을 말하자 난색을 표했다. 거의 포기하고 있었는데 당장 만나자는 연락이 왔다. 어떤 보고 체계를 거쳤는지는 알 수 없었다.

복탕 위의 미나리가 숨이 죽을 즈음 윤이 먼저 말을 꺼냈다.

"조 국장과 오랜 친구시죠?"

"동네는 다른 데 읍내 중학교를 같이 다녔고, 함께 서울로 유학 온 40년지기지. 그런 식으로 갈 놈이 아닌데, 참 안타까워요."

시시콜콜한 몇 가지 추억담이 나왔다. 말끝마다 공부는 자신이 더 잘했다는 말을 꼭 붙였다.

"사고 나던 날 저녁을 함께 드셨다고 들었습니다."

"모처럼 만나서 옛날 얘기했지요. 나는 82년 조선일보에서 기자 생활을 시작했거든. 조 국장과는 같이 종로서를 출입하면서 또 경쟁을 하게 됐고. 우리 인연이 참 질기지. 같이 마와리 돌다가 땡땡이 치고 피맛골에서 막걸리도 엄청 마셨어. 그땐 유선전화밖에 없던 때니깐 다음 날 데스크한테 한번 깨지면 그걸로 끝이었거든. 기자질 하기 좋~은 시절이었지, 하하."

"저……, 들으셨는지 모르겠지만 조 국장의 죽음에 좀 미심쩍은 구석이 있습니다. 아, 이건 회사 입장이 아니라 전적으로 제 사견입니다. 조 국장은 제게 큰 형님 같은 분이라 자꾸 신경이 쓰이네요."

"흠, 그 보고는 받았어요. 단순 뺑소니 사고가 아닌 거 같다는."

그러면서 남자는 강미옥을 슬쩍 보았다. 격려의 눈빛이었다. 역시 비밀이 없는 바닥이구나 싶었다. 언론사에서 국정원의 고급 정보를 빼내려면 내부 제보자가 있어야 하듯 언론사 안에도 그 일을 해 주는 누군가가 분명 있다. 지연, 학연을 총동원한 정보전. 예전엔 몰랐다. 국정원뿐 아니라 청와대, 국회, 검찰, 경찰, 대기업 등 나라를 움직이는 고급 정보가 학연과 지연을 타고 물밑으로 흘러나오고 흘러들어간다는 사실을. 한국은 어느새 그렇게 움직이는 나라가 되었다.

"윤 기자, 내 솔직히 이야기함세. 우리가 아는 정보를 가르쳐줄 순 없어요. 그렇다고 윤 기자가 알아보는 걸 말리지는 않겠네. 당연한 얘기겠지만."

국정원 2차장 한승원은 결론부터 얘기했다.

"단순 교통사고가 아닌 건 확실하군요."

"그것도 직접 알아봐요. 확실한 건 우리 쪽도 분위기가 엄청 안 좋다는 것, 그 정도만 말해 줄 수 있어요."

윤은 입이 달싹거렸다. 조 국장이 건넨 CD 얘기를 꺼낼까 말까. 마주앉은 사람은 믿을 수 있는가. 혹시 국정원이 연루됐다면 정보만 갖다 바치는 꼴이다. 아무도 신뢰할 수 없었다.

CD 대신 차선책을 택했다. 양복 안주머니에서 메모지를 꺼내 테이블 위에 펼쳤다.

"조 국장 방에서 발견했습니다. 아직까지 저만 알고 있는 사실입니다. 이 글귀 속에 진실이 숨어 있다고 확신합니다."

"다시 말하지만 난 관심 없어요. 이런 일에 엮일 만큼 한가하지도 않고. 조 국장과는 그날 사적인 만남이었을 뿐이니, 큰 의미를 두지 말아요."

말은 그렇게 하면서도 종이를 받아 들었다. 임중이도원. 글귀를 읽는 그의 얼굴에 묘한 표정이 스쳤다. 손이 살짝 떨리는 걸 윤은 놓치지 않았다.

윤은 멀어지는 검정 세단의 후미등에 시선을 고정했다. 불빛이 어둠 속에 완전히 빨려들자 담배를 빼물었다. 국정원은 분명 뭔가를 알고 있다. 2차장의 흥분한 모습이 의도한 액션 같지는 않았다. 강미옥도 가벼운 눈인사만 남기고 어디론가 홀연히 사라졌다. 청진동 골목의 한 빌딩에 국정원 위장 사무실이 있다는 건 공공연한 비밀. 광화문에 밀집한 언론사, 정부기관, 대기업 등을 담당하는 요원들이 그곳에서 정보를 취합, 교환하고 휴식도 취한다.

술 한잔이 더 간절했다. 고민을 들어줄 누군가가 그리웠다. 소프라노는 회계사와 팔짱을 끼고 네온사인이 번쩍이는 이 종로 밤거리를 깔깔거리며 돌아다니겠지. 병실에 갇혀 있는 문화부장의 수척한 얼굴도 떠올랐다. 문병 한번 가야지 하면서도 또 그게 쉽지 않다.

종각 쪽으로 느릿느릿 걸었다. 그제 낯선 여자를 만났던 홍대 재즈 바에 다시 가고 싶은 충동을 느꼈다. 혹시 다시 볼 수 있지 않을까. 음란한 접촉을 상상하는데 바지 뒷주머니에서 휴대전화 벨이 울렸다. 뜻밖에도 방금 헤어진 국정원 2차장. 차를 돌릴 테니 만날 수 있느냐고 물었다.

마다할 이유가 없었다. 분명 하고 싶은 얘기가 있는 것이다. 윤은 보신각 앞에서 급히 택시를 잡아타고 압구정으로 향했다.

예약도 않고 두 남자가 거의 동시에 들이닥치자 '수정'의 정 여인 표정이 놀라움 반, 반가움 반이다. 오전에 여사장과 녹차를 마셨던 방에서 2차장과 다시 마주앉았다. 강미옥은 동행하지 않았다. 어쩌면 2차장은 그녀를 떼어놓기 위해 일부러 이런 상황을 만들었으리라. 남자들끼리, 아니 조직 모르게 하고 싶은 얘기가 있는 것이리라.

급히 술상이 차려졌고 마담이 서빙을 위해 곁에 앉으려는 걸

2차장이 손을 들어 제지했다.

"중요한 이야기가 있어요."

그의 목소리는 조금 전과 달리 전장의 장군처럼 위엄이 있었다. 정 여인이 미닫이를 밀고 나가는 걸 확인한 다음, 손수 청주를 한 잔 따르더니 호기롭게 입에 털어 넣었다. 빈 잔으로 탁자를 내리치고 작심한 듯 말했다.

"후배니 말 놓겠네. 내용은 모두 오프야."

"……."

"우리 여자 요원 하나가 죽었어. 구파발 인근 폐공장에서 시체로 발견됐네. 어디선가 독살당한 뒤 시체는 다른 곳으로 옮겨져 유기된 걸로 추정 중이야."

"흠. 처음 듣는 얘기군요. 기사가 나왔던가요?"

윤은 태연한 척 손바닥으로 까슬까슬한 수염을 쓰다듬었다.

"단순 사건으로 처리하도록 조치했어. 당연히 후속 보도는 없지."

"무슨 일 때문이죠?"

"차세대 디스플레이 패널인 아몰레드 기술을 빼돌리려는 중국 쪽 블랙 하나를 추적 중이었어. 한중 합작 회사에 말단 직원으로 위장한 놈이었지. 흔히 있는 일이야. 대기업의 협력 업체 연구원을 매수해서 신용카드나 버클 모양으로 특수 제작된 USB에 담아서 빼내오게 하는 거지. 알다시피 요즘 그쪽 경쟁이 치열하잖아. 그런데 그자를 쫓는 과정에서 희한한 게 발견됐어. 국익과 관련된 문제라 지금 그 부분은 밝힐 수 없네. 각설하고, 아무튼 더 확실한 증거가 필요했어. 그래서 산업기밀보호센터에서 요원 하나를 탈북한 술집 여자로 변장시켜 붙여놨거든. 그런데 사고가 터졌어. 당한 거지! 마지막 사고 지점이 합정동 모텔이야. 어떻게 돌아가는지 대충 그림이 그려지나."

그러면서 봉투에서 사진 한 장을 꺼내 테이블 위에 올려놓았다. 젊은 남자가 대형마트 계산대를 통과하는 장면이 찍혀 있었다.

"CCTV에 잡힌 거야. 시체를 옮기려면 큰 가방이 있어야 한다는 가정 하에 인근 할인점 다 뒤져서 찾았어. 지금 경찰에서 쫓고 있는 조선족 은행원과 동일인물이지. 그러니 그날 모텔에서 살해당한 사람은 두 사람일세. 용의자의 후배 장태평이라는 자와 우리 국정원 여자 요원. 둘 다 이 인간 짓인지는 아직까지 알 수 없지만."

2차장은 검지로 사진 속 남자를 꾹 찍으며 덧붙였다. 머릿속 혈관이 찌릿찌릿 울렸다. 윤은 술잔을 단숨에 들이켜고 조심스럽게 물었다.

"그럼 그 살해당한 장태평이라는 자가 중국 쪽 블랙이라는 겁니까?"

"뭐, 거창하게 블랙이라기보다 고만고만한 신기술 노리는 산업 스파이라고 봐야지. 정부 차원이 아닌 민간 기업에서 고용해 움직이는 인간들이 꽤 되거든."

"경찰은 알고 있습니까?"

2차장은 피식 웃었다. 바보 같은 질문이었다. 차관급인 국정원의 2인자가 직접 현장을 챙긴다면, 초대형 사건이거나 진짜 기밀을 요하거나 둘 중 하나다.

한승원은 기자 일을 때려치우고 좀 늦게 들어가긴 했지만 국정

원 공채 출신이다. 중앙정보부 시절 7급으로 시작해 수많은 정보
전을 치러냈고, 대통령 직속 기구인 국가안전보장회의 사무처 정
보관리실장을 거쳐 기조실장까지 지냈다. 정치권 입김으로 떨어
진 낙하산들과는 출신부터 달랐다. 그래서 일선 직원들의 절대적
인 지지를 받고 있는데 차기 국정원장으로 유력하게 거론되는 것
도 그런 이유 때문이다. 자식새끼 같은 후배의 복수를 위해 직접
총대를 멘 걸까. 그래서 안면도 없는 일개 기자를 쉽게 만나준
걸까.

"차장님. 만약 조선족 은행원이 범인이라면 앞뒤가 안 맞는 부
분이 있습니다. 적대 관계에 있는 국정원 요원과 중국의 산업 스
파이가 동시에 당했다는 모순을 어떻게 설명해야 하죠? 그것도
각각 다른 모텔 방에서. 은행원이 술 먹다가 우발적으로 둘 다 해
치웠다고 봐야 하는데 동기도 약하고 또 혼자 힘으로 그게 가능
할지…… 차라리 그 조선족 용의자가 겉은 은행원이고 사실은 제
3세력의 스파이였다는 가설이 확률적으로 높아 보입니다만. 지금
경찰과 언론이 그런 쪽으로 분위기 몰아가고 있죠? 만약 한국도
중국도 아니라면 누구란 겁니까? 북한 인민무력부 산하 정찰총국
이라도 개입한 걸까요?"

"글쎄. 아직 어느 쪽도 단정할 수 없지."

2차장은 말을 아꼈지만 표정은 뭔가를 알고 있는 눈치였다.

"청와대에도 당연히 보고 들어갔겠죠?"

2차장은 그 질문도 무시했다. 말이 조금씩 빨라졌다.

"바위틈에 숨은 가재 사냥과 비슷해. 한순간 실수하면 놈은 구
멍 속으로 사라져버리지. 그렇다고 바위를 들어내자니 일이 너무

커지고."

"그거랑 우리 조 국장 죽음과 무슨 관련이 있습니까?"

리듬을 맞추다 보니 윤도 말이 빨라졌다.

"나는 적군의 적은 친구라고 생각하네."

말뜻을 금방 이해하지 못했다. 적은 누구고 적의 친구는 또 누구인가. 서로 엉뚱한 이야기를 하는 게 아닌가 싶기도 했다. 슬쩍 넘겨짚기를 시도했다.

"그러면 중국 쪽이 확실하군요?"

2차장이 눈을 부라리며 윤의 눈을 똑바로 노려봤다. 압도할 만한 눈빛이었다. 어금니를 깨물자 각진 턱이 꿈틀거렸다.

"반반일 수도 있지. 머리와 몸이 따로 노는 사람들. 이제 자본 앞에 민족의 개념은 무의미해."

계속 선문답 같은 말만 쏟아냈다. 고개를 완전히 젖히고 다시 술을 단숨에 들이켰다. 내 말은 다 했으니 이젠 네가 아는 정보를 뱉으라는 투였다. 맘만 먹으면 뭐든 캐낼 수 있다는 암시도 배어 있었다.

윤은 정신을 집중하려 애썼다. 진의는 뭘까. 2차장의 말 중에 진실만 가려내기가 어려웠다. 신문사 쪽 정보를 캐내려는 수작일까. 그렇다면 손해 보는 거래다. 국정원 2인자 아래에는 수많은 정보 라인이 24시간 유기적으로 움직이고 있다. 정보력, 기동력을 앞세워 동료의 죽음에 물불 안 가리고 달려들겠지. 물러터진 신문 기자 한명이 게거품 물고 뛴들 게임이 안 된다.

골치가 아파왔다. 머리와 몸이 따로 노는 사람들……. 그 한 마디만 선명하게 기억에 남았다.

B파일 900734 전업 킬러

'조선족 살인 용의자는 산업 스파이'.

가판대에 내걸린 예닐곱 개의 신문에 똑같은 제목이 달려 있었다. 미호는 그중 제목이 제일 큰 신문을 뽑아들고 커피 가게 안으로 들어가 앉았다.

기사는 대부분 뉴스에 나와 아는 내용이었다. 미호는 자신과 관련 없는 사건이라고 생각하면서도, 살기 위해 처절하게 도망 다니고 있을 조선족에게 측은함을 느꼈다.

사회면에 청와대 홍보수석의 자살에 의문을 제기한 박스기사가 실려 있었다. 시신의 목에서 발견된 두 개의 액흔과, 유서에 사망자의 지문이 나오지 않았다는 점을 근거로 살해당한 뒤에 목매달려졌을 가능성을 제기했다. 미호는 움찔하며 고개를 저었다.

몇 분 뒤, 대로 건너편 이동통신 대리점에서 젊은 남자가 흰 와이셔츠 차림으로 뛰어나왔다. 횡단보도 앞에서 좌우를 살피다가 신호가 바뀌자마자 길을 건너 커피 가게 안으로 들어왔다. 창가 자리에서 기다리는 미호 앞에 앉더니 뭔가 신경이 쓰이는지 다시 좌우를 살폈다.

"유령 법인 명의로 만든 대포폰이 확실해요. 보이스 피싱이나 스팸 문자 발송 전용으로 유통되는 물량이 꽤 있거든요."

"그 얘기는?"

"네, 개설자 찾기는 힘들 겁니다. 찾아봤자 대개 노숙자나 신용 불량자들이지만."

미호가 눈썹을 찡그렸다. 예상은 했지만 붉은 달은 철두철미했다. 그가 이태원 찻집에서 건넨 휴대전화 번호를 추적하는 일부터가 쉽지 않았다. 막막해하고 있는데 직원이 속삭였다.

"대신, 통화 내역을 확인할 수 있었어요. 물론 불법이죠. 본사에 있는 여자 친구 통해서 아주, 아주 어렵게 알아본 겁니다."

흘러내린 안경을 밀어 올리며 남자가 다시 좌우를 살폈다. 바지 뒷주머니에서 몇 장의 A4 용지를 꺼내 탁자 위에 올려놓았다. 가늘게 숨을 헐떡이며 땀까지 뻘뻘 흘리는 게 나 초짜예요, 라고 말하고 있었다. 그렇게 소심하면서 어떻게 이런 뒷거래를 하는지 궁금했다. 역시 돈의 힘인가.

몽치에게서 소개받았을 땐 수고비가 석 장이라고 들었으나 통화 내역을 입수했으니 한 장을 더 건넸다. 직원은 순박한 표정을 바로 바꿔 능글맞은 미소를 지었다. 한 번 더 좌우를 살핀 다음 길 건너편 대리점을 향해 후다닥 내뺐다.

미호는 커피 잔을 다 비운 다음 통화 내역을 살폈다. 휴대전화가 자신에게 넘어오기 전까지 자주 찍힌 번호를 두 개 찾았다. 하나는 지역번호가 031인 유선전화. 다른 하나는 010으로 시작되는 휴대전화 번호.

"전화 좀 쓸 수 있을까요? 핸드폰을 분실해서."

카운터에 부탁하자 꽁지머리 바리스타가 선뜻 수화기를 건넸다. 첫 번째 번호를 누르자마자 여자 목소리가 들려왔다.

"네, 광명자원입니다."

미호는 전화기 후크를 눌러 통화를 종료시킨 후 010 번호를 눌렀다. 이번에도 상대와 바로 연결됐으나 대답이 없었다. 긴장된 침묵의 지속. 미호는 입술이 근질거리는 걸 참지 못하고 결국 먼저 내뱉었다.

"붉은 달? 맞지?"

상대는 계속 침묵했다. 대신 침 삼키는 소리가 약하게 들렸다.

있다, 뭔가. 예기치 못한 전화가 와서 놀란 것이야. 분명히!
미호는 지그시 미소를 지었다.

"지금의 행복을 마음껏 누려. 곧 처절한 대가를 치르게 될 테
니까."

일부러 목소리를 깔아 나지막이 속삭여주고 수화기를 내려놓
았다.

광명자원, 일단 이곳의 실체부터 파헤쳐야 한다. 창가 쪽에 한
대뿐인 컴퓨터에 앉아서 상호를 검색했다. 전국에서 동일한 상호
가 여럿 떴는데 전화번호와 일치하는 곳은 고양시에 위치한 산업
폐기물 재생업체. 회사 홈페이지는 없었다. 이곳과 붉은 달은 무
슨 관련이 있는 걸까.

머리와 행동이 따로 노는 인간들. 또 그 말이 머릿속에 떠돌았
다. 탁 사장이 죽기 직전에 건넨 유일한 실마리. 누런 이를 드러내
고 호탕하게 웃던 영감의 모습, 늦둥이 아들의 해맑은 얼굴이 겹
쳐지며 미호의 마음을 아프게 했다. 탁 사장까지 제거한 건 비밀
유지를 위해서일까. 오랫동안 거래를 해왔다면 그가 결코 입이 가
벼운 사람이 아니라는 걸 알 텐데. 아니면 내부에 급박한 상황 변
화가 있었던 걸까.

정황상 붉은 달도 아직 유출된 물건을 회수하지 못한 게 분명
하다. 물건을 입수했다면 계약 해지 통보만 날리면 그만이잖은가.
아무튼, 이대로 당할 수만은 없다. CD의 행방을 추적해 따라가자.

그럼 붉은 달과 다시 마주치게 될 것이다. 도망이 여의치 않을 땐 거꾸로 적진 가운데로 쳐들어가는 것도 방법.

미호는 그렇게 확신하고도 한숨을 내쉬었다. 상황이 거대한 물결에 떠밀리듯 흘러가고 있었다. 윤순철은 CD를 가지고 있지 않았고 미행 첫날부터 당황스러운 장면의 연속이었다.

먼저, 종로 청진동의 복 요리 집. 윤순철이 반백의 키 큰 사내와 함께 나왔는데 그는 대머리 편집국장이 죽기 직전에 압구정동의 한정식 집에서 만난 자였다. 카메라를 꺼내 파일을 확인해보니 같은 인물이 틀림없었다.

뒤따라 나온 서른 전후의 단발머리 여자를 보고는 더 놀랐다. 대머리 편집국장이 죽기 전날, 점심때 정동길 끝 성 프란치스코 수도원에서 만난 여자였다. 그때 CD가 넘어갔을지도 모른다고 생각했는데 아니었나. 저 세 사람이 왜 함께 있는 거지?

윤순철이 잠시 종로 거리를 배회하는가 싶더니 전화를 받고는 급히 택시를 잡아탔다. 미호도 뒤따라오는 택시에 올라 기사에게 애원하듯 말했다.

"남편이 바람이 난 거 같아요. 요금은 두 배로 드릴게요. 제발 놓치지 말고 꼭 따라붙어주세요."

기사가 힘차게 고개를 끄덕였다.

윤순철이 탄 택시는 놀랍게도 대머리 편집국장이 마지막 날 저녁을 먹은 압구정 한정식집 앞에서 멈췄다. 곧이어 아까 본 키 큰 남자가 그랜저에서 내려 합류했다. 젠장, 헤어졌다가 왜 다시 만난 거지? 이 혼돈의 실타래를 어디서 풀어야 할까. 시작이 있으니 언젠가는 끝이 보이겠지만 시간이 없다. 부디 사건의 실마리를 먼저 잡을 수 있기를. 몸통을 찾으면 바로 총을 갈겨줄 것이다. 킬러는 두 부류만 죽이는 법이다. 의뢰받은 타깃, 그리고 자신을 죽이려는 자. 복수가 끝나면 짐을 챙겨 홀홀 떠나리라.

어린 미호는 경험으로 알고 있다. 시장통을 떠돌면 굶지는 않는다는 것을. 그곳엔 자잘한 심부름들이 늘 있기 마련이고 재빠르게 움직이면 밥 얻어먹기는 어렵지 않았다. 허리가 아파 무거운 것을 들지 못하던 채소 가게 할머니가 유독 미호를 챙겨주었다. 시장통 입구 지하상가에서 노숙을 하던 그녀에게, 같이 살자고 손 내밀어준 것도 그 할머니였다.

할머니는 일곱 살 난 손녀와 단둘이 살고 있었다. 미호까지 세 식구가 단칸방에서 지냈다. 새벽이면 시장에 따라 나가 물건을 정리하고, 낮에는 손녀와 놀아주면서 집안 살림을 도맡았다. 장사와 손녀 돌보기와 살림을 병행하기 버거웠던 할머니는 미호에게 고마워했다. 오래오래 같이 살자고 했다. 아직 학교는 못 보내주지만, 검정고시라도 보라며 책 살 돈도 주었다.

매일 밤 세 식구가 둘러앉아 먹는 소박한 저녁 식사가 꿈만 같았다. 이제 다시 남들처럼 평범하게 살 수 있을 거라 믿었다. 그 행복이 또 산산이 부서졌다. 양아빠 때와 같다. 운명처럼, 미호의 행복은 1년을 넘기지 못한다.

어느 날, 학교에 갔던 할머니 손녀가 늦게까지 돌아오지 않았다. 할머니와 미호가 밤새도록 찾아다녔지만 허사였다. 그 어린 것은 공사장 공터에서 아랫도리가 벗겨진 채 다음 날 아침에야 싸늘한 시신으로 발견됐다. 동네 중학생들 짓이었다.

부모가 판사니 교수니 의사니 있는 집 자식들이라던가. 성폭행 혐의는 인정됐지만 살인은 무죄였다. 나이가 어리다며 처벌도 경미했다. 할머니는 어린 것이 사무쳐서 저승에도 못 갈 것이라며 매일 가슴을 치며 울었다. 뒤를 졸졸 따라다니며 따르던 꼬마가 떠올라 미호의 가슴도 무너지는 듯했다.

그래도 평범하게 살아보려 애를 썼다. 머리 싸매고 누워만 있는 할머니를 대신해 장사를 시작했다. 밤이면 지친 몸으로 들어가 쌀을 씻고 밥을 안쳤다. 할머니에게 미음을 떠먹이고, 팔다리를 주물러주며 하루 종일 있었던 일들을 이야기해드렸다. 할머니는 수술도 불필요한 말기암 환자처럼 무표정하게 눈물만 흘렸다.

그렇게 1년쯤 지났을까. 일을 마치고 집에 돌아가는 길, 소년원에서 형기를 마치고 풀려나온 범인 중 둘을 보았다. 히죽거리며 다른 여자아이의 뒤를 쫓고 있었다. 피가 거꾸로 솟았다. 바로 따라붙었다. 열 살도 안 되어 보이는 어린아이를 위협해 뒷산 등산로 쪽으로 끌고 가는 중이었다.

장사하면서 배추 꼭지 자를 때 쓰던 칼을 꺼내 쥐었다. 아이를 덮치려는 두 놈을 끌어내고, 여자아이에게 집까지 뛰어가라고 했다.

"아 씨발, 뭐야! 재수 없게. 내일 다시 끌고 와야 하잖아!"

이런 놈은 세상에 없는 것이 낫다. 그래도 끝까지 용서해 주려 했었다. 다른 한 놈이 빈정거리며 말했다.

"다시 감방 가도 금방 나온다구! 난 하나도 안 겁나! 니까짓 게 뭘 어쩔 건데?"

다시는 감옥에 가지 않게 해 줄 거야. 너 같은 놈에게 내일은 없어.

　1년을 누워만 있던 할머니가 정육점에 가서 고기를 끊어왔다. 목살을 숭숭 썰어 넣고 김치찌개를 끓이고, 굵은 소금을 뿌려 삼겹살도 구웠다. 시래기나물과 콩나물 무침까지 밥상이 푸짐했다. 밥 위에 나물을 얹어주며 할머니가 말했다.

　"많이 먹어. 너 이거 좋아했잖아. 자, 이것도 먹고."

　미호는 꾸역꾸역 할머니가 주는 반찬을 받아먹었다. 목이 메고 눈물이 나려는 걸 참았다. 언제 누워 있었냐는 듯 콧노래를 부르며 설거지까지 마친 할머니가 코를 골았다. 미호는 조용히 일어나 가방을 챙겼다. 그동안 감사했습니다. 큰 절을 올리고 문을 열고 집을 나서려는 순간, 자고 있는 줄 알았던 할머니가 벽 쪽으로 돌아누우며 말했다.

　"냉장고 위에 보자기 있어. 그거 가지고 가. 고맙다, 정말 고맙다. 내 평생 이 은혜는 잊지 않으마. 몸조심하거라."

　고개를 끄덕이며 보자기를 챙겼다. 서울로 가는 새벽 첫 기차에 올라 보자기를 풀어보니, 만 원짜리 세 뭉치가 들어 있었다. 킬러 미호의 첫 번째 성공 보수였다.

　잠복할 때마다 옛 생각이 나는 건 버리기 어려운 습관이다. 할머니는 다시 장사를 시작했을까. 그때 서울로 가는 기차 안에서, 사람을 죽이는 일로 살 수도 있겠다고 미호는 어렴풋이 생각했다. 할머니 같이 억울한 사람들의 한을 풀어주고, 세상에 없는 것이 나은 놈들을 없애주리라. 그건 더 좋은 세상을 만드는 데 일조하는 일이기도 하니까, 하고.

막상 이 일을 시작하고 나선 그만둘 생각만 했다. 이번 수술만 마치면, 이번 수술만 마치면, 하다가 어느새 여기까지 왔다. 이 일만 마치면 정말 그만둘 수 있었는데, 지금은 언제 죽을지 모르는 신세다.

윤순철과 키 큰 은발의 사내가 한정식 집을 나왔다. 사내가 먼저 대기하고 있던 차를 타고 사라졌다. 윤 기자는 다시 택시를 잡아탄다. 미호도 다음 택시로 뒤따른다. 방향을 보니 집으로 가는 모양이다. 어떻게 하지? 계속 이렇게 뒤만 밟을 수는 없는 일이다. 윤 기자와 대면해야 할 시간이 곧 올 것임을 미호는 직감했다.

B파일 310218 신참 기자

폭탄주 잔이 파도를 탔다. 스물일곱 명의 사회부원들이 리듬을 타며 일사불란하게 잔을 비웠다. 무쇠 솥뚜껑 위에서 삼겹살이 지글지글 익어가고 빈 소주병과 맥주병이 쌓여갔다. 사회부 데스크가 바뀌어 급히 마련된 회식 자리. 신임 편집국장 아수라는 전임 차 부장을 경제부로, 경제부 기 부장을 사회부로 보냈다. 정기 인사철이 아니라 편집국 분위기 전환 차원에서 부장급만 몇몇 보직을 바꿨다. 그래서 그런지 별다른 인사 잡음은 들리지 않았다.

신문사 뒷길에 위치한 생고기 전문점 '향기목'. 한옥 별채에 수습까지 모이니 단체석이 좁았다. 그곳은 사회부의 아지트였다. 신문사의 단골 식당이 되는 건 하루아침에 이루어지는 게 아니다. 몇몇 식당은 사옥을 옮길 때 아예 간판과 가마솥만 떼어들고 따라오기도 했는데 향기목도 그중 하나였다. 사내들이 좋아하는 의리란 말은 이 경우에도 적용된다.

탁자 모서리에 끼어 앉은 에스더도 돌아오는 폭탄주를 넙죽넙죽 비우고 잔을 흔들었다. 딸강딸강. 이젠 맥주잔과 소주잔이 부딪치는 맑은 소리를 능숙하게 만들어낸다. 그 '맑은 소리'를 제대로 내지 못한다고 벌주를 마신 게 벌써 일 년 전이다. 글라스의 중간이 아닌, 맨 아래 부분을 엄지와 중지로 가볍게 잡고 흔들어야 한다는 사실을 그땐 몰랐다. 수습 길들이기에 이용되는 사회부 전통을 아무도 가르쳐주지 않았으니. 반대쪽 구석자리에 앉은 사공용태가 지금 그 '맑은 소리'를 못 내 구박을 받고 있다. 맑은 소리! 고운 소리! 고걸 못 내냐! 깔깔깔. 고참들 웃음소리가 얄밉다.

에스더는 이제 소주 한 병을 너끈히 비웠다. 입사 한 해 만에 스스로 놀랄 정도로 주량이 늘었다. 사람은 환경에 적응해야 한다. 취중에 진담 나온다고, 처음엔 취재원 속내를 알기 위해 마실 수밖에 없었는데 습관이 되다 보니 어떨 땐 혼자 있어도 술이 당겼다. 대학 때 도서관만 다닌다고 별명이 '도순이'였는데⋯⋯. 지금, 홍당무 같은 얼굴로 남자들 틈에서 형님, 이러고 있는 모습을 본다면 친구들이 기겁할 것이다.

다들 술이 어느 정도 오르자 신임 기 부장의 요식적인 환영 인사와 수습들의 입에 발린 각오가 이어졌다. 사공용태가 인사할 때 에스더는 약간 긴장했다. 아는 사람이 대중 앞에서 더듬거릴 때의 불편함을 지켜보는 일은 고역이다. 저 배불뚝이 샌님이 이 험한 생활을 버텨낼 수 있을까.

며칠 전 수습 하나가 그만뒀다. 얼굴이 뽀얀 강남 땅부잣집 도련님은 보고 소홀로 캡에게 깨지자 바로 다음 날 MBA 유학을 떠난다며 사표를 던졌다. 부모 잘 만난 놈이 첨부터 유학을 갈 것이지, 왜 신문사엔 기웃거려서 간절한 누군가의 일자리를 가로채고 지랄이람. 언론사 들어오겠다고 3년 가까이 마음고생한 날들을 생각하면 화가 치밀었다.

부장과 고참 야근자들이 자리를 뜨자 긴장이 한 꺼풀 풀렸다. 에스더 옆자리의 신윤정이 마주앉은 백 차장에게 뜬금없는 질문을 했다. 그는 환경부를 출입하고 있다.

"근데요, 예전부터 궁금한 게 있는데, 문화부 윤순철 선배 있잖아요. 전임 국장하고 엮인 비사가 대체 뭐예요? 궁금해 죽겠네. 저번 빈소에서 보니깐 제일 슬피 앉아 있던데. 후배들이 인사해도 잘 받지도 않고, 일에 애정이 있는 거 같지도 않으면서. 어떨 땐 딴 회사 사람 같다니까요?"

에스더와 입사 동기 윤정은 법관의 딸이다. 애교가 철철 넘쳐도 생각은 어른스럽다. 배경이 자신감을 만든다는 말이 맞다. 상사에게 바른말 잘하고, 힘들어도 동료를 먼저 챙겼다. 면접장에서 라틴 댄스로 면접관들을 녹여버린 대범함에 일까지 야무지게 잘했다. 에스더는 그런 그녀가 늘 부러웠다.

백 차장이 소주를 한 잔 들이켜고 마치 자기 무용담처럼 썰을 풀었다. 둘은 고교 동창이지만 입사는 백이 더 빠르다.

"그러고 보니 10년도 훨씬 더 된 이야기네. 윤순철 그 자식이 수습 갓 떨어지고 마와리 돌 땐데, 그때 캡 하던 철가면이 오더를 내린 거야. 기동타격대 르포. 그러니까 폭력계 형사들 따라가서 잠복했다가 조폭 검거 현장을 취재하는 거였지. 그땐 「VJ특공대」 같은 TV 프로가 없었으니까 그런 게 잘 먹혔거든. 왜 있잖아, 인터걸 나오는 룸살롱이나 불법 카지노 잠입취재, 탤런트 지망생의 24시. 뭐 그런 콘텐츠들."

"그래서 윤 선배가 갔어요?"

윤정이 당근을 오독오독 씹으며 물었다.

"어쩌겠냐. 까라면 까야지. 서로 미루다가 결국 순철이가 경찰 봉고차에 탔지. 그런데, 이게 정보가 샌 거야. 겁대가리 없는 양아치 새끼들이 골프채랑 야구 방망이로 무장하고 잠복해 있었어. 걔들도 더 물러서면 조직 와해된다고 느꼈나 봐. 한판 제대로 붙은 거지. 겨우 수습 떨어진 애가 뭘 알겠냐. 형사들처럼 무장한 것도 아니고. 겁에 질려 봉고차 곁에 숨어 있었다네. 그걸 조폭 새끼 하나가 발견했는데, 순철이가 형사인 줄 알고 달려든 거야. 들고 있던 소형 도끼를 두 개 날렸는데 하나는 순철이 귓불을 스치고 봉고차 앞 유리창에 박히고, 다른 하나는 다리를 찍었다고 하더만. 순철이는 그 자리에서 혼절해버렸지. 인대 끊어지고 어쩌고 여차여차해서 한 반 년 쉬었나."

좌중이 그의 이야기에 집중했다. 으쓱해진 백이 목을 축이듯 술잔을 들이켜고 딱딱해진 고기를 한 점 씹었다.

"그 후가 문제였어. 밤마다 악몽을 꾸나 봐. 트라우마가 생겼대. 외상 후 스트레스 장애라는 거. 밤마다 꿈속에서 희번덕이는 도끼날이 날아와 이마를 뚫고 머리통을 동강낸대. 하루이틀도 아니고 진짜, 살 떨리지 않냐? 걔가 좀 소심하거든. 정신과 치료도 효과가 없던 모양이야. 사실 그게 다 마음먹기 달린 건데."

"그래서 문화부에 말뚝 박은 거군요?"

윤정이 백 차장의 빈 술잔을 채워주며 물었다.

"뭐 자의 반 타의 반인 셈이지. 오더를 내린 철가면이 도의적 책임을 느꼈던 모양이야. 치료 받으면서 회사일 할 수 있도록 인사철마다 배려를 많이 했어. 분초 다투며 마감에 쫓기지 않는 출판이랑 음악, 의학 담당을 오래 했지. 적성에 맞는지 어떤지는 알수 없지만……. 미디어연구소에 한 해 파견 근무 갔었고, 중국에도 반 년 연수 갔었고. 우리도 전문기자제도 있었으면 그놈이 제일 먼저 달았을 거다. 흐흥."

"주위의 평은 어때요? 구석 자리 창가에 처박혀 혼자 일한다고 여기자들 사이에선 별명이 '고시생'인데. '좀비'로 불리기도 하고."

이번엔 에스더가 물었다. 타인의 평판을 술자리 안주로 삼는게 불편하지만 호기심이 발동했다. 서장 기사 낙종하던 날, 편집국장 방 앞에서 마주쳤고 어제 자료조사실에서도 만났다. 어깨를 축 늘어트린 팔자걸음. 세상사 관심 없다는 표정으로 항상 이어폰을 목에 걸고 다녔다. 누가 말이라도 걸면 당장 귀에 꽂을 것처럼. 인생의 방관자 같기도 하고 달관자 같기도 했다.

"크크. 누구는 피해자라고 이야기하고, 누구는 무능하다고 하고……. 솔직히 판단이 안 서. 그래도 나는 이해하려는 편이야. 고딩 시절을 돌이켜보건대 걔가 근본은 착실하고 싹싹한 놈이거든. 지금이야 냉소적으로 변했지만. 근데 갑자기 대화 주제가 왜 그놈이야?"

안쪽 테이블에서 고함 소리가 들렸다. 연례행사처럼 싸움이 벌어졌다. 만취한 법조팀의 막내 설 기자가 취재 시스템의 불만을 토로했고 열 받은 법조팀장이 파 무침 접시를 집어던졌는데 그게 빗나가면서 사공용태의 흰 셔츠에 튀었다.

"단독 기사 하나 못 만드는 새끼가……. 맨날 다른 공장 똥이나 닦는 주제에 불평만 나불대지."

법조팀장이 넥타이 매듭을 당기며 발끈했다. 설도 은테 안경을 밀어 올리고 턱을 내밀었다.

"선배의 대책 없는 지시로 몇 개의 오보를 냈는지 아세요? 출입처 나가기 쪽팔려 죽겠다고요. 공보관들의 비식거리는 시선, 그건 모르셨죠?"

"이 새끼가 어디서 꼬박꼬박 말대꾸야. 내가 초짜 땐 말이지, 선배 지시는 하늘이……."

"씨팔. 또 쌍팔년도 얘기, 언제까지 우려먹을 건데요. 선배가 듣기 싫어하는 얘기는 우리도 마찬가지라고요."

백 차장이 인상을 찡그렸다.

"어휴, 우리는 어째 회식만 하면 저 지랄이냐. 아침에 술 깨면 서로 쪽팔려 죽을 거면서."

그때였다. 미닫이문이 좌우로 거칠게 열렸다. 바이스 캡 홍이 구두를 신은 채 방으로 들어왔다. 두 볼이 시뻘겋게 달아올랐다.

"에스더, 나와 봐. 얼른!"

망할, 양미라 짓이야!

에스더는 눈앞이 캄캄했다. 어째 한 이틀 안 보인다 싶더니 기어이 사고를 쳤다. CBC의 밤 8시 종합 뉴스가 문제였다. 민주일보에서 기획한 '차별을 넘어 공존의 시대' 시리즈와 거의 똑같은 아이템을 집중 취재 형식으로 두 꼭지에 걸쳐 방송해 버렸다. 트랜스젠더 인터뷰는 에스더가 어제 섭외한 바로 그 사람이고 밉살스런 양미라가 마무리 멘트를 하고 있었다.

바이스 캡 홍이 콧등을 찡그렸다.

"넌 보안도 안 되냐? 출입처에서 뭔 얘기를 나불거렸기에 물타기를 하냐. 그것도 우리가 기사 내보내기 이틀 전에. 다른 공장이 기획 취재 들어가면 안 건드리는 게 이 바닥의 예의거늘."

"저는 발설한 적 없습니다. 그리고 요즘 공장끼리 예의 안 챙긴 지 오래됐습니다. 아시잖습니까. 종편 채널로 사람 빼가기에, 기업 광고 따먹기에, 진보와 보수로 딱 갈라져서, 이제는 서로 못 밟아 죽여서 난리잖습니까."

"그렇다면 저 방송국 선수가 네 노트북이라도 훔쳐봤냐? 아니면 옆에서 전화 취재하는 거 줄줄이 들었든지. 그렇지 않고서야 어떻게 똑같은 뉴스가 뜬금없이 튀어나와? 인터뷰 대상도 똑같잖아!"

에스더는 뜨끔했다. 비슷한 사례가 몇 달 전 관악 라인에서 발생했다. 서로 머리채를 붙잡고 난리를 쳤었다. 하지만 정황만으로 사실을 인정하기 싫었다. 일단은 바이스 캡에게 밀리지 않으려고 대들었다.

"취재야 저년이 했겠지만 아이템은 다른 쪽에서 샜을 수 있잖습니까? 우리도 기획회의에서 나온 아이템 나눠서 취재하잖아요? 최근 편집국 일일 보고 외부로 계속 유출되는 건 어떻게 설명하실 건데요?"

"지금 책임 회피하는 거냐? 넌 어찌 매사가 그딴 식이냐."

"책임 회피가 아니라……"

"넌 그게 문제야. 자기주장만 옳다는 똥고집. 어떻게 모든 게 항상 니 기준이냐. 우리 일은 항상 결과로 말하는 거야. 자꾸 다른 사람, 다른 사건 물고 늘어지지 마. 추하니까."

편집국장실에서 기 부장이 이맛살을 찌푸리며 나왔다.

"아수라 영감 왈, 그간 공들여 취재한 거 버리긴 그렇고 하니 이틀에 걸쳐서 2회만 싣자고 한다. 뉴스에 나온 성 전환자 인터뷰는 킬해. 통째로 다 날리라고. 그냥 이주 노동자, 장애인만 야마 잡아서 다시 써봐."

"달랑 두 번 나가는 게 무슨 기획물이야. 게다가 앞뒤 사정 모르는 독자들은 우리가 뉴스 보고 아이템 베꼈다고 비웃을 거 아닙니까."

"그럼 어떡하냐. 상황이 그런 걸."

"에이, 씨팔!"

바이스 홍이 주먹으로 책상을 내리쳤다. 그래도 분이 안 풀리는지 책상 위에 쌓아둔 신문 더미를 번쩍 들어 던져버렸다.

에스더는 멍하니 바닥에 흩어진 신문들을 내려다봤다. 터져 나오는 눈물을 참으려고 고개를 들었다. 귓구멍이 막힌 양 아무런 소리도 들리지 않았다. 사람들 움직임이 흑백 무성영화 장면들처럼 느릿느릿 흘러갔다.

"선배, 사과하세요. 아이템 훔쳐간 거."

에스더는 화장실 문 앞을 막고 서서 다짜고짜 쏘아붙였다. 좁은 공간이라 목소리가 크게 울렸다. 거울 앞에서 눈썹 화장을 고

치던 양미라의 두 눈썹이 움찔거렸다.

"훔쳐? 내가? 뭘? 아침부터 완전히 미쳤구나."

양미라가 새빨간 입술을 삐죽이며 이죽거렸다.

"저 안 미쳤습니다. 훔쳐갔잖아요, 우리 기획물."

양미라가 파우더 뚜껑을 소리 내 닫으며 돌아섰다.

"지금 선배한테 시비 거는 거야?"

"시비가 아니라 사과를 받으려는 겁니다."

에스더는 어깨를 곧추세우고 한 발 다가섰다. 약한 모습을 보이면 지는 거다. 양미라가 팔짱을 끼더니 혀를 끌끌 찼다.

"당찬 거야 아니면 어수룩한 거야. 이건 뭐 유치원생도 아니고. 이 바닥은 누가 요리했든 배 속에 먼저 넣는 사람이 임자야."

"그 말은 소스 훔쳐간 건 인정한다는 거죠?"

"진짜 말귀 못 알아듣네. 그 정도는 누구나 생각할 수 있는 거 아냐? 너희 신문에 뭔 기사가 언제 나갈지 내가 어떻게 알아. 그 딴 걸로 생트집을 잡다니, 대한민국 유력지라는 곳의 기자 수준이, 참나."

에스더는 한 발 더 다가섰다. 레이저가 나올 법한 눈빛으로 양미라 얼굴을 쏘아봤다. 한 발만 더 디디면 코끝이 맞닿을 정도였다. 배에 힘을 주고 소리를 질렀다.

"선배면 선배답게 행동해요. 앞으로 내 노트북 앞엔 얼씬도 말구. 남의 거 도둑질하면서, 그렇게 잘난 척 유세떨지……"

눈앞에 불꽃이 튀었다. 뺨이 얼얼했다. 바로 되받아서 뺨을 후려쳤다. 그동안 쌓였던 감정을 싣느라 힘 조절에 실패했다. 양미라의 머리가 어깨와 함께 꺾이듯 돌아갔다. 핀이 빠지면서 생머리가 주르륵 풀리고 뾰족한 코에서 가는 핏물이 흘러 나왔다.

"이게 진짜! 네가 눈에 뵈는 게 없구나?"

흥분한 양미라가 눈을 치켜뜨며 주먹을 날렸으나 에스더는 가볍게 팔목을 낚아챘다. 다른 손이 날아왔다. 역시 가볍게 제압했다. 에스더에게 두 팔을 붙들린 양미라가 버둥거린다. 하얀 손목은 조금만 힘을 주면 부러질 듯 가늘다. 남자들은 왜 이런 약해빠진 여자들을 좋아할까.

"아악! 사람 살려!"

양미라의 앙칼진 비명이 복도 끝까지 울려 퍼졌다.

기자단 간사 심대근이 심히 난처해했다. 여자 후배들 간의 격투. 분명 그냥 넘길 수 없는 문제였고, 에스더의 공개 사과로 무마하고 싶어 했다. 일이 커지면 기자단 전체로 봤을 때도 창피한 일이었다. 경찰서 안에서 일어난 싸움이라면 더더욱.

양미라는 부어오른 볼을 감싸 쥐고 경박하게 뛰어다녔다. 출입기자 한 명 한 명을 붙잡고 자신의 억울함을 호소하고, 후배의 버릇없음을 힐난했다. 간교한 애살에 녹아난 수컷들의 술렁거림. 그들은 곁눈으로 에스더 눈치를 살피며 고개를 까딱거렸다.

양미라가 아이템을 훔쳤다고, 먼저 뺨을 때렸다고 말하고 싶었지만 참았다. 에스더는 판결을 기다리는 죄인처럼 고개를 내리깔고 앉아 있었다.

이 바닥은 소문이 총알보다 빠르다. 다른 라인의 동기가 바로 메신저로 접속해 왔다. 언론계 소식을 다루는 주간지 《미디어오늘》에서도 연락이 왔다. 에스더는 할 말 없다고 딱 잘라 말했다.

그쪽에 하소연해 봐야 감정싸움만 커지고 소문만 확대, 재생산될 뿐이다.

서먹한 기자실 공기가 견딜 수 없었다. 탁자 위에 볼펜을 요란하게 집어던지고 경찰서 밖으로 나왔다. 오늘따라 황사가 더 심하다. 보이는 사물들의 테두리는 다 지워지고 행인들이 공중부양한 혼령처럼 둥둥 떠다니고 있었다.

쥐고 있던 휴대전화가 부르르 떨었다. 캡, 받고 싶지 않았다. 다시 휴대전화가 부르르 떨었다. 이번에는 바이스. 역시 받고 싶지 않았다. 지금 순간만은 그냥 내버려뒀으면 좋겠다. 때로는 무관심이 최고의 위로 아닌가.

이번엔 캡이 문자를 보냈다. 마지못해 폴더를 열었다.

'손바닥 맵다는 소문이 시경까지 날아왔구나. 잘했어! 끝까지 버텨. 결국 질긴 년놈이 이겨.'

에스더는 피식 웃었다. 까칠한 냉혈한의 위로가 뜻밖이었다. 그리고 깨달았다. 그도 똑같았다. 아무리 미운 자식이라도 집 밖에선 다른 집 아이와의 싸움에서 지기 싫어하는 부모 마음인 것이다.

경찰서 정문 앞엔 오늘도 일인 시위를 하는 노파가 서 있다. 벌써 며칠째인가. 기분 탓이었을까. 갑자기 그녀의 사연을 들어줘야겠다는 생각이 들었다. 우울한 월요일, 자신보다 더 절박한 누군가를 위하여 30분 정도는 시간을 내고 싶었다.

B파일 397021 은행원

호텔 객실 침입자는 셋이었다. 턱이 각진 남자가 침대 모서리에 다리를 꼬고 앉아 있었고, 나머지 둘은 리영민 뒤에서 손을 모은 채 부동자세로 섰다. 다들 몸집은 크지 않았으나 단단하고 날렵해 보였다. 동네 건달 품새는 아니었다. 분위기로 충분히 제압했다고 판단했는지 신체적 압박을 가하진 않았다. 이미 실내를 샅샅이 뒤진 후라 옷가지가 바닥에 널브러져 있었다.

"여자를 왜 죽였지요? 홍콩모텔에서 말입니다."

M자 탈모가 진행되는 우두머리의 목소리는 나지막해도 위압감이 있었다.

어느 쪽이지? 영민은 얼른 판단이 안 섰다. 316호 장태평의 죽음이 아닌, 308호 탈북 여자의 죽음을 캐묻는 걸로 봐선 한국 경찰은 아니다. 경찰은 장태평의 죽음도 해결하지 못해 쩔쩔 매고 있다. 미영 씨 이름으로 유언 전달 사이트에 회원 가입을 한 게 실수였어. IP 추적에 걸린 게 분명하다. 그렇지 않고서야 여길 찾을 수 없다. 뒤늦게 짧은 숨을 뱉으며 자책했다.

영민은 우두머리와 조직원들을 다시 뜯어봤다. 나흘 전, 은행에서 자신을 쫓던 자들은 아니었다.

"다시 묻겠습니다. 왜 죽였지요?"

우두머리 목소리가 조금 더 올라갔다.

"주, 죽이지 않았습니다. 단지 주, 죽은 모습만 봐, 봤을 뿐이오. 잠에서 깨니 이미 죽어 있었다고요."

영민은 더듬거리면서 항변하듯 두 손을 들어 흔들었다. 그 와

중에도 머릿속으로 탈출 방법을 궁리했다.

훈련받은 조직원 셋, 몸으로 싸워선 승산이 없었다. 부하 둘이 전투용 로봇처럼 부동자세로 통로를 막고 있다. '조선족 살해 용의자 호텔방에서 죽은 채 발견.' 포털에 뜬 헤드라인이 눈앞에 어른거렸다. 개죽음 안 당하려면 뭔 짓이라도 해봐야 했다.

"후아, 갑갑하구만. 좋아요, 일단 담배나 한 대 피웁시다."

영민이 셔츠 목 단추를 풀며 투덜거렸다. 트렌치코트를 걸친 데다 긴장한 탓인지 진짜 겨드랑이가 축축했다. 장정들이 내뿜는 열기 또한 만만찮았다.

우두머리는 영민의 말을 자포자기한 자의 마지막 소망쯤으로 여겼다. 턱짓으로 지시를 하자 뒤쪽에 서 있던 남자가 큰 걸음으로 다가가 맨 끝 베란다 창을 열었다. 여긴 15층인데 무슨 일이 나겠어, 하는 표정. 담배를 빼무는 척하던 영민은 그 틈을 놓치지 않았다. 전속력으로 열린 창을 향해 돌진했다. 여섯 걸음이 채 안 됐다. 두 눈을 꼭 감고 난간을 밟고 올라, 허공을 향해 몸을 날렸다.

대기 중에 오래 머무는 것 같았다. 볼에 스치는 바람은 차갑고 주위의 잡음은 소거돼 꿈속처럼 왕왕거렸다. 시청 앞 광장, 꼬리를 물고 이어지는 버스, 가로등 조명이 만화경처럼 뒤섞였다.

영민은 빙 둘러쳐진 비닐 천막 위로 떨어졌다. 야외 수영장에는 개폐식 돔을 설치하는 공사가 밤에도 한창이었다. 푹신한 쿠션에 안긴 것처럼 어떤 충격도 느껴지지 않았다. 몸의 무게로 지지대가 휘어지며 천천히 낙하하다, 비닐 막이 찢어지면서 풀 속에 가라앉았다.

영민은 우주를 유영하듯이 슬로우 동작으로 수면 위로 떠올랐다. 일꾼들이 하늘과 바닥을 번갈아보며 비명을 질렀다. "손님, 무슨 일이십니까?" 웨이터가 급하게 달려와 수영장 밖으로 나오는 영민을 부축했다.

젖은 머리를 쓸어 넘기며 위쪽을 올려다봤다. 15층은 엄청난 높이였다. 세 명이 나란히 창가에 붙어서 아래를 내려다보고 있었다. 허둥대는 기색이 역력했지만 총구를 내밀진 못했다. 그들은 싸구려 해결사가 아니니까.

영민은 서둘러 공중정원을 나섰다. 뒤늦게 통증이 덮쳐왔다. 에스컬레이터를 뛰다시피 1층 로비로 내려왔다. 다행히 모든 승강기가 지하에 머무르고 있었다. 놈들은 비상계단을 통해 총알같이 추격해 올 것이다.

내딛는 발걸음을 따라 대리석 바닥에 물이 줄줄 흘렀다. 프런트 앞을 지나다가 쪽진 머리와 눈이 마주쳤다. 그녀는 영민의 몰골을 보더니 굳은 표정으로 입술을 아, 벌렸다. 저 여자에게조차 살인자로 낙인찍히다니. 영민은 슬펐다.

호텔 밖으로 나서자 차가운 밤기운이 달려들었다. 젖은 피부가 쪼그라들고 턱이 덜덜 떨렸다. 대기 중인 모범택시를 타려다가 멈칫했다. 첩보영화에는 늘 호텔 출구 앞에 운전기사로 분장한 요원이 나온다. 그렇다고 시청광장으로 달려 나갔다간 저격용 총알이 날아들지도 모른다. 본능과 반대 방향으로 움직여! 펄떡거리는 뇌세포는 그렇게 명령했다.

큰 길 대신 호텔과 연결된 지하 아케이드 쪽을 택했다. 주머니 속의 대포폰을 빼앗기지 않아 다행이지만 물에 젖어 전원이 나갔다. 바짝 말려서 다시 작동되길 기도할 수밖에. 안주머니에 숨겨 둔 권총도 마찬가지다.

대신 많은 것을 잃어버렸다. 객실 금고에 넣어둔 현금이 가장 뼈아프다. 이제 가진 돈은 지갑 속 20만 원뿐. 여권은 챙겼지만 숙박기록부만 확인한다면 캐나다인으로 위장한 신분이 드러나겠지. 머리 염색한 얼굴 사진을 다시 TV 화면에 띄우고 언론에서 호들갑을 떨 것이다. '영악한 도망자'로 포장해 궁지에 몰아넣으려 할 게다.

영민은 아케이드 끝 출입구로 나와, 두 팔을 휘돌리며 앞만 보고 달렸다. 숨이 가빠오를 정도로 빠른 속도였지만 전혀 고통을 느끼지 못했다. 일곱 정거장을 쉬지 않고 달려 낯선 동네 뒷골목의 허름한 사우나에 들었다. 온몸을 바늘처럼 찔러대는 냉기부터 말리고 싶었다.

힙합 모자를 눌러쓴 카운터의 알바생이 그의 몰골을 보더니 손바닥을 들어 출입을 제지했다. 영민은 이 땅에서의 대처법을 안다. 젖은 지갑에서 만 원짜리 한 장을 꺼내 알바생 윗옷 주머니에 찔러 주었다.

갈 곳 없는 이들로 수면실은 이미 만원이었다. 여기저기 알몸으로 쓰러진 살덩어리들, 사람이 아니라 도살장의 도축당한 짐승 같았다. 코 고는 소리가 사방에서 들렸다. 영민은 이들 중 다수가 자신의 고향 땅에서 왔다고 생각했다. 알팍한 우월의식에 사로잡혀 막노동판을 전전하는 그들을 낮춰 보지 않았던가. 서글프게도 지금은 그들의 자유를 부러워해야 할 신세다.

한쪽 구석에 젖은 옷을 깔아놓고 드러누웠다. 등을 데우는 녹진한 온돌의 온기가 좋았다. 한참을 뒤척여도 잠이 오지 않았다. 어쩌면 편히 잠들 수 있는 마지막 밤. 조금이라도 눈을 붙이자고 스스로를 다독였다.

강변이 내려다보이는 옌지 유일의 5성급 백산호텔.

그곳 레스토랑 창가 테이블에서 영민은 부모님, 미영 씨와 함께 식사를 하고 있다. 식사 후 인근 시민공원을 함께 산책한다. 화사한 꽃무늬 원피스를 입은 미영 씨가 가운데, 그 양옆에 부모님이 서서 사진을 찍자 행인들이 부러운 눈길로 쳐다본다. 신혼집은 은행 지점 인근의 고급 아파트.

영민은 매일 출근길에 미영 씨를 편입한 대학까지 데려다준다. 거리에 넘쳐나는 한국 간판과 관광객들. 한국과 크게 다르지 않은 풍경에 미영 씨는 쉽게 적응한다. 가끔 향수병이 도지거나 속상한 일이 생기면 매콤한 양꼬치와 맥주가 위로해 주리라. '진달래각'의 북한식 냉면도 괜찮다. 한국보다 훨씬 일찍 오는 가을에는 미영 씨 손을 꼭 잡고 장백산으로 여행을 가리라. 천지를 보고 내려오는 길에 온천욕을 하고, 산길을 걷다가 다리가 아프면 바위에 걸터앉아 삶은 계란을 까 먹고……

그때 검은 양복을 입은 두 사내가 나타나 길을 막아서더니 소음기가 달린 권총을 꺼내 겨눈다. 총구에서 불꽃이 튀려는 순간, 영민은 두 눈을 번쩍 떴다.

새벽 다섯 시, 사우나 수면실은 휑했다. 죽은 짐승 같던 알몸들이 다 사라졌다. 일감을 찾아 떠지지 않는 눈을 비비며 인력시장으로 몰려나간 모양이다. 젖은 수건과 쓰레기로 주위가 너저분했다. 영민은 여전히 꿉꿉한 몸을 쓰다듬으며 아직 자유의 몸임에 안도한다.

무작정 새벽 거리로 나섰다. 날은 밝았지만 출근 시간 전이라 행인이 많지 않았다. 새순이 올라오는 벚꽃나무는 그새 초록빛이 강해졌다. 편의점에 들러 컵라면과 두유를 계산했다. 먹을 수 있을 때 먹어둬야 한다.

젊은 여자 하나가 편의점으로 들어왔다. 그녀도 컵라면과 커피를 계산했다. 영민은 뜨거운 물을 붓고 돌아서다 그녀와 마주쳤다. 밤새워 일을 했는지 지쳐 보였지만 눈빛만은 또렷했다.

고개를 숙이며 창가 자리로 갔다. 잠시 후 여자도 컵라면을 들고 와 옆에 섰다. 라면이 익기를 기다리며 영민은 두유를, 여자는 커피를 홀짝였다.

아르바이트 종업원이 켜놓은 소형 TV에서 모텔 살인 사건 속보가 흘러나왔다. 조선족 용의자는 캐나다인으로 변장한 채 서울 시내에 숨어 지냈던 것으로 밝혀졌습니다. 조기 검거를 자신하던 경찰 수사망에 허점을 드러냈습니다. 아나운서의 다급한 멘트와 함께 갈색 머리의 남자 사진이 화면을 채웠다.

창가 여자와 다시 눈이 마주쳤다. 영민은 라면에 젓가락을 꽂아둔 채 도망치듯 편의점을 나왔다. 혹시 알아본 건 아닐까. 발걸음을 재촉했다. 중국 어선에 숨어 밀항하는 루트가 다시 떠올랐다. 팽 영감에게 다시 도움을 청해볼까. 바로 고개를 저었다. 지금 이 나라를 뜨면 영원히 살인자로 낙인찍힌다. 누명을 벗지 못할 바에는 차라리 잡히는 게 낫다. 때론 목숨보다 명예가 중요한 법이다.

도대체 어디가 시작이고 어디가 끝인가! 분노의 한숨을 내뱉다가 조금 전 뉴스에서 들은 모텔 살인 사건이란 단어를 되뇌었다. 모…텔…. 그 한 단어가 머릿속에서 집요하게 흔들렸다. 그렇다. 분명 사건의 시작은 합정동의 모텔이다. 그곳에 끝이 있으리라. 왠지 그런 생각이 들었다.

월요일 아침 일곱 시. 다시 벚꽃나무 가로등 아래에 섰다.

길 건너편의 홍콩모텔은 나흘 전 모습 그대로였다. 지난번처럼 주차장 비상계단을 통하면 침입이야 쉽겠지만 문제는 객실 열쇠였다.

영민은 고개를 저었다. 서두르면 망친다. 완벽한 전략이 필요했다. 일단 인근 PC방으로 갔다. 구석 자리에 앉아 많은 것들을 검색하고 정리했다. 웹에는 요긴한 정보가 수두룩했다. 경찰 뺨친다는 네티즌들의 개인 신상 털기는 끈기만 있으면 정말 가능했다. 팔꿈치를 탁자에 괴고, 볼펜으로 이것저것 메모를 해가며, 잡념을 떨치고 집중했다. 사건의 발단에서 결과까지. 나름의 가설이 꼬리에 꼬리를 물고 이어졌다. 명색이 옌볜에서 똑똑하다고 소문난 아이 아니었던가.

우선, 죽은 여자의 존재부터 되짚어봤다. 이름이 춘화라고 했던가. 그녀는 탈북자가 아닌데도 신분을 속이고 장태평과 어울렸다. 돈을 노리고 접근했을 리는 없다. 그렇다면 장태평의 업무와 관련되어 있을 가능성이 높다. 장은 전자 부품을 만드는 공장에서 일했다. 언론에서 떠들어대는 산업 스파이는 어쩌면 그인지도 모른다. 여자는 어느 쪽인가. 같이 기밀을 빼내려는 중국 쪽 동료? 아니면 기밀을 지키려는 한국 쪽 요원?

민기수는 어떤가? 학창 시절을 돌이켜보건대 그는 민족학교가 불만이었다. 지난한 가난을, 내일 없는 청춘을 한탄했다. 늘 한족으로 동화되고 싶어 했다. 스무 살이 되기 전 일자리를 찾아 고향을 떠났다. 그 후의 행적은 베일에 싸여 있다. 그런 그가 갑작스럽게 서울에서 연락을 해왔을 때 사실 불편했다. 에스더 기자가 준 정보로 보자면 폐기물 재처리 업체에 위장 취업한 상태에서 중국 정부를 위해 일한 것으로 추정된다. 하지만 소수 민족에 대한 차별이 엄연한 현실에서, 게다가 고중도 못 마친 놈이 정부 쪽 일을 맡아 하는 건 불가능하다. 차라리 밀수나 장기매매 같은 범죄 조직에 연루됐을 가능성이 확률적으로 높았다.

가설에 살이 붙을수록 온몸이 바짝 쪼그라들었다.

그렇다면 끈덕지게 쫓아오는 추적자들은 누구일까. 처음 은행에서 마주친 검은 양복들, 두 번째 구로역 지하철역 육교 아래서 대기하던 검은 양복들, 마지막 광화문 호텔에 침입한 검은 양복들. 첫 번째와 두 번째는 소속이 같고 중국 쪽이 분명하다. 보호 요청을 했던 구레나룻 하수인들. 하지만 호텔에 잠입한 세 번째 일당은 분위기가 확연히 달랐다. 한국 정보기관 쪽에 가까워 보였다. 인터넷과 휴대전화 도청을 이용해 추적해 왔고, 호텔리어 여자까지 바로 구워삶지 않았나.

하지만 한국의 정보기관이 왜 일개 은행원에 불과한 영민을 노리는가. 추리는 거기서 딱 막혔다. 허리춤의 권총을 손바닥으로 지그시 눌러봤다. 제 관자놀이를 향해 방아쇠를 당기지 않길 바랄 뿐이다.

250

어느덧 오전 열한 시. 모텔이 가장 한산한 시간이다.

영민은 호흡을 가다듬으며 홍콩이란 빨간 글자가 적힌 출입문 유리에 자신의 모습을 비춰봤다. 변장은 흐트러짐이 없었다. 접수대 쪽방 안에는 배추머리 여주인이 잠에 취해 있었다.

"안녕하쇼? 현장 확인 좀 하겠습니다."

영민은 손바닥을 이마 옆에 살짝 붙이며 사복형사처럼 건들거렸다. 배추머리 여 사장은 실눈을 뜨고 맘대로 하라는 듯 손바닥을 앞으로 내저었다. 살인 사건이라면 진저리난다는 듯이.

모든 투숙객이 빠져나간 시간. 예상대로 3층 복도는 휑했다. 가느다란 빛이 드는 통로 가운데 청소 도구를 실은 카트가 놓여 있고 어디선가 윙윙거리는 소음이 들렸다. 한 발, 한 발, 소리 나는 곳을 향해 가니 한 객실 안에서 노파가 청소기로 바닥을 문지르고 있다.

"경찰에서 왔습니다. 316호 좀 둘러보겠습니다. 아참, 맞은편 308호도."

노파 대답이 시원시원했다.

"16호는 경찰이 못 치우게 해서 그냥 들여다보면 될 거고, 8호도 방금 수건 갈았으니 열려 있을 거요. 거, 살인범이나 빨리 좀 잡아주슈. 괴소문 나서 손님 안 온다고 사장 짜증이 장난 아냐."

308호 모습은 그날 아침과 똑같았다. 영민이 제일 궁금한 건 죽은 여자의 손 위치. 그땐 당황해서 주의 깊게 보지 않았는데 한쪽 팔이 침대 아래로 들어가 있었던 것 같다. 추리대로 그녀가 정보기관의 요원이라면 고통의 몸부림 속에서도 어딘가 흔적을 남겨놓았으리라. 이를테면 다잉 메시지 같은. 경찰은 이 방에서 일어난 살인 사건에 대해서는 전혀 모르고 있는 상황. 제발 그동안 저 수다쟁이 노파가 대충 청소했기만을 기도했다.

영민은 일단 시체가 있던 자리에 똑같은 자세로 엎드렸다. 손을 침대 아래에 밀어 넣고 더듬었다. 쌓인 먼지가 일어났고 바닥에는 아무것도 없었다. 손을 더 깊숙이 밀어 넣자 침대 다리 뒤쪽에서 납작하고 딱딱한 뭔가가 걸렸다. 핸드폰이었다. 기억났다. 탈북 여자는 양꼬치 집에서 최신형 스마트폰을 테이블 위에 올려놓고 계속 만지작거렸다. 그런데 사건 당일 챙겨온 가방에는 핸드폰이 없었다. 심장이 뛰었다. 바로 작동시켜볼까 하다가 일단 안주머니에 찔러 넣었다.

다른 흔적들을 찾다가 차광 커튼 사이로 잠시 창밖을 살폈다. 망할! 지구대 순찰차가 길 건너편 사설 주차장 앞에 멈춰 서더니 정복 경관이 둘 여관 쪽으로 걸어오고 있다. 배추머리 사장의 눈썰미를 너무 쉽게 본 걸까.

영민은 비상계단을 두 칸씩 뛰어올라 옥상으로 나갔다. 주위를 둘러보았다. 오른쪽 '마카오모텔' 외벽에 붙은 철제 비상계단이 눈에 띄었다. 좀 멀어 보였지만 도전해 볼 만한 거리였다.

주머니에서 맥가이버 칼을 꺼내 길게 걸린 빨랫줄을 끊었다. 만장처럼 펄럭이던 하얀 시트가 후두둑, 떨어졌다. 빨랫줄 양끝을 묶어 콘크리트 바닥에 박힌 쇠 파이프에 걸었다. 두꺼운 수건을 골라 손바닥을 말고 하강훈련하는 유격대원처럼 모텔 벽을 탔다. 벽돌 표면이 오돌토돌해 생각만큼 미끄럽지 않았다. 철제 계단 높이까지 내려온 다음 두 발로 벽을 세게 찼다. 그 반동을 이용해 타잔처럼 옆 건물로 몸을 날렸다.

점프가 짧았다. 비상계단에 착지하지 못하고 난간 끝을 겨우 붙잡았다. 생각할 겨를도 없이 부식한 쇠파이프의 용접 부위가 떨어지면서 추락했다. 착지 순간, 몸의 무게가 한쪽으로 쏠리면서 왼쪽 발목을 접질렀다. 통증을 느낄 새도 없었다. 영민은 다리를 절뚝이며 달렸다. 골목을 지나 큰 삼거리로 나오자 마침 좌회전을 받아 달려오는 빈 택시 하나를 발견했다.

미끄러지듯 택시에 올라 코트 깃을 세우고 몸을 의자에 파묻었다. 악몽이 시작된 그날 새벽처럼.

B파일 044316 고참 기자

"알았어! 알아냈다고!"

새벽 두 시가 넘은 시각. 전화기 저편에서 황 감독이 로또라도 맞은 양 호들갑을 떨었다. 윤은 국정원 2차장을 만나고 온 뒤라 지쳐 있었고, 잠결이라 말뜻을 금방 이해하지 못했다. 마음 같아선 아침에 맑은 정신으로 통화하고 싶었다. 침대에 누운 채 건성으로 대꾸했다.

"뭔데 그래?"

"네놈이 보여준 동영상 파일 있지. 그것의 비밀. 낄낄."

상체를 벌떡 일으켰다. 잠이 확 달아나면서 모든 신경들이 일시에 촉수를 세웠다. 신신당부했건만 파일을 복사해서 빼돌리다니.

"언제 떠간 거야, 개자식."

"아, 졸라 쪼잔하게 나오시네. 소문날 일 없으니 겁먹지 말라고.

암튼 일단 얘기부터 들어봐."

"뭔데?"

"대박 치면 콩고물 던져주기다, 약속한 거다?"

윤은 침묵으로 답했다. 황 감독도 자신의 행동이 과했다 싶은지 바로 목소리를 낮췄다.

"수백 번을 돌려 봐도 특이한 게 없더라고. 그래서 포기하려는데 대머리 남자가 피우는 담배에 자꾸 눈길이 가는 거야. 누런 종이에 상표도 없는 것이 그냥 중국산 싸구려구나 생각했지. 그런데 식당도 고급스럽고 행세깨나 하는 인간들 같은데 아무거나 피울 리 없잖아. 혹시나 싶어 담배만 확대해 좀 알아봤어. 근데, 그게……."

예사롭지 않았다. 수화기를 힘껏 움켜잡았다.

"그래, 뭔데?"

"대마초야."

"에이, 설마……."

잠기운이 완전히 사라졌다.

"아니, 기자란 자식이. 등장인물과 어떤 관계인지 모르겠다만 그 사람들은 대마초 빨면 안 되냐? 점잔 빼는 톱스타들 말이야, 네덜란드나 태국 이런 데 여행 가면 호기심에 다들 한 번씩 해본다고. 탤런트인 나의 전 마누라 말씀이니 믿을 만한 얘기야. 속인주의니 어쩌니 처벌에 겁을 줘도 주둥아리 꾹 다물고 있으면 절대 안 들켜. 어느 누가 그 인간들 머리카락 뽑고 바지 벗겨 오줌 받냐고."

"정말이야? 확실해?"

"내가 좀 놀아봤잖니. 믿어주라. 아니면 손가락에 장을 지지마. 크하학. 네가 어떤 식으로 요리해 먹을지 모르겠다만 뻥튀기해서 같이 좀 먹자. 기자들이야 바늘을 몽둥이 만드는 재주는 타고 났잖니."

윤은 기분이 상했다. 돈을 향한 집요함은 이해한다고 해도 타인의 직업을 비아냥거리다니. 그래도 그의 추리가 사실이라면 대단한 정보임에 틀림없다. 머릿속이 또 혼란스럽다.

"야, 황 감독. 하나만 묻자. 네 말이 사실이라고 쳐, 근데 그걸 어떻게 증명하지? 갈색 종이 빤다고 대마초라고 단정하긴 좀 그렇잖아. 게다가 오래된 영상인데. 구체적으로 상표가 있거나……."

"대마초가 뭐 기호식품이냐. 상표 따지게. 그리고 한 가지 비밀이 더 있어. 창문 쪽을 자세히 보면 말이지……."

갑자기 전화 저편에서 목소리가 사라졌다.

"뭐야, 얼른 말해? 자세히 보면 뭐."

윤이 벌떡 상체를 일으켜 세웠다. 도리어 조급증이 났다.

"얼른 말하라니깐."

응답이 없었다.

"야! 황뚱. 내 이야기 안 듣고 뭐해? 갑자기 딸딸이라도 치냐? 야!"

여전히 응답이 없었다.

윤은 짜증이 솟구쳤다. 홍대 사무실 번호로 전화를 걸었다. 받지 않았다. 얍삽한 자식! 정보 팔아먹으려고 잔머리 굴리는 수작. 막장 인생들의 싸구려 근성이 역겨웠다.

새벽 두 시 반이 넘었다. 초조한 마음과 달리 일어설 힘이 없었다. 겹겹의 피로감이 밀려왔다. 셔츠를 입다 말고 그대로 곯아떨어졌다.

"에릭 클랩튼은 54년생이 아니라 45년생이걸랑요. 좀 확인하고 쓰십쇼."

출근해 자리에 앉자마자 독자를 사칭한 젊은 놈이 전화를 걸어와 태클을 건다. 윤은 깊은 숨을 들이켰다 내쉬었다.

월요일 아침부터 짜증나는 일이 폭주했다. 부장이 없으니 잔일이 잔뜩 쌓였다. 오전 지면회의를 끝내자마자 기사부터 챙겼다. 편집부 구 부장이 마감 늦다고 연일 핀잔을 주는 바람에 대꾸조차 하기 싫었다. 그 와중에 정치부에서 협조 요청까지 해왔다. 신임 국무총리 지명자의 논문 표절 의혹과 관련해 학계 반응을 토스해 줘야 한다.

담배 한 대 피우고 돌아와 이메일을 확인해보니 스팸을 걸러내도 수십 개나 들어와 있었다. 여행 담당을 오래전에 그만뒀음에도 여전히 보도자료가 날아온다. 극우 단체들은 자신들의 집회 행사를 모든 일간지 기자들에게 무차별적으로 쏘아댄다. 호국, 민족, 반공, 통일……. 윤은 그런 이름 들어가는 관변 단체 이름만 봐도 경기가 났다. 가수 S의 매니저는 카카오톡으로 메시지를 보내왔다. '기사 감사합니다. 혹시 네이버나 다음 초기 화면에 좀 빼주실 수 있는지요.'

윤은 인상을 구겼다. 욕심은 많고 매너는 꽝인 새끼. 그날 단호하게 말했음에도 무슨 똥배짱일까. 바로 씹어버렸다.

정오가 다 돼서야 일이 대충 정리됐고 황사가 깔린 창밖 풍경을 보며 철가면의 대마초 건에 대해서 진지하게 생각해보았다. 호기심에 한 번 피워봤을 가능성이 농후하다. 틈틈이 황 감독에게 전화를 걸어봐도 신호만 울릴 뿐이었다.

책상 구석의 두툼한 책 더미 사이에 숨겨둔 CD 케이스를 꺼냈다. 보고 싶지 않지만, 그렇다고 확인하지 않을 수도 없었다. 일반 컴퓨터로는 확대해 봐야 뭘 발견할 수 있을까마는.

CD를 부장석의 데스크톱에 넣고 구동시키자 느닷없이 흑인 남자와 백인 여자가 뒤엉킨 포르노 영상이 튀어나왔다. 복사 방지 장치가 걸려 있었던 모양인지 황 감독은 CD를 아예 다른 걸로 바꿔치기했다.

"황똥 이 새끼! 죽었어!"

윤은 자포자기의 심정으로 마우스를 집어던지고 구내식당으로 향했다. 엘리베이터를 기다리며 TV 뉴스 화면을 봤다. 캐나다인으로 변장한 조선족 용의자의 지명수배 얼굴이 클로즈업됐을 때, 국제부 만물박사 전 차장이 다가와 투덜거린다.

"저 인간 아직도 못 잡은 거야? 첨단 기술 빼돌린 산업 스파이라며. 시국도 어수선한데 물 흐리는 족속들이 많네. 아무래도 방문허가제는 참여정부의 실책이 아닌가 싶어."

윤은 생각이 달랐지만 굳이 대꾸하지 않았다. 엘리베이터 문이 열리는 순간 휴대전화가 요란하게 울렸다. 경찰이었다.

시신은 사무실 환기구 창틀에 목을 매단 채 발견됐다.

죽일 놈이라고 욕했던 황 감독이 진짜 죽어버렸다. 신고자는 4층에 사는 건물주인. 아침에 밀린 월세 독촉하려고 문을 밀고 들어갔다가 발견했다.

윤이 연락을 받고 달려갔을 땐 시신은 치워지고 없었다. 경찰 저지선을 뚫지 못해 폴리스 라인 앞에서 두리번거리다 계단을 올라오는 얼굴과 마주쳤다. 껄끄러운 사이지만 상황이 상황인지라 반가웠다.

마동식 형사. 벌써 10여 년이 훌쩍 흘렀다. 그는 윤이 조폭 검거 현장 취재 갔다가 큰 부상을 입었을 때 병원으로 옮겨준 장본인이다. 어느새 형사팀 팀장이 됐다. 건너편 편의점에서 캔커피를 하나씩 뽑아들었다.

"윤 기자, 몸은 좀 어때?"

"그렇죠 뭐, 세월이 세월인데 이젠 잊어야죠."

"이 사람아, 그게 그렇게 잊히면 병도 아니지. 아무튼 힘내."

윤은 심장에 화살을 맞은 듯 움찔했다.

"피해자가 사채업자들한테 쪼임을 당했나 봐. 사무실 세도 몇 달 밀려 있었고. 한때는 잘나가는 방송국 촬영 감독이었다던데…… 교사라 현장은 깔끔해. 친구라며?"

마 팀장이 후루룩 소리 내 커피를 마셨다.

윤은 고개만 끄덕였다. 돈, 돈, 돈, 집요하게 징징대던 황 감독 얼굴이 떠올랐다. 어젯밤에 바로 달려왔어야 했는데…… 중학교 다니는 딸아이를 생각하자 죽음을 방치한 자책감이 더 커졌다. 입술을 힘껏 깨물었다가 풀며 마 형사를 찔러봤다.

"형님, 혹시 타살 가능성은 없을까요?"

"부검해 봐야 알지. 살해당한 뒤 밧줄에 매달렸을 가능성도 있으니. 그 경우 두 겹의 액흔이 남아 있을 수 있고."

"유서는요?"

"실은, 그게 찜찜해."

그러면서 좌우를 한번 살펴보면서 목소리를 낮췄다.

"워드로 쳐서 보란 듯이 컴퓨터 초기 화면에 띄워놨더라고. 먼저 가서 미안하다, 모두 용서해 달라고. 요즘은 그 방식이 유행인 모양이야. 기왕 죽을 몸, 직접 몇 자 쓰는 일조차 귀찮다 이건가. 육필로 써주면 우리가 일하기 얼마나 편해. 수사에 혼선도 없을 테고 헛심 안 써도 되고."

윤은 짧은 신음을 내뱉었다. 자살이 아니다. 황 감독은 온갖 추잡한 방법을 동원해서라도 살고 싶어 했다. 경찰에게 어디까지 진실을 알려야 할까. 고민 끝에 어젯밤 길게 통화한 내용만 흘렸다. 어차피 통화 내역 조사하면 드러날 사실이다.

"그래? 그 야밤에 뭔 얘기를 했는데?"

"뭐, 그냥 이것저것 세상 돌아가는 얘기."

"새벽 두 시에?"

"황 감독이 먼저 전화 왔어요. 돈 될 만한 사업 없냐고."

"그럼 맞네. 빚 때문에 자살한 거."

말문이 막혔다. 마 팀장은 단순 자살로 생각을 굳힌 것 같았다. 일단 피해자의 주위 상황이 그렇고, 만에 하나 부검 결과 봐서 타살 정황 나오면 그때 수사 시작하면 되지 않느냐, 뭐 그런 투였다. 역시 세월은 독이다. 예전 강력반 형사 때의 열정과 투지는 사라졌다. 윤도 똑같은 삶을 사는 처지라 비웃을 생각은 없었다.

"현장 좀 구경하겠습니다."

"왜?"

"그냥, 뭐 흔적이라도 있을까 해서. 마지막으로 통화한 친구잖아요."

"지금은 경찰 출입 아니잖아. 하긴 그 연차에 마와리 돌기는 체력이 무리겠다. 크크."

"여전히 팍팍하시네. 살인 사건도 아니고 친구의 죽음 좀 확인해 보고 싶다는데……. 나야 신분 확실한 사람 아닙니까. 공익을 위해서 일하는."

"아암, 그렇지. 공익을 위해 발바닥에 땀띠 나도록 뛰시는 기자 슨상님."

마 팀장이 입술을 꼬면서 허락해 주었다.

피 한 방울 없는 현장이라 괴괴한 느낌은 없었다. 사무실은 며칠 전 그대로였다. 윤의 관심은 오로지 컴퓨터였다. 그 속에 문제의 동영상 CD가 있다. 어떻게든 조치를 취해야 한다. 사건이 일파만파 번져서 죽은 조 국장 명예에 흠집이 가지 않도록. 지난밤 황 감독 이야기가 사실이라면 더더욱 그렇다.

바로 한 발 늦었다는 걸 알았다. 두 대의 컴퓨터 중 오른쪽 본체가 통째로 사라졌다. 경찰이 초동 수사에서 그런 것까지 알아낼 순 없었으리라.

윤은 손바닥으로 목덜미를 쓰다듬었다. 보이지 않는 적에 대한 두려움. 그들은 황 감독의 존재를 어떻게 알았을까. 휴대전화 도청이라도 한 걸까. 다음 타깃은 윤이 분명하다. 소리 없이 다가오는 검은 무리를 떠올리자 오소소 소름이 돋았다. 비밀의 문이 살짝 열렸다가 다시 닫혀버린 기분이었다.

윤은 화장실 변기에 엉덩이를 까고 앉아 신경질적으로 담배를 빨았다. 금연 빌딩이고 나발이고 니코틴이 절실히 필요했다. 연기가 회오리 모양으로 천장 환기구로 빨려나가는 걸 보며 흩어진 정보들을 한 가닥으로 만들려고 집중했다. 두서없이 떠오르는 단어들. 동영상, 베이징, 대마초, 뺑소니, 국정원. 탈북녀, 반성문……. 이것들의 교집합은 뭘까. 국장은 자신의 치부가 든 동영상 파일을 왜 건넸는가. 대신 진실을 파헤쳐주기를 바랐던 걸까.

누군가가 화장실 문을 거칠게 밀고 들어왔다.

"순철이 그 자슥 오버 아이가. 와 말도 없이 남의 부서 나와바리 어슬렁거리노. 지 일도 제대로 처리 못하는 주제에."

소변 갈기는 소리와 동시에 불만을 뿜어냈다. 억센 사투리. 사회부 기 부장이었다.

"전임 국장 죽음 이후로 여기저기 들쑤시고 다니는 모양이에요. 무슨 관련이라도 있나?"

옆에서 거드는 간살스런 목소리는 바이스 캡 홍이다.

윤은 화들짝 놀랐다. 역시 소문이 빠른 동네. 아마도 점심때 홍대 사건 현장에 뛰어간 일 때문인 것 같았다. 그새 몇 단계를 돌고 돌아 부메랑처럼 돌아온 것이다. 그렇다고 사과할 만한 행동은 아니다. 친구가 목을 매 죽었다는데 가볼 수 있지 않은가. 사건 현장 한 번 둘러본 게 그렇게 욕먹을 짓인가. 다들 왜 그렇게 민감하게 반응하는지 알 수 없었다.

"그건 그렇고 CBC 사장은 와 또 자살했노? 총선에 나간다고 소문 파다했는데. 혹시 어린 아나운서 잘못 건드려서 발목 잡힌 거 아이가. 히히히. 그 양반이 여자를 좀 밝히거든. 뭐, 주위들은 얘기 없나?"

"글쎄요. 지병이나 채무 같은 건 없었다던데. 종편 채널 개국 때문에 최근 스트레스 좀 받았겠죠. 애들 빠져나가고 광고도 나눠먹어야 하고. 경쟁 방송국이 이리저리 생기는 꼴이니."

"요즘 공장마다 와 이라는지 모르겠네. 기분 꿀꿀하게시리."

"원래 이 일이 직책 올라갈수록 부담 커지잖아요. 솔직히 몸이 고달파서 그렇지, 기자 초년병 시절이 제일 해피하죠."

이야기는 금방 다른 주제로 흘러갔으나 윤은 죄 지은 사람처럼 몸을 움츠렸다. 화장실 칸막이를 사이에 두고 자신의 평가를 듣는 일은 고역이다. 두 다리를 들어 올리다, 철제 휴지통을 건드리고 말았다. 대화 소리가 뚝 끊겼다. 수도꼭지에서 물 떨어지는 소리만 똑똑똑. 매캐한 담배 연기만 계속 피어올랐다. 어색한 침묵을 이기지 못하고 윤이 먼저 헛기침을 뱉었다.

B파일 900734 전업 킬러

발걸음을 재촉했다. 밤인 데다 허름한 아파트 상가 지하에 있는 사무실을 찾기란 쉽지 않았다. 명함 약도에 그려져 있는 바이더웨이를 지나고 나서도 한참을 허비한 후에야 '미로프로덕션'의 미, 자가 덜렁거리는 간판을 발견했다.

홍대 뒷골목의 황 감독을 찾아 나선 건 윤순철만 뒤쫓아서는 어떤 정보도 빼낼 수 없었기 때문이다. 신문사에도, 그의 집에도 문제의 CD는 없었다. 잇단 허탕에 마음이 급해졌고 그러다가 외투 주머니에서 나온 명함을 우연히 발견하고는, 황 감독에게 CD가 넘어갔을지도 모르겠다는 데까지 생각이 미쳤다. 황 감독이 술집에서 억지로 손에 쥐어 주던 명함. 그는 영상 전문가인 데다, 꼬인 혀로 칭얼대던 말이 더 가능성을 높여주었다. 급히 전략을 바꿨다. 잘 구슬리면 제 입으로 술술 나불댈 수도 있다. 그날처럼.

민주일보 편집국장이 뺑소니 사고로 죽던 밤이었다.

미호가 홍대 재즈 바에 갔을 때, 둘은 이미 불쾌하게 취해 있었다. 밤안개가 땅바닥까지 자욱하게 내려앉은 거대 도시의 뒷골목. 시간은 더디 흘렀고 어둑한 조명 아래 경계를 놓아버린 밤은 모두에게 관용을 베풀었다. 젊은 여자가 낯선 사내들에게 접근하기란 어렵지 않았다. 바로 말문을 트게 만들고 어색하다 싶은 행동은 분위기에 묻혀버리니까.

두 사내는 자연스럽게 합석한 낯선 여자를 테이블을 돌며 말동무해 주는 업소 종업원으로 착각한 듯했다. 소위 '바 알바'라는 직업. 미호는 그들 사이에 앉아 빠른 템포의 음악 사이로 대화 내용을 엿들으려고 애썼다.

프라다 코트를 입은 윤 기자는 일정한 간격으로 스트레이트 잔을 홀짝이며 딴 생각에 골몰한 듯 말을 아꼈다. 곰보 황 감독은 침을 튀겨가며 쉴 새 없이 주둥이를 놀렸는데, 족제비눈을 하고선 미호의 몸을 힐끗힐끗 훑었다. 잔을 원샷으로 들이키고 손등에 묻힌 소금을 핥을 때는 작부의 살찐 젖통을 빨듯이 부러 음탕한 소리를 냈다. 그 행동이 역겨워 잠시 시선을 틀었다.

무대에서 재즈 트리오가 연주를 했다. 묘하게 언밸런스한 조합. 꽃미남 피아노와 드럼 연주자는 성의 없이 스틱과 건반을 두드렸다. 우리 실력으로 싸구려 밴드에 있기엔 억울해. 그딴 생각을 한 가득 품은 표정. 반대로 레게머리 여자 보컬은 늙고 뚱뚱했지만 성량이 풍부했다. 욕심 없이 그냥 무대 자체를 즐기는 것 같았다. 저, 저, 보컬 생긴 거 좀 봐라. 완전 방실이 빼박았다. 주위에서 누군가가 키득거렸다.

"아까 본 그 동영상 말이야, 진짜 돈 되는 거냐. 말 좀 해봐, 궁금해죽겠다고."

황 감독의 칭얼대는 소리에 미호의 귀가 순식간에 열렸다. 윤 기자가 신경질적으로 손바닥을 내저었다.

"숙녀 분 앞에서 왜 자꾸 재미없는 얘기를 꺼내. 술이나 마셔."

"지랄! 좀 가르쳐주면 안 되냐. 우리가 그런 사이가 아니잖아. 작업에 끼워만 주면 나머지는 내가 다 알아서 할께. 주둥이 꾹 다물고 지옥이라도 따라간다니깐."

황 감독이 꼬인 혀로 투덜거렸다. 미호는 조금 더 떠보기로 했다.

"무슨 동영상인데 그래요? 혹시 야시시한 거? 호호."

"궁금해?"

다짜고짜 반말이다.

"살짝요, 자꾸 얘기하시니깐."

"그건 비밀이다. 크크."

윤 기자가 화장실에 간다고 일어섰다. 황 감독도 지나가던 가부키 마담 뒤를 졸졸 따라 카운터로 들어가 앉았다. 미호는 두 남자의 술잔에 알약을 하나씩 떨어트렸다. 흔적 없이 녹는 수면제 로히피놀. 그리곤 아무 일 없다는 듯 제 몫의 술잔을 홀짝였다.

옆 테이블의 대화가 귓속으로 빨려 들어왔다. 이혼하려는 남자를 친구가 뜯어말리고 있다. 조금 전 나이 든 보컬을 흉보던 자들이었다. 술에 취해 감각 조절 기능을 상실했는지 주위에 죄다 들릴 정도로 목소리가 높다.

"새끼야. 고집부리지 말고 형 말 좀 들어. 너 지금 이 상태에서 갈라서면 위자료로 다 뜯기고 남는 거 하나도 없다. 풀 뜯어먹고 살래?"

"씨발, 그럼 어떡하냐. 하루하루가 생지옥 같은데."

"안마! 최전방에서 군대 생활 3년도 버텼는데……. 일단 꼴 보기 싫어도 잘해 주는 척하면서 들러붙어 있어. 그리고 기회를 봐."

"기회?"

"응. 기회."

그러면서 주위를 한번 훑었다. 불온한 작당을 하는 사람처럼 입을 손으로 가린 다음 속삭였으나 목소리 크기에 변화는 없었다. 순간 노랫소리마저 끊기면서 내용이 더 또렷하게 들렸다.

"청부살인."

"청부살인? 죽여, 버리라고?"

"놀라긴. 그런 거 해 주는 해결사들 인터넷에 널렸어. 얼마나 수요가 많으면 그러겠냐?"

증거를 보여주겠다는 듯 부추기는 놈이 스마트폰을 꺼내 검색하기 시작하고, 이혼을 하네 마네 하던 놈이 옆에서 뚫어져라 화면을 들여다봤다.

미호는 자신의 정체를 들킨 양 얼굴이 달아올라 고개를 돌렸다.

황 감독은 카운터에서 가부키 마담을 껴안다시피 들러붙어 지분거리고 있었다. 마담은 겁탈 직전의 표정으로 가슴을 감싸며 양미간을 찡그렸다. 그 꼴을 화장실 다녀오던 윤 기자가 바라보며 고개를 절레절레 흔들었다.

미호는 호들갑스럽게 그들을 불러 건배를 제의했다. 마담이 고맙다는 눈짓을 했다. 술이 몇 잔 돌자 두 남자가 거의 동시에 테이블에 쿵, 하고 이마를 처박았다. 미호는 윤 기자만 부축해서 바를 나왔다. 택시에 올라 집이 어디냐고 묻자, 잠결에 제 집 주소를 외워댄다. 자유로를 달려 도착한 곳은 일산 백석역 인근의 오피스텔. 윤 기자는 집에 들어서자마자 마네킹 넘어지듯 침대에 고꾸라졌다.

실내에는 온기가 없었다. 사람의 체취도 느껴지지 않았다. 공기는 건조하고 욕실 타일은 바짝 말라 있었다. 오랫동안 집을 비워뒀거나 결벽증 환자의 소굴 같았다. 미호는 순서대로 집 안을 뒤졌다. 책상, 선반, 문갑, 옷장, 소파……. 음악 CD가 한쪽 벽면을 채울 만큼 많았다. 만약 여기서 CD를 섞어놓았다면 어떻게 찾는다지? 밤을 새워도 모자랄 것 같았다.

그때 판단을 잘했더라면 꼬이지 않을 수도 있었는데. 미호는 '미로프로덕션' 앞에서 며칠 전 일을 되뇌며 한숨지었다.

사무실로 내려가는 지하 계단은 음침했다. 그 흔한 센서 조명등 하나 달려있지 않았다. 살짝 열린 문틈으로 불빛이 새어나오는 것을 보면 사람이 있기는 한 모양이다.

"황 사장님, 계세요?"

세게 노크하며 불러도 대답이 없었다. 손잡이를 밀자 문이 스르르 열렸다. 어색한 미소를 지으며 사무실로 한 발 들어서는 순간, 비릿한 냄새를 맡았다. 바로 알 수 있었다. 죽은 사람의 냄새. 재빨리 단도를 꺼내 방어 자세를 잡았다. 고장 난 환기구에 황 감독이 매달려 있었다. 자살처럼 위장했지만 자살일 리 없다. 깔끔한 고수의 솜씨.

주위를 경계하며 사무실 곳곳을 살폈다. 어색한 곳을 책상에서 발견했다. 두 개의 모니터 좌우로 하나씩 붙어 있어야 할 컴퓨터 본체. 오른쪽 자리만 휑하니 비어 있다. 놈들보다 한 발 늦었다. 더는 건질 게 없을 것이다.

미호는 서둘러 사무실을 빠져나왔다. 살인 누명까지 뒤집어쓰는 건 최악이다. 큰 길로 이어지는 바이더웨이 골목으로 꺾다가 낯익은 승합차 한 대가 서 있는 걸 발견했다. 바로 돌아서려는 순간, 누군가 뒤에서 헝겊으로 입을 감쌌다. 알싸한 냄새가 온몸에 퍼지며 정신이 혼미해졌다.

"안녕, 아가씨. 행운은 여기까지야."

검은 양복이 말했다. 미호는 그대로 정신을 잃었다.

B파일 310218 신참 기자

"쫓기고 있습니다. 도와주십시오."

조선족 용의자의 울부짖던 전화 목소리는 그렇게 끊어졌다. 걸려온 번호로 다시 걸어봤지만 공중전화인지 수신할 수 없다는 안내가 흘러나왔다. 어떻게 된 걸까. 그새 잡히기라도 했을까봐 계속 다른 라인 보고와 통신을 체크했지만 새 소식은 뜨지 않는다.

오전 보고를 올리고 나자 노파와의 약속 시간. 에스더는 후회했다. 충동적으로 벌인 일이라 막상 닥치자 귀찮은 마음이 앞섰다. 그래도 약속은 약속이다. 아파트가 경찰서에서 멀지 않아 그나마 다행이었다. 공덕동 일대의 연립주택을 싹 밀고 재개발한 대단지. 이름 있는 건설사가 지어서인지 건물들의 외관도, 언덕을 따라 늘어선 신록의 조경도 멋들어졌다.

엘리베이터에서 내리자 노파가 현관문을 열어놓고 마중 나와 있었다. 집 안에 들어서자마자 애완견이 정신없이 짖어댔다. 고급 아파트에서 자수가 놓인 감색 실내복을 입은 노파 모습을 보니 경찰서 앞에서 1인 시위하던 그녀가 맞나 싶다. 중학교 교사로 정년퇴직했고 연금 덕에 생계는 문제없다고 했다. 거실에 천연 방향제 향기가 은은히 퍼져 있어 노인 홀로 사는 집 특유의 군내도 없었다.

에스더가 거실 소파에 앉기도 전에 노파가 이야기를 꺼냈다. 우주그룹 전산운영실에 근무하던 그녀의 외아들, 도재길이 지난 연말 파면 당했다. 사유는 기밀 유출 혐의. 사측에서 구체적인 증거를 제시하지는 못했지만 아들은 순순히 짐을 쌌다. 그러나 충격 때문인지 은둔형 외톨이처럼 방에 틀어박혀 인터넷에만 몰두했다고 한다.

사고는 지난달에 일어났다. 낯선 전화를 받고 밤에 외출한 도재길이 다음 날 새벽 아파트 앞 근린공원의 공중 화장실 뒤편에서 죽은 채 발견된 것. 경찰 조사 결과 사인은 동사였다. 만취해 화장실에 들렀다가 잠들어 변을 당했다는 것이다.

노모는 자신의 아들은 회사 기밀 따위를 훔칠 아이가 아니라면서 눈가를 훔쳤다. 교통사고로 죽은 남편에 이어 늦게 얻은 아들까지 어이없이 가버리자 죽지 못해 산다고 했다. 아들의 한을 풀어 주어야, 본인도 편히 눈을 감을 수 있을 거라고 했다.

그녀의 타살 주장은 세 가지. 교사 출신답게 설득력 있는 분석이었다.

우선, 아들은 술을 안 마시는데 만취 상태였다는 것. 평소 주량이 맥주 한 잔 정도인데 부검에서 나온 혈중 알코올 농도는 0.1이 훨씬 넘었다. 면허 취소도 가능한 수치였다.

둘째, 퇴사 후에도 누군가로부터 지속적인 협박을 받았다는 것. 검은 양복을 입은 사내가 찾아와 단지 내 테니스장에서 이야기 나누는 걸 본 적 있단다. 노모는 다니던 직장 사람이 분명하다고 확신했다.

셋째, 경찰 조사가 너무 빨리 종결되었다는 것. 사건 발생 사흘 만이었다. 누군가 지시라도 내린 것처럼 일사불란하게 움직였다고 했다. 수차례 항의를 했지만 소용이 없었다. 그러나 이 모든 주장은 정황일 뿐 확실한 물증이 없었다.

노모는 눈물을 멈추고 그제야 커피를 내왔다. 프림을 너무 많이 넣어 입안이 텁텁했지만 성의를 생각해 꾸역꾸역 마셨다.

"안을 좀 둘러봐도 될까요?"

도재길의 방은 그대로 보존돼 있었다. 바닥에서 냉기가 강하게 올라왔다. 같은 공간이라도 사람 체취가 있고 없고에 따라 느낌이 확연히 달라진다.

책상부터 살폈다. 호수를 배경으로 찍은 가족사진 액자가 단란했던 한때를 증명했다. 컴퓨터와 휴대전화, 다이어리 같은 물건은 경찰에서 훑고 간 뒤라 보나 마나. 막막해하고 있는데 노모가 애완견을 안고 뒤따라 들어왔다. 에스더를 빤히 쳐다보며, 개 목에 걸린 가죽 목걸이를 풀어 흔들었다.

"그게…… 뭔가요?"

"재길이가 사고 나기 이틀 전, 멀쩡하던 걸 풀고 새 걸로 묶어 놓았더라고요. 그리곤 우리 몽이한테 이러더군요. 반드시 믿을 만한 사람한테만 풀어주라고. 그땐 웃어 넘겼는데……. 분명 재길이도 어떤 위험을 예감했던 거예요. 그런데 경찰이 수사하는 꼬락서니를 보니 도무지 못 믿겠더라고. 기자님은 믿어도 될 것 같아요. 내가 왜 날마다 피켓을 들고 출근하는지 이젠 알겠지요. 제발 우리 아들 누명 좀 벗겨줘요."

그녀가 다시 흐느꼈다. 두 줄기 눈물이 볼을 타고 흘러내렸다.

건네받은 개 목걸이를 살폈다. 새끼손가락 길이만 한 슈퍼맨 인형이 달려 있다는 걸 빼고 특이한 점은 없었다. 여중생이나 좋아할 법한 팬시상품. 우락부락한 체격의 도재길과 어울리지 않는 물건이었다.

노모가 말했다.

"머리가 앞뒤로 움직여요. 그 슈퍼맨."

인형 머리와 몸통 사이에 스프링이 달려 분리가 가능하게 돼 있었다. 슈퍼맨 머리를 젖히자 뜻밖에 USB 메모리 커넥터가 나왔다. 늙다리 수사관들이 놓친 이유가 이거였군.

"그게 대체 뭐요? 내가 뭐에 쓰는 건지를 몰라서. 중요한 건가요?"

노모의 재촉에 에스더는 고개를 끄떡였다. 비로소 노모가 아들의 죽음이 단순 사고가 아니라고 확신하는 이유를 알았다. USB에 무슨 내용이 저장돼 있는지 모르겠지만 충분히 추적해 볼 만한 가치가 있었다. 타살 의혹을 전면에 부각시키긴 어렵겠지만, 부실수사가 낳은 억울한 죽음, 그 아들의 죽음을 파헤치는 집념의 어머니. 초점을 그쪽으로 잡으면 읽을거리용 박스기사는 가능하다.

처음엔 노모의 집착증이 안쓰러워 자살이 분명함을 확인시켜 주려는 생각이었다. 그런데 뜻밖의 수확을 얻었다. 이 기회에 경찰을 한번 제대로 까주고 싶기도 했다. 특히, 강력2팀장에게서 받은 수모를 되갚아주리라. 두고 보라지! 기자가 어떤 직업인지 똑똑히 알게 해 주겠어. 에스더는 슈퍼맨 인형을 꼭 쥐었다.

"얼마 안 되지만, 이거 택시비라도 보태요."

현관을 나서는데 노모가 하얀 봉투를 재킷 주머니에 꽂아 넣었다. 에스더는 화들짝 놀라 얼굴을 찡그렸다. 절박한 기분은 이해하지만 순수한 선의가 모욕당하는 건 싫었다.

"어머님, 기자가 뭘로 사는지 아세요? 가오랍니다. 기자는 가오 빼면 시체예요. 감사하지만 넣어두세요. 아드님 일은 제 가오를 걸고! 추적해 볼 테니 걱정마시구요."

도재길이 남긴 몇몇 서류를 가슴에 안고 언덕을 내려오면서 산업부에 근구하는 입사 동기에게 전화를 걸었다. 그의 출입처인 우주그룹과 관련해서 몇 가지 사실관계 확인을 부탁했다. 그룹 홍보실 통하지 않고 알아봐주면 좋겠다고 거듭 당부했는데 워낙에 게으른 뺀질이라 별 기대는 하지 않았다. 아파트 단지 정문 수위실 앞에서 검은 양복 사내 둘과 짧게 눈이 마주쳤다. 에스더는 그들이 「맨 인 블랙」 주인공을 닮았다고 생각했다.

　기자실이 이렇게 조용한 적이 있었던가. 최종 선고를 앞둔 법정처럼 긴장이 감돈다.

　모두들 시선 맞추기를 꺼렸다. 에스더는 올 것이 왔다고 생각했다. 상황이 불리하게 돌아간다는 건 알고 있었지만 비굴하게 머리 숙일 생각은 없었다. 어느 사내가 양미라 치맛자락에서 벗어날 수 있을까. 닥치면 닥치는 대로, 왕따 놓으면 놓는 대로 버틸 생각이었다. 캡 말대로 이 바닥도 질긴 년놈이 이긴다. 최악의 상황을 가정하자 오히려 마음이 편해졌다.

　여론의 뭇매를 맞아가면서 경찰 기자실을 브리핑 룸 형태로 바꾼 전직 대통령이 이때는 고마웠다. 고정 부스였다면, 그래서 혹시 양미라를 매일 옆자리에서 봐야 한다면 아마 질식해버렸을 것이다.

　형사계를 찾아간 것은 점심시간이 끝난 직후였다. 용건을 꺼내자마자 마동식 팀장 이마에 깊은 주름이 파였다. 또 그 사건이야, 라고 묻는 듯했다.

　"여 기자 요즘 왜 이래. 자꾸 쓸데없는 일에 헛심을 써. 안 그래도 나 지금 홍대에서 목매달고 죽은 카메라 감독 때문에 바쁘다고."

　강력반을 따라 홍콩모텔에 따라간 일이 여기까지 소문난 모양이다. 언론사 생활 어느새 1년여, 이젠 그런 핀잔에 무덤덤해졌다.

　"제보가 들어오면 확인하는 게 제 의무 아니겠습니까? 하하하."

아무도 호응해 주지 않는 농담, 역시나 썰렁하다. 유머가 달달 외우고 배워서 되는 것이라면 사흘짜리 초단기 집중 연수라도 받고 싶다.

마 팀장이 직접 사건 파일을 가져와 신경질적으로 종이를 넘겼다.

"노망난 할망구. 한 며칠 안 보인다 싶더니 기자들을 들쑤시고 다녔구먼. 설마 여 기자가 먼저 들이댄 건 아니지?"

의심의 눈초리. 역시 넘겨짚기의 고단수.

"어휴, 그럴 리가 있나요. 제 일만 하기에도 감당이 불감당이에요. 다 아시면서……."

예상대로 조사 기록은 노모가 들려준 얘기랑 큰 차이가 났다. 도재길이 변사체로 발견된 날은 3월 15일. 이상 한파가 몰아닥쳐 밤 기온이 영하로 뚝 떨어진 날이었고 단지 앞 근린공원의 공중화장실 뒤편에서 만취 상태로 동사했다. 평소에 술을 안 마신다거나, 우주그룹에서 실직했다거나 하는 설명은 없었다. 흔하디흔한 변사 사고 그 이상도 그 이하도 아니었다. 그 추측을 뒷받침하듯 현장 사진이 여럿 붙어 있었다. 기록상으로는 도재길을 둘러싼 주변 상황이 개입될 여지는 없었다.

"피해자는 술을 거의 못 마신다고 들었는데요?"

마 팀장이 회심의 미소를 지으며 뜻밖의 말을 던졌다.

"원래 유가족들은 불리한 부분 싹 빼고 얘기하는 법이지. 그 인간, 사채 땡겨 쓴 게 있더라고. 우리나라 최고 기업 다닌다지만 월급쟁이가 감당하긴 큰 액수야. 대개 도박이나 여자 문제인데, 도재길 같은 경우 템프로 술집에 드나들다 여우같은 년한테 홀

딱 빠진 모양이야. 일개 월급쟁이가 텐프로녀 스폰 상대가 되겠어? 사채까지 끌어다 갖다 바치고, 회사 기밀 빼내고, 그 문제로 고민하다 못 마시는 술 들이켜고 그렇게 죽어버린 거라고. 혹시 '그루'라는 말 들어봤어?"

에스더는 가볍게 고개를 저었다.

"그럼 피해자가 해커 출신이라는 것도 모르겠네? 해커에도 실력에 따라 등급이 있는데 도재길은 최고 등급의 '그루'였어. 문제는 악의적 해킹을 일삼는 블랙 해커였다는 거지. 국제 대회에서 우승해서 대기업에 보안 전문가로 특채된 케이스라고. 죽은 사람한테 이런 말 뭣하지만 학벌도 없는 은둔형 외톨이가 컴퓨터 재주 하나로 음지에서 양지로 나온 거야. 색안경 끼고 보고 싶진 않지만 느낌이 전혀 다르잖아. 명문대 나와서 스펙 쌓고 시험 쳐서 바늘구멍 뚫고 들어가는 거랑. 당연히 놈도 스트레스 엄청 많이 받았을 거라고. 할망구 입장에서야 귀한 아들 허물이 안보이겠지만 우리 눈에는 딱 보면 견적 나오는 뻐꾸라는 거지."

"다니던 회사 쪽은 조사해 보셨습니까?"

"하고 말고 할 거나 있나. 현직이 아닌 데다 그쪽 홍보실과 법무팀 사람들이야 입심으로 먹고사는 인간들인데 틈을 보이겠어. 행여 거짓말을 한다 해도 우리가 더 파고들 여지는 없을 거야."

"회사에서 빼낸 기밀이라는 건 뭐죠?"

"사건과 직접 관련도 없는데 잘도 가르쳐주겠다."

말문이 막혀버렸다. 해커였다는 사실과 거액의 사채까지 있다는 사실은 금시초문이다. 그렇다면 정황상 돈을 마련하려고 회사 기밀을 빼냈고 그것을 팔아넘기려다 해고당했다는 추론이 가능하다. 노모는 이런 사실들을 왜 알려주지 않은 걸까. 일부러 숨긴 걸까. 이래서 한쪽 말만 듣는 건 위험하다. 저널리즘의 기본은 팩트 확인. 에스더는 다시 한 번 새기고 새겼다.

그래도 의구심이 남았다. 도재길이 혹시 돈 문제가 아니라 어떤 음모에 엮였고 기업이 손을 써서 은폐했다면……. 에스더는 자기가 생각해놓고도 몸을 가볍게 떨었다. 두려우면서도 기자적 호기심이 발동했다. 상대는 대한민국 최고의 그룹. 대체 무슨 정보를 유출했기에 회사에서 잘린 걸까. 그가 다니던 회사가 어떤 식이든 연관 있다면 확인해볼 가치가 있다.

그러나 바로 고개를 저었다. 자신이 없었다. 기자질 하면서 성역은 없다고 말들 하지만 현실은 벽은 녹록치 않다. 다국적 기업은 그중 가장 까다로운 상대. 그들이 휘두르는 자본의 검은 전가의 보도와 같다. 진실된 보도를 단칼에 잘라버릴 수 있는 황금의 보도. 방해 작업도 고단수다. 인맥이나 광고를 이용해 소리 소문 없이 압박해온다. 신문사와 방송사도 이윤을 추구하는 회사인지라 자본의 위력 앞에 자유로울 수 없다. 데스크를 회유해 위에서 찍어 누르기도 한 방법인데, 사실관계가 확실하지 않다며 기사 킬 시켜버리면 그걸로 끝이다.

별 소용없을 걸 알지만 이대로 포기한다면 노파에게 괜한 실망감만 더해준 꼴이 된다. 조선족 용의자 사건도 그렇고 요즘 왜 이렇게 무기력해지는 걸까. 기자가 할 수 있는 일이라는 게 고작 변죽만 울리는 것이라니. 기분이 더러웠다. 그 할망구는 왜 사실대로 말해주지 않은 거야! 일종의 배신감도 올라왔다.

"여 기자, 혹시 소개팅 생각 없어? 경찰대 나온 막내처남이 아직 싱글인데 한번 만나보련?"

마 팀장이 여전히 이마를 찡그린 채 말했다. 에스더는 얼굴을 붉히며 겸손하게 미소를 지었다. 안다, 마 팀장의 속내를. 소개팅을 핑계 삼아 자랑하고 싶은 것이다. 기자 나부랭이한테 기죽고 싶지 않은 것이다. 빈말이라도 자기를 처남 상대로 생각해 주는 마음 씀씀이가 고마웠다. 소개팅에서 만났던 제임스 정의 얼굴이 잠시 떠올랐다. 널뛰는 글로벌 금융시장에서 그는 오늘도 남는 장사를 했을까. 그래야 새로운 소개팅녀에게 입에 침이 마르게 자랑할 수 있을 텐데.

B파일 397021 은행원

한낮의 도로는 한산했다. 택시는 일산 신시가지를 지나 파주 접경지까지 온 다음 논밭이 펼쳐진 콘크리트길을 달렸다. 뒷좌석의 리영민은 뻑뻑한 눈을 껌벅이며 주머니에 손을 넣어 홍콩모텔에서 건진 탈북 여자의 휴대전화를 잡았다. 배터리가 나가 전원은 꺼진 상태. 분명 요긴하게 쓸 데가 있을 것이다. 소중한 가보처럼 다시 바바리 안주머니 밀어 넣고 단추를 채웠다.

모텔 옥상에서 뛰어내리다 접질린 발목을 주무르며 오랫동안 창밖을 주시했다. 황사 속에선 황량한 도로변 풍경마저도 파스텔화처럼 온화하게 보였다. 드디어 오른쪽 언덕 너머로 '광명자원'의 간판이 나타났다. 슬레이트 지붕을 달았지만 제법 규모가 크다. 민기수가 신분을 숨긴 채 오랫동안 머물렀던 곳. 에스더 기자가 말한 위장취업 여부를 직접 확인하고 싶었다. 그 부분을 잘 캐보면 실마리가 나올 법도 했다.

사건의 열쇠는 분명 민기수가 쥐고 있다. 장태평의 죽음을 전해 들었을 때부터 떠오른 생각이었다. 어차피 돌아갈 곳도 없는 몸, 영민은 정면승부를 택했다. 그것도 속전속결로.

택시를 일부러 먼발치에 세웠다. 공터 가운데 세워진 공장은 이렇다 할 정문도, 경비도 없었다. ㄷ자로 겹겹이 쌓아올린 컨테이너가 암묵적인 경계선이었다. 기계 소리가 요란한 실내에선 외국인 노동자들이 쉴 새 없이 손을 놀려 무언가를 분리하고, 큰 드럼통을 실은 지게차가 창고로 오갔다. 외부인을 눈여겨볼 만큼 한가한 시선은 없었다. 어디선가 화공약품 냄새가 흘러들었다.

영민은 공장 옆에 부록처럼 딸려 있는 2층짜리 조립식 사무실로 갔다. 문은 열려 있었다. 대여섯 개의 책상과 철제 캐비닛 셋, 가운데 테이블을 사이에 두고 3인용 소파 두 개가 마주 놓인 단출한 사무실엔 아무도 없었다. 영민은 일단 전화선을 뽑았다. 책상 위에 던져둔 누군가의 휴대전화도 슬쩍해 주머니에 넣었다. 인기척이 들려오자 출입문 옆 벽에 최대한 몸을 밀착시켰다.

"에이쌍! 저런 새끼들은 점심도 주지 마! 야, 김 양아! 아니 이년은 그새 또 어딜 간 거야?"

사무실 문을 발로 차며 키 작은 사내가 들어왔다. 시뻘건 얼굴로 욕지거리를 하느라 어깨가 들썩거렸다. 그가 가죽 소파에 털썩 주저앉는 순간, 영민은 한 손으로 그의 입을 막으며 두개골 밑에 총구를 갖다 댔다.

"허튼짓하면, 알지?"

사내가 눈을 똥그랗게 뜨고는 더듬더듬 문을 잠갔다.

"묻는 말에 고개만 흔들어서 대답해. 예는 위아래로, 아니오는 좌우로. 알았어?"

사내가 머리를 위아래로 과장되게 흔든다. 약자엔 강하고 강자엔 약한 비겁한 종자.

"민기수란 인간 알지? 여기서 일했나?"

끄덕끄덕.

"단순한 외국인 일꾼은 아니었지?"

잠시 망설이다, 끄덕끄덕.

"산업 스파이였나?"

도리도리. 아니라는 건가, 모른다는 건가.

"중국 쪽인가, 북한 쪽인가?"

역시 도리도리.

"그럼, 누구를 위해 일했지?"

사내는 울상을 지으며 가만히 있었다. 예스, 노로 답할 수 없는 질문이었다.

"입을 열게 해 주면 조용히 묻는 말에만 대답하겠나?"

끄덕끄덕.

"소리 지르면 재미없을 줄 알아. 기계 소리 때문에 들리지도 않겠지만."

끄덕끄덕. 입을 막았던 왼손을 천천히 뗐다. 총은 뒤통수를 정확하게 겨눈 채였다. 영민은 사내의 바지 주머니를 뒤졌다. 차 열쇠를 빼내 자신의 주머니에 넣었다.

"민기수의 정체가 뭐지?"

"모, 모릅니다. 그냥 협력업체에서 내려온 낙하산이에요. 취업을 해야 불법단속에 안 걸리거든요. 저는 그쪽 일과는 일체 상관없는, 월급쟁이 바지사장입니다. 진짜 사장은 따로 있구요, 저는 외노자 관리만 합니다. 저, 정말입니다."

"그쪽 일이라면?"

"정말 저는 아무것도 모릅니다. 우리는 이름만 빌려줄 뿐이고 그쪽은 일체 상관 안 합니다. 아니, 모, 못 합니다."

"검은 양복들 말인가?"

대머리 사장은 그런 걸 다 알고 있느냐는 눈빛으로 올려봤다.

"예, 우리끼리는 '깜상'이라고 부르죠. 그 사람들이 회사에 직원으로 등록되어 있기는 하지만, 무슨 일을 하는지는 전혀 모릅니다. 민기수도 그중 한 사람이었어요. 쫄따구나 대빵은 아니고 중간 보스 정도는 돼보였어요. 몇 명을 거느리고 다녔거든요."

"혹시, 최근에 민기수 찾아온 사람 없었나?"

"며칠 전에 젊은 여자가 왔었어요. 기자라면서 꼬치꼬치 캐묻더라고요. 정보가 될 만한 대답은 안 해 줬지만."

영민은 사내가 최소한 거짓말을 하고 있지는 않다고 판단했다.

"그 자식 지금 어디에 있지? 한국에 온 지 6개월밖에 안 됐다던데……."

"6개월이라뇨. 제가 본 것만 2년이 넘는걸요. 무슨 빽이 있는지 중국도 쉽게 갔다 다시 오던데……. 지금 어디 있는지는 진짜 정말 몰라요. 2주 전부터인가 연락도 없이 사라졌어요. 여러 개의 위장 신분으로 움직이는 터라 우리도 실체를 정확히 몰라요."

"그러니까 외국인 노동자를 이곳에 정식으로 취직한 것처럼 해

주고 보조금을 받았다 이건가?"

"약간 다르긴 하지만 그거랑 비슷하죠."

"민기수를 이리로 보낸 회사가 어디야?"

술술 말을 이어가던 사내가 움찔, 한다. 총구에 힘을 줘 머리를 누르자 두 다리를 벌벌 떨며 주저앉으려 한다. 왼손으로 모가지를 틀어쥐었다.

"우, 우…… 주그룹이요."

초고층 빌딩 완공했다고 서울 시내를 도배하다시피 하는 그 우주그룹? 변호사나 회계사 출신도 아닌 일개 고중 중퇴의 조선족 민기수가 한국 최고 기업에서 낙하산으로 내려왔다?

"민기수가 거기서 한 일이 뭐야?"

"그야 정확히 알 수 없죠. 이러저런 잡일을 하지 않았나 싶지만."

"잡일?"

"그런 거 있잖아요. 기업 뒤치다꺼리 해 주는 해결사들. 보통 격투기 운동부 출신이 많지만 간부급들은 전직 경찰이나 특공대원들이 주 영입 대상입니다. 어차피 그쪽 연줄이 필요한 일이니. 본사 사옥 근처에 사무실 하나 내놓고 뽀대 나는 양복 입고서 조용히들 움직이죠. 총수 일가의 경호원 역할도 하고, 행사 때 진행 요원으로도 뛰고, 라이벌 기업 임원들 미행해 약점도 캐고, 얄궂은 다툼이 있을 땐 야구 방망이 들고 적당히 협박도 하고. 예전 의리를 중시하는 대기업 총수가 룸살롱에서 폭행당한 아들의 복수극 벌인 일 있죠? 그때 함께 움직인 이들이 다 그들이죠. 하물며 대한민국 최고 그룹에 그런 비밀조직 하나 없으려고."

한 번 터진 입에선 온갖 이야기가 술술 나왔다. 시간이 없다. 영민은 총구를 다시 찍어 누르며 방아쇠를 당기는 시늉을 했다.

"으헉! 다 말했어요. 사…… 살려주세요!"

사내가 요상한 신음을 내더니 울상을 지었다. 사타구니가 축축이 젖기 시작한다.

"잘 들어. 민기수에게 연락이 된다면 똑똑히 전해. 리영민이 왔다 갔다고. 네 놈의 정체를 까발려서 반드시 누명을 벗고 말겠다고. 알았나?"

영민이 어금니를 깨물었다. 턱선이 꿈틀거렸다. 사내가 고개를 끄덕끄덕한다. 팽 영감의 도망자 7종 세트에 있던 수갑을 꺼냈다. '다 필요할 때가 있을 거야, 괜히 세트로 구성한 게 아니라구.' 영감은 이렇게 자랑했었다. 놈의 한쪽 팔목에 수갑을 채우고, 구석의 실내 화장실로 밀고 들어가 세면대 배관에 다른 쪽을 채웠다. 총을 계속 겨누며 한 발 한 발 뒷걸음질 쳤다. 잠갔던 사무실 문을 열고 고개를 돌리자, 놈이 소리를 지르려다 움찔한다.

영민은 황급히 사무실을 빠져나왔다. 빼앗은 리모컨 키를 누르자 자갈밭에 세워져 있던 구형 그랜저에서 불빛이 번쩍였다. 차는 두세 번 시동이 걸리지 않아 애를 태우더니, 일단 시동이 걸리자 씽씽 잘 달렸다. 그랜저는 먼지를 일으키며 시골길을 질주했다. 우주그룹으로 간다. 사무실에서 주워온 휴대전화를 꺼내 전화를 걸었다.

"에스더 기자님! 급합니다. 만날 수 있겠습니까?"

서울로 들어가는 교차로 입구에서 차를 버렸다. 겁쟁이 사장이 차량 도난 신고를 하든, 직접 추격해 오든 조치를 취했을 것이다. 이대로 움직이는 건 위험하다. 에스더 기자가 올 때까지 숨어서 기다려야 한다.

그러나 막상 갈 곳이 없었다. 겨우 달려간 곳이 나흘 전에 찾았던 서대문의 독립문공원. 여전히 비둘기 떼가 두려움 없이 모이를 쪼고 있었다. 최근에 한류 드라마라도 찍은 건지, 형무소를 견학 온 일본인 관광객이 너무 많아 당황스러웠다. 마주 보이는 편의점의 급속 충전기에 모텔 침대 밑에서 획득한 휴대전화를 꽂아 놓고 나와 벤치에 턱을 괴고 앉았다.

우주그룹과 엮인 적이 있었던가, 영민은 생각해 보았다. 왜 내 목숨을 노리는가. 민기수는 어떻게 우주그룹에 들어갔을까. 10년이 훌쩍 지나 연락해왔을 때 경계했어야 했는데. 이제와 후회해도 소용없는 일.

옌벤에서 마음 졸이고 있을 부모님 생각이 났다. 이대로 잡히면 다시는 연락을 못 할지 모른다. 구석진 공중전화 부스에 들어가 팽 영감 도망자 세트에 있던 국제전화 선불카드를 꺼냈다. 설핏 웃음이 나왔다. 가장 잘 팔리는 세트 상품이라더니, 다 이유가 있었다.

"누기야, 말을 하시오. 이리 말을 아이 하니, 답답하지 않소?"

어머니 목소리에 힘이 없다. 영민은 울컥, 눈물이 나려는 걸 삼켰다. 목이 메어 말이 나오지 않았다. 거친 숨소리만 토해냈다.

"니 영, 영, 아니 도투바이지, 그렇지? 어째 말이 없니, 웅?"

부모는 자식의 숨소리도 알아보는가. 도투바이는 욕심쟁이를 말하는 옌벤 사투리. 늦둥이 외동아들로 부족함 없이 자랐던 영민의 어릴 적 별명이었다. 그렇다고 대답도 하기 전에, 어머니가 주절주절 이야기를 하기 시작했다. 누가 들을세라, 남한테 이야기하는 말투였다.

"나그네는 아즈바이 집에 갔소. 집이 좀 와자자함다. 마음이 썩어지게 아프겠지만 여 오는 건 어방 없다 전해주씨오. 저는 괜찮습다."

"어, 어머이, 저는 진짜 죽이지 않았습다."

아이고, 하는 통곡 소리가 들린다. 가슴이 찢어지는 듯 아프다. 그간 얼마나 마음고생을 했을 것인가.

"잘 있으니 걱정 마시라. 누명을 쓴 거야요. 민, 민기수 그놈아가……."

"뭐? 민기수? 아이고, 진작 알캐줬어야지 하는 건데! 그 잰내비같은 놈이! 내 그럴 줄 알았다이. 몇 달 전에 왔을 때, 옛날이야기를 들었다 하더니, 그놈아가 앙심이를 품고……. 기어코 우리 영민이를……. 아이고!"

귀가 번쩍 뜨였다. 옛날이야기? 통곡하는 어머니를 달래 자초지종을 캐물었다. 아들의 채근에 정신을 차린 듯, 진지해진 어머니가 오래전 이야기를 들려주었다.

사건의 발단은 조선어 사전 때문이었다.

영민이 태어나기도 전, 문화대혁명 막바지에 아버지가 유품으로 몇 권을 보관하고 있다가 공산당에 들켰다. 이념이 미쳐 날뛰던 시절이었다. 소수 민족의 전통과 풍습이 혁명의 이름 아래 말살되었다. 대기근에 20만 명의 조선족이 북한으로 재이주하는 바람에 당의 시선도 곱지 않던 터였다. 민족주의자, 개량주의자로 몰릴까 두려워 한글로 된 책과 사진, 액자, 한복까지도 태우고 없애야 했다.

그 시절에 대해서는 영민도 많은 이야기를 들었다. 맞아 죽은 사람, 불구가 된 사람, 억울해 스스로 목숨을 끊은 사람들이 수두룩했다고. 나이 어린 홍위병들의 피비린내 나는 숙청, 수천 명이 죽고 수만 명이 투옥 당했던 광기의 시대.

영민의 할머니는 덜컥 겁이 났다. 하나뿐인 아들이 옥고를 겪을까 봐 집에서 허드렛일하며 먹고 자던 민씨를 끌어들였다. 아버지 대신 끌려간 그는 모진 고문을 당하고, 군중집회에서 비판을 받고, 죽을 고생을 하고서야 겨우 풀려났다. 영민의 할머니는 답례로 전답을 마련해 주었고, 그 덕에 결혼도 하고 민기수도 낳을 수 있었다 했다.

영민은 볼에 큰 점이 있고 한쪽 다리를 절룩이던 민기수의 아버지를 생생히 기억한다. 영민의 아버지를 상전처럼 떠받들던 사람. 영민의 말이라면 무엇이든 들어주었던 사람, 집안의 험한 일들을 도맡아 하던 사람.

사춘기가 되자 민기수는 더 이상 영민의 집에 오지 않았다. 학교에서 마주칠 때면 노골적으로 적의를 보였다. 하인 노릇하는 아버지가 부끄러워서라고 생각했다. 그렇게 소원했던 놈이 긴 세월을 지나, 그것도 서울에서 연락을 해왔을 땐 묘한 기분에 착잡했다. 그래도 민씨 아저씨에게 은혜를 갚는 심정으로 철없던 시절의 상처와 타향살이 설움을 보듬어주고 싶었다. 그런데 그 자리가 치밀하게 파놓은 함정이었다니! 양꼬치 집의 옆 테이블에 앉아 있던 검은 양복들도 그의 하수인임에 틀림없다.

영민은 절망했다. 원한을 앙갚음하려고 계획한 음모라면 빠져나가기가 쉽지 않을 것이다. 아까 절규하던 어머니 말이 귓가에 울렸다.

"그 망할 종자가 어찌 공작을 했는지, 니를 다시는 여기 못 오게 한다 했단다. 니가 무스개 잘못이 있다고 거짓뿌리로 그렇게……. 그냥 흘러가는 소리로 들었더만. 아이고, 이를 어쩌면 좋니."

민기수 아버지는 3년 전 병으로 죽었다. 장례식에 아들이 코빼기도 안 비친다고 동네 사람들이 수군거렸다. 작년, 뒤늦게 고향에 들렀다가 친척들에게서 사건의 전모를 전해 들었나 보았다.

영민은 분노와 미안함, 억울함과 안쓰러움이 뒤섞여 잠시 멍하니 서 있었다.

"잘 알았슴다. 내 꼭 누명 벗고 돌아가겠소. 걱정 말고 식사 잘하쇼! 아부지한테도 안부 전해주시구요. 내 꼭 돌아가겠슴다."

서둘러 전화를 끊었다. 다리가 후들거렸다. 공중전화 박스에 그대로 주저앉아버렸다. 그것 때문이었나. 침통한 얼굴로 노래방을 나서던 민기수의 얼굴, 희번덕이는 이를 내보이며 미소 짓는 얼굴이 겹쳐 떠올랐다. 여자의 시체가 발견된 후 계속 쫓겨 다녔던 순간들이 주마등처럼 스쳐갔다. 이 모든 게 그 일 때문이었나!

공원 광장에선 며칠 전에 봤던 노파가 또 모이를 뿌리고 있었다. 비둘기 떼가 우르르 몰려들어 머리를 마주 박아가며 바닥을 쪼아댔다. 힘이 약한 몇 마리가 경쟁에서 밀려났다. 저들은 죽을 때까지 남은 것만 주워 먹어야 할 것이다. 한국은 그런 곳이다. 한번 낙오하면 다시는 따라잡을 수 없는 곳.

"할머니, 대체 왜 이러는 건데요! 모이 주지 말라고 했잖아요! 여기저기 새똥 날린다고 주민들 민원 계속 들어온단 말이에요. 나도 죽을 지경이라고요. 저것들 씨를 완전히 말려버리든지 해야지 원."

구청 직원이 울상을 지으며 나타나 고래고래 소리를 질러댔다.

얼마나 그렇게 멍하게 있었을까. 편의점에서 휴대전화를 찾아오는데 클랙슨 소리가 길게 세 번 울렸다. 도로 쪽에 은색 소나타가 보인다. 에스더 기자가 말한 그 차다. 모든 것이 혼란스럽다. 민기수를 만날 수 있을까. 만나면, 무슨 말을 할 것인가. 영민은 휘청거리며 차를 향해 걸었다.

B파일 044316 고참 기자

윤순철은 신문사 옥상에서 광화문을 내려다봤다. 황사 때문에 사람들 발길이 뜸해지자 더 즐겨 찾는 장소가 됐다. 누런 하늘을, 삐죽삐죽 솟은 빌딩을 번갈아 바라보았다. '돈 되는 일이면 같이 해먹자'던 황 감독의 투덜대는 목소리가 들리는 듯했다. 마지막 통화에서 뭐라고 했던가. 동영상의 창문 쪽을 살펴보면 무언가 건수가 있다고 했는데.

화면을 떠올리려고 애써봤다. 순간, 선명하게 그려지는 첫 번째 남자의 얼굴. 조금 전 남자 화장실에서 주워들은 소식이 결정적이었다. 스마트폰을 검색해 얼굴을 찾아냈다. 맞다, 첫 번째 그 남자다.

CBC 사장 심춘식이 죽었다. 심춘식, 심춘식. 그 촌스런 이름이 입안에서 맴돈다. 최근 어디선가 그 이름을 봤다. 기억이 날 듯 말 듯하다.

윤은 급히 CBC 편집부에 근무하는 대학 동아리 후배에게 전화를 걸었다. 이런 일은 외근보다 내근 기자들이 더 빠삭한 법이다.

"너희 사장 갑자기 자살했다며. 대체 뭔 일이야?"

"아, 안 그래도 이상해요. 이리저리 들리는 애, 애기로는 특별한 이유가 없었대요. 트, 특파원 갔다 온 이후 승승장구해서 선배들 제치고 구, 국장 달았고. 우, 우리 방송국 역사상 첫 사원 투표로 임명된 사장에다 이, 임기도 많이 남았고……. 가, 가정사도 문제없는 까, 깔끔한 양반이었는데."

후배 놈도 의아해했다. 그는 말을 더듬어 평생 마이크 잡기는 텄다. 방송 기자로 입사한 것 자체가 미스터리였다. 실력으로 뽑혔노라 강변했지만 그때나 지금이나 그 말을 믿는 사람은 없었다.

"글쎄, 우리 국장도 뺑소니로 휙 가버리고. 뭔가 수상쩍단 말이야."

"아, 유, 윤 선배, 갑자기 생각났는데 우리 사장이 예전에 선배네 국장이랑 저, 절친이라고 말한 적 있어요. 베, 베이징에서 같이 새, 생활했다던데. 회식 자리에서 우연히 들었어."

베이징? 그 한 단어가 많은 걸 일깨워주었다. 의문의 매듭이 동시에 풀렸다. 그제 자료조사실에서 한국기자협회 역대 특파원 명부를 뒤지다 그 이름을 봤다. 기억이 틀리지 않다면 민주일보 조성철과 CBC 심춘식은 10년 전 베이징 특파원으로 거의 같은 시기에 부임해 같은 시기에 귀환했다.

윤은 몸을 부르르 떨었다. 머릿속 뿌연 연무가 걷히면서 보일 듯 보이지 않던 실체가 모습을 드러내려 한다. 서늘한 기운이 등줄기를 훑고 갔다. 긴장을 죽이려고 담배를 빼물었다. 라이터를 켜는 손이 흔들렸다.

몇 해 전, 중국 국가안전부에서 미인계를 이용해 주중영국대사관 소속 외교관에게서 기밀을 빼내 문제가 됐다. 그런 여성 인력을 정책적으로 양성한다는 보도도 있었다. 철가면도, 심춘식도 그런 덫에 걸린 걸까.

중국이 막 개방된 시절 베이징에 출장을 간 적이 있었다. 스모그 자욱한 새벽, 베이징역 인근의 호텔 창가에서 자전거를 타고 끝도 없이 달려오는 인민복 행렬을 보고 느낀 건 거대한 두려움이었다. 영화 「반지의 제왕」에서 성벽을 향해 돌진하는 검은 무리들처럼, 원하는 것을 위해서라면 무엇이든 해치워버릴 것 같았다. 중국 쪽에서 뒤늦게 협박을 해온 것일까. 그게 사실이라면 어디서 어떻게 풀어야 하는 걸까.

확률적으로 희박하지만 북한도 전혀 불가능하진 않다. 연평도를 포격하고, 은행 전산망 해킹하고, 김정일 사후 김정은 체제의 안착을 위해 악의를 꾸준히 드러내고 있지 않나. 지금도 한국 사회 곳곳에 인민무력부 소속 고정간첩이 침투해 활동 중이다.

전화가 왔다. 낯선 번호였다. 주저하다가 받았다. 점잖은 사내 목소리에서 불길한 기운이 느껴졌다.

"윤순철 기자님 되시오?"

"네, 그렇습니다만. 네? 누구라고요?"

급히 자리로 돌아온 윤은 철가면 방에서 가져온 캘린더를 다시 살폈다. 깨알 같이 적어 놓은 스케줄을 다시 체크했다. 거의 매일 저녁 약속이 잡혀 있었는데 몇몇 약속은 약자로 표시돼 있어 누굴 만나는지, 장소는 어딘지 알기가 쉽지 않았다. 그중 눈길을 끄는 하나가 있었다. 국장이 죽은 그다음 주 수요일 '심우회, 7시'라고 표시된. 장소가 어디일지는 짐작이 갔다.

"아! 예약이 돼 있었네요. 여기까지는 미리 못 챙겼네요. 국장님이 네 명 예약하셨어요."

압구정 수정의 정 여인에게 전화를 걸자 바로 확인해 주었다.

"혹시 누구와 만나는 자리였는지 알 수 있을까요?"

"그것까지는. 그냥 인원만 알 뿐이죠."

"아, 씨팔! 영업비밀이니 그딴 말 말아요! 지금 급하다고요."

눈을 동그랗게 뜨며 목소리를 높여도 수화기 저편은 묵묵부답. 심우회, 라고 조용히 발음해 보았다.

한 가지 아이디어가 떠올랐다. 윤은 달력을 넘겨 1월부터 살폈다. 중요하다면 신년 모임이 있지 않았을까. 빙고! 1월 중순에 심우회. 장소는 알 수 없었다. 윤은 전임 편집국장의 뒷조사를 해도 좋은지 잠시 자문해봤다. 제일 쉬운 건 법인카드 내역, 하지만 그건 오버다. 사비로 혹은 타인이 계산을 했을 수도 있다. 그다음은 차량 운행 기록. 그건 수송부에 얘기하면 확인 가능할 것 같았다. 참석자를 확인하면 뭔가 실마리가 잡히리라.

수송부에서 오래 근무한 시설보안과 공 부장에게 몰래 부탁해 놓은 지 10분도 안 돼 연락이 왔다.

"운행 장부 뒤져봤는데 말이야, 사적인 모임은 거의 압구정동의 한정식 집에서 했다고 보면 돼. 그 양반이 외부 약속 잡는 곳이 몇 군데 없었어. 거기하고 칵테일 바 한 곳 정도? 역시 조성철 국장 죽음이 그냥 뺑소니 사고가 아닌 거지? 크크. 내가 개코라니깐."

역시 수정이었다. 윤은 황급히 차를 몰았다. 나무 대문을 들어서자마자 사장을 소리쳐 불렀다. 종업원이 윤을 제지했다. 황급히 뛰어나온 정 여인이 손님들 눈을 피해 조용한 뒤채로 데려갔다.

"조 국장이랑 정기적으로 모이던 심우회 멤버, 누군지 아시죠?"

정 여인은 말없이 윤을 물끄러미 바라보았다.

"말씀해 주세요. CBC 심춘식 사장도 죽었습니다. 결코 만만한 놈들이 아니라고요."

"저는 드릴 말씀이 없어요. 자초지종을 말해 주실 분이 윤 기자님께 이미 전화를 드렸을 텐데요."

이건 무슨 소린가. 아까 전화 온 그 사람을 말하는 건가? 대답이라도 하듯 정 여인이 리모컨으로 뉴스 채널을 켰다. 집권당 소장파 대표주자 양병호 의원 돌연 입원. 퍼즐이 맞춰지는 듯했다. 이제야 알았냐는 듯 정 여인이 책망하는 눈빛을 보냈다. 멋쩍어진 윤이 자리를 털고 일어섰다. 정 여인이 알 듯 모를 듯한 미소로 배웅했다.

차를 돌려 대성종합병원으로 향했다. 수정에서 멀지 않은 곳이었다. 대한민국에서 가장 큰 VVIP 병실로 유명한 곳. 심우회의 비밀을 풀어줄 요인이 그곳에 있다. 거기가 가장 안전하다고 생각한 것일까. 이렇게 몸이 근질거려본 게 얼마만인가. 취재 본능이 꿈틀거렸다. 윤이 수습일 때 철가면은 말했었다. 호기심이 두려움을 이겨야 진짜 기자지. 지금, 윤의 기분이 그랬다.

VVIP 병실은 꼭대기 층에 있었다. 리셉션에서 병실에 전화를 걸어 허락이 있어야만 전용 엘리베이터로 안내된다. 내로라하는 대한민국 총수들이 검찰 출두를 앞두고 입원하는 병원다웠다. 엘리베이터에서 내리자, 경호원 둘이 앞을 막아섰다. 문 앞에 있던 다른 한 명이 안으로 들어가 확인을 거친 후에야 길을 터주었다.

병실에 귀빈은 없고 보좌관만 앉아 있었다. 은은한 꽃향기와 잔잔한 음악이 흐르는 널찍한 실내에 티 테이블까지 준비되어 있어, 병실이라기보다 고급 카페 같았다.

"민주일보 윤순철입니다. 의원님께서 부르셔서 왔습니다만."

"잠깐 담배 피우고 오신다고 나가셨습니다. 여기 앉아서 기다리세요."

"담배요? 여기서 태우셔도 될 텐데, 누구랑 함께 가셨습니까?"

"아니요, 혼자요. 제가 모시고 가려 했는데 따라오지 말라고……."

보좌관의 말이 끝나기도 전에 윤이 뒤돌아 튀어나갔다. 문 앞에 있던 경호원들이 놀라 쳐다보았다.

"의원님 어느 쪽으로 가셨는지 봤어요?"

한 명이 옥상으로 올라가는 계단을 가리켰다. 윤은 냅다 계단을 뛰어올랐다. 육중한 철문을 거칠게 열어젖히고, 양병호 의원의 이름을 불렀다. 난간 위에 위태롭게 서 있던 양병호가 놀라서 윤을 바라보았다. 얇은 환자복이 바람에 펄럭였다.

"양 의원님! 지금 뭐하시는 겁니까? 이렇게 포기하시는 거예요? 그렇게 나약한 분이셨습니까?"

양 의원이 윤을 물끄러미 바라보았다. 윤은 기선 제압을 위해 목소리를 높였다.

"민주일보 윤순철이라고 합니다. 저에게 직접 전화 주셨죠. 그건 제게 하실 말씀이 있다는 뜻 아닙니까?"

양 의원이 가만히 한숨을 쉬었다.

"성철이가 보낸 놈이군. 망할 자식아, 아직 오지 말고 더 살란 뜻이냐."

양 의원이 철가면의 이름을 부르며 하늘을 향해 소리를 질렀다. 윤은 재빨리 다가가 손을 내밀었다. 그는 잠시 주저하다 순순히 손을 잡고 내려왔다. 우르르 뒤따라온 경호원들이 영문을 몰라 서성거렸다. 양 의원이 가보라는 손짓을 하자, 인사를 꾸벅 하고 물러났다.

"불 있나?"

어느새 담배를 빼문 양 의원이 말했다. 윤은 라이터를 꺼내 두 손으로 불을 붙여주었다. 둘은 옥상정원 벤치에 한강 쪽을 보며 마주앉았다. 모처럼 황사가 걷혀 푸른 강물이 보였다.

"자네도 많이 늙었구먼. 하긴 세월이 그냥 가지는 않는 법이지."

뜻밖이었다. 베이징에서 철가면과 술자리를 할 때 한두 번 만난 적 있지만, 그를 기억하고 있을 줄이야.

"성철이가 자네를 많이 아꼈다네. 수정까지 찾아왔다는 이야길 듣고, 자네에게 말해 줄 게 있을 거라고 생각했네. 어디까지 알고 있나?"

"의원님께서 10여 년 전 베이징에서 찍히신 동영상을 가지고 있습니다. 철가면, 아니 조성철 국장이 직접 주신 겁니다. 심우회 멤버들이 관련이 있을 거라고 생각하고 있고요. 제 추측엔 그 시절 베이징에서 함께 생활하신 분들이 아닌가 합니다만."

"자네도 그 술집 기억나나? 왕푸징 거리 뒤편에 있던 거기."

"예, 시계탑도 보이고 홍등도 주렁주렁 걸려 있던……. 조 국장도 동영상 CD를 제게 주시던 날, 뜬금없이 그 술집 이야기를 하셨습니다."

"허허, 맞아맞아. 심우회 모임 하면 자네 이야기가 꼭 나왔다네. 그때 성철이랑 노래방에서 듀엣도 하고 그랬었잖아."

"예, 철 브라더스였죠. 유치찬란한."

"허허, 생각나 생각나! 동영상에 나오는 장소는 바로 거길세. 자네는 모르겠지만 뒤편에 접대를 위한 밀실이 있거든. 실은 한국 사람이 운영하는 가게야. 심우회는 심오한 이름과 달리 심심한 친구들이란 뜻이야. 유치찬란하지. 후후. 가끔 술 한잔 즐기는 친목 모임이었어. 멤버는 그때 그 사람들이라네. 2주 전 죽은 청와대 홍보수석 엄복동이, 그다음에 죽은 자네 회사 조성철 국장, 그리고 그제 죽은 CBC 심춘식 사장. 이제 나 하나 남았지."

"엄복동 실장은 자살, 조성철 국장은 뺑소니 교통사고, 어제 심춘식 사장도 자살로 결론이 났습니다."

"그걸 믿나? 그럼 나도 어떤 사고나 자살로 죽게 되겠군. 병원에 입원했으니, 의료사고려나. 허허."

"당연히 믿지 않습니다. 저는 누가 이렇게 몰아가고 있는가가

궁금한 겁니다. 중국 쪽입니까? 북한 쪽입니까? 그도 아니면 국정
원이 움직이고 있습니까?"

"셋 다 아니라네. 어쩌면 셋 모두일 수도 있겠지만."

"대체 베이징에서 무슨 일이 있으셨던 겁니까? 대마초 외에 어
떤 약점을 잡히셨기에 목숨까지 위태롭게 되신 겁니까?"

윤이 단도직입적으로 물었다. 대마초라는 말에 양 의원이 잠시
움찔, 하더니 침묵했다. 윤은 더 압박하기로 했다. 선문답 같은 말
들 속에서 단서를 찾아내기에는 시간이 없다.

"다른 것도 찍혀 있었습니다. 그 술자리에 여자가 동석했지요.
그게 새어나가면 돌아가신 후에라도 파장이 클 겁니다. 그 고통
은 남겨진 사람들이 고스란히 겪게 되겠지요."

양 의원 표정이 순식간에 어두워졌다. 인권변호사 출신인 그의
부인과 장애를 가진 아들을 염두에 두고 한 말이었다. 양 의원 부
인은 지난달 지체장애 아동을 위한 기부 재단을 설립했다. 곳곳
에서 후원이 밀려들었다. 물론 양 의원의 후광이었다. 여당 재선
의원이면서도 정부 실정에 대해선 할 말 다 하는, 친 서민 개혁
성향의 강직한 이미지는 남녀노소 두루 지지를 받았다. 팔은 안
쪽으로 굽는다고 야당 성향 언론도 그에 대해서만은 우호적이었
다. 차차기 대통령감이라고 치켜세우는 성급한 기사도 나왔다.

"허허, 나도 기자질 오래 했지만 역시 선수들은 무섭군. 무얼
알고 싶은 건가."

"잘 아시지 않습니까? 대체 누굽니까? 누구길래 거물들이 줄
줄이 죽어나가고, 의원님 같은 분마저 세상을 등지려고 하시는 겁
니까?"

"10여 년 전에는 작은 이무기인 줄 알았지. 지금처럼 어마어마한 용이 되리라고는 상상도 못 했어. 이무기가 용이 되려면 어떻게 해야 하는지 아나? 모르긴 몰라도, 아마 수천 명은 잡아먹었을 걸세."

이무기? 용? 수천 명을 잡아먹다니?

"이국땅에서 잠시 흔들렸던 우리 불찰이지. 스쳐 지나가는 불장난, 한때의 실수가 이렇게 목을 조여오리라고는……. 그들은 역린과 같아. 거스르면 살아남지 못하지. 엄이 그랬고 조와 심이 그랬고, 이젠 내 차례야."

윤은 슬슬 조바심이 나기 시작했다. 아까부터 뜻 모를 소리만 늘어놓고 있는 양 의원이 원망스러웠다. 요점은 10년도 훨씬 전에 잡힌 약점 때문에 협박당하고 있다 그 얘기 아닌가.

"저는 그 협박하는 자가 누구냐고 묻고 있는 겁니다. 그게 용이든 이무기든 상관없어요. 누구인지만 알면 된다 이겁니다."

양 의원이 고통스러운 듯 얼굴을 찡그렸다.

"그들은 어디에나 있어. 모든 것을 알 수 있지. 용케 살아남는다 해도, 그들을 피해서 살 수는 없어."

아 씨, 그래서 그게 누구냐고요? 윤이 짜증스럽게 말하려 할 때, 양 의원이 주머니에서 봉투를 꺼내 내밀었다. 우주그룹 초고층 빌딩 준공식 VIP 파티 초청장. 윤이 영문을 모르겠다는 듯 쳐다보자 양 의원이 말했다.

"자네가 나를 살렸으니 미친 척하고 같이 가보세. 어차피 죽은 목숨, 용에게 마지막 발악하는 제물의 심정으로 한번 해볼까 싶네. 자네를 보니 용기가 생기는구면."

양 의원이 양복을 입고 오겠다며 병실로 들어갔다. 윤도 따라 일어서며 열심히 머리를 굴려보았다. 10년 전 베이징 특파원 네 명의 '황홀한 하룻밤' 배후는 우주그룹이었단 말인가. 그때의 부적절한 행각들을 낱낱이 녹화해두었다가, 그들이 실세로 성장한 지금 기업의 이익을 위해 압박용으로 쓰고 있다 이건가.

황당한 설정이지만 불가능한 일도 아니었다. 원래 대형 게이트는 그런 식으로 시작된다. 윤은 한강을 내려다봤다. 진짜로 용산 미군 부대에서 방류한 독극물을 먹고 자라는 괴물이 강바닥에 살고 있을지도 모른다.

그때 바지 주머니에 넣어둔 휴대전화가 떨렸다. 낯선 번호였다.

"조성철 국장을 죽인 범인을 알고 있습니다."

어딘지 귀에 익은, 걸걸한 여자 목소리였다.

B파일 900734 전업 킬러

"오늘부터 네 이름은 민호다, 강민호!"

깡마른 폐병쟁이 사내가 말했다. 한참이나 마른기침을 해대더니, 겸연쩍은 듯 헤벌쭉 웃었다.

"난 항상 너같이 잘생긴 아들이 있었으면 했단다. 쿨럭, 쿨럭!"

나 같은 딸은 어떠냐고 물어보고 싶었지만, 아무 말도 하지 않았다. 폐병쟁이 사내가 너무 행복한 표정을 짓고 있어서였다.

"이제부터 아버지라고 불러라, 알았지? 아 물론, 네가 원하지 않으면 강요는 안 할 거야. 하지만 오늘부로 너는 내 아들이다. 민호야, 옷이 왜 그렇게 얇으냐, 이따 엄마 시장 갈 때 따라가서 두 툼한 잠바 하나 사가지고 오너라. 추워질 텐데 내복도 좀 사고. 아, 아까 보니까 운동화도 낡았더구나."

민호야, 민호야, 우리 아들 민호 어디 있냐. 폐병쟁이 사내는 그 이름을 많이도 불렀다. 양엄마가 장사 나가고 둘만 있을 때면, 시킬 일이 없어도 버릇처럼 그 이름을 부르곤 했다. 종일 누워 있기 무료했는지 책을 많이 읽었는데, 거실 구석에 틀어박혀 있는 민호를 방으로 불러다 앉혀놓고는 책 이야기를 해 주곤 했다.

대부분이 무협지 이야기였다. 부모를 죽인 원수를 찾아 강호를 떠도는 꼬마 검객의 이야기. 민호가 보기엔 황당하기만 한 이야기를, 세상에서 가장 흥미진진한 듯 읊어댔다. 이야기보다 기침소리가 더 많았지만, 눈빛만은 반짝반짝했다. 자기가 강호를 휘젓는 검객이라도 된 것처럼, 칼을 휘두르는 시늉까지 하며 과장된 연기를 하곤 했다.

"너 방금 뭐라고 했냐? 어? 다시 말해봐라."

"식사하시라고요. 식기 전에 얼른 드세요."

"아니, 그거 말고 그전에! 그전에 한 말 빨리 다시 해봐! 응?"

"이 말밖에 안 했거든요? 일어나시기 힘드시면 부축해 드려요?"

"아버지, 라고 불러줘서 고맙다! 민호야. 앞으로도 계속 불러주면 좋겠구나. 아, 아버지가 너무 기뻐서 눈물이 막 난다."

"아, 생수 사온다는 걸 잊었네요. 식사, 하고 계세요. 저 좀 나갔다 올게요……. 아, 아버지."

민호는 부끄러워 뛰쳐나왔다. 아버지의 두 볼을 타고 흐르던 눈물이 민호의 눈에도 고였다. 평생 아들 하나 갖는 게 꿈이었다 했다. 아이를 낳을 수 없게 되고서도, 양엄마를 몇 년이나 설득해 입양을 한 건 그래서였다고 했다. 아버지와 계속 그렇게 살았더라면, 평생 딴 생각 안 하고 듬직한 아들인 척 살 수도 있었을 거였다.

'민호야, 민호야.' 한 번으론 부족했는지, 항상 두 번씩 부르던 아버지의 목소리가 생생하다. 해결사가 되고 별명을 지으면서도, 차마 그 이름을 버릴 수 없어 미호라고 했다. 이제 아들이 아닌 딸이 된 자식을, 아버지는 어떤 얼굴로 보고 있을까. 미호야, 미호야, 나는 사실 너처럼 예쁜 딸이 갖고 싶었단다, 하며 웃어줄까.

미호가 눈을 번쩍 떴다. 온몸을 덮쳐오는 한기. 어둠 속에 희미하게 빈 양동이를 든 검은 양복이 보인다. 움직이려고 애써봤지만 팔과 다리는 굵은 밧줄로 꽁꽁 묶여 있다. 내가 왜 여기 있지? 기억을 더듬어보았다. 황 감독의 시신을 발견하고 빠져나오다 누군가가 입을 막았고 정신을 잃었다.

머리카락에서 떨어지는 물방울 때문에 시야가 흐렸다. 미호는 고개를 한 번 세차게 흔든 다음, 재빨리 주위를 살폈다. 정면에서 내리쪼이는 강렬한 조명 탓에 구분이 쉽지 않았다. 조금 떨어진 단상 위로 검은 양복이 둘, 미호가 누워 있는 바닥에 넷이 서 있었다. 양동이를 든 사내가 물었다.

"정신이 드나?"

"부, 붉은 달인가?"

수적으로는 이길 수 없는 게임. 미호는 무작정 부딪혀보기로 했다. 분주하게 움직이던 검은 양복들이 일제히 멈춰 섰다. 아무도 대답이 없다.

"왜 날 죽이려는 거야?"

단상 위 의자에 앉아 있던 자가 손을 들어 신호를 했다. 곁의 남자가 고개를 끄덕이고 내려와 미호 앞에 섰다. 가까이 보니 이태원 찻집에서 만났던 구레나룻이다.

"붉은 달, 난 의뢰받은 첫 사건을 잘 처리했어. CD는 입수하지 못했지만 죽을 이유는 아니잖아. 잘 생각해 보라고."

구레나룻은 말이 없었다. 대신 의자에 앉아 있던 자가 말했다. 생각보다 젊은 목소리였다. 기껏해야 30대 초반.

"하여간, 머리 나쁜 해결사들은 이게 문제야. 사람을 너무 잘 믿어! 그 남자가 붉은 달인지 아닌지 어떻게 알아? 주민증이라도 확인했어? 네가 의뢰인으로 알고 있는 붉은 달은 붉은 달이 아닐 수도 있어. 걔가 현빈이나 장동건이라고 소개하면, 그대로 믿을래?"

사내들이 일제히 껄껄껄 웃었다.

"자, 내 소개를 하지. 나는 미스터 M이라고 해. 너에게 일을 맡긴 장본인이야."

이건 무슨 소린가. 붉은 달은 하수인에 불과했나? 미호는 미스터 M이라는 자에 대해 더 알아보기로 했다.

"멍청해서 미안하군. 우린 머리보다 몸을 쓰는 종자라서 말이야. 이제 머리 좀 써보려고 하니 대답해 줘. 탁 사장은 왜 죽인 거지?"

"그놈도 그게 문제였어. 몸이나 쓰고 살 것이지 멍청한 머리를 굴리려고 하더라고. 우리 정체를 눈치 채고 일방적으로 거래를 끊으려고 했어. 그건 죽여달라는 거나 마찬가지잖아. 늙은 놈이 그래도 의리 하나는 있더라고. 아, 마지막은 정말 감동적이었지."

"당신들의 정체라면, 머리와 몸이 다른 종자들 말인가? 예를 들면 돈을 위해서라면 조국이든 사람이든 닥치는 대로 팔아먹는."

M이 벌떡 일어섰다. 앙칼진 목소리로 외쳤다.

"그, 그러니까 니가 죽을 수밖에 없는 거야. 머리에 대해서 어디까지 알고 있지?"

무언가 잡았다는 느낌이 왔다. 놈을 더 도발해야 했다.

"탁 사장이 알고 있는 만큼은 알고 있지. 알잖아? 영감이 죽기 직전 나랑 같이 있었던 거. 무슨 뜻인지 감이 오시나? 술술 다 불었다고. 혹시나 자기가 당하면 비밀 장소에 숨겨둔 자료를 언론과 경찰에 넘기라고 부탁까지 했지. 입이 아주 무거운 분이신데, 절대 기밀 따위를 흘리실 분이 아니신데, 줄줄 읊더라고. 나도 이 짓 오래 했어. 순간 감이 팍 오면서 뭔가 있구나 싶었지."

"흥, 알아도 소용없을걸. 이제 곧 죽을 거니까. 탁 사장이 죽는 걸 봤다면 너도 어떻게 될지 잘 알겠네!"

그가 눈짓하자 곁에 서 있던 검은 양복들이 미호 쪽으로 움직였다. 왼쪽 눈에 안대를 한 남자가 오른쪽 눈알을 굴리며 쇠파이프를 들고 천천히 다가왔다. 놀이터 화장실에서 미호와 치고받았던 그자였다. 마음이 급해졌다. 무슨 말이든 해야 했다.

"머, 머리가 시킨 일인가? 당신이 이러는 거 머리도 알고 있냐고!"

"저게 왜 아까부터 자꾸 머리 타령이야. 야, 뭐해? 저년 입 좀 다물게 못해?"

당황한 듯 M이 소리를 지르자 구레나룻이 미호의 배를 걷어찼다. 버둥대는 몸에서 사방으로 물방울이 튀었다. 찌르르한 고통이 척추를 타고 전신에 퍼졌다. 그 와중에도 뒤로 최대한 손을 뻗어 밧줄을 풀기 시작했다. 단단한 매듭이 잡혔다. 여간해선 풀리지 않을 매듭이다. 양아빠에게서 배운 기술로 손목을 탈골시켰다. 조금 더 시간을 끌어야 한다.

"사실 여기 잡혀오기 전에 머리 쪽과 접촉을 했었어."

"뭐? 웃기고 있네. 니가 어, 어떻게?"

"나도 그냥 죽을 순 없잖아. 경찰 쪽 찔러봤자 나올 것도 없을 것 같고, 니가 준 대포폰 추적해서 광명자원 알아내고, 광명자원에서 가르쳐준 곳으로 갔지. 그 뒤는 말 안 해도 알겠지?"

M이 옆의 안대에게 뭐라고 속삭였다. 부하가 어디론가 전화를 하는 듯하더니, 고개를 저었다.

"광명자원엔 언제 간 거야? 거, 거기 벌써 뒤집어놓고 온 거야?"

이건 무슨 소린가. 일단은 물고 늘어져본다.

"하하, 당연한 거 아니야? 내가 해결사라는 거 잊었어? 목숨이 경각에 달렸는데 혼자 움직일 거 같아? 아는 애들 총동원했지. 당신들만큼은 나도 할 줄 안다고. 내가 보낸 애들이 벌써 머리 쪽하고 접촉 중일걸?"

"에이 썅! 야, 니들은 광명자원으로 가서 뭔 짓 했는지 알아보고 깔끔하게 뒤처리해! 혹시라도 말 나가면 우리 다 끝장인 거 알지? 그리고 너넨 당장 개관식장으로 가서 수상한 거 없는지 살펴. 저년이 본사에 뭐 흘린 거 없는지도 눈치껏 파악하고. 빨리빨리 들 움직여!"

미호는 M의 말을 놓치지 않고 들었다. 개관식? 본사?

"야, 털보! 너는 그년 처리하고 뒤따라와. B파일이야. 흔적 없이 처리해!"

마음이 급해졌다. 주워들은 말을 아무렇게나 내뱉어본다.

"오늘 개관식 시끄러워지면 당신이 책임져야 할 텐데, 본사에서 가만있지 않을걸? 내가 무슨 짓을 해놓았는지 궁금하지 않나봐?"

"에이 쌍! 바빠 죽겠는데! 야, 뭐해? 저년 아가리를 찢어서라도 다 알아내! 난 지금 행사장으로 가야 하니까, 빨랑 처리한 후에 식장으로 합류해. 알았어?"

구레나룻이 꾸벅 고개를 숙였다. 검은 양복들이 둘씩 짝을 지어 창고를 떠났다. 시동 거는 소리가 나고 두 대의 차량이 빠져나갔다.

"고통 없이 죽고 싶다면, 얼른 불어. 여자 때리는 거 싫다."

구레나룻이 새된 목소리로 말했다. 미호가 말이 없자 배를 걷어찬다. 조금만 더! 미호는 몸부림을 치면서 계속 밧줄의 매듭을 풀었다. 구레나룻이 다시 걷어찬다. 한 번 때릴 때마다 한숨을 쉬며 오만상을 찌푸린다. 다시 한 번 더 복부 강타! 미호의 온몸이 뒤틀린다. 됐다, 헐거워진 밧줄 사이로 오른쪽 손을 빼냈다. 뒤이어 왼쪽 손도. 다시 날아오는 구둣발을 두 손으로 붙잡고 앞으로 힘껏 당겼다. 육중한 구레나룻의 몸이 그대로 미끄러지며 뒤통수를 바닥에 박았다. 일어서려고 발버둥치는 놈의 발목에서 칼을 빼냈다. 해결사들은 저마다 무기를 지니는 장소가 있다. 이태원 찻집에서 만났을 때 그의 발목 위로 살짝 나온 칼집을 보아둔 터였다.

미호는 발목의 밧줄을 끊자마자 발로 구레나룻 목을 휘감아 비틀었다. 놈이 필사적으로 발버둥을 쳤다. 미호도 이를 악물고 버텼다. 둘 다 힘이 빠졌을 때쯤, 놈의 목에 칼을 갖다 댔다. 그도 산전수전 겪은 해결사. 상황 파악이 됐는지 순순히 항복했다.

"고통 없이 죽고 싶다면, 얼른 불어. 남자 때리는 거 싫어."

구레나룻의 눈썹이 움찔했다.

"머리가 누구지?"

"이미 알고 있다며?"

"개관식은 어디야?"

"그것도 알고 있을 텐데?"

"목숨이 아깝지 않나 보군. 아니면 죽는 것보다 조직의 보복이 더 두려운 건가?"

구레나룻은 말이 없었다. 미호는 마지막으로 물었다.

"아까 날 보고 B파일이라고 했잖아. 그게 뭐지?"

모르쇠로 일관하던 놈이 빙긋이 웃었다. 섬뜩했다.

"죽음조차 써먹을 데가 없는, 잉여인간 같은 존재."

깊은 곳에서 분노가 끓어올랐다. 말이 끝나기 무섭게 가슴팍의 급소를 쳐서 기절시켰다. 죽일 필요는 없다. 실패자에겐 저들의 응징이 더 가혹할 것이다. 널브러진 구레나룻의 주머니에서 휴대전화를 꺼내 번호를 눌렀다. 지금 도움을 청할 곳은 여기밖에 없다. 이제 그와 대면할 시간이다.

"편집국장을 죽인 범인을 알고 있습니다."

B파일 310218 신참 기자

에스더는 형사계 마 팀장과 순댓국으로 점심을 때우고 신문사로 들어왔다. 열흘에 한 번꼴로 돌아오는 오후 당직, 석간신문과 통신을 체크하고 자질구레한 단신을 정리해야 한다. 텁텁한 입맛을 다시며 에스더는 생각한다. 이번 주말엔 기어코 신사동 가로수길에 가서 우아하게 브런치를 먹으리라. 리코타 치즈를 푸짐하게 넣은 샐러드와 치즈 파니니와 과테말라 커피를 홀짝이리라. 매일 해장국, 설렁탕, 아니면 대구탕. 아저씨들이랑 먹는 점심에 인이 박힐 지경이었다.

커피믹스를 타 마시며 은행에 근무하는 동기에게 전화를 걸었다. 조선족 용의자와 관련해 사내에 떠도는 새 정보가 있는지 확인하고 싶었고, 어떻게 지내는지 궁금하기도 했다. 괜찮으면 주말에 같이 브런치 먹자고 할까. 업무 중인지 전화를 받지 않았다.

때마침 사내 인사팀에 근무하는 대학 선배가 메신저로 접속해왔다. 비상계단 층계참에서 조용히 만나자마자 누런 서류 봉투를 내밀었다. 최근 이혼했다더니 화장이 들떠 얼굴이 푸석하다.

"에스더야, 규정에 어긋나는 일이지만 네 부탁이니까 들어주는 거다. 대외비로 캐비닛 깊숙이 처박혀 있던 거 찾아서 야근 때 몰래 복사했어. 뭔데 그렇게 궁금해해?"

"그냥, 개인적으로 좀 궁금한 게 있어서요."

"그래, 뭔가 사연이 있긴 있는 모양이구나. 암튼 뒷말 나와서 날 곤혹스럽게 만들지는 말고."

돌아서서 계단을 올라가는 선배의 등을 향해 에스더는 허리를 90도 굽혔다. 서류 봉투를 가슴에 힘껏 품었다. 아버지의 과거에 거의 다 다가섰다. 설레는 마음으로 사회부 당직 자리로 돌아오자 은행 동기가 보내온 장문의 문자가 떴다.

'전화 못 받아서 미안. 지난주 소개팅한 여자랑 다시 만나 점심 먹었음. 완전 여신삘 나는 영어 선생님. 예전 미녀들의 수다에 나오는 구잘 닮았어. 이번 토요일에 뮤지컬 보기로 했는데, 바래다주는 길에 키스라도 한번 시도해 볼까 싶어. 모처럼 쾌청한 하늘, 사랑이 시작되나 봐. ㅋㅋ'

에스더는 종이컵에 든 밀크커피를 단숨에 들이켰다. 차게 식어서 설탕 맛이 강했다. 녀석이 연애를 하건 말건 무슨 상관이람. 생각은 그렇게 하면서도 왠지 입맛이 썼다.

"어이! 초대형 교통사고 났어. 강변북로에서 30중 추돌. 꽤 죽었나 봐."

저 멀리 편집부의 누군가가 모니터를 쳐다보며 짜증스럽게 외쳤다.

"에이, 씨팔. 오늘은 좀 조용히 넘어가나 했더니만."

바이스 캡 홍이 성인만화가 떠 있는 모니터 창을 닫으면서 마우스로 책상을 탁탁 때렸다. 책상머리의 전화가 울렸다. 수습 사공용태였다.

"고생이 많아. 교통사고 현장으로 차출이야?"

"예? 아니, 다른 건 때문에 연락드렸는데요. 좀 황당한 사건일 수도 있겠지만요. 오전에 관내 한 아파트에서 도시가스가 폭발해 내부가 전소되고 사망자가 생겼거든요."

"가끔씩 있는 일이야. 다세대 빌라 몰려 있는 곳 아니야?"

에스더는 얕은 하품을 했다.

"아뇨, 새 아파트입니다. 근데 사망자가 마포서 앞에서 시위하던 바로 그 할머니예요. 왜 있잖아요, 맨날 아들 억울하게 죽었다고 떠들어대는. 그래서 기사로 한번 엮어보려 했더니 막히네요. 좀 무리인가? 아니면 야마를 좀 비틀어서, 신축한 아파트의 가스관 부실 공사 이쪽으로 몰면 어떨까요? 보고 올리기 전에 여 선배랑 상의해보려고……."

에스더는 자리에서 벌떡 일어섰다. 사공 이야기는 더 이상 귀에 들어오지 않았다. 사고가 아니다. 우연일 리도 없다. 수위실 앞에서 마주친 검은 양복들이 떠올랐다. 수상하다고 생각했으면서도 그냥 보아 넘겼다. 왜 진작 깨닫지 못했던가!

자기 아들이 자살할 리가 없다며, 이야기 들어주어서 고맙다며 눈물 흘리던 노파가 떠올랐다. 돈 봉투를 꽂아주는 바람에 서먹하게 헤어진 것도 마음에 걸렸다. 억울하게 죽은 아들의 한을 풀지 못하면 죽을 수도 없다며, 꼭 해결할 수 있게 도와달라던 그녀의 마지막 인사. 왜 좀 더 살갑게 굴지 못했나.

그제야 USB가 생각났다. 형사계 마 팀장 얘기를 듣고는 배신감에 중요한 자료를 방치하고 말았다. 자신의 게으름과 나태함 때문에 막을 수 있는 화를 못 막은 건 아닐까. 에스더는 자책했다.

황급히 노트북을 들고 여자 휴게실로 갔다. 주머니에서 USB를 꺼내 슈퍼맨 목을 젖히고 커넥터를 노트북에 꽂았다. 사실 내용물에 큰 기대를 한 건 아니었다. 지금이라도 확인하는 것이 돌아가신 노파에 대한 예의라고 생각했을 뿐.

저장된 동영상 파일은 모두 넷이었다. 파일명은 모두 A로 시작하는 다섯 자리 숫자들이었다. A35045? 뭐지? 끝자리가 연번호로 이어져 있다는 것 말고 별 의미는 없어 보였다.

첫 번째 파일을 클릭해서 여는 순간, 온몸의 피가 머리끝으로 쏠리는 기분이 들었다. 아는 얼굴이 나왔다. 색 바랜 영상 속의 사람은 분명 젊은 시절의 그였다. 며칠 전 뺑소니 사고로 사망한 편집국장. 만취해 앞니를 드러내고 천박하게 킬킬거리고 있다. 중독성 강한 어떤 희열감에 탐닉한 인간의 웃음. 술집처럼 보이는 배경 화면은 중국이거나 아니면 동남아의 어느 차이나타운 같았다.

급히 다른 파일을 클릭해 나갔다. 두 번째 영상에선 뱃살 탄탄한 중년 남자가 젊은 여자를 뒤에서 껴안고 침대 위에서 뒹굴고 있었다. 낯선 얼굴이었다. 아는 사람을 또 발견한 건 세 번째 파일. 예전 9시 뉴스를 오래 진행한 앵커라 낯이 익다. 얼마 전에 자살한 CBC 사장 심춘식. 그가 틀림없다. 젊은 시절에 비해 얼굴에 살이 많이 붙었지만 볼의 커다란 점까지 속일 순 없다. 그 또한 안경을 선글라스처럼 이마에 걸치고 발딱 선 성기를 내놓은 채 활보하고 있다.

흡! 에스더는 저도 모르게 입을 막았다. 도재길과 모친이 죽은 이유가 짐작이 갔다. 그렇다면, 다음 표적은 에스더가 될 것이다. 떨리는 손으로 USB를 뽑아 바지 주머니 깊숙이 밀어 넣었다.

노트북을 닫고 휴게실 창틀에 걸터앉아 창문을 열었다. 찬바람이 피부를 훑어 내리자 마침내 생각이 났다.

두 번째 파일의 키 크고 뱃살 탄탄한 남자는 여당 현역 국회의원 양병호였다. 꼴 보기 싫은 양미라가 늘 떠벌리고 다니던 그 잘난 삼촌. 방송 기자 출신의 재선인 그는 요즘 언론법 개정 때문에 자주 미디어에 모습을 보였다. 당론과 다르게 방송법 개정에 반대하는 소신파다. 미중년의 외모로 특히 젊은 여성 지지자가 많았다.

핵폭탄을 가졌어!

에스더가 몸을 부르르 떨었다. 정황으로 봤을 때 나머지 한 명도 행세깨나 하는 인간이 분명하다. 의문이 꼬리에 꼬리를 물었다. 과거의 어떤 은폐된 진실과 관련 있음이 분명해 보이지만, 지금 당장은 아무것도 단정할 수 없었다. 나머지 한 명의 신원부터 확인하는 게 순서 같았다.

에스더는 다시 노트북을 꺼내 구글을 열었다. 짐작 가는 게 있어 세 명의 이름을 한꺼번에 검색창에 넣고 엔터 버튼을 두드렸다. 텍스트 파일이 하나 떴는데 저장된 사이트가 한국기자협회였다. 오래된 베이징 특파원의 명단. 결국, 알아냈다. 나머지 한 명은 얼마 전에 자살한 청와대 홍보수석 엄복동. 오래전 그들은 같은 시기 같은 곳에 있었고 나란히 동영상에 찍혔다. 에스더는 메모장에 이름을 하나씩 입력하기 시작했다.

청와대 홍보수석 엄복동 — 17일 자택에서 넥타이로 목을 매 사망

민주일보 편집국장 조성철 ─ 뺑소니 교통사고로 25일 사망

CBC 사장 심춘식 ─ 자택 목욕탕에서 27일 사망 (원인 미상, 자살 결론)

여당 국회의원 양병호 ─ 지병을 이유로 대성 종합병원 입원 중

현역 국회의원과 청와대의 정권 실세와 여론을 움직일만한 유력 언론사 간부의 젊은 시절 치부가 담긴 동영상. 이런 걸 왜 우주그룹에서 비밀리에 보관하고 있었을까. 약점을 잡아 협박하려고? 도재길은 왜 이 영상을 빼냈을까. 어딘가에 팔아넘기려고?

당황한 마음을 진정시키고 당직 자리로 돌아가려 할 때, 휴대전화에 낯선 번호가 떴다.

"급합니다, 바로 만날 수 있겠슴까?"

조선족 용의자가 외쳤다.

"지금 어딘가요?"

"민기수가 일했다는 일산 공장에 다녀오는 길입니다. 찾았다고요! 누명을 입증할 증거! 경찰이 뒤쫓고 있을 겁니다. 잡히기 전에 얼른 만나야 합니다. 우주그룹으로 가야 한다고요!"

우주그룹! 조선족 용의자를 쫓고 있다는 검은 양복! 그리고 도재길을 찾아온, 그 아파트 앞에서 마주친 검은 양복! 에스더는 직감했다. 우주그룹에 연결고리가 있다. 당장 그를 만나야 한다.

"저도 우주그룹에 대해 캐봐야 할 것이 있어요. 지금 어딘가요?"

"오늘 개관한다는 상암동 초고층 빌딩으로 가려던 길임다. 차가 필요함다. 제가 탄 차는 금방 추적될 거야요."

시계를 보았다. 초고가 쏟아지기 시작하는 오후 세 시, 당직인 에스더가 자리를 비우면 다른 내근자가 뒤집어써야 한다. 그렇다고 지금 이 상황에 단신거리나 정리하고 앉아 있을 순 없는 일. 내키지 않지만 캡에게 전화를 걸었다.

"조선족 용의자가 연락해 왔습니다. 경찰에 쫓기고 있답니다. 당장 만나봐야 할 것 같습니다."

"왜 앞자리 부장에게 바로 보고하지 않고서."

"그냥요, 캡에게 먼저 알려야 할 것 같아서."

"만나봐야 할 것 같은 거야, 꼭 만나야 하는 거야?"

말투에 가시가 있었다. 하지만 지금 그런 걸 따질 때가 아니다.

"부장에게 얘기 좀 해 주세요. 시간이 촉박합니다. 회사 안에서 연합 우라까이나 하고 있을 순 없습니다. 아, 그리고 추가 보고 올릴 때까지 캡만 아셨으면 합니다. 신중하고 싶어서요."

"알았어. 여기서 커버할 테니 가봐. 부장한텐 내가 급박한 취재 시켰다고 할게. 위험할 수도 있으니 사공용태랑 같이 가도록 해."

"싫습니다. 혹시라도 용태 씨를 곤경에 빠트리고 싶지 않아요."

"그 똥고집은 절대 못 버리겠구나. 맘대로 해! 다만, 단독 기사 욕심 때문에 무리하게 판단하는 일은 없도록."

왕재수 아니랄까봐, 뼈 있는 농담이 날아왔다. 당직 서기 싫어서 잔머리 굴리는 애로 보는 거야 뭐야. 됐어! 특종만 물고 오면 찍소리 못할 테지.

에스더는 자리로 뛰어가 가방을 챙겼다. 노닥거리고 있던 부데스크가 너 뭐하냐? 하는 눈으로 뜨악하게 쳐다본다.

"캡이 급하게 시키신 일이 있어서 지금 나가봐야 합니다."

그러니까 그만 놀고 일 좀 하세요! 에스더는 속으로 중얼거리며 방금 인터넷 쇼핑몰에서 배달 온 미니 녹음기를 점퍼 주머니에 찔러 넣었다. 입을 쩍 벌리고 위아래로 훑어보는 부데스크에게 고개를 까딱하고 사무실을 나섰다. 지하 수송부에 내려오자 빈 업무용 차량이 줄지어 서 있다. 주차 대기실 임 주임은 의자에 앉아 팔짱을 낀 채 선잠에 든 상태였다. 아무 열쇠나 집어 들었다. 시동 거는 소리에 임 주임이 허둥대며 일어났다. 에스더는 손을 흔들며 액셀을 밟았다.

B파일 044316 고참 기자
B파일 900734 전업 킬러

"사람 얼굴을 왜 자꾸 쳐다봐요?"

미호의 한 마디에 윤이 재빨리 눈을 깔았다. 저 여자를 어디서 봤더라. 분명 어디선가 봤는데……

윤의 옆자리에 앉은 양병호 의원이 재미있다는 듯 앞자리의 미호와 윤을 번갈아 바라보았다.

"김 기사, 일단 청담동으로 가지. 옷 두 벌 준비하라고 이르게."

"의원님, 이 긴박한 와중에 청담동이라니요. 지금 뭐하시는 겁니까? 우주그룹으로 가셔야죠. 시간이 별로 없단 말입니다."

윤이 득달같이 따져 물었다. 양 의원은 너그럽게 받아넘겼다.

"나도 알고 있네. 하지만 급할수록 돌아가야지. 자네 말대로 저 여성분과 VIP 파티에 가려면, 저 복장으론 곤란해!"

미호는 얼굴이 달아올랐다. 붉은 달 일당의 아지트에 붙잡혀 있다가 황급히 달려온 길, 아무렇게나 틀어 올린 머리에 상처 난 맨얼굴, 게다가 물에 젖었다가 덜 마른 야상점퍼에선 눅눅한 냄새까지 났다. 윤도 납득했는지 잠자코 창 쪽으로 얼굴을 돌렸다. 양 의원은 확실히 노련했다. 자신의 에쿠스로 기사까지 대동해 폼 나게 움직이자고 한 것도 그였다.

"우린 지금 용과 싸우러 가는 길 아닌가. 이럴 때일수록 아주 쎄게, 쎄게 보여야 한다네."

윤은 덜컥 겁이 났다. 여자의 말에 따르면, 국장을 차로 치인 자들은 우주그룹의 하수인들. 짐작은 했지만 목격자의 입으로 직접 확인하니 철가면이 살해당했구나, 실감이 됐다. 양 의원을 따라 나서기는 했지만 무작정 우주그룹을 찾아가 뭘 어쩌겠다는 건지 스스로도 감이 잡히지 않았다. 다만, 한 가지는 확실했다. 진실을 확인하고 싶다. 덧붙여 기자로서의 직감이 소리쳤다, 이게 다가 아닐 것이다. 근데 진짜 저 여자를 어디서 봤더라?

"네, 날씬한 여자분 한 분, 보통 체격의 남자 한 분입니다. VIP 파티에 가시는 길입니다. 바로 준비해 주세요. 20분 후에 도착합니다."

미호는 옆자리 김 기사의 통화 내용을 들으며 가슴에 품은 플라스틱 미니 권총을 쓸어본다. 총알까지 강화 플라스틱으로 제조된 최고급 제품. 탁 사장이 선물로 건네며 미국 고위급 정보원들이 쓰는 것이라고 생색을 냈었다. 최후의 순간에 쓰려고 은행 대여금고에 보관해 뒀었다. 미스터 M의 소굴에서 빠져나오자마자 권총을 찾았다. 더 이상 후퇴할 곳이 없다고 생각했다.

병원으로 찾아온 미호에게서 철가면의 뺑소니 사고에 얽힌 이야기를 듣고 나자, 윤과 양 의원은 침통한 얼굴로 일어섰다. 우주 그룹의 초고층 빌딩 개관식에 가는 길이라고 했다. 미호는 대뜸 동행하겠다고 따라나섰다.

"제가 같이 가는 게 여러모로 유리하실 겁니다!"

윤이 당황한 듯, 양 의원을 바라보았다. 양 의원은 미호를 잠시 물끄러미 바라보더니 고개를 끄덕였다.

미호는 생각했다. 일단 이들을 돕자. 그 후에 흥정을 해도 하는 거다. 두고 보자, 미스터 M. 머리는 제거할 수 없다 해도 몸통 아니 왼팔 하나쯤은 절단내주리라.

에쿠스가 부티크 앞에 멈추자 세 명의 여자들이 달려 나왔다. 윤과 미호는 그들에 둘러싸여 매장 안 탈의실로 들어가고, 양 의원은 여유로운 표정으로 매니저와 이야기를 나누었다.

윤은 광대가 된 기분이었다. 현실은 촌각을 다툴 만큼 심각한데 돌아가는 상황은 완전 시트콤이다. 결혼식 때도 입지 않으리라 다짐한 드레스 셔츠와 양복에 나비넥타이가 우스꽝스럽게 느껴졌다. 남자 점원 하나가 윤의 낡은 옥스퍼드화를 보더니 고개를 가로저었다. 바로 명품 수제화로 갈아 신어야 했다. 짜증스러워 담배라도 한 대 피우고 올까, 현관으로 나가는 길을 찾아 탈의실 여기저기를 뺑뺑이 돌고 있었다.

그때 붉은 드레스를 입은 미호를 보았다. 호리호리한 몸매와 잘빠진 허벅지가 드러나는 미니드레스였다. 점원들이 둘러싸고 예쁘다를 연발했다. 그녀가 민망한 듯 얼굴을 반쯤 가리고 호호,

웃었다. '아, 그 여자다!' 윤은 그제야 알아챘다. 홍대 재즈 바에서 만나 난생 처음 집에 데려온 여자, 그리고 양키스 모자를 쓰고 신문사에 찾아왔던 여자, 국장의 죽음 이후 계속 자신을 미행하고 있었단 말인가!

윤은 자신을 위아래로 훑으며 흡족하게 고개를 끄덕이는 양 의원에게 꾸벅 인사를 한 후, 밖으로 나와 담배를 물었다. 혼란스러웠다. 저 여자는 왜 국장의 죽음을 알린 것인가, 그리고 지금 왜 우주그룹으로 가려는 것인가. 계속 주변을 맴돌고 있었는데 눈치 채지 못하다니. 윤은 여자 얼굴 하나 제대로 기억해내지 못하는 관찰력을 자책했다.

휴대전화가 울렸다. '누구지?' 낯선 번호에게서 걸려오는 전화는 질색이다. 하지만 외면할 수 없는 것이 또 기자라는 직업의 숙명.

"네, 윤순철입니다. 네? 누구라고요? 에스더? 사회부 그 에스더? 어, 어쩐 일이야?"

크게 당황한 듯 에스더는 횡설수설하고 있었다. 대충 생각나는 대로 대꾸해 주고 전화를 끊었을 때, 양 의원의 호탕한 웃음소리가 들렸다. 점원들의 인사를 받으며 빨간 드레스의 미호와 함께 나오고 있었다. 그사이 화장을 하고 머리도 만졌는지 들어갈 때와는 전혀 다른 여자 같다.

윤은 미호에게 다가가 따져 물었다.

"대체 무슨 꿍꿍이로 찾아온 겁니까? 언제부터 나를 미행한 거죠?"

양 의원의 얼굴에서 웃음기가 싹 가셨다. 미호는 당황했다. 정체가 들킨 이상 더 숨길 수가 없다. 가짜 다이아가 촘촘히 박힌 손바닥만 한 클러치 백을 열어 플라스틱 권총을 끄집어냈다. 양도, 윤 의원도 놀란 눈치였다.

"저는 해결사입니다. 붉은 달이라는 자에게서, 외부 유출된 CD를 찾아달라는 부탁을 받고 조 국장님을 미행 중이었습니다. 그런데 조 국장님이 뺑소니로 죽는 걸 목격했고, 집에서 윤 기자님에 관한 메모를 발견했어요. CD가 윤 기자님에게 넘어갔다고 생각해서 계속 미행을 했던 겁니다."

"황 감독을 죽인 게 당신이죠?"

"제가 갔을 땐 이미 죽어 있었습니다. 시신을 목격하고 나오다가 의뢰인 일당에게 납치를 당했죠. 죽을 고비에서 살아남아 윤 기자님께 연락을 드린 겁니다."

"그 말을 어떻게 믿죠? 우주그룹으로 가려는 이유는 뭡니까?"

"안 믿어도 할 수 없죠. 하지만, 그동안 내가 당신을 죽일 기회가 백 번쯤 있었다는 걸 알아두세요. 재즈 바에서 처음 만난 날, 당신이 침대에서 자고 있었을 때, 총을 가진 지금도 마찬가지구요."

침대, 라는 말에 양 의원이 피식 웃음을 터트렸다. 윤은 씩씩거리며 아무 말도 하지 못했다. 미호가 계속 말을 이었다.

"우주그룹으로 가려는 이유는 의뢰인 붉은 달에게 갚아줄 빚이 있기 때문이에요. 물어볼 말도 있고요. 그리고 당신과 양 의원님과 동행하려는 건 일이 끝나고 난 후 나 역시 보호받고 싶기 때문입니다."

윤이 무언가 더 따져 물으려 할 때, 양 의원이 손을 들어 저지했다.

"그러니까 우리는 지금 우주그룹에게 선전포고를 하러 간다는 공동의 목표를 가졌군. 남자로서 자존심은 좀 상하지만, 이 예쁜 아가씨가 우리를 보호해 줄 수도 있고 말이야. 그렇다면 지금은 지난 일들은 잊고 똘똘 뭉쳐서 공공의 적을 소탕하는 게 우선이라고 생각되는데⋯⋯. 그놈의 팩트는 나중에 확인하고 말이야. 안 그런가, 윤 기자?"

윤은 뭔가를 말하려다 잠자코 앞좌석에 올라탔다. 양 의원이 어깨를 으쓱하며 미호에게 뒷좌석 문을 열어주었다. 미호도 묵묵히 차에 올라탔다. 양 의원까지 탑승하자 기다렸다는 듯 에쿠스가 육중한 몸을 움직이기 시작했다.

차 안에 오랜 침묵이 흘렀다. 그 침묵을 깨려고 미호가 물었다.

"이건 정말 궁금해서 묻는 건데, CD는 어디에 숨긴 겁니까?"

"그 CD를 회수하는 게 당신 진짜 목적이지?"

윤이 분이 풀리지 않았는지 표독스럽게 대꾸했다. 미호는 기가 막혀 목소리를 높였다.

"그냥 궁금했던 것뿐입니다! 이제 와서 그 CD를 찾는다 해도 나를 죽이려던 놈들이 달라질 리도 없다고요."

벌컥 화를 낸 게 미안했는지, 윤이 고분고분 자백했다.

"사실은 황 감독이 바꿔치기 했어. 그 홍대 재즈 바에서 만났던 날."

"어, 어째서⋯⋯. 내가 CD를 찾는 걸 알고 있었나요?"

"아니, 그 몇 시간 전 사무실에서 빼돌렸더라고. 안 그랬다면 지금쯤 살아 있을지도 모르는데. 너무너무 살고 싶어 하는 놈이었거든."

징징거리는 황 감독의 캐릭터가 떠올라 둘은 동시에 씁쓸히 웃었다. 그리곤 이내 침울해졌다.

이제 황 감독을 죽인 놈들과 대적해야 한다. 그들의 깔끔한 솜씨를 떠올리자 미호는 덜컥 겁이 났다. 하지만 이대로 달아날 수도 없는 일. 거대한 다국적 기업이 조종하고 있다면 어디로 달아나든 위험할 것이다. 더 강한 비호 조직과 손을 잡거나, 직접 대적해 흥정을 하는 수밖에 없다.

"자, 이제 둘 사이의 오해도 풀린 것 같으니, 우주그룹을 물리칠 작전회의를 해볼까?"

윤과 미호의 눈치를 보고 있던 양 의원이 말했다. 세 사람의 눈빛이 갑자기 진지해졌다.

"나와 해결사 아가씨는, 아 실례지만 이름이? 가명이라도 있어야지 해결사 아가씨라고 부를 순 없지 않나?"

미호는 잠시 망설이다, 진짜 이름을 말하기로 했다.

"미호, 강미호입니다, 의원님."

"예쁜 이름이군. 그럼 미호 양과 나는 VIP 초청장을 들고 정문으로 들어가겠어요. 미호 양은 내 보좌관이나 파트너라고 하면 들여보내줄 테고 윤 기자, 자네는 어떻게 할 텐가?"

"제가 지금 문화부에 있는데요, 얼마 전 부장 앞으로 초청장이 왔어요. 어차피 전산 등록돼 있을 테니 그걸로 들어가 보겠습니다. 여의찮으면 그룹 문화사업단 인맥 좀 팔아먹죠. 뭐."

"오케이, 좋아요. 그럼 입장하는 건 됐고, 내가 가면 주린 회장이 많이 놀랄 거야. 일단 그들의 요구를 들어주기로 결심한 척할 테니까, 나머지는 윤 기자가 잘 요리해봐요. 아까 병원에서 나 몰아세우는 거 보니까 아주 무섭더라구! 허허.”

“예, 알겠습니다. 그런데 그들의 요구라는 건……. 혹시 무엇인지 여쭤봐도 될까요?”

“허허, 내가 아무리 윤 기자에게 약점을 잡혔기로서니, 그것까지는 말 못 하지! 그리고 지금 입고 있는 옷, 내가 돈 낸 거니까 당신도 뇌물 수수로 걸면 바로 걸려! 청빈한 언론인이 명품 선물 받고 그러면 쓰나!”

“죄송합니다. 제가 주제넘었습니다. 우주그룹 일, 잘 마무리 짓겠습니다.”

“응, 부탁하네. 알다시피 내 목숨이 걸린 일이네. 자네만 믿겠네.”

내내 껄껄거리던 양 의원의 목소리가 문득 쓸쓸해졌다. 미호는 괜히 멋쩍어져 클러치 백을 만지작거렸다. 윤은 목이 답답한지 나비넥타이를 연신 잡아당겼다. 어색한 분위기를 무마하려는 듯 양 의원이 목소리를 높였다.

“아, 이거 든든하구만! 팩트에 충실한 기자 후배가 있고, 이렇게 예쁘고 실력 있는 해결사 아가씨가 있으니 말이야. 난 역시 운이 좋은 놈이야. 덤벼라, 우주그룹! 이 양병호, 배포 하나로 여기까지 왔다! 우주그룹 너 따위한테 질 거 같으냐! 하하하!”

과장된 목소리가 점점 작아졌다. 양이 파이팅하자며 한 손을 내밀었다. 윤과 미호도 얼떨결에 손을 모았다.

“이길 수 없는 싸움에서, 반드시 이깁시다! 자, 원더랜드로 갑시다!”

B파일 397021 은행원

B파일 310218 신참 기자

약속 장소에 차를 세워놓고 5분쯤 기다렸을까. 에스더는 궁금증을 참지 못하고 조수석에 던져둔 숄더백에서 봉투를 꺼내들었다. 인사팀 캐비닛 안에서 나온 아버지의 인사위원회 회부 기록.

서류를 한 장 한 장 넘기는 손끝이 점점 심하게 떨렸다. 다 읽고 나서는 후회가 밀려왔다. 에스더는 핸들에 고개를 처박았다. 괜히 봤어, 그냥 모르는 게 나았어. 아, 이제 어쩌지? 불의에 맞서는 정의의 저널리스트를 기대한 건 아니었지만, 아버지에게서 가장 싫어하는 부류의 기자를 보게 될 줄이야.

1988년 제주도로 갑작스럽게 발령 난 사유는 충격적이었다. 아버지는 억울한 옥살이를 한 장애인의 사연을 기사로 보도했고, 사회적 반향 덕에 상당한 후원금이 모였다. 믿을 수 없지만 아버지는 그 돈 일부를 착복했다. 회사로 항의 전화가 걸려왔으나 인터넷 같은 게 없던 때라 들끓는 여론으로 확산되진 않았다. 아버지는 회사 징계위에 회부됐고 잠시 빌린 돈이라고 항변했으나 받아들여지지 않았다.

에스더는 제가 저지른 일처럼 얼굴이 화끈거렸다. 집요한 추적의 끝은 허망했다. 겨우 이딴 결말을 얻으려고 아버지의 과거에 그렇게 집착했었나. 상상이 더해지자 불필요한 생각으로까지 부풀어 올랐다. 그렇다면, 군이 연고도 없는 섬까지 내려와서 극약을 먹고 자살한 이유가 뭘까. 죽음으로 누명을 항변하려 했던 걸까. 그럴 가능성은 적어 보였다. 제주도에서 꾸준히 시청을 출입한 걸 보면 좌천에 의한 충격 때문은 아니었다. 부끄러운 짓은 바로 잊고서, 배알 없이 동료 기자들과 헤헤거리며 잘 적응했나 보다. 양미라처럼 말이다. 에스더는 순간 좌절했다.

다행히, 절망의 나락으로 떨어지기 전에 그림자 하나가 다가와 조수석 문을 열었다. 에스더는 흠칫했지만 내색하지 않았다. 리영민은 앞자리에 퍼져 앉자마자 몸을 가늘게 떨었다. 두려움 때문인지, 바닥난 체력 때문인지 떨림은 한동안 멈추지 않았다. 청계천에서 만났을 때보다 눈에 띄게 핼쑥해져 있었다. 에스더는 안쓰러운 시선으로 한동안 그를 바라보다 호흡이 안정된 후에야 차를 출발시켰다. 영민이 주머니에서 휴대전화를 꺼내 내밀었다.

"뭐죠?"

"이 안에 저장된 사진과 대화 내용이면 내 누명은 벗겨지리라 생각합니다. 사고가 일어난 모텔 방에 다시 가서 찾아냈어요. 독살당한 탈북 여자 겁니다."

"장태평의 애인 행세했던 그 여자? 뭐가 들어 있죠?"

"나도 아직 확인 전입니다."

"잠금 패턴 설정이 걸려 있는데요."

영민은 휴대전화를 돌려받으며 양꼬치집 풍경을 떠올렸다. 눈빛을 반짝이며 검지로 화면 위에 Z자를 그렸다. 몇 번을 더 조작하자 담담한 여자의 목소리가 흘러나왔다. 누군가와 대화 내용을 몰래 녹음한 듯했다. 잡음이 많이 섞였지만 누구의 목소리인지, 어떤 내용인지 충분히 알아들을 수 있었다. 몇 개의 사소한 대화들이 지나갔다. 장태평이라는 자가 아몰레드 기술을 중국으로 빼돌리려는 정황이 포착됐다. 여자가 장태평에게 민기수라는 자에 관해 캐묻는 내용도 있었다. 다섯 번째 파일이 재생되고 리영민이라는 이름이 들리는 순간, 영민과 에스더는 숨을 죽였다.

"야, 기수야. 담배나 한 대 피자이. 어, 자네는 여기 있게. 남자들 이야기하는데."

(알았다고 대답하는 여자 목소리, 지지직, 우당탕 어딘가 나가는 소리)

"그래서, 좀 이따 리영민 오면 정말 처리하나? 내는 뭐하면 좋을까이? 비참한 조선족의 현실 운운하면서 술을 멕일까. 사람들 없는 곳에서 죽일라 카믄 노래방 이런 데가 아이 좋을까?"

"내가 알아서 처리할 테니 걱정 마. 너는 입만 닫으면 돼."

(잡음, 녹음 끊겼다가 다시 시작되는 소리)

"에이, 그건 곤란하지. 이거 먹고 나가떨어지라면."

"그거면 됐지, 네가 한 게 뭐 있다고."

"내 이걸로는 본전치기도 못한다. 친구 좋다는 게 뭐임. 잘 좀 챙겨줘야지. 아이하면 내가 떠벌리게 될 수도 있지 않슴……."

"그랬다간 네 목숨이 몇 개인지 확인하게 되겠지. 머리 잘 굴려봐."

"그나저나 이참에 춘화도 처리하면 안 될까? 저게 딱 달라붙어 있어서, 아주 죽을 맛이다. 내달에 정보 넘기고 손도 털어야 하는데. 리영민이 죽인 걸로 같이 좀 처리하면 안 되겠나. 응? 기수야!"

영민은 금방이라도 울 것 같은 얼굴을 하고 있었다. 에스더도 뭐라 할 말이 없어 침만 꼴깍 삼켰다.

"기운 내요! 이로써 함정에 빠졌다는 명백한 증거를 확보했잖아요!"

영민이 고개를 끄덕였다. 하지만 침통한 표정은 그대로였다.

"근데 이게 법원에서도 인정이 될지……."

아마 안 될 확률이 높다. 에스더는 화제를 다른 곳으로 돌리려 애썼다.

"근데 이상하네요. 탈북 여성이라면서 서울말을 쓰는데요?"

"내 말이 그 말입니다. 탈북자가 아니라는 얘기죠."

"아니라면?"

"전에도 말씀 드렸다시피 한국 쪽 정보원이 아닌가 생각됩니다. 처음 봤을 때부터 뭔가 미심쩍었거든요. 몸에 밴 습성, 억양 같은 건 노력한다고 해도 짧은 시간에 바꿀 수 없는 거니까요."

"장태평이란 자에게 일부러 접근했겠군요."

"산업 스파이 담당이었나 보죠. 체포할 수 있었겠지만 윗선까지 뿌리째 소탕하려고 애인 행세하며 조금씩 정보를 모은 게 아닌가 생각됩니다. 녹음된 대화를 들어보면 장태평은 그걸 알면서도 역이용했던 거구요. 지금은 그게 중요한 게 아닙니다. 민기수를 찾아야 해요. 모든 게 그놈이 꾸민 일이다 이 말임."

급하게 끌고 나온 차의 연료계가 바닥을 가리키고 있었다. 에스더는 전방 주유소에 차머리를 거칠게 밀어 넣었다. 회사 업무용 차 기름 넣는 데 생돈을 쓰려니 속이 쓰렸다. 주유하는 동안 차 키를 뽑아들고 화장실로 갔다. 세면대에서 손을 씻으며 거울을 봤다. 오늘 밤에 뭔가가 터져버릴 듯 두려움이 엄습했다.

'할 수 있어, 잘할 수 있어. 쫄지 마, 에스더!'

만성 수면부족으로 붉은 실핏줄이 거미줄처럼 돋아난 눈자위를 노려봤다. 결정적 순간일수록 믿을 건 자기 자신밖에 없다. 정신 차리자는 의미로 양 볼을 따다닥, 두드렸다. 이제 우주그룹으로 돌격하는 거다! 주유소에 붙은 편의점에서 생수를 사서 영민에게 던졌다.

"마셔요. 힘들어 보입니다."

"그새 경찰에 신고라도 하셨습니까? 위치 추적이라도 하시지요, 왜?"

영민이 플라스틱 병마개를 소리 내 따며 피식거렸다.

"갑자기 무슨 소리예요? 다시 말하지만, 당신을 도울지 말지는 내가 정해요. 진짜 도움을 원한다면 내 방식에 의심도, 태클도 말아주세요."

"거, 날 못 믿는 거 같아서 하는 말입니다."

에스더도 신경질적으로 받아쳤다.

"좋아요. 당신 말이 진실이라는 가정 하에 우리 이야기를 좀 더 맞춰보죠. 당신이 누명을 벗으려면 뭐가 제일 필요하죠?"

"민기수의 증언! 나에게 덮어씌우기 위해 모든 것을 조작했다는."

"그럼 민기수부터 찾아야겠군요. 어디 있다고 생각하죠?"

영민은 결정적 단서인 양 또박또박 내뱉었다.

"원더랜드!"

"원더랜드?"

"네, 오늘 오픈한다는 우주그룹의 초고층 빌딩요. 민기수가 지금 어디 있는지는 모르지만 행사장에 온다는 건 확실함."

순간, 며칠 전 광명자원을 찾아갔을 때 스리랑카인 수갓이 한 말이 떠올랐다. 머릿속에 폭풍우가 휘몰아쳤다. 사공용태에게 전화를 걸어 행사에 관한 정보를 최대한 빨리 모아서 보내라고 지시했다. 원더랜드는 복합 영상문화단지, 산업부나 문화부 출입이다. 산업부에는 데면데면한 뺀질이들밖에 없다.

문화부에 아는 사람이 누가 있더라? 한 손으로 핸들을 잡고 다른 손으로 휴대전화를 확인했다. 옥나리 선배는 신참이라 도움이 안 될 것이고, 윤순철 선배의 번호가 있다. 그때 사공용태의 문자가 떴다.

'오후 6시부터 식전행사, 개막식은 7시. 유명 인사 총출동. 초청장 없인 출입 어렵다고 함. 계속 확인해 보겠습니다. 충성!'

시계를 봤다. 오후 4시 반. 행사까지는 여유가 있다.

차 안은 정적만 가득했다. 에스더는 곁눈질로 영민을 훔쳐봤다. 멍한 시선으로 창밖만 보고 앉아 있다. 분위기를 깰까 봐 라디오도 틀지 않았다. 질문을 하고 싶어 입술이 달싹거리는 것도 참았다. 뭔가 큰 건을 잡았다는 직감이 왔다. 문제는 원더랜드 앞까지는 간다 해도 어떻게 들어가느냐 하는 것. 아무나 파티에 입장할수 있는 것도 아니고, 들어가선 누구를 만나고, 무엇을 찾아야 하는지. 정보와 시간은 없고 마음은 급했다. 더구나 공개 수배된 살인 용의자까지 끌고서 어떻게 움직인단 말인가. 막막했지만 지푸라기라도 잡아봐야 했다. 윤순철 선배에게 전화를 걸었다.

"네, 선배 안녕하세요, 저 사회부 여에스더인데요!"

윤순철은 에스더가 누군지도 모르는 눈치였다. 옆에선 영민이 한 줄기 희망이라도 잡은 듯 간절하게 바라보고 있다. 두 남자 사이에서 쩔쩔 매느라 에스더는 진땀을 뺐다.

"아 예, 다른 게 아니고요. 저기 제가 오늘 취재차 원더랜드 개막식 행사를 좀 들어가볼까 하구요. 근데 거기가 아무나 갈 수 있는 데가 아니잖아요, 호호. 예? 아 사회부 나와바리는 아닌데요, 그게 그러니까 저, 우주그룹 직원이 억울하게 살해당한 정황이 있어 가지고⋯⋯. 예? 제가 들어갈 수 있게 어떻게 힘 좀 써주시면⋯⋯. 갑자기 전화해서 이런 부탁이나 드리다니, 죄송스럽네요, 호호."

주절주절 뭐라고 떠들었는지 기억도 잘 나지 않는다. 기자 생활 1년이 넘어가지만 아쉬운 소리할 때가 늘 고역이다. 언제나 돌부처처럼 창가 자리에 앉아 있던 윤순철 선배 모습이 떠올랐다. 남의 일에는 전혀 관심 없어 보이던 사람. 일단 우주그룹 문화 사업단에 이야기해보겠다는 대답은 얻어냈으니 됐다. 가보면, 어떻게든 되겠지.

"이건 뭐 딴 사람 같습니다!"

침울하게 앉아 있던 리영민이 설핏, 웃었다.

"뭐, 뭐가요?"

"나를 대할 때랑, 선배한테 전화할 때랑 말입니다. 나를 대할 때는 열흘 삶은 호박에 이빨도 안 들어갈 것처럼 쌀쌀맞더니, 선배한테는 이래가지고, 저래가지고, 호호호 막 이러지 않았습니까?"

"제, 제가 언제요? 어려운 부탁하려니 겸연쩍어서 그랬죠."

"방금 그러지 않았습니까, 호호, 막 이러면서. 혹시 그 선배 좋아하는 거 아닙니까?"

"조, 좋아한다뇨! 마흔 살 배불뚝이 노총각 아저씨거든요? 게다가 성격도 이상한데 제가 미쳤어요?"

"어쨌든 총각은 총각이네요. 성격도 어떤지 알고 있고, 많이 수상합니다!"

"이 사람이 진짜! 남의 속도 모르고!"

"하하, 오해했다면 미안합니다! 나는 그냥 그런 것 같아서……"

에스더는 화가 난 척 창밖으로 고개를 돌렸다. 말도 안 되는 사람이랑 엮어대는 게 짜증나긴 했지만, 시무룩하던 그가 웃는 것을 보니 다행이라는 생각이 들었다. 원더랜드에 들어가든 못 들어가든, 빨리 도착해 이 어색한 상황을 모면하고 싶다. 퇴근 시간이 멀었는데도 강변북로의 차들은 가다 서다를 반복하고 있었다.

"그런데, 우주그룹에서 캐낼 게 있단 건 무슨 소립니까?"

침묵이 답답했는지 영민이 물었다.

"아, 그거요. 우주그룹에서 데이터 관리 일을 하던 직원 하나가 갑자기 죽었는데요, 경찰은 변사라고 결론 냈는데 미심쩍은 구석이 많아서요. 게다가 의혹을 제기하던 그 직원의 어머니도 석연치 않은 가스 폭발 사고로 돌아가셔서요. 아들 생전에 검은 양복 입은 자들이 몇 번 찾아왔다고 하고 그 집 앞에서 저도 본……"

"지, 지금 검은 양복이라고 하셨습니까? 놈들이 분명합니다! 두 명씩 짝을 지어 다니지요? 민기수 일당들이 우주그룹을 위해 뒤처리를 하고 다니는 거라니까요!"

"심증으로는 그렇지만 기사화하려면 물증이 필요해서요."

"물증, 어떤 물증 말입니까? 사람이 둘이나 죽었고 죄 없는 나도 이렇게 쫓겨 다니고 있는데 어떤 증거가 더 필요하단 말임까?"

"영민 씨, 흥분하는 건 이해하지만 냉철하게 생각해봐요. 은행원답게 정확히 계산을 해보란 말입니다. 상대는 다국적 기업입니다. 돈으로 뭐든지 할 수 있죠. 그 사람들이 얼마나 막강한 법무팀을 굴리는지 압니까? 소소한 증거들로 대적하려다간 큰 코 다쳐요. 한 방에 나가떨어질, 빼도 박도 못할 증거가 필요하다고요."

에스더의 말을 납득한 듯 영민은 입을 다물었다. 말은 그렇게 해놓고도 에스더는 답답했다. 저 공룡 같은 우주그룹을 상대하려면 어떤 증거를 잡아야 하나. 지금 옆에서 초조하게 얼굴을 비비고 있는 조선족 용의자와, 끝내 한을 풀지 못하고 살해당한 도재길의 모친과, 특종 못 잡기만 해봐라, 두 눈 부릅뜨고 있을 캡의 짜증난 얼굴이 스쳐갔다.

"이거야 원, 너무 막막해서. 쫄지 않으려면 엄청난 무기라도 준비해야 하는 거 아닌지 모르겠네요."

영민이 안주머니에서 무언가를 주섬주섬 꺼냈다. 에스더는 깜짝 놀라 핸들을 놓칠 뻔했다. 진짜 권총은 생전 처음 봤다. 농담처럼 건넨 말인데, 영민은 걱정 말라는 듯 자못 비장한 표정을 하고 있었다. 에스더는 그제야 지금 무슨 일을 하러 가는 건지 실감이 났다. 위험한 짓 하지 말라던 캡의 말이 이런 뜻이었나. 하지만 평온한 일상은 결코 뉴스가 될 수 없는 법. 두려운 마음 한편에서 정체 모를 기운이 솟아올랐다. 두려움보다 호기심이 앞서야 기자지! 철가면 국장이 첫 수습 회식 때 했던 말이다.

지금은 호기심이 두려움을 압도하는 흔치 않은 순간. 에스더는 액셀을 밟은 발에 힘을 주었다. 그리고 영민에게 하는 말인지, 자신에게 하는 말인지 모를 말을 힘차게 외쳤다.

"자! 원더랜드로 갑시다!"

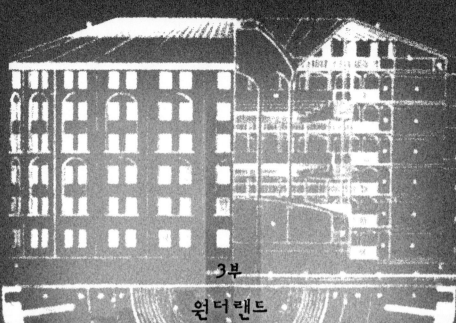

3부

원더랜드

B파일 044316 고참 기자   B파일 900734 전업 킬러
B파일 397021 은행원   B파일 310218 신참 기자

"원더랜드 그러니까 왜 자꾸 하루키가 생각나지? 후후."

"아, 하드보일드? 나도 그거 읽었는데, 크크."

뒤에서 누가 유식한 척을 했다. 그 소설을 제대로 읽었다면 빌
딩 이름을 이렇게 짓지는 않았을 텐데, 윤은 생각했다. 턱시도와
드레스를 차려입은 사람들이 길게 줄을 섰다. 정문까지 이어진
레드카펫과 사진기자들의 플래시 세례. 칸 영화제에라도 온 기분
이다. 저기 저 흉물스런 금속탐지기와 검은 양복들만 없다면 좋으
련만.

엄청난 건물 높이가 주는 위압감 때문일까. 방금 전까지 여유

로워 보이던 양 의원은 눈에 띄게 창백해졌고, 해결사라던 미호는 검은 양복들을 보자 불안한 듯 여기저기 살피며 굳은 표정이다. 덩달아 윤도 불안해지기 시작했다.

"우와, 이렇게 가까이서 올려다보니까 진짜 어마어마하네요. 121층이라고 했나요? 저 꼭대기에서 아래를 내려다보면 어떤 기분일까? 세상 모든 게 내 발밑에 있다고 생각하면, 아마 신이 된 기분이겠지? 남산타워나 63빌딩은 여기에 비하면 완전 개허접이다, 진짜."

뒤따르는 커플이 계속 무식한 말들을 지껄인다.

"오늘 빵빵한 인간들만 온다며?"

"당근 VVIP만 오겠죠. 맛있는 음식 먹고 인기 가수들 공연 보고 얼마나 좋아. 2년 동안 해외 공연만 다녔다는 원더걸스도 온다던데요? 기념품 빵빵할 테고 볼거리도 충만하고. 이 조그만 나라에서 이런 영화복합시설을 만들다니. 지난 주말에 CNN이랑 BBC도 취재해 갔다잖아요. 세계적인 통신 콘텐츠 기업이 본격적으로 영화 산업에 뛰어든다 어쩐다 하며 바짝 긴장하던걸요. 소니가 유니버설영화사 인수할 때보다 더 관심이 큰 것 같아요."

"우주그룹이 대단하긴 해. 물론 이건 하드웨어의 문제고, 콘텐츠가 어떤 식으로 나올지는 모르겠지만 주린이 워낙 수완이 좋으니까. 결정적으로 요게 있잖아, 요게. 단순히 매출로 따지자면 삼성전자겠지만 기업 이미지나 수익률, 현금 동원력 이런 걸로 치면 우리나라 최고 아니냐. 요즘이야 돈만 있으면 불가능이 없는 시대이니."

문화를 수출 상품쯤으로 여기는 천박한 것들. 윤은 언짢은 표정으로 입구에서 나누어준 브로슈어를 훑었다. 첫 장엔 한강을 굽어보는 전경, 다음 페이지에 입체도면이 보였다. 빌딩 높이가 6백 미터가 넘는다. 중간이 잘록한, 거대한 모래시계 모양의 건물은 몇 년 전 첫 조감도가 나왔을 때부터 화제였다. 이런 건물이 실제로 건축될 수 있느냐에서부터 항공기 이착륙과 주변 교통 문제, 빌딩의 안전성 논란까지 한창 시끄러웠다. 우주그룹은 아랑곳 않고 밀어붙였고, 준공 허가는 뚝딱 떨어졌고, 공사는 일사천리였다. 건물을 지탱하는 거대한 직사각형의 철골 구조물 두 면에 수백 미터짜리 LED 전광판을 설치해 또 한 번 세상을 놀라게 했다.

세계에서 가장 큰 전광판으로 기네스북에 올랐다던가. 지금 그 전광판에선 우주그룹의 홍보 동영상이 나오고 있다. 내로라하는 한류 스타와 정·재계 인사들의 축하 인사가 이어졌다. 입장을 기다리던 사람들은 넋을 잃고 전광판을 바라보고 있다. 칸처럼 세계적인 영화제를 유치하기 위해, 우주그룹이 전략적으로 거대한 스크린을 만들었다는 말이 돌았다. 제작하는 데만도 천문학적 비용이 들었다면서.

앞쪽의 한강과 연계한 놀이공원이 조성되고, 인천공항 철도와 지하철이 연결된 지하 아케이드엔 명품관과 아시아 최대 규모의 원형극장도 들어설 예정이라고 나와 있었다.

"근데 이거 제대로 운영이 되겠냐? 하드웨어는 그렇다 치고 소프트웨어가 되겠냐고. 스티브 잡스 이후로 명실 공히 소프트웨어의 시대가 왔잖냐."

"선배도 별 걱정을 다 하네. 협력 업체만 입주시켜도 건물 꽉 들어찰 텐데요, 뭘. 영화 제작사, 공급사, 홍보사 들어오지, 연예인 기획사 매니지먼트에 음반 회사랑 출판사까지 입주 경쟁이 치열하데요. 호텔, 쇼핑, 놀이공원으로 돈 벌지, 한류 스타랑 영화로 장사하지. 이건 완벽한 원 소스 멀티 유즈라니까요. 한 마디로 우리나라 모든 콘텐츠의 요람이라고나 할까. 확실히 주린 회장이 돈 빨아들이는 감각은 남다르다니깐."

"거기다 정부가 엄청 밀어주잖아. 완전 짝짜꿍이던데."

"딱 하나 남았잖아요, 공중파 방송국. 요즘 그거 갖고 싶어서 주 회장이 아주 안달이 난 모양이던데!"

이건 뭐 우주그룹 홍보직원 같군! 윤이 짜증난 얼굴로 아까부터 떠들고 있는 커플을 뒤돌아보았다. 뜻밖에도 그쪽에서 먼저 아는 척을 해왔다.

"어머, 윤 선배 아니세요? 오랜만이다. 선배도 차려입고 이런 델 오시네요. 호호, 여기는 저희 문화부 데스크세요. 부장, 여기는 민주일보 윤순철 선배, 모르세요? 공연 담당 오래 하셨는데."

윤이 멋쩍게 인사를 했다. 얼굴이 화끈거렸다. 아는 사람을 만나서가 아니라 그런 말들을 지껄인 인사들이 같은 업계 종사자여서였다. 윤이 헛기침을 하자, 골똘히 생각에 잠겨 있던 미호가 불안한 눈길로 바라보았다.

'문화대국 대한민국, 그 중심에 우주그룹이 있습니다.'

대형 전광판에 그 문구와 함께 우주그룹 창업주의 외동딸인 주린 회장의 동영상이 떴다. 매부리코에 찢어진 눈, 입꼬리를 잔뜩 치켜올린 과장된 웃음. 경영자라기보단 예술가에 가까운 인상이다. 인사동에서 붉은 달을 만난 날, 미호가 잡지에서 본 그 여자다.

윤은 7년 전 그녀를 인터뷰한 적이 있다. 장소는 경복궁이 내려다보이는 퓨전 요리 전문점, 상호가 그냥 〈레스토랑〉이었던 곳이다. 미국에서 융합 과학과 영화 연출 공부를 했으나 부친 강요로 꿈을 접고 경영자로 나선 참이었다.

아버지에게 인정받고 나면 영화 산업을 제대로 해보고 싶다고 했던가. 그때만 해도 재벌가 딸들의 취미 생활 플랜쯤으로 여겨 흘려들었다. 그리고 2년 후, 윤은 그녀의 CNN 인터뷰를 보았다. 그때 놀란 건 그녀가 떠들어대는 계획이 아니라 인터뷰가 무려 20분짜리라는 점이다. 어느새 저렇게 영향력이 있는 인물이 된 것인가.

신문이나 방송이나 최고 인기 부서가 문화부다. 정치, 경제, 사회부 가고 싶다는 얘긴 옛말이다. 업무의 노동 강도를 떠나 지금은 감수성으로 말하는 시대인 것이다. 주린은 타고난 감각으로 시대의 흐름을 읽고, 대중이 좋아하는 것들을 만들어낼 줄 알았다.

윤은 121층 창가에 홀로 서서 지상을 굽어보는 매부리코를 상상했다. 주린, 그녀는 이제 자신만의 문화 제국을 만들려 하고 있다. 그리고 모든 사건의 중심에 그녀가 있다. 거대한 전광판에서 웃고 있는 주린의 모습이 SF영화에 나올법한 거대 괴수 같아 소름이 돋았다.

"걸어갑시다!"

최후의 결단이라도 내린 듯, 에스더가 차를 갓길에 갖다 붙이며 말했다. 리영민이 눈을 크게 떴다. 거대한 모래시계 건물이 손에 잡힐 듯 보이긴 했지만 걷기엔 먼 거리였다. 좌우 차선에 멈춰 선 좌석버스 승객들은 약속이나 한 듯 하나같이 고개를 45도쯤 들고 원더랜드를 바라보고 있었다. 모두들 건물 구경을 나온 건지, 차는 건물로 이어지는 다리 진입도 못 한 채 한 시간째 꼼짝도 못 했다.

교통방송에서 일산 방향 강변북로의 30중 연쇄 추돌사고를 다급하게 전한다. 심각한 정체를 빚고 있으니 우회로 이용을 권한다. 너도나도 운전대를 잡고 원더랜드를 구경하다 대형 사고를 일으킨 것이리라. 구급차와 견인차의 사이렌 소리가 쉬지 않고 울려댔다.

"괜찮겠습니까? 견인되어 가면 어쩌려고요?"

"지금 그게 문제예요? 이러다 행사 끝나버리면 아무것도 못 건진다고요! 민기수 도망가게 그냥 놔둘 겁니까? 마지막 기회입니다. 빨리 챙겨서 나와요."

영민은 벗어두었던 모자를 눌러쓰고 차에서 내렸다. 에스더는 잠시 망설였다. 노트북 가방을 들고 가야 할까. 건물이 워낙 거대해 가까워 보이지만 만만치 않은 거리. 과감하게 포기하기로 했다. 대신 소형 녹음기를 점퍼 안주머니 깊숙이 찔러 넣었다.

해가 천천히 지평선에 가까워지고 있었다. 우주그룹이 날씨에도 손을 쓴 건지, 영원히 안 걷힐 것 같던 황사가 오늘은 흔적도 없다. 거대한 모래시계가 노을빛에 영롱하게 빛났다. 보는 사람을 홀리는 세이렌의 실루엣 같았다. 영민과 에스더는 눈을 가늘게 떴다. 저 거대한 적을 상대로 무얼 하겠다는 걸까. 잠시 우울해 있던 둘은 누가 먼저랄 것도 없이 묵묵히 걸음을 재촉했다.

"난리 났다, 난리가 났어. 야, 빨리빨리 움직여! 유니폼 갈아입고 뛰어!"

중간 지점까지 걸었을 때, 한 무리의 남자들이 도로에 갇힌 버스에서 내려 우왕좌왕하는 모습이 보였다. 버스 양면에 커다란 글씨로 '대한민국 대표호텔 밀리어네어'라고 쓰여 있었다. 에스더가 무언가 생각하더니, 무작정 버스에 올랐다. 옷을 갈아입고 있던 여자들이 흠칫했다. 앞좌석에 앉아 있던 여자가 대뜸 소리를 질렀다.

"야, 넌 아직 옷 안 갈아입고 뭐해? 만찬까지 한 시간도 안 남은 거 몰라? 잽싸게 갈아입고 원더랜드까지 전속력으로 뛰어!"

"네! 알겠습니다."

에스더가 회심의 미소를 지으며 유니폼을 집어 들었다. 밖에 있는 영민을 쳐다보니 영문을 모르겠다는 듯 주위를 두리번거리고 있었다. 그 옆에 있던 남자들은 셔츠를 갈아입느라 부산했다. 무리 중 하나가 영민에게 셔츠와 바지를 던졌다. 셔츠를 받아들고도 멀뚱히 서 있던 영민을 향해 에스더가 커튼 사이로 고개를 끄덕였다. 영민은 그제야 옷을 갈아입기 시작했다.

밀리어네어호텔은 우주그룹 창업주인 주영만이 세운 곳이다. 그의 딸 주린이 경영권을 잡기 전까진 그저 그런 영만호텔이었다. 그러다 2세 경영으로 넘어가면서 대대적 리모델링을 마치고 초특급 밀리어네어호텔로 재개장했다. 오늘 우주그룹 행사도 당연히 이곳에서 맡았을 것이다, 에스더는 그렇게 생각한 것이다.

"거, 나비넥타이가 썩 잘 어울립다!"

옷을 갈아입고 나온 에스더가 조선족 말투를 흉내내 놀렸다.

영민의 얼굴이 빨개졌다. 에스더에게도 무언가 놀리는 말을 해

주고 싶었지만, 흰 블라우스에 오렌지색 스카프, 검은 일자형 치마가 완벽하게 잘 어울렸다.

"자기 짝꿍 옷매무시를 한 번 더 점검해 주세요. 됐습니까? 길이 막히는 바람에 시간이 없습니다. 비상 상황입니다. 지금부터 2열 횡대로 연회장까지 전속력으로 뛰어갑니다. 알겠습니까?"

우두머리로 보이는 초로의 사내가 신병 훈련소의 교관처럼 말했다. 태어날 때부터 나비넥타이를 매고 은쟁반을 들고 나왔을 것 같은 애티튜드였다. 네, 알겠습니다! 힘차게 대답한 수십 명의 무리가 뛰기 시작했다. 에스더와 영민도 손을 잡고 발을 맞춰 뛰었다. 원더랜드를 뚫어져라 바라보던 사람들이 행군하는 일련의 웨이터와 웨이트리스들에게 잠시 눈길을 던졌다가 다시 원더랜드를 쳐다보았다.

"강 비서, 괜찮나? 이 사람이 무리하지 말라니까!"

순식간에 일어난 일이었다. 금속탐지기가 요란한 경보음을 내고, 양 의원이 호들갑스레 목소리를 높였다. 줄 서 있던 사람들이 무슨 일인가 싶어 우르르 몰려들었다. 상황 파악을 못한 윤은 어쩔 줄 몰랐다. 양 의원이 쓰러진 미호를 일으켜 세우며, 윤에게 한쪽 팔을 잡으라고 눈짓을 했다. 입구가 시끄러워지자 보안요원이 황급히 달려왔다. 양 의원이 다짜고짜 소리를 지르기 시작했다.

"우주그룹이 얼마나 대단한지 모르겠지만, VIP를 이렇게 오래 기다리게 하다니……. 손님 접대를 대체 어떻게 하는 거요? 나 국회의원 양병홉니다! 나만 특혜를 달라는 게 아니라, 손님을 초대했으면 예의를 갖춰야지! 저기 뒤에 줄 서 계신 분들 안보이시오?

우리 보좌관도 몸살기가 있다더니 기어코 여기서 쓰러졌잖소!"

미호가 손수건으로 얼굴을 가리며 다시 한 번 스르르 쓰러지려 했다. 윤이 황급히 그녀를 부축했다.

"정말 죄송합니다, 의원님! 예기치 못한 교통사고로 도로가 막혀 초대 손님들이 일시에 몰리는 바람에. 하지만 위에서 내려온 방침이라 어쩔 수가……."

"위에서 내려온 방침? 그게 누구요? 내 오늘 주린 회장을 만나 긴히 할 말이 있어 왔소만, 누가 내린 방침인지 어디 한번 이야기해보시오!"

뒤에서 웅성거리는 소리가 들렸다. 30분 이상 서 있던 사람들이 슬슬 짜증을 내던 차였다. 무전기를 타고 무슨 일이냐는 연락이 왔다. 한참을 이야기하는가 싶더니 우주그룹 직원과 보안 요원들이 한 발 물러섰다.

"저, 옆에 계신 분은 누구신지……."

"아, 예, 민주일보 문화부장 대행 윤순철입니다. 숙녀 분이 쓰러지셔서 얼결에 부축을……. 문화부장 명의의 초청장 있습니다만. 그룹 문화사업단의 장 상무님께 연락을 드렸고요."

"아 네, 들어가시죠. 비서관님 몸이 많이 안 좋으시면 잠시 휴게실로 모실까요, 의원님?"

"아뇨, 전 괜찮습니다. 의원님을 끝까지 모셔야 합니다. 물의를 일으켜 죄송하네요. 저, 윤 기자님이라고 하셨나요? 저기 제가 떨어뜨린 가방 좀 주워 주시겠습니까?"

"아, 네에."

윤이 미호의 클러치 백을 주워들었다. 모조 다이아의 차가운

감촉. 아까 봤던 권총이 생각나 섬뜩했다. 양 의원이 예의 바르게 윤에게 인사를 한 다음, 미호의 팔짱을 끼고 앞서 걸어갔다. 윤도 두세 발짝 떨어져 걸었다. 원더랜드로 들어가는 입구까지 긴 레드카펫이 깔려 있었다. 윤은 그 붉은색이 괴수의 날름거리는 긴 혓바닥 같다고 생각했다.

로비는 외관보다 더 놀라웠다. 천장에는 전 세계 모든 채널이 방송된다는 수천 개의 모니터가 위 아래로 움직이며 보는 사람을 압도했다. 대리석 바닥 전체에 만다라를 연상시키는 거대한 원형 그림이 그려져 있고, 중앙에 엘리베이터 수십 대가 원형으로 배치되어 있었다. 1층 로비부터 121층 꼭대기까지 관통한다는 중앙의 거대한 철골 구조물에는 균일하게 사람 머리만 한 구멍이 뚫려 있었다. 가까이 가서 보니 구멍마다 인어가 진주를 들고 있는 것처럼 섬세하게 부조되어 있었다.

"우리가 꿈꾸던 미래세계, 원더랜드에 오신 걸 환영합니다."

SF영화에나 나올 법한 기계적 목소리였다. 안내 방송은 영어, 일본어, 중국어, 프랑스어로 번갈아 반복되었다. 로비에 들어선 사람들은 위아래를 번갈아 바라보느라 정신을 못 차렸다. 그때 정중앙 철골 구조물이 스르르 열리며 조명이 환하게 켜졌다. 헤드마이크를 쓰고 있던 사회자가 두 팔을 벌리며 힘차게 외쳤다. 낯이 익다 했더니 공중파 9시 뉴스의 아나운서 심윤경이었다.

"내외빈 여러분, 주목해 주십시오! 오늘의 주인공! 우주그룹 주린 회장님이십니다!"

와! 하는 소리와 함께 모든 사람들의 시선이 한 곳에 쏠렸다. 철골 구조물 속에서 초고속 엘리베이터가 미끄러지듯 내려왔다.

화려한 황금빛 드레스를 차려입은 주린이 엘리베이터에서 내렸다. 우레와 같은 박수가 터져 나왔다.

"감사합니다! 감사합니다! 오늘은 제 오랜 꿈이 실현되는 날이에요. 축하해 주러 오신 여러분, 사랑합니다. 고맙습니다."

아나운서가 주절주절 원더랜드에 대한 설명을 시작했다. 건조한 목소리로 9시 뉴스를 전하던 그 여자가 맞나? 북한 아나운서가 빙의되기라도 한 듯, 두 톤쯤 높은 목소리로 원더랜드와 회장을 칭송하고 있었다. 윤은 구역질이 났다. 옆을 힐끗 보니, 양 의원이 팔짱을 낀 채 주린 회장을 노려보고 있었다. 미호도 평정심을 찾았는지 침착한 얼굴이었다.

"여러분, 원더랜드가 121층인 이유를 아시나요? 오늘 행사를 진행하고 있는 저도 모른답니다. 이따 VIP 만찬에서 주린 회장님께 꼭 물어보셔서 저한테도 알려주세요. 한 가지 비밀을 알려드리자면요! 62층부터 120층까지는 앞으로 일반인에게도 공개되지 않는다고 하네요. 네티즌들은 벌써 마징가Z가 숨겨져 있을 거라고 추측하고 있답니다. 그러니까 여러분은 오늘 처음이자 마지막으로 원더랜드의 121층을 구경하는 분들이 되시는 겁니다!"

커다란 박수가 터져 나왔다. 입장이 끝났는지 로비는 사람들로 북적였다. 아나운서가 다시 말을 이어나갔다.

"원더랜드에는 총 51대의 엘리베이터가 있는데요. 그중 단 한 대만이 121층까지 올라갈 수 있답니다. 맞습니다! 방금 회장님에 타고 내려오신 정중앙에 있는 그 엘리베이터죠. 더 놀라운 건 뭔지 아세요? 그 한 대의 엘리베이터를 작동시키려면, 주린 회장님의 생체 아이디가 있어야 한다는 겁니다! 정말 놀랍지 않나요?"

사람들이 환호를 보냈다. 윤은 역겨움을 참으려고 어금니를 꼭 깨물었다. 제 돈 가지고 제가 맘대로 하겠다는데 딴지를 걸 순 없지만 사옥을 이딴 식으로 만들다니. 모래시계형 건물을 구상할 때부터 이걸 의도했었나.

주린 회장이 다시 단상에 올랐다.

"심윤경 앵커, 깔끔한 진행 감사합니다. 그간 이런저런 뇌물 먹여놓은 보람이 있네요. 우주그룹이 지상파 방송을 하게 되면, 꼭 함께해 주세요!"

아나운서가 묘하게 얼굴을 붉혔고, 사람들이 또 까르르 웃었다. 주린이 오늘 밤 모두를 죽여버리겠다고 말해도 웃을 기세였다.

"여러분, 오래 기다리셨죠? 이제 저와 함께 121층 만찬장으로 가시면 됩니다! 심 앵커가 말씀드렸다시피, 제가 타야 움직이는 엘리베이터라 직접 여러분을 모시고 올라가려고 합니다. 한 번에 스무 분씩 탑승하시면 됩니다! 바깥 풍경 감상하시면서 제게 재미난 얘기도 들려주세요!"

사람들이 삼삼오오 짝을 지었다. 이건 뭐 유치원 편먹기 놀이도 아니고. 윤은 계속 심기가 불편했다. 주린 회장은 손님들과 일일이 눈을 맞추고 인사를 한 다음, 맨 나중에 엘리베이터에 올랐다. 엘리베이터가 올라갈 때마다 사람들이 부러운 눈으로 올려다보았다.

"자, 우리도 올라가지. 주린이 못 본 새 많이 컸구만. 만만치 않겠어."

양 의원이 한숨을 쉬며 말했다. 미호와 윤도 뒤를 따랐다.

"어머, 양 의원님! 입원하셨다더니, 이렇게 와주시다니 영광이에요!"

주린이 반갑게 아는 체를 했다. 양 의원이 웃는 듯 우는 듯 미소 지었다.

"헉, 헉! 고등학교 체력장 이후로 이렇게 뛰어본 건 처음인 거 같아요."

"그러게 말입니다. 저도 이렇게 오래 달려본 게 언젠지 기억도 안 납다."

원더랜드는 놀라웠다. 아무리 고개를 뒤로 젖혀도 꼭대기가 보이지 않았다. 만찬장은 121층 옥상이라고 했다. 화물용 엘리베이터를 타기 위해 건물 뒤편으로 들어갔다. 거대한 철골 구조물 모서리마다 엘리베이터가 설치되어 있었다. 영민은 함께 반입되는 식기용 카트 안에 권총을 집어넣었다가 금속탐지기를 통과한 다음 슬그머니 뺐냈다. 양복을 입은 경호원 둘을 따라 엘리베이터에 올라탔다.

"진짜 어마어마하네요. 이런 데 엘리베이터가 있을 줄이야!"

옆에서 앳된 얼굴의 남자가 말하자 연예인 누구를 닮은 듯한 여자가 대꾸했다.

"우린 운 좋은 거야. VIP를 제외하고 이 건물 121층에 가볼 수 있는 사람은 대한민국에 몇 없을걸? 딴 엘리베이터로는 60층까지밖에 못 올라가. 그 왜 모래시계 정중앙 옴폭한 데 말야. 이 엘리베이터는 이사하는 동안 화물용이 필요해서 뒤늦게 만든 거래. 입주 끝나면 폐쇄할 거라나 봐."

"우왕, 그런 엘리베이터를 우리가 타는 거예요? 알바 뛰는 거

치고는 진짜 영광이네. 오늘 엄청난 사람들 많이 온다면서요. 소문에 원더걸스도 온다던데?"

"원더랜드랑 원더걸스랑 뭐가 통하나 보지. 매니저님 말씀으론 할리우드 배우랑 감독 누구도 온다던데? 여튼 오늘 실수 없이 잘들 해. 정신 바짝 차리고! 알았지?"

에스더는 허리춤에 숨긴 소형 녹음기를 살짝 만져보았다. 영민은 모자를 벗은 게 불안한지 연신 고개를 숙였다 돌렸다 했다. 에스더가 영민의 팔을 가만히 잡았다. 괜찮다는 의미로, 고개를 힘차게 끄덕였다. 영민도 따라서 고개를 끄덕였다.

몸이 공중에 붕 뜨는가 싶더니 날듯이 121층에 도착했다. 경호원들이 엘리베이터를 타고 다시 내려갔다. 행사가 끝난 후에야 이용할 수 있다고 했다. 도넛처럼 가운데가 투명하게 비어 있는 원형 로비에는 피카소의 그림 한 점이 걸려 있을 뿐 아무것도 없었다. 나직한 계단을 지나 121층 야외 만찬장에 들어선 순간, 모든 사람들이 입을 쩍 벌렸다. 장관이란 말은 이런 때 쓰라고 있는 듯했다. 천지사방이 확 트여 시야에 아무런 장애가 없는 풍경. 한강과 서울 시내와 북한산이 파노라마처럼 펼쳐졌다. 이름 모를 오렌지색 꽃이 단상과 행사장 전체에 장식되어 있었고, 군데군데 앤티크 풍의 가스난로와 이동식 조명등이 불을 밝히고 있었다. 잠시 정신을 놓고 있던 매니저가 소리를 질렀다.

"뭐해! 빨리빨리들 움직여! VIP들 입장 중이신 거 안 보이나? 교통사고 때문에 시간 다 까먹었다. 테이블 세팅하고 와인 준비까지, 20분 안에 끝낸다, 알았나?"

"예, 알겠습니다!"

에스더와 영민도 사람들을 따라 움직였다. 일사불란한 움직임을 따라 하기가 쉽지 않았다. 옆 사람을 흘깃거리며 테이블 세팅을 하고, 주섬주섬 접시와 포크를 놓았다. 테이블마다 행사장을 장식한 것과 같은 오렌지색 꽃장식이 놓였다. 주린 회장이 가장 좋아하는 꽃이라고 했다.

황금색 드레스를 입은 주린과 한 무리의 사람들이 행사장에 들어섰다. 낯익은 정치인과 재계 총수, 연예인이 보였다. 영민과 에스더도 입구에 도열해 꾸벅 인사를 했다. 손님들에게 자리를 지정해 주더니, 황금 드레스는 다시 내려갔다.

"자, 스무 명씩 올라오실 거다. 각자 맡은 테이블에서 서빙 확실히 해!"

매니저가 지시했다. 영민과 에스더는 뭘 할지 몰라 대충 와인 병을 집어 들었다. 서서히 사람들이 들어차고, 또 한 무리가 올라왔다. 새 와인 병을 가지러 가던 에스더가 화들짝 놀라 돌아섰다. 아니 저 사람이 여기엔 왜? 아까 통화한 윤순철 선배다. 저 옆에 유들유들하게 웃고 있는 남자는 설마 양병호 의원? 그 옆에 붉은 드레스는 또 누군가!

에스더는 반대편 테이블로 가 대충 와인을 따른 다음, 조용히 입구 쪽으로 나갔다. 어색한 미소를 띤 영민도 뒷걸음질을 치며 따라 나왔다. 에스더는 누가 들을세라 입모양으로 물었다.

"무슨 일이에요?"

"경호원이 의심하는 거 같아요!"

어떻게 해요? 라고 되물을 참이었다. 뒤에서 서늘한 목소리가 들렸다.

"지금 여기서 뭐하는 거야? 자리 안 지키고. 그러고 보니까 못 보던 애들 같은데, 어디 소속이야?"

에스더는 당황해서 어쩔 줄 몰랐다. 영민은 권총을 꺼내야 하나, 갈등하고 있었다. 그때 누군가 다가왔다.

"아, 제가 뭘 좀 부탁했습니다만. 무슨 문제가 있습니까?"

"아, 아닙니다. 진작 말을 했어야지. 손님 불편 없도록 최선을 다하세요. 감사합니다. 바로 처리해 드리겠습니다."

휴우우우. 에스더는 가슴을 쓸어내리며 윤을 향해 눈인사를 했다. 언제 봤는지 윤도 한쪽 눈을 찡긋, 하더니 행사장으로 돌아갔다.

영민과 에스더는 황급히 아래층으로 내려가는 계단을 찾았다. 원형 로비를 한 바퀴 돌았지만 엘리베이터 한 대만 설치되어 있을 뿐이었다. 설마 이 큰 건물에 비상계단이 없는 건 아니겠지. 그렇지 않고서야 건축 허가가 떨어질 리 없는데.

그때 쑤욱, 엘리베이터가 다시 올라왔다. 둘은 서둘러 행사장 입구로 가 고개를 숙였다. 주린 회장이 마지막 손님들을 행사장에 들여보내자 옆에 있던 비서가 귓속말을 했다. 주린 회장이 고개를 끄덕이더니 황금색 카드를 건넸다. 저건 뭐지? 영민과 에스더가 궁금해하는 사이, 비서가 엘리베이터에 들어가 황금색 카드를 찍자, 멈춰 있던 엘리베이터가 움직이기 시작했다.

"뭔가 이상하지 않아요?"

"뭐가요?"

"회장이 계속 엘리베이터를 타고 오르락내리락하는 거요. 손님들 접대라고 하기엔 뭔가 석연치 않아서. 그리고 아까 그 황금카

346

드요, 그걸 찍으니까 엘리베이터가 움직이지 않았나요?"

"그러네요. 아래층으로 내려가는 비상계단도 분명히 있긴 할 텐데 숨겨져 있는 것 같고, 엘리베이터도 그냥은 안 움직이는 것 같아요."

"뭐 이런 건물이 다 있담? 회장 한 사람이 사용하는 건물도 아닌데! 진짜 사이코 취향일세."

"일단 에스더 기자님은 안에서 동태를 파악하세요. 내가 민기수를 찾으면서, 계단이 어디 있는지 살펴보겠습니다."

에스더는 다시 행사장 안으로 들어왔다. 사람들이 식전 와인을 마시며 명함을 교환하느라 부산했다. 오른쪽 사이드 테이블에 윤이 앉아 있는 것이 보였다. 에스더가 와인 병을 들고 슬그머니 다가갔다.

"원더랜드에 놀라운 것이 숨겨져 있을 것 같습니다."

에스더가 잔을 채우며 윤 쪽으로 몸을 틀며 속삭였다. 옆자리에 있던 붉은 드레스가 힐끔 쳐다봤다. 에스더는 공손히 고개를 숙였다.

"저도 그렇게 생각합니다. 아마 62층과 120층 사이일 것 같군요."

역시! 다들 같은 생각이구나. 에스더는 조용히 행사장 뒤로 물러섰다. 어떻게든 내려가는 방법을 찾아야 한다.

영민은 다시 한 번 원형 로비를 꼼꼼히 살폈다. 벽을 샅샅이 훑으며 한 바퀴를 돌았을 때, 엘리베이터가 올라와 121층에 멈춰 섰다. 재빨리 몸을 숨겼다. 아까 내려갔던 회장 비서와 검은 양복

무리가 내렸다. 민기수도 있을까. 하지만 똑같은 검은 양복과 비슷한 머리스타일 속에서 찾아내기란 쉽지 않았다. 그들이 야외 만찬장으로 나가는 걸 확인한 후, 멈춰 서 있는 엘리베이터에 들어갔다. 1층부터 60층까지 예순 개의 버튼 위에는 121층과 Z라는 버튼 두 개 뿐이었다. 회장 전용이라더니 61층부터 120층까지는 엘리베이터도 서지 않는 건가? 아무거나 마구 눌러보았지만 버튼에 불은 들어오지 않았다. 아까 그 황금색 카드가 필요한 거군. 다시 만찬장으로 돌아가려는 순간, 계단을 내려오는 민기수를 발견했다. 얼른 엘리베이터 안으로 들어가 숨었다. 검은 양복 둘이 민기수의 지시를 듣고 있었다.

"총리께서 곧 도착하신다. 1층 출구랑 로비 단속 확실히 하고, 도착하면 정중히 모셔. 김 비서님하고 나도 곧 내려갈 테니."

민기수가 황금색 카드를 건넸다.

영민은 엘리베이터 손잡이를 밟고 천장으로 올라갔다. 두 손과 두 발로 몸을 지탱한 다음 거미처럼 달라붙었다.

검은 양복 두 놈이 황금카드를 서로 차지하려고 킬킬거리며 엘리베이터에 올랐다. 한 놈이 1층 버튼을 누르고 카드를 인식 장치에 대는 순간, 천장의 영민을 발견했다. 엘리베이터가 기다렸다는 듯 빠른 속도로 내려가기 시작했다. 영민은 균형을 잡으려 다른 모서리로 손을 뻗었지만, 중심을 잃고 놈들 머리를 덮쳤다. 셋이 서로 뒤엉켜 레슬링 선수처럼 몸싸움을 벌이는 동안 바닥에선 황금카드가 이리저리 쓸려 다녔다.

깔린 놈들이 기를 쓰고 영민을 밀쳐냈다. 마구잡이로 주먹을 날렸다. 영민은 등과 양쪽 옆구리에 쏟아지는 주먹세례를 견디며

몸을 최대한 밀착해 틈을 주지 않고 버텼다.

이대로 1층까지 간다면 낭패다. 로비를 지키는 놈들이 더 있을 것이다. 영민은 얼굴을 밀치고 일어서려는 놈의 머리에 헤딩을 날렸다. 머리가 빙글빙글 돌았다. 팔을 잡고 있던 다른 놈 아랫도리의 성기를 잡고 비틀었다. 가까스로 거리를 확보한 다음 바지춤에서 재빨리 권총을 뽑았다. 한 놈이 재빨리 달려들어 영민의 손목을 잡아챘다. 동시에 발사된 총알은 유리로 만든 벽면에 가 박혔다. 방탄용인 듯 미세한 균열과 작은 파열음이 났을 뿐 엘리베이터는 제 속도를 유지했다. 총소리에 두 놈이 움찔, 하는 사이 영민은 재빨리 황금카드를 주웠다. 다른 한 손으론 버튼을 쓸어내리듯 아무거나 눌렀다. 급강하하던 엘리베이터가 사뿐히 멈췄다. 총구를 두 놈에게 번갈아 겨누며 엘리베이터에서 몰아냈다. 닫히는 문 사이로 45라는 숫자가 보였다.

엘리베이터는 다시 내려가기 시작했다. 급히 황금카드를 주워 인식기에 갖다 댔다. 원하는 층을 선택하세요, 안내방송이 나왔다. 121층을 눌렀다. 41층에 멈췄던 엘리베이터가 다시 올라가기 시작했다. 45층에서 내린 놈들이 올라가는 영민을 노려보며 무전기로 통신을 하고 있었다. 가쁜 숨을 몰아쉬며 생각했다. 민기수에게 보고한 게 틀림없다. 이대로 곧장 121층으로 가는 건 위험하다. 이 Z라는 층은 뭐지? 121층을 취소하고 Z층을 눌렀다. 엘리베이터가 60층 위로 올라가자, 건물 내부는 더 이상 보이지 않고 거대한 전광판에 발레와 클래식 공연 실황이 지나갔다.

경쾌한 소리를 내며 Z층에서 문이 열렸다. 로비에는 이름 모를 화가의 그림 한 점만 휑하니 걸려 있었다. 엘리베이터에서 내려오른쪽으로 반 바퀴를 돌자 중앙에 육중한 은색 철문이 보였다. 할리우드 영화에서나 보던 중앙은행 금고 같았다. 입구에는 은행에서 사용하던 것과 비슷한 보안장치가 있었다. 이 안에 뭐가 있는 거지? 황금카드를 보안장치에 갖다 댔다. 오픈이라고 쓰인 초록색 램프에 불이 들어오더니, 얼굴을 인식하라며 카메라가 떴다.

영민은 잠시 망설였다. 황금카드를 사용했으니 괜찮겠지, 엘리베이터처럼 작동하는 거겠지, 제 얼굴을 갖다 댔다. 빛으로 영민의 얼굴을 스캔한 보안장치는 잠시 침묵했다. 뭐가 잘못됐나? 다시 황금카드를 갖다 대려는 순간, 귀가 찢어질 듯한 경보음이 울리며 안내방송이 흘러나왔다.

"침입자 발생, 침입자 발생, B397021 리영민! B397021 리영민!"

영민은 튕겨나가듯이 도망쳤다. 어, 어떻게 내 이름을 아는 거지? B 어쩌구 하는 번호는 뭐지? 엘리베이터는 이미 다른 층으로 달아나버리고 없었다. 로비를 뱅뱅 돌았다. 탈출구가 없다. 경보음과 안내방송은 계속 반복되고 있었다. 침입자 발생, 침입자 발생. B397021 리영민!

영민은 혼란스러웠다. 저 안에 대체 뭐가 있단 말인가.

"사실 제가 오늘 비가 와주기를 간절히 기도했어요. 일기예보를 보니 비가 안 온다길래, 그럼 황사라도 왕창 불어닥쳤음 좋겠다 했어요. 야외만찬장에 귀빈을 모셔놓고 무슨 망발이냐고요? 호호, 그거 핑계로 멋들어지게 자랑할 게 있었거든요. 그런데 우리 우주그룹은 운이 너무 좋아서 그런가, 오늘 이렇게 쾌청하네요!"

사람들이 과장되게 웃었다. 에스더는 웃을 수가 없었다. 민기수라는 자가 옆에 서 있었기 때문이다. 분명 리영민이 보여준 사진 속 그 남자였다. 초조한 마음을 들키지 않으려고 허리를 꼿꼿이 세우고 있을 때, 검은 양복 하나가 뛰어가 민기수에게 귓속말을 했다.

"뭐, 리영민 그 새끼가? 어디에?"

에스더는 들고 있던 와인 병을 떨어뜨릴 뻔했다. 민기수가 회장 비서라는 사람에게 가더니, 황금카드를 받아 검은 양복들을 우르르 몰고 나갔다. 어떻게 하지? 일단 그들을 뒤따라갔다. 놈들이 탄 엘리베이터가 내려가는 게 보였다. 영민도 내려간 건가? 황급히 전화를 걸었다.

"여보세요? 에스더 기자님? 크게 좀 말씀하십쇼."

윙윙윙 시끄러운 소리에 섞여 영민의 목소리도 잘 들리지 않았다. 에스더가 소리를 높여서 반복했다.

"민기수가 내려갔다고요! 당신이 여기 온 걸 알았어요!"

"알겠슴다, 고맙슴다! 저 Z층에 있어요. 몇 층인지 알 수가 없슴다. 여기 뭔가 수상쩍습니다. 혹시 내가 잘못되더라도 Z층 꼭 알아보쇼. 분명 특종 잡을 수 있을 겁다."

"여, 여보세……."

전화가 끊겼다. 눈물이 핑 돌았다. 목숨이 경각에 달린 상황에서 그깟 특종이 뭐라고. 에스더는 아무 도움도 되지 못하는 자신이 원망스러웠다.

만찬장에서 환호성이 들려왔다. 탁 트여 있던 하늘에 둥근 유리 지붕이 덮이고 있었다. 사람들이 고개를 치켜들고, 입을 쩍 벌리고 처다보았다. 금발의 백인 여자가 휴대전화로 사진을 찍어댔다.

"어때요? 자랑할 만하죠? 제가 남자 분들이 오픈카 좋아하시는 거 이해를 못 했는데, 우리 원더랜드를 만들면서 그 마음 알게 됐다니까요. 지금 비가 오고 있다면, 빗소리가 얼마나 운치 있을지 생각해보세요. 눈이라도 올라 치면, 정말 로맨틱할 것 같지 않나요?"

또 기립박수가 터져 나왔다. 윤 선배도 못마땅한 얼굴로 박수를 보내고 있었다. 에스더는 도움을 청하고 싶었지만 선배라고 무슨 뾰족한 수가 있을까 싶었다.

"이곳은 저의 개인적인 만족이나 돈벌이를 위해 만든 공간이 아닙니다. 한국영화 발전을 위해, 촬영 장소로 대여해드릴 의향이 있으니 여기 계신 감독님들 시나리오 쓰실 때 참고해 주세요. 다시 말씀드리지만 여기는 한국이 문화 강국으로 발돋움하기 위한 초석이 될 곳입니다. 세계 문화를 좌지우지하는 빅샷들이 이곳에서 의견을 나눌 겁니다. 글로벌 문화 사랑방인 셈이죠! 그분들 중 몇 분이 오늘 축하해 주러 먼 곳까지 오셨는데요! 저에겐 평생 기억될 가문의 영광입니다. 여러분! 어제 비밀리에 입국한 스티븐 스필버그 감독과 톰 크루즈를 소개합니다!"

윤은 깜짝 놀랐다. 우주그룹의 파워가 이 정도일 줄이야. 평생 한 번 만나기도 어려운 스타들이 지금 단상 위에 있다. 그것도 순전히 원더랜드 개관 축하 행사를 위해 스케줄을 쪼개 날아왔다. 무대 위에 선 주린 회장이 유창한 영어로 그들과 이야기를 나눴다. 15년 전만 해도 재계 순위 20위권에 머물렀던 굴뚝기업이, 어느새 대한민국에서 영향력 1위인 기업이 되고, 저런 거물들을 오라 가라 할 수 있게 됐다. 이것이 저 여자, 주린의 힘인가.

아버지 주영만 회장이 탤런트 출신 후처에 빠져 경영을 등한 시할 때 미국에서 귀국한 그녀는 트렌드를 읽고 인터넷을 새로운 성장 동력으로 삼았다. 목표는 명확했다. 한국 최고의 콘텐츠 그룹. 모바일과 결합된 무형의 콘텐츠가 앞으로 세상을 지배할 것이라는 확신을 가지고 제지, 화학, 기계 등 주력 계열사들을 팔아치우고 새로운 사업에 손을 댔다. 매각에 반발하는 원로 창업 공신들을 단칼에 날려버린 사건은 유명하다. 그녀의 선견지명은 착착 맞아떨어져 우주그룹을 무섭게 성장시켰다. 90년대 중반부터 인터넷을 종횡무진하며 현금을 죄다 빨아들이더니, 해를 거듭할수록 매출과 주가가 천정부지로 치솟았다.

그들이 운영하는 대한민국 최대 포털 '하이니'는 국내 회원만 3000만 명이 넘는다. 가입자가 2천만 명에 달하는 국내 1위 이동통신사도 그들 소유다. 온라인 게임도 그룹의 주요 수익원인데 세계 3대 게임사 중 하나인 '수퍼파이터'는 100개국 5억 명 이상의 회원에게 서비스를 제공한다. 우주그룹은 대한민국 최대 실적의 보험, 신용카드사, 30여 개에 달하는 케이블 채널과 유선 사업자, 서울 핵심 상권의 복합 상영관들을 갖고 있다.

뒤늦게 출범한 보안 서비스 분야에서도 서서히 시장 지배력을 강화해나갔다. 정부와 주요 대기업의 네트워크 설비와 대중교통 요금 징수 시스템 수주를 싹쓸이하고, 경찰이 사건 해결에 의존해야 할 정도로 많은 주택과 아파트 CCTV 관리를 맡아 하고 있다. 엄청난 현금 동원력을 앞세워 매물로 나온 해외 유명 기업들을 잇달아 인수, 국민들을 뿌듯하게 하기도 했다. 이스라엘 군사

콘텐츠와 미국의 민간 위성 사업자에게도 손을 뻗치고 있다는 소문이 나돌았다. 주린 회장 예언대로 무형의 상품을 팔아 엄청난 부를 축적하고 있었다.

우연인지 운명인지, 우주그룹에 걸림돌이 되는 법안들은 줄줄이 개정되거나 폐기처분되었다. 올해는 지상파 민영 방송국 인수를 노리고 있다는 소문이 파다했다.

"언제나처럼, 또 법 하나가 바뀌거나 사라지겠군. 우주그룹이 하겠다고 해서 안 되는 게 있었나. 신기한 건, 젊은 층에서 전혀 반감이 없다는 거야. 이 정도 독점이면 들고 일어날 만도 한데. 8년째 대졸자가 들어가고 싶은 회사 1위라며? 해외에서 로고만 봐도 애국심을 느끼게 한다는 삼성전자만 해도 안티들 많잖아. 우주그룹에서 집단으로 세뇌라도 시킨 건지 원."

산업부장이 혀를 차며 했던 말이 떠올랐다. 무서운 일이었다. 하이니와 이동통신사의 개인 정보만 합쳐도 대한민국 전 국민의 정보를 가진 것이나 마찬가지다. 게다가 국내 최대 은행의 회장이 주린의 작은 아버지 아니던가. 누군가의 메일과 SNS, 통화 내역과 금융거래 기록을 볼 수 있다면, 교통 카드로 행동반경을 분석하고 방범 카메라의 추적까지 더해진다면, 사실상 한 개인의 사생활을 통째 감시하는 셈이다. 게다가 공중파 방송까지 장악해 여론을 조작한다면…….

"잠시 화장실에 좀 다녀올게요."

만찬 내내 침묵을 지키고 있던 미호가 양 의원에게인지, 윤에게인지 모를 말을 남기고 일어섰다. 윤은 힐끗 에스더 쪽을 보았다. 어색한 자세로 와인 병을 들고 넋 나간 사람처럼 서 있었다.

취재를 위해 웨이트리스로 위장까지 하다니. 열심히 뛰는 새카만 후배를 보니 문득 기자 정신이 발동했다. 양 의원에게 아까부터 묻고 싶었던 질문을 던졌다.

"이번엔 방송법을 개정해 주실 겁니까? 아니면 아예 폐기하실 건가요?"

양 의원이 흠칫 놀라더니 이내 침통한 표정을 지었다.

"의원님! 까짓것 그냥 개정해 줘버리십시오. 지금까지 그래오셨으면서, 왜 갑자기 세상을 버릴 생각까지 하고 그러십니까?"

"나도 처음에는 그리 생각했네. 그런데 저들이 대중의 머리까지 장악하게 되면 돌이킬 수 없는 상황이 될 걸세. 그래서 어떻게든 막아보려 했지. 오늘 여기 와보니 그게 착각이란 걸 알겠네. 저들은 이미 머리까지 장악한 것 같구만."

머리까지 장악한다? 무대에서는 주린 회장이 스필버그 감독과 포옹을 하고 있었다. 그들이 내려가자 원더걸스가 무대에 올랐다. 전용기로 세계를 돌아다니며 공연하는 그녀들을 부르다니, 우주그룹 파워가 세긴 센 모양이었다. 대중을 혹세무민하는 짓이란 생각이 들면서도, 윤은 빨려들 듯 무대를 바라보았다.

사람들이 공연에 정신이 팔려 있는 동안 주린 회장이 만찬장을 나섰다. 비서도 뒤를 따랐다. 지금이다. 에스더는 그들 뒤를 쫓았다. 뭐라고 하면 좋지? 이런 복장을 하고 기자라고 할 수도 없고. 회장이 여자 화장실로 들어갔다. 에스더가 뒤따르려고 하자 비서가 막아섰다.

"아이 씨, 뭐예요? 급하단 말이에요. 화장실도 맘대로 못 써요?"

에스더는 일부러 목소리를 높였다. 비서가 이게 미쳤나, 하는 눈으로 쳐다보자 주린 회장이 말했다.

"김 비서, 그러지 말아요. 미안해요, 아가씨. 엄연히 우리 원더 랜드에 오신 손님인데. 들어와서 마음껏 쓰세요."

에스더는 꾸벅, 인사를 하고 화장실 안으로 들어갔다. 은은한 클래식 음악이 흘러나오고 있을 뿐 무거운 정적이 흘렀다. 주린 회장은 거울을 보며 옷매무새를 가다듬고 있었다. 그녀를 놓칠세라, 에스더는 최대한 오래 손을 씻었다.

"호호, 그러다 손 문드러지겠네. 뭘 그렇게 열심히 씻어요? 화 장실 급해서 온 거 아니었어요?"

에스더의 얼굴이 붉어졌다. 물을 잠그고 종이 타월로 손을 닦 았다. 엄두가 나지 않았지만 민기수에게 쫓기고 있을 리영민이 떠 올랐다. 뭐라도 해봐야 했다.

"Z층엔 뭐가 있죠?"

인자한 웃음을 짓던 주린 회장의 얼굴이 잠시 굳어졌다.

"호호, 그건 왜 묻나요? 아가씨가 상관할 바가 아닌 것 같은데. 호기심도 좋지만, 낄 데 안 낄 데 구별은 해야지?"

반말에 언성이 높아졌다. 밖에서 비서란 놈이, 회장님 무슨 일 이십니까? 들어가도 되겠습니까? 안절부절못했다.

"민주일보 여에스더 기자입니다. 기자 대 취재원으로 묻는 겁 니다."

주린 회장이 위아래로 훑어보더니 깔깔 웃었다. 기자라는 신분 을 밝혔는데도 전혀 놀란 기색이 없다. 에스더는 호흡을 골랐다. 간이 4분의 1로 쪼그라든 것 같다.

"아유, 그러세요? 대단한 분인 줄 몰라 뵈어서 죄송하네요. 호호, Z층에 뭐가 있는지 궁금하시다고요? 어쩌나, 저는 노코멘트 하겠습니다. 홍보 담당에게 보도자료 요구하시면 드릴 겁니다. 인터뷰는 이런 식이 아니라 사전 약속 잡고 하셔야죠. 그럼 전 이만 바빠서."

"저, 오래전부터 정·재계 주요 인사들 약점 잡아서 데이터베이스화하고 있죠? 증거도 갖고 있단 말입니다!"

"그럼 그걸로 보도하시면 되겠네요. 아직도 펜이 칼보다 강하다 뭐 이런 신념을 가지고 계신 모양인데, 두고 보죠. 펜이 뭘 할 수 있는지."

"그럼 이걸로는 뭘 할 수 있는지 볼까요, 회장님."

에스더는 깜짝 놀랐다. 변기실 칸에서 나온 붉은 드레스가 주린 회장에게 총을 겨누고 있었다. '당신은 윤 선배와 함께 있던 그 여자?'

"하, 이건 또 무슨 시추에이션? 넌 또 뭐니?"

"당신 밑에 있는 검은 양복들과 같은 일 한다고 해두죠. 참고로 저는 타깃을 놓쳐본 적이 없습니다. 허튼 생각은 하지 않는 게 좋을 거예요."

미호가 한 발 더 다가와 주린 회장의 허리를 감싸고 목덜미에 총구를 갖다 댔다. 그때 밖에서 김 비서가 외쳤다.

"회장님? 회장님! 괜찮으십니까? 제가 들어가도 될는지요. 아니면 경호원들을 불러올까요?"

미호가 주린 회장을 구석으로 몰아세우며 에스더에게 눈짓을 했다. 에스더는 내내 들고 다니던 와인 병을 거꾸로 쥐고 살며시

문을 열었다.

"회, 회장니임?"

김 비서가 고개를 살짝 들이밀었을 때, 온몸의 체중을 실어 와인 병을 내리쳤다. 남자는 그대로 고꾸라졌다. 황급히 화장실 안으로 끌어다 놓은 다음 문을 잠갔다. 심장이 쿵쾅쿵쾅 뛰었다.

"잘했어요! 맨 끝 창고에 넣어요."

에스더는 낑낑거리며 남자를 옮겼다. 화장실이 넓어서 한참 걸렸다. 땀을 뻘뻘 흘리며 입구 쪽을 보니 미호가 주린을 끌고 나갈 준비를 하고 있었다.

"워, 원하는 게 뭐야? 돈이야?"

주린이 앙칼지게 물었다. 에스더가 재빨리 말을 잘랐다.

"회장님이 필요해요. 엘리베이터를 타고 Z층으로 가야 하거든요."

미호가 고개를 끄덕이더니 권총을 쥔 손목에 힘을 주었다.

"그쪽이 나가서 망을 좀 봐줘요. 셋이 함께 엘리베이터를 탑시다."

에스더가 화장실 문밖으로 얼굴을 내밀고 살폈다. 원더걸스의 히트곡 퍼레이드가 울려 퍼지는 로비엔 쥐새끼 한 마리 얼씬하지 않았다.

"없어요, 빨리 가요!"

미호는 주린과 어깨동무 자세를 취한 후 주린의 오른쪽 허리에 총구를 갖다 댔다. 에스더도 곁에 바짝 붙어 빠른 걸음으로 걷기 시작했다. 주린이 엘리베이터 앞에 서자 자동으로 엘리베이터가 올라오기 시작했다. 누가 보기라도 하면 어쩌지? 심장이 방망이질치고 입술이 바짝바짝 말랐다. 엘리베이터가 121층에 올라와 안심하려는 순간, 행사장에서 누군가 나오는 인기척이 느껴졌다. 에스더가 외쳤다.

"서둘러요!"

띵동, 소리와 동시에 미호가 주린을 엘리베이터 안에 밀어 넣었다. 뒤따라 들어간 에스더는 와인병을 든 손에 힘을 주고, 닫히는 문 앞을 막고 서서, 닫힘 버튼을 반복해 눌렀다. 행사장 쪽에서 걸어오는 구둣발소리가 점점 빨라졌다.

"아, 제발!"

에스더의 탄식과 동시에 거친 남자의 손이 엘리베이터 문틈 사이로 쑥 들어왔다. 문이 다시 활짝 열렸다. 혼절 직전의 에스더가 와인 병을 떨어뜨리며 울다시피 주저앉았다.

"아이 씨, 선배! 간 떨어질 뻔 했잖아요!"

영문을 모르는 윤이 어쩔 줄 몰라 하며 황급히 엘리베이터에 올랐다.

"어서 오십시오, 회장님. 어디로 모실까요?"

에스더가 Z층을 눌렀다. 미호가 주린의 옆구리 뒤로 총을 숨기며 감시용 카메라를 노려보았다. 엘리베이터가 미끄러지듯 내려가기 시작했다.

"침입자 발생, 침입자 발생, B397021! B397021!"

Z층에는 요란한 경보가 계속 울리고 있었다. 엘리베이터가 멈춰 서고, 검은 양복 다섯 명이 내렸다. 가운데 민기수는 눈짓으로 둘을 오른쪽으로, 둘을 왼쪽으로 보냈다.

"제까짓 것 독 안에 든 쥐나 마찬가지지. 잘못 찾아왔다, 리영민이. 계단도 없는 이 로비에서 숨을 데가 어디 있나 말이야."

일사불란하게 움직이는 양복들을 바라보며 민기수가 이죽거렸다. 똑같은 경고 방송을 계속 듣고 있자니 머리가 아파왔다. 이마에 내 천 자를 그리고 귀를 막고 서 있었다. 잠시 후, 검은 양복들이 돌아와서 고개를 저었다.

"샅샅이 뒤진 거 맞아? 빠져나갈 곳이 없잖아! 다시 한 번 찾아보고 와, 빨리빨리 움직여! 이 쥐새끼 같은 놈이 대체 어디로 갔지?"

부하들이 다시 뛰어갔다. 민기수도 마음이 급해져 한 바퀴를 돌았다. 여기저기 두리번거리는 부하들이 보일 뿐, 리영민은 없었다. Z층은 계단이 비밀번호 장치가 달린 철문으로 봉쇄돼 있다. 아래도 위도 꽉 막힌 밀실. 엘리베이터가 아니면 달아날 곳은 없었다.

Z층에 멈춰 있던 엘리베이터가 위로 올라가기 시작했다. 회장님이 내려오시는 건가! 경보음은 쉴 새 없이 울리고 있었다. 민기수는 서둘러 출입 기록 장치로 가서 황금카드를 찍고 얼굴을 인식해 경보를 해제시켰다. 그때 목덜미에 서늘한 감촉이 느껴졌다.

"오랜만이다, 민똥구리."

영민이 뒤에서 총구를 겨누고 있었다. 민기수가 두 손을 들고 천천히 뒤돌아섰다.

"아, 혀, 형님. 여, 여긴 어떻게……."

"형님 소리가 잘도 나오네. 니를 만나러 오지 않았겠나. 내한테 할 말이 많을 낀데."

민기수가 체념한 듯 본색을 드러냈다.

"할 말은 벨로 없고, 받을 빚이 좀 있지."

"빚? 니 아부지 일 말이가? 그래서 내를 살인범으로 몰았나?"

아버지 이야기가 나오자 민기수가 눈썹을 부르르 떨었다. 영민 또한 온화한 은행원의 모습은 간 곳 없이 살기등등하게 돌변해 있다.

"살인범으로 몰다이? 경찰에 신고하면 깨끗이 해결되는 거 아니겠나? 사람을 죽였으면 죗값을 치러야지."

"니가 거짓뿌기로 꾸민 일이잖아! 살고 싶으면 내 누명을 벗겨 줘야 할 기다."

"누명? 글쎄, 낸 잘 모르겠는데. 크하하."

부하들이 우르르 달려왔다. 영민은 팔뚝으로 민기수의 목을 감고 머리에 총구를 갖다 댔다. 민기수가 제 부하들에게 소리를 질렀다.

"난 상관없으니까, 당장 이 자식 잡아서 경찰에 넘겨! 당장! 야, 대갈빡이! 얼른 신고부터 해!"

한 놈이 전화를 걸었지만 다른 놈들은 움직이지 않았다. 영민이 소리를 질렀다.

"너희 두목이 왜 이렇게 미쳐 날뛰는지 궁금하지 않네? 사실야 아부지가 우리 집에서 종살이 했거든. 나는 도련님이라고 금이야 옥이야 모시고, 야는 개처럼 막 키웠거든. 그게 한이 되어 이러지 않니. 어린애도 아니고 이게 무시기 짓인지 모르겠슴."

"야 이 새끼들아, 뭐해? 이 종간나 새끼 당장 죽여 버리라니까!"

민기수가 몸부림치며 발악을 했다. 영민이 다시 목청을 높였다.

"니들은 한국인 아닌가? 우째 일개 조선족 망나니를 두목으로 모실 수가 있나. 야가 배운 게 있기를 하나, 머리가 총명하기를 하나. 잔머리 하나로 굴러온 인생인데. 니들도 참 딱한 아새끼들이네."

총격에 대한 두려움 때문인지 부하들은 꼼짝도 하지 않았다. 몇몇은 얼굴을 부르르 떨고 몇몇은 눈빛이 불안하게 흔들렸다.

"어이, 경찰에 신고했나? 잘됐다이. 내는 이놈아랑 같이 경찰에 가겠소. 니들은 그냥 모르는 척 빠지면 된다. 만약 뎀비는 놈 있으면 야랑 같이 죽이고 말 끼다."

영민이 민기수를 끌고 엘리베이터 쪽으로 걸었다. 민기수가 계속 발악을 했지만 부하들은 조용히 길을 텄다. 영민은 총을 번갈아 겨누며 천천히 뒷걸음질 쳤다. 엘리베이터가 내려오고 있었다. 민기수의 부하들이 더 몰려오는 건가. 영민은 방아쇠를 쥔 손가락에 힘을 주었다.

"영민 씨!"

엘리베이터 문이 활짝 열리자 에스더가 소리쳤다. 뒤에서 총을 든 여자가 주린 회장을 겨누고 있었고, 옆에 멀뚱히 선 남자는 양쪽을 번갈아 바라보고 있었다.

"여 기자님! 잘 왔슴다. 제가 여기 뭔가가 있다고 하지 않았슴까. 잘 알아보시라요."

민기수의 부하들이 엘리베이터 앞으로 몰려왔다. 인질로 붙잡힌 회장을 보더니 당황한 눈치였다. 미호가 총으로 주린 회장을 쿡쿡 찌르며 텅 빈 엘리베이터를 가리켰다. 주린 회장이 말했다.

"일단 너희는 행사장으로 올라가. 괜히 일 크게 만들지 말고 진행이나 잘해. 끝나는 대로 손님들 화물 엘리베이터로 내려가시게 해. 불안해하시지 않게 잘 둘러대고. 여기는 내가 해결할 테니까, 입 다물고 있어."

검은 양복들이 일제히 허리를 굽히고 엘리베이터에 안으로 사라졌다. 주린에게 총을 겨눈 미호가 민기수를 노려보았다. 짙은 화장과 화려한 옷차림 때문인지 미스터 M 민기수는 창고에서 만난 미호를 알아보지 못하는 눈치였다. 총을 겨눈 두 남녀와 두 명의 인질 사이에서, 에스더와 윤은 어쩔 줄 모르고 서 있었다.

부하들이 타고 올라간 엘리베이터가 121층에서 꺾이자 영민이 민기수를 문 쪽으로 몰았다. 에스더가 불안한 듯 영민에게 물었다.

"어쩔 생각이세요?"

"경찰이 오고 있습니다. 함께 가서 누명을 벗겠습니다. 내 걱정 말고 그쪽 일 잘 보쇼. 엘리베이터 다시 내려오면 그거 타고 내려가겠습니다."

"1층에도 부하들이 있을 텐데."

"일 없습니다. 지들 두목 잡고 있는데, 뭘 어쩌겠슴. 경찰도 곧 올 것이고 나중에 내 증인 서줄라믄 기자님이나 몸조심하쇼."

영민이 억지웃음을 지어 보이고는 민기수와 함께 엘리베이터를 타고 내려갔다.

"난 아주 바쁜 사람이에요. 자, 이제 원하는 게 뭔지 말해보실까?"

주린 회장이 귀찮다는 듯 묻자 에스더가 말했다.

"진실, 우리가 원하는 건 그것뿐입니다."

"오, 영화 대사 같군요. 진실이라니? 어떤 진실?"

윤이 대신 대답했다.

"민주일보 조성철 편집국장과 청와대 엄복동 수석, CBC 심춘식 사장의 죽음에 감춰진 진실 말이죠."

"하나 더 있어요. 이 Z층에는 뭐가 있죠?"

"기자 둘이 나를 가지고 노시는군. 내가 왜 그 질문에 대답해야 하지?"

"펜보다 강한 총이 있기 때문이라고 하면, 대답이 될까요?"

미호가 끼어들었다. 네 사람은 Z층 보안장치 앞으로 갔다.

"자, 문을 열어주세요."

윤이 황금카드를 갖다 댔다. 미호가 주린 회장 얼굴을 카메라에 들이밀었다. 주린이 미호를 노려보며 어금니를 깨물었다.

"회장님, 어서 오십시오."

오픈 램프가 켜지고 육중한 은색 철문이 덜커덩 좌우로 열렸다. 진실의 문이라는 게 있다면 이런 모양일까. 세 사람은 숨을 죽이고 한 발 한 발 들어섰다. 에어워셔가 온몸을 휘감는 클린룸을 지나 안으로 들어섰을 때 윤도, 에스더도, 미호도 할 말을 잃었다. 주린은 재미있다는 표정으로 세 사람을 쳐다보며 말했다.

"어때? 우주 제국의 심장부를 본 소감이?"

엘리베이터는 빠른 속도로 하강했다. 60층 아래로 내려가니 통유리 너머로 바깥 풍경이 비쳤다. 30층을 지나자 살아 움직이는 행인들 모습이 보였다. 리영민이 민기수에게 말했다.

"이래 보니 서울도 참 이쁘지 않니? 코리안 드림 같은 게 없었어도 난, 이 도시를 좋아했을 끼다."

민기수는 말이 없었다.

"느그 아부지 일은 미안하게 됐다. 그치만 우리가 태어나기도 전 일이라 하지 않니. 지나간 과거는 어찌할 수 없어도, 내 남은 인생 니게 속죄하는 마음으로 갚겠다. 그러니 그만해라, 응?"

"……"

"니가 내를 그래 증오했어도, 내는 니를 마이 좋아했다 아니가. 그건 니도 잘 알 끼다."

침묵하던 민기수가 입을 열었다.

"우리 아부지가 연 만들어주던 거 생각나나?"

영민이 반색했다.

"그럼, 그럼! 그 연이 엄청 잘 날았지 않니? 가벼우면서도 튼튼하고, 실에 뭐를 멕였는지 누구랑 연싸움을 해도 끊어지는 법이 없었지. 정말 느그 아부지 연은 최고였다."

"그랬지, 그때마다 내가 무슨 생각했는지 아니?"

영민이 뭐라 대꾸하기도 전에 민기수가 온 힘을 다해 뒷걸음질을 쳤다. 영민의 등짝이 유리 벽면에 부딪혔다. 충격으로 잠시 멍한 사이, 민기수가 한쪽 팔꿈치로 영민의 목을 짓누르며 뇌까렸다.

"니가, 니가 이 세상에서 없어졌으면 좋겠다고 생각했다!"

커억! 영민이 가쁜 숨을 몰아쉬며 총을 겨누었다. 민기수가 살기 어린 눈으로 쏘아보았다.

"아직도 살고 싶네? 그만 포기하라. 1층으로 가든 꼭대기 층으로 가든, 니는 독 안에 든 쥐다!"

"내, 내가 뭐, 뭘 잘못해……했는데?"

민기수 눈빛이 잠시 흔들렸다. 영민은 그 순간을 놓치지 않았다.

"죽이고 싶지도 않고, 죽고 싶지도 않다. 니도 그렇지 않니? 제발, 제발 이러지 마라."

"착한 도련님 흉내는 고마해라! 내는 그런 인간적인 감정, 잊은 지 오래다. 내가 왜 고향을 떠나왔게? 너희 가족이랑 아부지 보기 싫어서였다. 어린 나이에 타지로 떠돌며 온갖 고생에 험한 꼴 다보면서, 한국으로 건너와 겨우 여기까지 왔다이. 이제 좀 폼 나게 살 수 있다고 생각했는데, 니가, 니가……."

그때 엘리베이터가 갑자기 멈추는가 싶더니, 다시 올라가기 시작했다. 민기수가 갑자기 실성한 사람처럼 웃었다.

"파티는 끝났다. 이제 우리도 끝내자. 원한다면 여기서 날 죽이는 게 좋을 끼다. 내도 여한은 없다. 121층이 니 무덤이 될 끼니까니."

섬뜩했다. 영민이 황급히 다른 층들을 눌러보지만 말을 듣지 않았다. Z층을 지난 엘리베이터는 121층으로 질주하기 시작했다.

"어때? 우주 제국의 심장부를 본 소감이? 웰컴 투 원더월드!"

주린 회장이 두 팔을 들어 올리며 과장된 몸짓을 지어 보였다.

네 사람은 Z구역의 맨 위쪽에 설치된 난간, 우주선으로 치면 조종석 같은 곳에 들어와 있었다. 10여개 층을 뚫어서 만든 광대한 데이터 센터가 한 눈에 내려다보였다. 아래에서 파란 유니폼을 입은 직원들이 마네킹처럼 앉아서 워크스테이션 화면을 들여다봤다. 한쪽 벽면엔 모니터 수십 대가 건물 내부와 주변 곳곳을 비추고 있었다.

압권은 층층이 나눈 칸에 빼곡히 들어찬 어마어마한 양의 컴퓨터 서버. 수천 대인지 수만 대인지 감도 잡히지 않았다. 기계마다 빽빽하게 연결된 선들이 외계 생명체의 끈적이는 촉수처럼 느껴졌다. 서버가 작동하며 깜박거리는 불빛 때문에 몇 초만 바라보고 있어도 현기증이 날 정도였다. 에일리언의 우주선에 납치라도 된 것 같아, 에스더는 생각했다.

윤은 몇 해 전 시사회에서 본 영화 하나를 떠올렸다. 데이터의 무한 축적으로 사고 능력까지 갖추게 된 슈퍼컴퓨터가 모든 정보를 조종해 인간 세상을 지배한다는 설정. 저런 게 어디 있어, 허황된 설정에 비웃음을 날렸던 할리우드 B급 재난물이 지금 고스란히 눈앞에 펼쳐지고 있었다.

"서버가 정확히 몇 대인지는 나도 잘 몰라. 슈퍼컴에게 물어보면 바로 알려주겠지만, 기자님들이 계시니까 그런 짓은 안 할래. 됐어? 이게 당신들이 궁금해하던 진실이라는 거야."

주린의 말을 듣고 있던 에스더가 몸을 부르르 떨었다.

"하하, 많이 춥지? 냉각 시설이 되어 있어서 그래. 서버에서 나오는 열을 식히려면 그게 무척 중요한가 보더라고. 자랑질을 더 하자면 여기는 하수를 재활용하는 쿨링 방식을 썼어. 요즘 다들 친환경, 친환경 그러잖아. 초기 투자비가 만만찮았지만 대기업이 정부 시책에 우선적으로 모범을 보여야 하지 않겠어?"

"번지르르한 헛소리는 집어치워요! 대체 무슨 일을 꾸미고 있는 겁니까?"

윤이 못마땅한 얼굴로 물었다. 주린은 어깨를 으쓱하며, 모르겠다는 표정을 지었다.

"우리가 포털사이트와 이동통신사를 가지고 있잖아. 대한민국 국민 모두가 우리 고객인데, 더 나은 서비스를 위해 이 정도 데이터센터는 갖춰야 하지 않겠어? 기존에 두 군데가 있지만 그걸로는 역부족이었어. 하긴, 여기는 아주 조금 특별한 곳이긴 하지만."

주린이 오른쪽 엄지와 검지를 살짝 펴 보이며 말했다.

"그게 다가 아닐 텐데요. 우리가 원하는 건 진실이라고 하지 않았습니까? 이를테면 이런 거요."

에스더가 보안장치로 다가가 얼굴을 갖다 댔다. 얼굴을 스캔한 컴퓨터가 몇 초간 검색을 마치더니 건조한 기계음으로 말했다.

"B파일 넘버 310218, 여에스더, 민주일보 기자!"

윤도 얼굴을 스캔했다. 컴퓨터는 바로 대답을 내놨다.

"B파일 넘버 044316, 윤순철, 민주일보 기자!"

에스더와 윤이 주린 회장을 노려보았다.

"그게 뭐? 기자님들 모시느라 홍보팀에서 입력해 놓은 모양이지."

미호가 윤에게 회장을 잡으라는 눈짓을 하고 화면에 얼굴을 인식시켰다.

"B파일 넘버 900734, 강미호, 킬러!"

킬러라는 말에 에스더가 눈을 동그랗게 떴다.

"킬러는 어떻게 관리하려고 입력하셨나요, 회장님?"

휴우우, 주린이 얕은 한숨을 쉬었다. 그리고 손목에 찬 시계 모양의 마이크에 대고 누구에겐지 하는 말인지 모를 질문을 던졌다.

"지금 몇 시쯤 됐지? 연회장 상황을 알고 싶어!"

컴퓨터가 즉시 대답했다.

"지금 시각 8시 21분 28초 지나고 있습니다, 회장님. 현재 CCTV 화면 보여드리겠습니다."

대형 모니터에 야외 만찬장 화면이 떴다. 만찬장은 텅 비어 있고, 한 무리의 사람들이 신기한 듯 두리번거리며 행사장을 빠져나가고 있었다.

"오케이, 다음 1층 로비 상황은?"

"1층 상황입니다, 회장님."

에스더는 눈을 크게 떴다. 리영민이 괜찮을까 걱정이 됐다. 사람들이 웅성거리며 줄을 서 있는 것이 보였다. 직원들이 기념품을 나눠주고 있었다. 검은 양복이 몇몇 있었지만 리영민과 민기수는 보이지 않았다.

"보다시피 난 아주 바쁜 사람이에요. 여기서 당신들과 낭비할 시간이 없다구. 오케이, 질문 몇 개 받고 좋게 끝냅시다. 그 망할 놈의 진실 따위, 알아서 뭐에 써먹겠다는 건지는 모르겠지만."

말이 끝나기가 무섭게 에스더가 물었다.

"B파일이란 건 뭐죠? 왜 사람들을 파일링하는 거죠?"

"음, 너무 유아적인 질문 아닌가, 여 기자? 그런 건 중국 해커들한테 물어봐야지. 그들이 왜 눈에 불을 켜고 남의 나라 개인정보를 빼내려고 들겠어. 돈 때문이지. 하지만 난 좀 달라. 인간에 대한 호기심이라고나 할까. 불확실성의 시대에 앞으로 개발할 지구의 자원이 뭐가 남아 있겠어? 인간밖에 없어. 결국은 인간에 대해 많이 아는 자가 승리자가 될 거야."

"그래서 사람들 일거수일투족을 감시하는 겁니까? 국회의원이나 언론사 사장쯤 되면 함정도 파고 하면서요?"

윤이 날카롭게 물었다. 주린은 여유롭게 받아넘겼다.

"감시하는 게 아니라 기록하는 거라고 해두지. 통화 내역, 메일 내용, 금융 거래 이런 게 다 컴퓨터 서버에 남는다는 거, 대한민국에 모르는 사람 있나? 우리는 그걸 통합해서 해석할 뿐이야. 그리고 함정을 판 게 아니라 그들이 저지른 과오인 거구. 그런 상황이라고 누구나 약점 잡힐 짓을 하는 건 아니잖아?"

"그런데 서울 도심 한복판에 왜 이렇게 거대한 장비를 설치한 건데요? 무슨 음모를 꾸미고 있는 겁니까?"

"하하, 음모론 참 좋아하셔. 내가 남파 간첩이라고 하지, 왜? 아까 말했듯이 난 아주 바쁜 사람이야. 궁금한 건 뭐든 즉시 알아야 하고, 내 눈으로 확인을 해야 직성이 풀리지. 난 세상 돌아가는 모든 일을 알고 싶어. 그건 기자들도 마찬가지 아닌가? 기사가 된다 싶으면 하이에나처럼 달려드는 본능적인 욕구 말이야. 그래서 지금 여기서 목숨 걸고 이러고 있는 거잖아? 이거 하나만 짚고 넘어가지. 구글이나 마이크로소프트가 축구장 몇 개 크기의 서버팜에서 50만개가 넘는 서버를 돌리는 건 부러움의 대상이고, 우주그룹이 만드는 건 의심의 대상이라면, 그건 너무 속국주의 시각 아닌가?"

"중국 특파원 4인방 파일에는 A라는 이름이 붙어 있었어요. 근데 우리 셋은 B파일이네요. A파일과 B파일은 어떻게 다른 거죠?"

에스더가 묻자 주린이 흥미롭다는 듯 바라보았다. 드러내지 않으려 애썼지만 초조한 듯 입술을 오므렸다 폈다, 미간을 찡그렸다 풀었다 했다.

"B파일은 죽음조차 이용해 먹을 가치가 없는 존재죠. A파일은 잘 키워서 협박해먹을 존재들이고."

　침묵을 지키고 있던 미호가 대신 말했다. 주린이 깔깔 웃었다.

　"아이, 그렇게 말하면 본인들이 너무 비참해지지 않나? 그냥 A파일은 우수고객, B파일은 일반고객 정도로 해두지."

　윤순철이 혀를 차며 비아냥댔다.

　"그럼 C파일도 있겠군요. 당연히 불량고객이겠고."

　"크크, 그 생각도 안 해본 건 아냐. 그런데 데이터 관리 비용도 안 빠지는 말종들 정보까지 업데이트할 필요는 없겠더라고. 이좁은 땅덩어리에 그런 인간들이 90퍼센트가 넘는 거 알아? 어차피 나라의 미래는 소수 엘리트가 짊어지는 거야. 인재 한 명이 십만 만 명을 먹여 살린다는 모 회장님 말씀을 굳이 언급하지 않더라도 말이야. 이젠 한 명이 천만 명을 먹여 살리는 시대가 온다고. 지금 당신들과 이야기를 나누고 있는 사람이 그 사람이란 생각은 안 해봤어? 영광인 줄 알아, 이것들아! 라고 말하고 싶군, 호호호."

　"지금 웃음이 나오십니까? 이게 보도됐을 때 어떤 파장이 있을지 상상이 안 되시나 보죠?"

　"아니, 충분히 상상이 돼. 여 기자나 윤 기자가 기사를 쓰면 데스크 회의에서 난리가 나겠지. 지금 국장이 그 누구냐, 아수라 영감이던가? 내가 민주일보 사장님이랑 친한 건 알지? 아수라는 사장님 사위고. 어때, 대충 계산 나오시나? 용케 실린다고 해도 금세 다른 반박 기사나 우리 회사 광고로 대체되겠지. 그리고 이미 인쇄된 신문들은 싹 쓸어다가 폐기처분할 테고. 혹시 인터넷 같은 데 흘리면, 우리 소유 최대 포털인 하이니가 검색어에서 제외

할 거고, 음모론 카페 같은 데서 그들만의 이야기로 조금 시끄럽다가 잊히겠지. 내 말이 틀려?"

"확실한 증거가 있으면 얘기가 달라지죠."

윤이 주머니에서 스마트폰을 꺼내 흔들었다.

"방금 회장님이 한 이야기, 고스란히 다 녹음 됐으니까요."

주린이 고개를 뒤로 한껏 젖히고 깔깔깔 웃었다.

"우쭈쭈 윤 기자님. 헛심 쓰셨네. 그렇게 열정적인 기자는 아니었던 걸로 아는데! 여하튼 이번에 보여준 기자 정신은 높이 사지. 근데 어쩌나? Z구역에선 외부 디지털 기기 다 먹통이에요. 폰이 아예 터지질 않는다고."

윤이 화면을 수차례 터치해 보더니 고개를 떨궜다. 녹음조차 되지 않았는지 재생할 수 없는 파일이라고만 떴다. 상대는 우주그룹, 특종을 잡았다고 기뻐할 수 있는 상황이 아니다. 주린이 윤과 에스더의 손을 붙잡고 목소리를 높였다.

"윤 기자, 여 기자! 내 말 똑똑히 들어요. 내 목표는 이 작은 한국이 아니라 세계무대예요. 생각해봐요, 그 사람의 일거수일투족을 알고 있으면, 무엇이든 팔 수 있고 무엇이든 만들어낼 수 있어! 한국의 미래 먹거리는 사람과 문화에서 찾아야 한다고! 그걸 위해서 난 이 원더랜드에 엄청난 투자를 했어요. 혼자 잘 먹고 잘 살자는 게 아니라, 우주그룹과 이 나라의 국익을 위해서라구요!"

"하하, 국익이라고? 회장님 본인의 사리사욕과 관음증적 변태 취향을 위해서가 아니구요?"

에스더가 매섭게 쏘아붙였다. 주린이 고개를 저었다.

"아버님을 안 닮았나 보네. 아버님도 신문 기자 출신 맞죠? 내가 궁금하다고 하면 컴퓨터가 줄줄이 읊어줄 텐데. 어떤 분이셨는지…….”

에스더 얼굴이 파랗게 질렸다. 인사기록을 봤을 때의 충격이 고스란히 되살아났다.

“아, 그리고 윤 기자님은 몸이 안 좋으시죠? 시간 나면 의료 기록 한번 뒤져보고 싶네. 그리고 아가씨는, 잘은 모르지만 그 나이에 총질해대는 거 보니 구린 구석이 많을 것 같은데……. 왠지 출생의 비밀 하나쯤은 안고 살 것 같고.”

미호가 총 쥔 손을 부르르 떨었다. 윤이 황급히 제지했다.

“말하고 싶은 게 대체 뭡니까?”

“시대의 흐름을 거스르지 말라는 거죠. 내가 여러분을 여기까지 순순히 데리고 온 건, 세상 돌아가는 걸 보여주고 싶어서예요. 원더랜드가 왜 모래시계의 윗부분에 위치하는지 알아요? 여기는 미래를 선택하고 현재를 조종하는 곳이에요. 시간이 빨리 흐르게도 할 수 있고, 천천히 흐르게도 할 수 있죠. 누구에게나 감추고 싶은 비밀이 있는 법이고, 때론 그 비밀은 그 사람을 움직이는 아주 좋은 열쇠가 되거든요. 여기는, 그런 열쇠들이 모여 있는 곳이랍니다. 그리고 여러분의 열쇠는, 지금 내가 쥐고 있고요! 자, 이제 선택의 시간이군요!”

무거운 침묵이 흘렀다. 컴퓨터 모니터와 서버의 수십만 개 불빛만 번쩍거렸다. 한밤중에 맞닥뜨린 정체 모를 짐승들의 눈빛 같기도, 현란하게 사람들을 미혹시키는 크리스마스트리의 불빛 같기도 했다.

"띵동, 121층입니다."

리영민은 민기수에게 총을 겨눈 팔에 힘을 주었다. 검은 양복 십여 명이 엘리베이터를 둥글게 둘러싼 채 로비에서 기다리고 있었다. 민기수가 목소리를 높였다.

"이 자식 잡아! 난 상관 말고! 뭐해? 얼른 끝어내!"

영민이 엘리베이터 닫힘 버튼을 눌렀지만 수동 명령으로 전환됐는지 말을 듣지 않았다. 어쩔 수 없이 민기수와 놈들을 번갈아 겨누며 천천히 엘리베이터에서 내렸다. 검은 양복들이 둘을 겹겹이 에워쌌다. 영민이 한 발 한 발 움직일 때마다, 한 무리의 사내들도 똑같은 자세로 움직였다.

"야 이 새끼들아, 뭐하는 거야? 머릿수가 몇인데 이런 놈 하나 못 잡고! 빨리 처리 못 해!"

민기수가 고래고래 악을 썼다. 영민은 민기수의 목을 틀어쥐고, 한 손으로는 총을 겨눈 채 쫓기는 짐승처럼 조금씩 방향을 틀었다. 텅 빈 야외 행사장에서 뒷정리를 하고 있던 몇몇 웨이트리스가 총을 보자 비명을 지르며 뛰쳐나갔다. 테이블까지 다 치워버려 그 넓은 공간이 휑하니 을씨년스러웠다. 놈들의 포위망이 조금씩 좁혀지자 영민의 등줄기에서 식은땀이 흘렀다. 얼핏 세어도 13 대 1. 과연 얼마나 더 버틸 수 있을지. 주변을 살폈다. 단상 위의 오렌지색 커튼이 눈이 들어왔다.

영민은 민기수를 그곳으로 몰고 갔다. 우르르, 검은 양복이 뒤따라왔다. 주머니에서 라이터를 꺼내 불을 켠 다음 커튼을 향해 던졌다. 화르르, 불길이 일더니 아치형의 커튼을 삼키며 너울너울 리듬을 탔다.

"불이다! 소화기 가져와, 소화기!"

검은 양복들이 흩어졌다. 불은 때마침 불어온 바람을 타고 이 단뛰기 하듯 번졌다. 바닥 카펫으로 옮겨 붙었다. 매캐한 연기가 하늘 높이 치솟았다.

영민은 통로에 놓인 앤티크 풍의 이동식 가스난로를 발견했다. 주저 없이 방아쇠를 당겼다. 강한 폭발음과 함께 스테인리스 연소통이 쪼개지면서 파편이 튀어 올랐다. 구석에 있던 웨이트리스들이 귀를 막고 비명을 질러댔다. 두 곳에서 시작된 불길이 서로 마주 보고 퍼져가기 시작했다.

영민은 민기수를 끌고 불과 연기를 따라 움직였다. 열기가 훅 끼쳤다. 뒤따르던 검은 양복들의 얼굴이 벌겋게 달아올랐다. 민기수가 밭은기침을 해댔다.

"화재 발생! 화재 발생! 진화 모드 전환! 진화 모드 전환!"

Z층에서 들었던 기계 경보음이 울리는가 싶더니, 유리 지붕이 천천히 닫히기 시작했다. 영민은 서둘러 민기수를 끌고 유리 지붕 밖으로 나갔다. 검은 양복 몇이 따라붙었지만 유독 가스와 연기에 이내 물러섰다. 지붕이 모두 닫히자 유리 사이사이 골조에서 스프링클러가 작동했다.

영민은 가쁜 숨을 몰아쉬었다. 민기수도 바닥에 쓰러져 켁켁거렸다. 소화기를 들고 허둥대던 검은 양복들이 거뭇하게 그을린 유리 지붕 사이로 영민을 쏘아보고 있었다.

"헉, 헉, 괜찮네?"

눈을 감은 민기수는 대답이 없었다. 호흡이 가쁜지 가슴을 들썩거렸다. 유리 지붕과 난간 사이에는 한 사람이 겨우 움직일 만한 공간밖에 없었다. 영민은 난간 사이에 주저앉았다. 발아래는 까마득한 낭떠러지, 얼핏 봐도 현기증이 일었다.

"어쩌다 이렇게 되었는지 모르겠다. 남한테 피해 안 주고 나름 열심히 살아왔다고 생각했는데."

영민은 혼잣말하듯 계속 중얼거렸다.

"부모의 죄를 자식이 대신 갚아야 한다면, 그래 달게 받아야겠지. 내가 할 수 있는 건 뭐든 하겠다이. 그러니까 이쯤에서 그만하자. 내가 살인 누명만 벗으면 고향으로 갈 수 있다. 우리 집은 땅도 좀 있고, 다시 은행 일은 못 한다 해도 뭘 하든 네게 보상을 하겠다. 그러니 제발…… 응? 기수야!"

기수야, 기수야, 이렇게 이름을 불러본 게 참 오랜만이라고 영민은 생각했다. 민기수는 미동도 없었다. 호흡은 많이 안정된 듯했다.

"니도 살고 내도 사는 방법이 없겠나? 니만 마음먹으면 되는 거잖아. 부탁이다. 응? 제발!"

영민이 한 손으로 이마를 짚었다가 눈을 비볐다. 순간 민기수가 영민의 총을 쥔 손목을 걷어찼다. 영민이 어, 하는 사이 권총이 허공으로 날아갔다. 잽싸게 일어난 민기수가 영민을 덮쳤다. 그리고 온 힘을 다해 영민의 목을 누르기 시작했다.

"어이, 반동지주 아들래미! 착한 척하는 거 그만 집어치우라! 역겨우니까니."

주린의 설교가 이어졌다. 흥분해서 두 손을 사이비 교주처럼 흔들어댔다.

"나는 어릴 적, 인공위성은 백인들만 쏘고 로봇은 일본인들만 만드는 줄 알았어요. 영원히 극복 못 할 상대 같았습니다. 하지만 그들을 이길 수 있는 길을 찾아냈어요. 그들의 마음을, 생활을 지배하는 거죠. 세계로 뻗어가는 한류의 힘을 보셨죠? 문화라는 건 그토록 엄청난 권력이에요! 문화는 인간과 따로 생각할 수 없죠. 누군가의 취향과 생각, 관심사를 알아야 사로잡을 수 있다 이겁니다. 우린 지금 한국을 테스트 베드로 활용 중입니다. 모든 글로벌 기업들이 그렇게 하는 것처럼."

"누군가 나의 행동과 취향과 생각을 고스란히 읽고 있다…….
그걸 좋아할 사람이 있을까요? 역풍은 생각 안 해보셨나요?"

에스더가 주린을 쏘아보며 물었다.

"처음에야 사생활 침해니 어쩌니 난리를 떨겠죠. 하지만 금세 잊을걸? 인간이 제일 두려워하는 게 뭔지 알아요? 불안한 상황이 오랫동안 지속되는 거예요. 살아남고 싶으면 아예 잊어버리거나, 타협하고 수용하거나 둘 중 하나죠."

"……."

"오, 제발! 그런 표정 짓지 말아요. 누가 보면 내가 정말 나쁜 년인 줄 알겠네. 난 단지 시대를 앞서가며 미래를 대비하는 것뿐이에요. 스티브 잡스나 빌 게이츠가 그랬던 것처럼."

저도 모르게 신도처럼 경청하고 있던 윤이 냉소적으로 물었다.

"미래를 대비한다고요? 그게 다른 사람들의 삶을 낱낱이 훔쳐보는 이유가 된다고 생각하십니까?"

"단순히 대비에 그치지 않고 우리 모두가 원하는 미래를 창조하는 것, 그게 바로 내 꿈이에요! 그들이 어떻게 생각하는가는 중요하지 않아요. 우리의 미래를 계획할 수만 있다면⋯⋯. 안 그래요?"

"회장님이 원하는 미래겠죠. 그걸 위해서 살인과 협박, 여론 조작도 불사하신 건가요?"

"살인? 협박? 여론 조작? 내가? 하하, 설마!"

주린의 입에서 눈을 떼지 못하던 에스더는 힘이 풀렸다. 등줄기를 타고 한기가 흘렀다. 어떻게든 원하는 대답을 얻어내야 한다.

"민주일보 편집국장과 CBC 사장을 죽인 것도, 양병호 의원에게 방송법 개정을 강요하며 협박한 것도 당신이잖아요!"

"내가? 내가 그렇게 한가한 사람으로 보여?"

주린이 언성을 높이며 눈을 부릅떴다. 에스더는 질문 방식을 바꿔보기로 했다.

"회장님 그렇게 안 봤는데 실망이네요! 적어도 잡아떼지는 않으실 줄 알았는데⋯⋯. 천하의 주린 회장님이, 입사 2년차 신문기자 나부랭이가 겁나서 그러실 리는 없고. 아아, 법적 처벌이 두려우신 건가요?"

"푸하하하하! 너 위트 있다! 내가 평생 들어본 말 중에 제일 웃겼어! 설령 내가 살인을 사주했다 해도 법적 처벌을 받을 거라고 생각해? 우주그룹 회장인 내가? 돈이면 다 되는 이 대한민국에서? 미친 거 아니야?"

"돈이면 다 할 수 있지만 진실을 영원히 감출 순 없어요."

"아씨, 그 진실드립 좀 그만해. 누가 천둥벌거숭이 기자 아니랄까봐! 넌 진실이 뭔지 몰라. 그리고 내가 누군지도 모르는 것 같군. 니가 꼴 보기 싫은 누군가를 죽인다고 생각해 봐. 목을 조르

거나 칼로 찌르는 건 뭐지? 니 손이지! 머리는 그냥 생각만 했을 뿐이야. 죽. 이. 고. 싶. 다. 벌을 받아야 한다면 살인을 감행한 손이나 거기까지 널 데리고 간 발이 받는 거야. 무슨 뜻인지 알겠어?"

"그럼 조선족 은행원을 일부러 함정에 빠트린 것도 손이나 발 핑계 대시겠군요. 한국과 중국 쪽이 서로 의심하게 만들어, 사회의 시선을 교묘하게 몰아가기 위해서요?"

"내가 그 모든 걸 꾸몄다고 생각해? 만약 그랬다면 한 치의 실수도 없었겠지. 난 그렇게 한가한 사람이 아니야. 나는 인류의 미래를 고민하기에도 바쁘다고. 오프라 윈프리가 제 손으로 라면 끓여먹고 토스트 만들어먹고 그러겠어? 때가 되면 아랫것들이 알아서, 먹고 싶은 것 원하는 것 만들어다가 대령하잖아. 똑같은 거야. 조종하고 싶은 인간의 약점도, 내가 원하면 아랫것들이 가지고 오는 거야. 원체 머리 나쁜 종자들이라, 가끔 이렇게 삑사리가 나긴 하지만…."

"아하! 회장님은 머리셨죠! 다리나 손이 아니라. 제가 몰라 뵈었네요!"

"말상대 좀 해 주니까 이게 주제 파악을 못 하고! 내가 시간이 남아돌아서 너희랑 이러고 있는 줄 알아? 손님들 빠져나갈 때까지 기다려준 거야! 지금쯤 건물 전체가 봉쇄되고 경호원 쫙 깔렸을걸? 이제 너희는 독 안에 든 쥐야! 아까 그 조선족도 마찬가지고!"

말이 끝나자마자 주린이 시계 장치의 버튼을 눌렀다. 건물 전체에 요란한 사이렌이 울렸다. 모니터에 모든 비상구가 닫히는 것이 보였다. 당황한 윤이 주린의 시계 장치를 빼앗았지만 어떤 버튼을 눌러도 말을 듣지 않았다.

"하하, 이제 무슨 짓을 해도 소용없어. 이 건물의 주요 기능은 나 없으면 작동 안 되는 거 몰라? 이제 너희는 끝장이야."

주린이 허리를 꺾으며 큰 소리로 웃기 시작했다.

"과연 그럴까요?"

에스더가 주머니에서 녹음기를 꺼냈다.

"아, 나 했던 말 또 하는 거 진짜 싫어! 여기선 어떤 디지털 기기도 작동 ……."

"이건 구형 아날로그 녹음기입니다. 전파랑 상관없이 작동하는 방식이죠. 제가 박봉이라 인터넷몰에서 중고로 구입한 건데요. 이렇게 유용하게 쓰일 줄은 몰랐네요."

주린의 얼굴에서 웃음기가 사라졌다.

"제법이네, 꼬마 아가씨. 아니 운이 좋은 건가. 험한 꼴 보기 싫으면 그냥 넘기시지. 어차피 그거 가지고 빠져나가지도 못해. 살아서 나가는 건 불가능하다고. 문 밖에는 우리 애들이 이미 진치고 있잖아."

그때 미호가 주린의 관자놀이에 총구를 갖다 대며 말했다.

"우리는 탈출 걱정은 하지 않습니다. 천하의 우주그룹 회장님이라 해도 목숨은 하나뿐이란 걸 잘 알고 계실 테니까요."

"나 죽이면 너희는 무사할 거 같아?"

주린이 목청을 높였다. 잠자코 있던 윤이 맞받았다.

"죽이면 안 되죠. 나쁜 사람이라고 해도 목숨은 소중한 거니까. 킬러 아가씨 총구에 벌벌 떠는 회장님 사진이 언론에 뜨면, 쪽팔려서 죽고 싶으실지도 모르겠지만. 언론은 돈으로 막으신다 해도 요즘은 페이스북, 카카오톡 이런 거 이용해 글로벌로 주고받고 막 이러잖아요."

주린이 복잡한 표정을 짓더니, 이내 결심한 듯 말했다.

"오케이, 무슨 말인지 알겠어. 협상의 시간이군. 원하는 걸 말해."

말이 끝나기 무섭게 에스더가 외쳤다.

"먼저, 리영민 씨 누명을 벗겨 주십시오. 그는 살인자가 아닙니다."

주린이 고개를 까딱, 했다. 윤의 차례였다.

"양 의원을 족쇄에서 풀어주세요. 조성철 편집국장을 비롯한 심우회 멤버들에 관한 모든 기록들을 삭제해 주십시오. 차후에도 문제 삼지 말아주시고요."

"오케이. 그다음?"

에스더와 윤이 미호를 바라보았다. 미호가 조용히 말했다.

"의뢰받은 임무를 완수하지 못했으니 원하는 건 없습니다. 다만, 조용히 이 나라를 떠날 수 있게 해 주세요."

"뭐 별것도 아니네. 그럼 협상이 된 건가?"

주린이 윤을 향해 손을 내밀었다. 윤은 다시 시계를 건넸다. 주린이 파란 버튼을 누르자 화면에 121층 행사장이 보였다. 레이더 모양이 나타나 화면을 훑더니 몇 초 만에 리영민의 모습이 잡혔다. 화재가 발생했고, 수십 명의 검은 양복들에게 민기수와 구석으로 쫓기고 있었다. 바로 앞은 낭떠러지였다. 에스더는 가슴이 철렁했다. 좌우로 일렁이는 불꽃이 보였다. 주린이 마이크에 대고 말했다.

"저 자의 죄를 사하노라! 명령이다! 죽이지 말고 안전하게 내보내!"

검은 양복들이 일제히 90도로 고개를 숙였다. 주린이, 봤지? 하는 의기양양한 표정으로 세 사람을 바라보았다.

눈앞이 까맣다가, 회색으로, 그리고 조금씩 선명해졌다.

의식을 잃었던 영민이 눈을 뜨자마자 본 것은 머리를 바짝 들이밀고 표독한 웃음을 지어보이는 민기수였다. 여전히 영민의 배 위에 올라탄 채 멱살을 누르고 있었다. 영민은 어깨 아래로 아득한 어둠을 보았다. 하반신만 마천루 난간에 간신히 걸려 있고, 가슴께까지 허공으로 밀려나온 상태였다. 완전히 낯선 감각의 두려움. 이걸로 끝이구나, 생각하니 의외로 마음이 편안해졌다. 이런 죽음도 나쁘지 않겠다고 생각했다.

"기분이 어때? 넌, 살인자로 죽는 거야. 우리 보안요원들에게 쫓기다 옥상에서 추락사한 거지. 금의환향할 줄 알았던 리영민이가 살인을 저지르고 개죽음 당하다니, 옌볜 전체가 들썩일 거야. 하하하."

민기수가 입술을 비틀면서 피식거렸다. 그리곤 목을 잡은 두 손에 힘을 주기 시작했다. 주위가 까무룩해지는 걸 느끼며 영민은 눈을 감았다. 마지막 의식의 힘을 짜내어 두 팔을 벌려보았다. 121층에서 떨어지면 하늘을 나는 기분일 거라고 생각하면서.

요란한 기계음이 들렸다. 주위 소음을 다 집어삼킬 만큼 엄청난 엔진 소리. 놀란 민기수가 손에 힘을 풀고 주위를 두리번거렸다. 라이트 불빛이 내리꽂히며 세찬 바람이 불어왔다. 민기수의 머리카락과 옷자락이 거칠게 펄럭거렸다. 영민은 눈을 떠보려 애썼다. 저게 뭐지? 시커멓고 거대한 물체. 프로펠러가 강력한 회전력으로 돌고 있었다.

기기 조종석에서 새빨간 레이저 포인트 불빛이 쭉 뻗어 나왔다. 영민의 몸에 멈추는가 싶더니, 민기수의 가슴과 이마 정중앙으로 옮겨 갔다. 민기수는 공포에 질린 표정으로 두 손을 들었다. 영민도 놀라서 윗몸일으키기 하듯 몸을 움츠렸다.

그때 갑자기 펑, 펑, 하는 소리가 들리며 주위가 환해졌다. 건물 반대편에서 화려한 불꽃놀이가 펼쳐지고 있었다. 펑! 펑! 뒤이어 예상 못 한 격발음. 민기수가 휘청거렸다. 가슴을 움켜쥐고는, 영민 쪽을 힐끗 노려봤다. 이마로 한 발이 더 날아왔다. 민기수가 팔을 뻗어 허공을 긁다가 텀블링하듯이 난간 아래로 떨어졌다. 영민은 황급히 난간 틈새에 숨었다. 온몸이 벌벌 떨렸다.

레이저 포인트 불빛이 다시 다가와, 영민이 아닌 몇몇의 검은 양복들을 쫓기 시작했다. 저격수는 표적을 놓치지 않았다. 검은 양복들이 오락 게임의 생쥐처럼 이쪽저쪽에서 픽픽 쓰러졌다. 텅 빈 야외 파티장은 다시 원인 모를 불길에 휩싸였다. 모든 증거와 흔적을 다 삼킬 듯이 거세게 타들어갔다.

얼마나 그렇게 있었을까. 영민은 손바닥으로 바닥을 짚고 겨우 일어섰다. 두 다리가 근육이 풀리며 후들거렸다. 거대한 동체는 어둠 속으로 사라지고 없었다. 색색의 불꽃들이 밤하늘을 수놓았다. 불꽃이 터질 때마다 어디선가 함성이 들렸다. 거대한 전광판에는 주린 회장의 전신사진과 함께 '당신의 친구, 우주그룹' '사랑해요 원더랜드' '대한민국을 넘어 세계로' 같은 문구가 지나갔다.

영민은 멍하니 한참을 서 있었다. 방금 일어난 모든 일들이 꿈인지 생시인지 알 수 없었다.

에스더가 영민을 부축하며 앞장서 걷고, 윤과 미호가 일정한 간격을 두고 뒤따랐다. 원더랜드 정문을 빠져나오는데 검은 양복을 입은 수십 명의 경호원들이 두 손을 배꼽에 모으고 고개 숙여 인사를 했다. 어떤 위협도, 미행도 없었다. 이 광경조차 주린 회장이 모니터로 다 보고 있으리라, 윤은 뒤통수가 따가운 느낌이 들었다.

불꽃놀이를 보러 나온 사람들로 도로는 마비 상태였다. 오히려 안심이 됐다. 네 사람은 인파에 휩쓸려 묵묵히 걸었다. 사람들을 따라 한참을 걸은 후에야 약속이나 한 듯 한숨을 내쉬었다. 넷은 일제히 뒤돌아서서 원더랜드를 올려다봤다. 모두의 영혼을 빨아들일 것 같은 화려한 황금성. 끝도 안 보이는 불기둥은 흡사 하늘을 뚫고 외계와 접속하는 통로 같았다.

에스더 눈에는 그 황금성이 시한폭탄이 장착된 모래성처럼 보였다. 기둥 한두 개만 빠지면 허물어질 것 같은. 살면서 너무 커서 불안해 보인다는 느낌을 받기는 처음이었다. 문제는 그 불안이 이제 시작이라는 점이었다. 에스더는 가볍게 몸을 떨었다. 영민이 가볍게 어깨를 감쌌다. 윤은 걱정스런 눈길로 둘을 바라봤다. 그때 미호가 말했다.

"이쯤 되면 안전할 듯하니, 저는 이만 가보겠습니다."

"아, 정말 감사했어요! 덕분에 살았습니다. 정말 고맙습니다."

에스더가 고개를 꾸벅 숙여 인사를 했다. 영민도 눈인사를 건

넀다. 윤은 미호를 물끄러미 바라보다 물었다.

"괜찮겠어요? 당분간 숨어 지낼 안전한 곳이라도……."

"하하, 제 직업을 잊으신 모양이네요, 기자님. 우리 넷 중에 제가 가장 강하다는 거 모르세요? 저에게는 이게 있잖아요!"

미호가 몰래 권총을 들어 보이며 웃었다. 그리고 손을 까딱까딱 흔들며 인파 속으로 사라졌다.

"선배, 안 가실 거예요? 저 흉측한 건물에서 조금이라도 더 멀리 떨어져 있고 싶어요!"

미호가 사라진 쪽을 한참 바라보고 있는 윤에게 에스더가 재촉했다. 다친 영민을 부축하느라 힘들어 보였다.

"오늘 일도 하나의 소동쯤으로 정리되겠지. 원더랜드 개막 행사장에서 가스 폭발 사고. 직원 몇 명 사망. 그룹 홍보실에서 사과 발표 낼 것이고……."

윤은 깊은 한숨을 내쉬고는, 영민의 왼쪽 팔을 어깨에 걸고 함께 걷기 시작했다. 느릿느릿 걷는 세 사람 뒤로 휘황찬란한 원더랜드가 빛나고 있었다.

B파일 397021 은행원

콘크리트가 대충 깔린 길은 꼬불꼬불했다. 미영 씨가 아버지를 모시고 사는 반 양옥집은 낡은 다세대 빌라들 틈에 끼어 있었다. 이 길을 걷는 게 얼마 만인가. 전봇대 밑동에 아무렇게나 쌓아놓은 재활용 봉투에서 음식물 찌꺼기가 흘러나와 퀴퀴한 냄새가 진동했다. 갈색 줄무늬 고양이는 사람들이 지나가도 아랑곳하지 않고 쓰레기를 파헤쳤다.

영민은 길 끝의 녹슨 파란 대문 앞에 섰다. 한참을 망설이다 초인종을 눌렀다. 인기척이 없어 다시 눌렀다. 대답이 없다. 집에 없는 건가? 전화라도 걸어볼까? 엄두가 나지 않아 한참동안 휴대전화를 만지작거렸다.

택시 한 대가 외길을 조심조심 달려오더니, 집 앞에 멈춰 섰다. 뒷문이 열리고 미영 씨가 먼저 내린다.

얼른 나무 뒤에 몸을 숨겼다. 봄, 가을이면 데이트 때마다 입던 카키색 바람막이 점퍼가 낯익다. 못 본 새 더 마른 것 같다. 택시에서 내리는 병든 아버지를 살피느라 어깨에 멘 가방이 바닥에 질질 끌렸다.

미영 씨…… . 입술이 파르르 떨렸다. 얼마나 부르고 싶었던 이름인가. 차마 입이 떨어지지 않는다.

힘겹게 아버지를 부축하는 그녀 다리가 후들거린다. 부녀가 천천히 파란 대문 안으로 들어가고 철컥, 철문이 닫혔다.

영민은 울컥하는 마음을 삼키며 집 앞을 맴돌다, 떨리는 손가락으로 초인종을 눌렀다.

"누구세요?"

미영 씨 목소리. 영민은 대답하지 못했다.

마당을 걸어 나오는 발자국 소리가 들렸다. 녹슨 철문의 잠금장치가 철컥 풀렸다. 영민이 벌어지는 문틈으로 맨 먼저 본 것은 그녀의 야윈 뺨. 화장기 없는 얼굴은 가면을 쓴 듯 표정이 없었다.

"자, 잠시만."

눈빛이 마주치는 순간, 뭐라고 말할 틈도 없이 철문이 닫혀버렸다. 대문 아래쪽의 조잡한 꽃무늬 창살 사이로 슬리퍼를 신은 맨발이 보인다. 너무 야위어 발등에 푸른 혈관이 불룩하게 돋은. 그녀도 어쩔 줄 모르겠다는 듯 마냥 그렇게 서 있었다.

영민의 마음은 무너지는 듯했다. 중학교 때부터 소녀가장처럼 일만 한 여자, 그래도 생글생글 웃으며 어떻게든 살아보려고 했던 여자, 단 하나의 소원은 결혼해서 행복해지는 것이라던 그 여자. 모든 것을 바쳐서라도 행복하게 해 주겠노라 약속했는데……. 그녀의 유일한 희망이었던 직장까지 잃게 만들다니, 영민은 자신을 저주하고 저주했다.

"그만, 돌아가주세요."

건조한 목소리였다. 하지만 그녀는 꾸역꾸역 울음을 삼키고 있었다. 다급해진 영민은 주먹으로 철문을 두드렸다.

"내일 떠나요. 영영 떠난다고요!"

흐느끼는 소리가 점점 커졌다.

"다시는 못 돌아옵니다. 가버리면 끝이라고요!"

한참을 더 서 있었지만, 철문은 열리지 않았다. 대문을 경계 삼아 문을 두드리는 소리도, 흐느끼는 소리도 잦아들다가 마침내 정적. 영민은 찬바람을 맞으며 쪼그려 앉아 있을 그녀가 걱정됐다. 창자를 쥐어짜는 마음으로 작별인사를 건네기로 했다.

"미안합니다! 사랑했습니다! 평생 못 잊을 겁니다! 그것만 기억하고 사십쇼!"

영민은 서둘러 외길을 빠져 나왔다. 저도 모르게 걸음이 휘청거렸다. 다시 안 만나려는 게 당연하다. 이해가 되면서도 내가 뭘 잘못했느냐고 묻고 싶었다. 그렇다면 그녀는 뭘 잘못했는가. 단 하나였다. 조선족 살인 용의자를 애인으로 둔 죄.

죽을 고생을 해서 무죄를 입증했지만 사람들은 기억하지 못한다. 어느 신문, 방송에도 정정 보도는 없었다. 에스더 기자마저 미안해하면서도 보도엔 소극적이었다. 언론들은 이미 다른 사건을 파헤치느라 여념이 없다. 혹 누군가 리영민을 떠올린다 해도 '조선족 살인자'로만 오래 기억할 것이다.

눈물이 멈추지 않아 고개를 들어 먼 곳을 봤다. 황사가 사라진 하늘은 한없이 높고 파랬다. 눈이 시려와 소매로 눈가를 훔쳐냈다. 눈물 때문에 흐릿하던 북한산 능선이 선명하게 잡혔다.

고향으로 돌아간다는 설렘 따위는 없다. 배 속에 돌덩이라도 들어앉았는지 갑갑하다. 옌벤에서도 살인 누명을 쓰고 한국에서 추방당한 학교 선생 리씨의 아들로 기억하겠지. 그런 시선 따위는 두렵지 않다. 정 못 견디겠으면 어디로든 떠나버리면 그만 아닌가. 세계 어느 곳에 던져진다 해도 상관없다. 정말 두려운 건, 한국이 다시 그리워지면 어쩌나, 미영 씨가 사무치게 보고 싶으면 어쩌나, 이것이다.

영민은 버스 정류장에 주저앉았다. 어디로 가야 할지 모르겠다. 볼을 타고 내린 눈물 한 방울이, 권총 위로 또르르 떨어졌다.

B파일 044316 고참 기자

오전 간부회의가 끝났을 시각.

윤은 편집국의 긴 통로를 걸어 편집국장 방을 찾았다. 목례를 한 다음 사직서를 제출하자, 아수라는 눈길 한 번 주지 않고 서랍에 던져 넣었다. 아무것도 안 물어봐서, 고맙다고 말하고 싶었다.

돌아 나오는 길에 벽에 걸린 철가면 액자와 다시 마주쳤다. 임중이도원. 그가 남긴 '반성문'을 어젯밤에 액자 뒤에 다시 끼워 놓았다. 왠지 그래야 할 것 같았다. 철가면이라면 사직서를 냈을 때 뭐라고 했을까. 사진 속의 그는 대답이 없다.

민주일보에서의 마지막 점심을 구내식당에서 혼자 먹었다. 기름진 돈가스와 소시지볶음을 퍼석퍼석한 밥과 씹었다. 덜 갈린 돼지고기 덩어리가 어금니에 껴도 불만은 없었다. 매끼 공들여 식사하는 일은 여전히 소모적으로 느껴졌고, 누군가와 거짓 웃음을 지으며 밥을 먹는 건 더더욱 그렇다.

창가 자리로 돌아와 짐을 정리했다. 명함만 2천 장이 넘게 나왔다. 기자 생활 15년의 증거물. 가수와 매니저들, 공연 기획자, 방송사 PD, 광고사 홍보 담당자들, 영화감독. 그리고 연예인을 꿈꾸다 흔적 없이 사라져간 무명씨들……. 누군가와는 심오한 밤샘 토론을 했고, 누군가와는 북창동 단란주점에서 팬티 바람으로 놀았다. 그들 중 지금 이 바닥에서 생존하는 이는 몇이나 될까.

윤은 명함 상자를 잠시 주시하다가 통째로 쓰레기통에 던졌다. 다시 만날 일이 없을 사람들.

책상 위에 깔려 있던 오늘자 신문에 눈길이 갔다. 물에 빠진 아이를 구하고 대신 목숨을 잃은 트랜스젠더의 사연이 톱이다. 컬러 사진이 큼지막하게 실렸다. 어쩌면, 의인이 되어 죽음으로써 처음으로 만인에 공개된 얼굴. 당당한 미소가 아름답지만 조금은 쓸쓸해 보였다.

마주앉은 소프라노에게 작별을 고하려 했더니, 그녀는 수화기를 붙잡고 예의 그 새된 목소리로 누군가와 신경전 중이다.

"약속이 다르잖아요. 구두 계약도 계약인데 결혼식 직전에 환율 핑계로 가격을 높여 부르면 상도가 아니죠. 이건 신뢰의 문제라고요. 가만히 있지 않을 겁니다. 저 어디 근무하는지는 아시죠?"

문화부장은 수술 예후가 좋지 않았다. 다른 쪽 유방까지 암세포가 전이됐다고 들었다. 문병 가고 싶은 마음은 여전히 들지 않았다.

책 몇 권과 기자수첩, 신문사 로고가 새겨진 만년필 따위를 넣은 보스턴백을 들고 다시 편집국의 긴 통로를 걸었다. 발걸음이 놀랄 정도로 가벼웠다. 초판 마감 시간이라 다들 노트북에 코를 박고 키보드를 두드리느라 정신이 없었다. 여기저기서 울려대는 전화벨 소리만 이명처럼 윙윙거렸다. 윤은 그 무한 반복의 컨베이어 벨트에서 탈출하는 것이 자랑스러웠다.

홀로 엘리베이터를 기다리다, 화장실에서 나오는 국제부 만물박사 전 차장을 만났다.

"위키리크스 어 선생님에게선 연락이 왔나요?"

전 차장은 눈도 마주치지 않고 고개를 저었다. 작별 인사는 따로 없었다.

어제 경제부 고 차장이 신문사 옥상에서 투신해 자살했다. 백혈병을 앓는 아들 때문에 매일 난간에 기대 고뇌하더니 결국 그렇게 삶을 마감했다. 그는 최근 출입처 정보를 사설 정보지 회사에 팔았다는 의혹을 받아왔다. 사장 지시로 감사팀과 전산팀에서 회사 이메일을 검열했다는 소문이 돌았다. 노조에서 발끈해야 정상이지만 웬일인지 침묵했다. 편집국장과 고 차장까지, 일주일새 편집국에서 두 명이 죽어나가는 동안에도 일상은 평온했고 기사 마감은 지켜졌다. 하긴 샐러리맨이 별 수 있는가. 목구멍은 준엄한 포도청이요, 여기는 월급만 나오면 오케이인 무간지옥인 것을.

거리엔 누런 황사비가 부슬부슬 내렸다. 도시 전체가 옐로우 필터에 투영된 모습. 대낮이지만 초저녁처럼 어둡다. 이순신 장군 동상은 상반신만 보여 허공에 붕 떠 있는 듯했다. 딱히 갈 곳도 만날 사람도 없었지만, 집에 가기는 싫었다. 담배를 꼬나물고 그냥 목적지 없이 걸었다.

흉물스럽게 변한 광화문 광장 쪽을 바라보는데, 맞은편에서 오던 수녀 몇 명이 소담스럽게 웃었다. 뭐가 그리 즐거운지 손에 들린 성경책과 목에 걸린 묵주가 흔들렸다. 윤의 머릿속에 번개가 쳤다. 바이러스 먹었던 기억 재생 장치가 한순간에 온전히 복구된 기분. 잊고 있었던 그날 밤 일이 생생히 떠올랐다.

그해 여름 베이징은 무척 더웠다. 아침부터 희뿌연 대기 사이로 태양 빛이 작렬했고, 웃통을 벗어젖힌 사내들이 거리를 활보했다. 만원 버스라도 타면 시큼한 땀 냄새에 질식할 정도였다. 불한증막에라도 들어앉은 듯 다들 숨을 헐떡이며 어떤 돌파구를 갈망했다. 그 와중에 우주그룹이 주최하는 파티는 사막의 오아시스나 다름없었다. 모처럼 타사 기자들과 외교가 사람들, 현지 상사 주재원들이 어울려 술을 마시고 한국어로 소리 높여 노래 불렀다.

다들 만취한 밤. 자리를 옮겨 2차로 간 바에서 낯선 여자가 몇
몇 접근해왔다. 그녀들이 중국인인지, 한국인인지, 북한에서 왔거
나 하물며 아랍의 여인이라도 상관없었다. 무한대로 불쾌지수를
높이는 끈적한 습도를, 그렇게 여자라도 품어야 견딜 수 있을 것
같았다. 어쩌면 철가면도 광대뼈가 튀어나온 부인의 잔소리에 지
쳐 있었는지 모르겠다.

되살아난 기억을 곱씹을수록 모골이 송연해졌다. 윤은 황급히
방향을 바꿔 덕수궁 돌담을 끼고 정동길을 올랐다. 마음이 급해
뛰다시피 걸었다. 그 길 끝에 경향신문사 건물이 있고, 바로 옆에
청빈의 상징 성 프란치스코 수도원이 있다.

윤은 반지하로 만들어진 텅 빈 예배당 안으로 들어갔다. 우측
맨 뒷자리를 찾아 앉았다. 철가면은 기분이 좋거나, 기분이 나쁘
거나 하면 이 자리에 앉아 호흡을 가다듬곤 했다.

예수상이 걸린 위쪽 창으로 빛이 흘러들었다. 그 빛의 각도에
따라 십자가의 예수가 더 평화롭게도, 더 고통스럽게도 보였다.
윤은 눈을 감고 가슴 앞에 손을 모아 깍지를 꼈다. 지금이야말로
기도가 필요한 순간이다.

짧은 평안.

규칙적으로 심호흡을 하며 천천히 눈을 떴다. 한 손을 뻗어 나
무의자 아래를 더듬었다. 손가락 끝에 뭔가가 걸렸다. 아주 납작
한 물건이 테이프에 붙어 있었다. 그걸 이제 알았냐, 기자 새끼가
그렇게 촉이 무뎌서 어따 써! 철가면이 책망하는 듯했다. 후배를
보호하기 위해 그가 남긴 마지막 배려. 자신의 치부가 든 CD를
건네며 윤에게 일을 맡긴 건, 진실을 파헤치고 자의로 회사를 그

만두라는 경고였을 것이다. 윤의 물건을 숨겨준 건 후배를 잘못 이끈 자신의 불찰에 대한 사과였을 것이고.

윤은 물건을 재킷 안주머니 깊숙이 찔러 넣었다. 꼭 눈으로 확인해야 진실을 보는 건 아니다. 뭔가에 취해 두 눈동자가 따로 놀고, 침대에서 여자와 뒤엉켜 고깃덩이처럼 늘어져 있는 제 모습이 선명하게 보였다. 그날 밤엔 죽어 있던 욕망이 되살아났던가, 기억나지 않는다.

예배당을 나오자 누군가가 앞을 막았다. 머플러로 머리를 감싸고 알이 크고 둥근 구찌 선글라스를 낀 여자다. 이것까지 당신들 시나리오에 있었는가. 윤은 허허롭게 웃었다. 여자와 함께 덕수궁 쪽을 향해 천천히 내려왔다.

"생각보다 늦게 오셨네요."

여자가 먼저 말을 꺼냈다.

"흘흘. 이렇게 감이 없어서야, 기자질 그만두길 잘했다 싶네. 우주그룹에 너무 쉽게 백기를 든 게 아닌가 계속 찜찜했는데, 일개 기자 나부랭이가 뭘 할 수 있었겠나 싶기도 하고. 중국, 한국, 어쩌면 미국 정부까지도 그 손아귀에서 놀아나고 있는 거라면. 헐헐."

윤이 조롱 섞인 마른 웃음을 날렸다. 여자가 무표정하게 윤을 바라봤다.

"우리는 단지 비즈니스를 위해 세상의 모든 진실에 접근하고자 할 뿐입니다."

"궤변이야. 당신들 진짜 정체는 뭐요? 대체 몇 명이나 관리하오?"

"뭐 다 아시겠지만, 다수의 유명한 사람들이 대상자들이죠. 물론 나 혼자는 아니고요."

"오호, 우리 곁의 빅브라더로군."

"빅브라더라……. 그건 쌍팔년도 구식 용어고, 요즘은 빅데이터라고 하던데요, 하하."

윤은 고개를 돌려 여자의 옆모습을 봤다. 희고 갸름한 얼굴 위에 굳게 다문 얇은 입술이 고집스러워 보였다. 얕은 한숨과 함께 나직이 물었다.

"이번 일 전에도 우리가 만난 적 있던가요? 혹시 최근에 조 국장을 여기서 보지 않았는지?"

"그랬을지도 모르지만, 시간은 흐르고 얼굴은 변하니까요."

윤은 땅을 보고 고개를 끄덕였다.

"이제 내 인생은 어찌 되는 거요? 말해놓고 나니 웃기는군. 당신에게 내 앞날을 묻다니."

여자가 윤을 향해 고개를 돌렸다. 눈이 마주쳤으나 선글라스 속 눈동자는 볼 수 없었다.

"조금 일찍 은퇴한 직장인처럼 취미 생활이나 즐기시면 됩니다. 돈은 매달 지정된 날짜에 입금될 겁니다. 연금이라고 생각하세요. 이번 사건은 우리 우주그룹에도 많은 교훈을 남겼습니다. 내부자가 정보를 빼내리라고 의심하지 않았지요. 그리고 조선족을, 아니 외국인이라고 해두죠. 암튼 그를 행동대원으로 쓴 것도요. 감정 없는 기계처럼 움직이는 충견을 원했는데 사적인 복수극에 권한을 남용하다니. 암튼 인간의 감정까지 지배할 수 없다는 사실은 깨달은 셈이죠. 사건을 무마하느라 많은 희생을 치러야 했어요. 우린 다시 그런 실수를 되풀이하지 않을 겁니다."

윤은 '모두가 원하는 미래를 창조하겠다'던 주린의 말을 떠올렸다. 그녀는 이렇게 윤의 미래도 설계해 준 것인가. 이 설계도를, 고맙다고 넙죽 받고 조용히 살아야 하는 걸까.

여자와 대한문 앞에서 헤어졌다. 유유히 사라지는 뒷모습을 잠시 응시하다가 횡단보도 앞에서 멈춰 섰다. 맞은편 신문사 옥외 전광판에 발기부전 남성들의 희소식이라는 광고가 지나갔다. 욕망이 되살아난다는 건 좋은 뉴스일까 나쁜 뉴스일까. 독립문 공원에서 누군가가 뿌린 독극물 모이를 먹은 비둘기가 집단 폐사했다는 뉴스, 뒤이어 새 음반을 발표한 S의 뮤직 비디오가 이어지고 카피 한 줄이 떴다. '아시아의 문화 중심, 우주그룹이 있습니다.'

윤은 전광판 뒤에서 주린이 지켜보고 있기라도 한 것처럼 흠칫 놀랐다.

쇳덩이를 안은 듯 재킷 안주머니가 무거웠다. 어떤 과거는 놓아버릴 수 없다. 평생 짊어지고 다니며, 자신이 누구인지 똑똑히 마주 보아야 한다. 윤은 자아를 놓아버리기로 한다. 자아를 둘로 나누어서, 저 자식은 형편없는 쓰레기 같은 놈이라고 인정하고 나니, 마음이 조금 놓인다.

불현듯 헤이리 음악 감상실에 가고 싶어졌다. 그곳에는 1960년대 진공관 앰프와 3만 장이 넘는 LP판이 있다. 이 세기말 같은 풍경에 어울리는 신청곡이 하나 떠올랐다. 퇴역을 앞둔 고공 정찰기 이름을 딴 아일랜드 록 그룹의 'with or without you'. 나의 자아, 이 쓰레기 같은 개자식. 너와 함께하거나 아니거나.

종로 쪽으로 난 횡단보도의 신호등이 파란색으로 바뀌었다. 윤은 성큼성큼 발을 옮겼다. 일단 갈 곳이 생겼으니 걸어야 한다. 그들의 말대로 어쩌면 이 정도에서 끝나서 다행이다.

윤은 다짐했다. 나는 아주 오래 살아갈 것이다. 그것이 내가 나에게 내리는 유일한 형벌이다.

B파일 900734 전업 킬러

미호는 챙이 넓은 비치 모자를 벗었다.

어느덧 노을이 지고 수평선에서 불어오는 바람이 제법 시원하다. 긴 머리카락이 바람에 흩날리며 귀를 간지럽혔다. 로열클리프 호텔 인근의 언덕 벤치에서 바라보는 낙조는 근사했다. 쪽빛 하늘과 바다가 서서히 황금빛으로 물들고 있었다. 어둠이 내려앉기 전에 한 번이라도 더 즐기겠다는 듯, 낙하산을 매단 모터보트가 빠르게 질주했다.

풍광을 즐기던 관광객들이 하나둘 자리를 떴다. 미호도 비키니 위에 흰색 셔츠와 야자수 무늬의 비치가운을 둘렀다. 선글라스와 읽고 있던 책을 라탄 바구니에 챙겨 넣었다. 이제 돌아가서 저녁을 먹고 한밤의 여유를 즐기자. 혼자 온 여행이지만 전혀 외롭지 않았다.

한 달 전, 이곳 태국 파타야에 왔을 때 첫 인상은 한물 간 관광지 같은 느낌이었다. 포천 산정호수에 갔다가 멈춰 선 회전목마를 본 기분이랄까. 이곳 리조트들은 대부분 낡아서 외국 신혼부

부들을 푸켓, 코사무이 등지에 빼앗긴 지 오래였다.

그러나 직접 살아 보니 달랐다. 유행에 밀린 대신 정든 고향 같은 푸근함이 있었다. 허름한 목조 단층 상점들이 늘어서 있고, 파리 떼가 이름 모를 생선 스프에 몰려들고, 삼륜 택시들이 신호를 무시하고 네온사인이 주렁주렁 내걸린 밤거리를 돌아다녔다. 미호는 그런 산만한 느낌이 좋았다. 그래서 선택을 후회하지 않았다. 아이슬란드의 강추위나 낯선 백인들의 경계 어린 눈빛보다, 이곳의 너저분함이 정겹고 편했다.

방콕에서 두 차례 수술을 받았다. 남아 있던 성기가 몸에서 잘려 나갔다. 한국에서처럼 정신과 진단서 없이도 가능했고 부작용도 없었다. 영어를 쓰는 의사는 호르몬 치료만 꾸준히 받으면 아무 문제없다고 단언했다. 수술 후 회복실에서 토니라는 이름의 중국계 남자와 친해졌다. 둘에게는 제 스스로 생을 다시 선택했다는 공통점이 있었다. 토니는 남자로, 미호는 여자로. 이번 주말에 그가 퇴원을 하면 함께 야외 레스토랑에서 저녁을 먹기로 했다.

다시 선글라스를 끼고 천천히 언덕 아래로 걸었다. 아이팟을 꺼내 이어폰을 꽂고 좋아하는 음악을 검색했다. 주위를 경계하지 않고 걷는다는 게 이토록 행복한 일인지 몰랐다.

사이클을 타고 언덕을 올라오던 멋쟁이 아저씨 둘이 하이, 하면서 손을 흔들었다. 은발에 새하얀 피부가 북유럽 쪽 남자들 같았다. 쾌활한 인사에 잠시 얼굴을 붉혔지만 기분이 아주, 아주 좋았다.

이어폰에서 마담X가 부른 'across the universe'가 흘러나왔다. 오디션 프로그램의 파이널 미션에서 부른 곡이었다. 마담X다운 선택이라고 생각했다. 미호는 저도 모르게 따라 흥얼거렸다.

"Nothing gonna change my world~"

그때 검은 캐딜락 하나가 천천히 다가왔다. 미호 가까이 오는
가 싶더니, 짙게 선팅을 한 조수석 창문이 스르르 내려갔다. 길이
라도 물어보려나. 평범한 여자가 된 미호는 친절한 사람이고 싶었
다. 고개를 숙이고 이어폰을 귀에서 빼려는데, 동그란 작은 구멍
이 보였다. 어, 하는 순간 들리는 압력밥솥 김빠지는 소리. 뭔가가
날아와 가슴에 쑤욱 박혔다. 그리고 쩌릿한 통증. 캐딜락은 창문
을 올리며 빠른 속도로 사라졌다.

몸이 타는 것처럼 뜨겁다가, 푹 꺼지듯이 무겁다. 미호의 발걸
음이 무뎌졌다. 무릎을 꿇었고 그대로 주저앉았다. 온몸에서 힘이
빠졌다. 어디서 꾸르륵 소리가 났다. 숨을 크게 들이켰으나 내쉴
수가 없다.

지나가던 사람들이 소리를 질렀다. 헬프! 나인원원! 오마이
갓! 영어와 태국어가 뒤섞였다. 캐딜락 조수석에 앉은 털보 남자
를 떠올렸다. 어디에서 봤을까. 올 봄 서울에서 본 기억은 분명한
데……. 기억이 가물가물했다.

"그때……, 살려달라는 조건을 걸었어야 했어. 흐흐."

미호는 허허롭게 웃었다. 한국을 무사히 떠날 수 있게 해 주었
으니 주린 회장은 약속을 지켰다. 허억! 숨을 몰아쉬며 미호는 뒤
늦게 자신을 질책했다. 그새 피투성이로 변한 이어폰에선 노래 후
렴구가 계속 흘러나오고 있었다.

"Nothing gonna change my world~!"

선지자여, 깨달음을 주소서! 내 세상을 바꿀 수 있는 건 아무

것도 없어. 온전한 여자로 산 것이 며칠이더라. 미호는 날짜를 세다가 생각했다. 상관없다, 여자로 죽을 수 있으니 그걸로 됐다. 그것만이 내 세상.

미호는 미소 지었다. 아주 예쁜 여자처럼 보이길 바라면서.

B파일 310218 신참 기자

"어이, 이번에 또 한 건 했는데! 취재빨 좀 받나 봐?"

"아놔 이거, 우주그룹 탈세 의혹 터트린 지 얼마나 됐다고 또 이러냐?"

"선배 땀나는 거 안 보이냐? 너 때문에 물타기 하느라 죽갔다 아주!"

기자실에 들어서자 여기저기서 볼멘소리가 들린다. 에스더가 거만하게 고개를 까딱, 한다. 사공용태가 보디가드 자세를 취하며 에스더를 호위한다. 그도 수습이 떨어지면서 드디어 1진 기자실에 드나들 수 있게 됐다. 난 이 자식이 더 얄미워! MBN 홍 선배가 사공용태에게 헤드 락을 건다.

"근데 등잔 밑이 어둡다고, 이번 양병호 의원 건은 어찌 된 거래?"

"그러게 말이야. 양미라 열 좀 받았겠는데?"

"자기 삼촌이라고 나와바리 관리를 소홀했구만! 크크."

"어이, 입 조심해! 양미라 완전 열 받았더라구! 어, 저기 온다!"

시끌벅적하던 기자실에 일순 침묵이 감돈다. 에스더도 조용히 자리에 가 앉았다. 양미라가 들고 있던 명품 파우치를 신경질적으로 던지더니, 어딘가로 전화를 걸기 시작했다.

"어, 아빠! 난데? 삼촌이랑 아직 연락 안 돼? 아니, 신문이랑은 그게 최초인지 몰라도 방송에서 멘트 따는 건 또 다른 거라구. 그게 진짜 인터뷰지. 신문 기사는 진짜인지 조작인지 어떻게 알아? 거긴 소설쟁이들 많단 말야."

으이구, 저 화상 말하는 거 하고는! 당장이라도 머리채를 잡고 싶지만, 에스더는 승자의 여유를 즐기기로 했다. 후속 기사를 두 페이지나 막으려면 점심도 못 먹고 주구장창 써대야 할 판이다.

"뭐어? 아빠는 딸을 위해서 그것도 못 해? 삼촌도 그렇지. 나 있는 거 뻔히 알면서 어쩜 그럴 수가 있어? 몰라몰라! 아빠가 다 책임져!"

양미라가 신경질적으로 전화를 끊었다. 한참을 씩씩거리더니 다시 어딘가로 전화를 건다. 그때 중앙일보 채 선배가 양미라의 전화기를 잡아챘다.

"뭐예요, 선배! 아이참, 안 그래도 짜증나 죽겠는데!"

"너 이 새끼, 이쁘다 이쁘다 봐줬더니, 눈에 뵈는 게 없어? 뭐가 어쩌고 어째? 신문 기사는 조작인지 아닌지 어떻게 알아요? 너 우리가 그렇게 우습게 보여?"

"그게 뭐요! 막말로 에스더 걔가 꾸며낸 건지도 모르잖아요! 우리 삼촌이 왜 나 말고 다른 애한테 특종을 주냐구요!"

"나도 방송 기자지만, 그건 양미라 네가 잘못했어! 얼른 정중하게 사과해!"

MBN 홍 선배도 굳은 표정으로 말했다.

"아이씨, 왜 다들 나만 갖고 그래! 짜증나 진짜!"

양미라가 채 선배에게서 전화기를 뺏어들고 뛰쳐나갔다. 곳곳에서 쯧쯧, 혀 차는 소리가 들렸다.

"저거저거, 나이가 몇인데 아직도 저러고 있누. 그냥 둬도 되는 거야?"

"기자 새끼가 분하면 기사로 복수할 생각을 해야지. 아빠가 책임져! 이러고 있고. 참나, 어이가 없어서."

"저 버릇 누가 고칠 거야? 이참에 정식으로 사과하게 해. 안 그럼 평생 저러고 산다. 이게 다 선배가 역성 들어줘서 그래요."

시선이 일제히 기자단 간사 심대근에게 쏟아졌다.

"내가 뭘? 어리광 좀 받아준 걸 가지고. 흠흠."

옆에서 사공용태가 킬킬댔다. 에스더는 웃음을 참으며 태연한 척 모니터를 본다. 그때 전화가 왔다. 사진부 김 차장이다. 어디로 가면 되느냐는 전화겠지. 혹시 비밀이 새어나갈까 봐 사진 취재 신청서를 따로 올리지 않았다. 조용히 기자실을 나서며 수신 버튼을 눌렀다.

"네, 선배! 장소가 어디냐 하면요! 네? 누군지는 좀 있다 말씀 드릴게요. 죄송해요. 호호. 한 페이지짜리 전면 인터뷰니까 근사하게 부탁드려요."

오늘 모처에서 양병호 의원과 인터뷰가 있다. '양 의원, 저축은행 돈 봉투 리스트 폭로한 까닭은' 민주일보 여에스더 기자 단독 인터뷰. 이걸 알면 양미라가 까무러치겠지. 그래, 네가 말한 그 증거라는 거 사진까지 찍어서 와이드하게 보여주마!

택시 한 대가 에스더 앞으로 와서 섰다. 양미라가 따라오기라도 할까 봐 주위를 두리번거린다. 택시에 오르자 심장이 쿵쾅쿵쾅 뛴다. 내일 뉴스는 온라인, 오프라인 할 것 없이 '저축은행 비자금 정치권 유입' 기사로 도배가 될 것이다. 마지막 문장은 어떻게 끝맺을까. 아니 그보다 첫 문장은 뭘로 할까.

에스더는 콧노래를 흥얼거리며 차창 밖을 내다본다. 황사가 걷힌 화창한 봄날이다. 택시가 날아갈듯 한강변을 질주했다.

잡념을 없애려고, 올레길을 걷고 또 걸었건만 소용없었다. 닷새간의 특종 포상 휴가는 달콤하지 않았다. 제주도에서 서울로 돌아오는 마지막 날까지.

"아빠를 죽인 사람을 찾았어."

에스더가 먼저 말을 꺼냈다. 제주공항 우동코너에서 국물까지 후루룩 다 마신 직후였다. 옆자리에서 단체로 온 홍콩 관광객들이 떠들고 있어서, 혹시 못 들었으려나 했다. 엄마의 젓가락 사이에서 우동 가락이 주르륵 흘러내렸다. 차마 얼굴을 마주 볼 엄두가 나지 않았다.

김포 행 비행기 탑승을 알리는 안내방송이 흘러나왔다. 에스더는 테이블 위로 손을 뻗어 엄마 손을 꼭 잡았다.

"서울에 한번 와, 꼭."

엄마는 고개를 저었다. 제주도가 고향도 아니면서 아빠의 죽음 이후 한 번도 섬 밖으로 나오지 않았다. 에스더가 프레스센터에서 '이달의 기자상'을 받던 날, 애타게 기다렸건만 끝까지 외면했다. 오기인지 집념인지 알 수 없었다.

"엄마, 나 진짜 괜찮아. 이제 어린애도 아니고 엄마가 생각하는 것만큼 약하지 않다고. 난 앞만 보고 갈 거야. 엄마도 이제 그만 감옥 같은 과거에서 빠져나와요."

엄마가 갑자기 눈물을 쏟아냈다. 한 번 터진 눈물은 쉴 새 없이 흘러내렸다. 저도 울 것 같아서 에스더는 서둘러 탑승구로 향했다. 마음 편히 울게 해 주고 싶었다. 긴 세월 혼자서 삭히고 삭히기만 했던 눈물이었다.

진실을 말한 것이 잘한 일일까. 엄마는 예전부터 다 알고 있었지만 침묵으로 견뎠다. 하긴, 지금 살인자를 찾았다고 뭐가 달라질까. 기내 창가 쪽 자리에 앉자마자 가방 안에서 복사지를 꺼냈다. 최근에 찾은 1989년《제주일보》사회면 단신 기사였다.

지난 12일 밤 모 중앙일간지 제주 주재기자 여모씨(36)가 자신의 집에서 독극물을 탄 맥주를 마시고 숨졌다. 경찰은 피해자가 자살 동기가 없는 만큼 목격자를 찾는 데 주력하는 한편 정확한 사인을 위해 부검을 의뢰키로 했다.

기사를 처음 발견했을 때만 해도 하찮은, 타인의 이야기인 줄 알았다. 이틀 뒤 속보는 가히 충격적이었다. 위치도 사회면 톱으로 커졌다.

경찰은 맥주에 독극물을 탄 사람이 숨진 여 씨의 다섯 살 난 딸이고, 의문의 30대 남자가 구멍가게 앞에서 만난 딸에게 아이스크림을 미끼로 극약을 넣게 했다는 사실관계를 확인했다. 서울 말씨의 외지인이 며칠째 동네를 배회했다는 인근 주민들의 증언도 나왔다. 경찰은 피해자의 기사에 불만을 품은 사람의 소행으로 보고 몽타주를 만들어 배포하는 한편, 전국적으로 수사를 확대한다는 내용이었다.

에스더는 손등으로 두 눈을 연거푸 비볐다. 기억에 없다. '꼬마야, 이건 몸에 아주 좋은 약이란다. 오늘은 아빠의 생일이잖니. 이걸 아빠 술잔에 몰래 넣으렴. 좋아하실 거야.' 그런 악마의 속삭임을 들은 기억이 정말 없다. 아빠의 서른일곱 번째 생일도, 독약을 줬다는 서울 남자도……. 다섯 살짜리가 뭘 알 수 있단 말인가. 도대체 누구를 따라 가게에 간 것일까.

비행기가 어느새 김포공항 상공에서 선회 비행을 하며 낙하하고 있다. 서쪽 하늘의 노을이 검붉다. 에스더는 다짐했다. 이제 자신을 사주한 진짜 살인자를 찾아 나설 차례다. 시효 따윈 상관없다. 중요한 건 진실이니까. 왜 아버지를 죽여야 했는지, 어떻게 어린 딸을 이용할 생각을 했는지, 평생이 걸리더라도 끝까지 파헤쳐볼 생각이다.

기자상 상패를 영정 사진 앞에 올리며 에스더는 아빠에게 속삭였다.

'아마도 평생 기자질을 하게 될 것 같아. 세상에는 모든 것을 바쳐서라도 꼭 알아야만 하는 진실이 있거든.'

그리고 사진 속 아빠 얼굴을 어루만지며 다짐했다.

어떤 일이 있어도, 당신 같은 기자는 되지 않겠노라고.

에필로그

신촌의 음주단속 현장. 젊은 경관과 중국인 운전사의 자존심 대결은 끝이 안 보였다. 어느새 먼동이 터오고 있었다.

"에이 쌍! 독한 짱깨쉐이들. 면허증만 보여주면 끝날 일을 시동까지 꺼놓고 지랄일세. 춥고 오줌도 마려울 텐데. 아니면 차 안에서 그냥 쌌나. 크크. 아씨, 나도 방광 터질 것 같네. 아우, 졸라 우라질레이션!"

운전석의 사공용태가 핸들에 두 손을 얹고 투덜거렸다. 사회부 생활 2년 차에 샌님 같은 말투는 다 사라지고 욕지거리만 왕창 늘었다. 머리숱이 더 줄어든 데다 말투까지 살짝 거만해져 모르는 사람은 차장급인 줄 안다.

"분명 이유가 있을 거야. 제보가 맞다는 증거일 수도 있고."

"그런데 에스더 선배. 제보는 대체 어디서 날아온 거예유?"

"흐흐. 비밀. 취재원 누설 금지 의무는 신문사 동료 간에도 적용되는 거 모르냐?"

"에잉! 너무하시네. 작년에 대특종한 거 그 뭐냐, 저축은행 사건도 혼자 낼름 잡수시더니!"

에스더는 조수석에 퍼져 앉아 전방의 그랜저에 시선을 고정했다. 뒷좌석에는 사진부 남이 카메라를 가슴에 안고 옅은 코를 골며 잠들어 있다. 여전히 막내 신세인 그는 걸 그룹을 쫓아다닐 때만 눈빛이 반짝인다.

"비엔나 협약인지 뭔지가 참 지랄이야. 운전사가 외교관 신분이라고 음주 측정을 거부하다니. 러시아대사관 차량들은 불법 주정차 과태료가 쌓였다는데도 안 내고 개기고. 하여튼 우리만 너무 물렁한 것 같아. 피부색 하얀 서양 놈들에게 특히나. 이건 뭐 완전히 국제적인 봉 신세야."

"어쩌겠어. 건국이념이 홍익인간인걸. 널리 인간을 이롭게 하라시는."

에스더 일행이 주한중국대사관 소속 그랜저를 따라붙은 건 인천공항에서였다. 베이징에서 오는 OZ333편. 믿을 만한 제보에 의하면 빅샷 중의 빅샷이 타고 있다고 했다.

사공용태가 투덜대면서 담배에 불을 붙였다. 에스더는 연기가 싫었으나 내버려뒀다. 그도 긴장해서 똥줄 타고 있을 터였다.

"이런 쓰발, 결국 짱개쒜이들이 이겼네요."

전방을 주시하던 사공용태가 담배를 신경질적으로 비벼 껐다.

그랜저에 다시 시동이 걸리고 헤드라이트가 켜졌다. 외교 라인을 총동원해 청와대에 줄이라도 댄 모양인지 열혈 순경이 얼굴을 일그러뜨리며 물러섰다. 그는 배웠을 것이다. 법과 의지만으로 안되는 일이 있음을, 조직의 윗선을 위해 융통성을 발휘해야 할 때가 있음을. 또 하나, 정의의 이름으로 처단하는 것은 만화 속 세일러문만 가능하다는 사실을.

"놓치지 말고 따라붙어!"

에스더의 지시에 사공용태가 경직된 자세로 핸들을 잡았다. 그랜저를 쫓는 다른 차량은 보이지 않았다. 어젯밤 충분히 화면을 찍었고 마감 뉴스에서 다 보도한 탓에 기자들 대부분이 철수한 뒤였다.

새벽 거리는 한산했다. 그랜저는 빠른 속도로 금화터널을 거쳐 광화문 쪽으로 달아났다. 예상대로 중국대사관 쪽이다.

에스더는 행여 놓칠까 조바심을 내며 이틀 전 그들이 준 정보를 다시 상기했다. 조만간 올 것이란 제보는 받았지만 이렇게 빠를 줄은 몰랐다. 밑져야 본전이란 생각으로 인천공항부터 따라붙었고 그랜저가 음주 측정을 거부하는 순간, 속된 말로 '삘'이 왔다.

문제는 음주 운전 자체가 아니다. 안에 타고 있는 사람이 문제인 것이다. 그래서 차 문을 열지 못하고 버틸 수밖에 없었던 것이다. 확률적으로 100퍼센트라고 확신은 못하지만 감이 그랬다. 일단 부딪혀보는 거다. 잘못되면 왕창 뒤집어쓸 수 있는 상황인데 흔쾌히 합류해 준 사공용태와 사진부 남이 고마웠다.

그랜저는 서울경찰청 앞 삼거리에서 신호에 걸렸다. 마지막 기회였다. 에스더가 사공용태에게 눈짓을 했다.

"근데 선배, 수리비는 어쩌죠? 쿠하하."

그러면서도 가속 페달에서 발을 떼지 않았다.

"보험 있잖아."

"외제차가 아니라 그나마 고맙네. 선배도 이 기회에 똥차 바꾸셔야겠슴다. 꼭 잡아욧!"

헤즈볼라 자살 특공대처럼 97년산 액센트가 돌진해 그랜저 후미를 박았다. 가벼운 추돌 사고를 시도했는데 충격은 의외로 컸다. 몸뚱이가 앞으로 튕겨 나가려는 걸 안전벨트가 온 힘을 다해 제지했다. 에스더는 오른쪽 어깨가 심하게 쏠렸지만 아프다는 느낌도 없었다.

밤새 철옹성 같았던 그랜저 운전석 문이 마침내 열렸다. 졸고 있는 줄 알았던 사진부 남 기자가 잽싸게 튀어나가 카메라 셔터를 눌러댔다. 스포츠형 머리에 보디빌더 같은 체구의 운전사가 흥분해 주먹을 쥐었지만, 덩치라면 밀리지 않는 사공용태가 근위병처럼 앞을 막고 섰다.

에스더의 관심사는 오직 뒷자리에 앉은 한 남자였다. 볼살이 두툼하고 콧수염을 기른 40대. 마카오에 살고 있는 그는 신분 세탁된 중국인 위조여권으로 베이징 공항을 떠나 서울 한가운데와 있다. 한반도 북쪽 지도자의 둘째 아들, 아니 이제 새로운 지도자의 배다른 형. 에스더는 당찬 걸음으로 그에게 다가가 차창을 두드렸다. 예상과 달리 차창이 스르르 내려왔다.

"반갑습니다. 민주일보 여에스더 기자라고 합니다. 이런 식으로 한국에 오실 줄 몰랐습니다. 얘기 좀 나눌 수 있을까요?"

인터뷰 요청을 수락할까 가슴이 쿵쾅거렸다. 에라 모르겠다, 부딪쳐보는 거다. 일이 꼬인다 해도 도심 한복판에서 기관총을 뽑기야 할까. 거절당해도 사진은 건진다. 그 정도만 해도 대박이다. 청와대나 국정원은 그의 입국을 알고 있을까.

차 안의 김이 에스더를 힐끗 올려본다. 평소 유들유들한 그답게 긴장한 기색은 없다.

"거참, 당돌한 아가씨구만!"

"직접 보니 아버지를 많이 닮으셨네요. 몇 분이면 됩니다. 이왕 서울 왔으니 화끈한 추억 하나쯤은 안고 가셔야죠?"

재도전. 평생 못 고칠 것 같은 어설픈 농담이 통하기만을 기도했다. 김은 두 어깨를 턱까지 들어 올리며 피식 웃었다.

"이게 남조선 기자들의 취재 방식이오?"

"다 그런 건 아니고. 그때그때 다르지요."

조수석의 여성 수행원이 만류의 눈빛을 보냈다. 김은 턱을 괴고 잠시 생각에 잠기는 듯하더니, 호탕하게 웃으며 말했다.

"조건이 있소. 죽은 아버지와 형제 이야기는 사양하겠소. 안 그래도 고립무원인 내 입장 난처하지 않게 하기요. 그리고 내가 출국한 다음에 인터뷰 기사 내보내기요. 시간은 10분입니다. 타쇼!"

에스더는 고개를 끄떡이고 뒷좌석에 올랐다. 심호흡을 몇 번 한 다음, 재미있다는 표정으로 보고 있는 김을 향해 질문을 던졌다.

"인터뷰 응해 주셔서 감사합니다. 자, 그럼 시작해 볼까요. 서울에는 어쩐 일로? 남한 친구들이 꽤 있다고 알려져 있는데요? 망명설도 돌고?"

그랜저가 기다렸다는 듯 서울의 새벽 거리를 달리기 시작했다.

〈끝〉

B파일

1판 1쇄 찍음 2012년 12월 31일
1판 2쇄 펴냄 2014년 10월 17일

지은이 | 최혁곤
발행인 | 김세희
편집인 | 김준혁
펴낸곳 | 황금가지

출판등록 | 2009. 10. 8 (제2009-000273호)
주소 | 135-887 서울 강남구 신사동 506 강남출판문화센터 5층
전화 | 영업부 515-2000 **편집부** 3446-8774 **팩시밀리** 515-2007
홈페이지 | www.goldenbough.co.kr

ISBN 978-89-6017-495-5 03810

㈜민음인은 민음사 출판 그룹의 자회사입니다.
황금가지는 ㈜민음인의 픽션 전문 출간 브랜드입니다.

추리·호러·스릴러
밀리언셀러 클럽